償《つぐな》いの雪が降る

アレン・エスケンス

母子家庭で育ったジョーは実家を出て念願の大学進学を果たす。授業で身近な年長者の伝記を書くことになり、祖父母も父親もいないため介護施設を訪れたところ、末期がん患者のカールを紹介される。カールは三十数年前に少女暴行殺人で有罪となった男で、病気のため仮釈放され、施設で最後の時を過ごしていた。カールは臨終の供述をしたいとジョーのインタビューに応じる。話を聴き、裁判記録を読むうちにジョーは事件に疑問を抱くようになり、真相を探り始めるが……。バリー賞など三冠、エドガー賞最優秀新人賞最終候補となった衝撃のデビュー作！

登場人物

ジョー・タルバート……………………ミネソタ大学の学生
ライラ・ナッシュ………………………ジョーの隣人。大学生
ジェレミー・ネイラー…………………ジョーの弟
キャシー・ネルソン……………………ジョーの母親
ビル………………………………………ジョーの母方の祖父。故人
ラリー……………………………………キャシーの恋人
テリー・ブレマー………………………キャシーの家の家主
メアリー・ローングレン………………介護施設の院長
ジャネット………………………………介護施設の受付係
カール・アイヴァソン…………………元服役囚の老人
ヴァージル・グレイ……………………カールの戦友。塗装職人
ギッブス…………………………………カールの元上官
クリスタル・メアリー・ハーゲン……殺人の被害者
ダニエル・ハーゲン……………………クリスタルの母親

ダグラス・ロックウッド……………クリスタルの継父
ダン・ロックウッド………………ダグラスの息子
アンディ・フィッシャー…………クリスタルの恋人
バーセル・コリンズ………………公設弁護人
ジョン・ピーターソン……………カールの主任弁護人。故人
マックス・ルパート………………ミネアポリス警察の刑事
ボーディ・サンデン………………大学教授。〈冤罪証明機関《イノセンス・プロジェクト》〉の一員

償《つぐな》いの雪が降る

アレン・エスケンス
務 台 夏 子 訳

創元推理文庫

THE LIFE WE BURY

by

Allen Eskens

This edition is published by TOKYO SOGENSHA Co., Ltd.
Japanese translation published by arrangement with
Allen Eskens c/o The Fielding Agency LLC through
The English Agency (Japan) Ltd.

償《つぐな》いの雪が降る

誰よりも信頼できるアドバイザーであり、大の親友でもある、
妻、ジョエリーに本書を捧げます。
また、わたしの元気の源である娘のミケイラと、
実にたくさんのことを教えてくれた両親、
パット・エスケンスとビル・エスケンスにも、本書を捧げます。

第一章

あの日、車に向かって歩いていくとき、胸騒ぎがしていたことを僕は覚えている。不安の波が押し寄せ、頭のまわりで渦《うず》を巻き、夜にぶつかってさざなみへと変わったことを。世間にはこういう感覚を虫の知らせと呼ぶ人もいる。時間のカーブの先を見通す、内なる第三の目からの警告だと。僕はその手のことを信じるタイプじゃない。でも白状すると、あの日を振り返って、こう考えることはときどきある。もし本当に運命が耳打ちしていたら――もしあの訪問が多くの変化を引き起こすと知っていたら――僕はもっと安全な道を選んでいただろうか？　あのとき、右に曲がったところで、左に曲がっただろうか？　それとも、やっぱり同じ道を行き、カール・アイヴァソンにたどり着いたのだろうか？

我がミネソタ・ツインズは、あの涼しい夏の夜、アメリカン・リーグ中地区の勝者を決める試合でクリーブランド・インディアンズと戦うことになっていた。まもなく、本拠地ターゲット・フィールドの照明がミネアポリスの西の地平線にあふれ出て、栄光の光のごとく夜空に放射されるはずだったが、僕が球場でそれを見られるわけはなかった。これもまた、僕の大学生活の予算でできないことのひとつ。僕は〈モリーのパブ〉の入口で働いているだろう。カウンターの上に掲げられたテレビでちらちらと試合を見ながら、運転免許証を確認したり、酔っ払いの口論を鎮圧したり――好きでやってる仕事じゃないが、それで家賃は払えた。

　奇妙なことに、僕の高校の進路指導の先生は、どの面談のときも〝大学〟という言葉をまったく口にしなかった。僕の着ている古着屋の服にしみついた〝見込みなし〟のにおいを嗅《か》ぎとったのか。あるいは、十八歳になったその日に、僕が〈ピードモント・クラブ〉といういかがわしい安酒場で働きだしたことを耳にしたのか。または――たぶんこれが正解だろうが――先生は僕の母親が誰なのか知っていて、血は争えないものだと思ったのかもしれない。それでも僕は、僕を大学向きだと思わなかった先生を責めはしなかった。実のところ、僕にとって居心地がいいのは、学問の世界の大理石のホールよりバーの暗がりのなかだったし。

　あの日、僕は自分の車――二十年落ちの錆《さ》びたホンダ・アコード――に飛び乗って、ギアを入れ、キャンパスを出て南に向かった。州間高速35号線のラッシュアワーの車の流れに乗り、イカレた日本製のスピーカーでアリシア・キーズを聴きながら、クロスタウンまで行くと、助手席に手を伸ばし、バックパックをかきまわして、やっとのことで老人ホームの住所をメモした紙きれを見つけ出した。「老人ホームなんて言うんじゃないぞ」僕はひとりつぶやいた。「これは、退職者の村とかシニア・センターとかいうやつだからな」

　郊外の村、リッチフィールドのややこしい道を進んでいくと、ようやく目的地、ヒルビュー邸の入口の標示が見つかった。施設に与えられたその名称は、一種の悪ふざけにちがいない。そこには丘の眺め《ヒルビュー》は見当たらず、〝邸〟という語のほのめかす壮大さなどかけらもなかった。正面から見えるのは、往来の激しい四車線の大通り。建物の裏手はおんぼろ集合住宅の端っこに面している。とはいえ、灰色の煉瓦《れんが》の壁に緑の苔《こけ》がむし、灌木《かんぼく》がぼうぼうに生い茂り、すべての窓枠の軟材を酸化銅色のカビが覆うヒルビュー邸において、このひどいネーミングはいちばん愉快な要素だったかもしれない。建物はその土台の上に、フットボールのタックルのように低く、手強そうに身構えていた。

ロビーに入っていくと、殺菌クリームや尿の刺激臭のこもったむっとする空気の波が僕の鼻をはじき、目を潤《うる》ませた。いびつな鬘《かつら》をつけた老婦人が車椅子にすわって、僕の背後を見つめている。まるで遠い昔の求婚者が駐車場から現れて、自分をさらっていくのを期待しているかのようだ。僕が通り過ぎるとき、老婦人はほほえんだが、それは僕への笑顔ではなかった。彼女の世界に僕は存在しない。それは、僕の世界に彼女の思い出の亡霊たちが存在しないのと同じことだ。

受付カウンターに向かう前に、僕は足を止め、最後にもう一度、頭のなかでずっとささやきつづけていた心の声に耳を傾《かたむ》けた。やいやいうるさいその声は、手遅れになる前にあの英語の科目は放棄して、地理とか歴史とか、もっとまともなやつに乗り換えるようすすめるのだった。一カ月前、僕はミネソタ州オースティンの実家とさよならしていた。家出してサーカスに入る少年よろしく、こっそりうちを抜け出したのだ。母親との口論はなし。母に僕を止めるチャンスは一切なかった。僕はただバッグに荷物を詰め、弟に、出ていくよ、と言い、母さんには置き手紙を残した。大学の履修登録課にたどり着いたころには、英語の科目のまともなやつは全部定員に達していたので、伝記執筆というのを取った。僕の場合、それを取ると、赤の他人にインタビューすることになるわけだけれど。施設のロビーでぐずぐずしているとき、こめかみに冷や汗が噴き出してきたのはなぜなのか。心の奥底では僕自身わかっていた。それは、その課題――ずっと先延ばしにしてきたその課題のプレッシャーのせいだ。こんなのうまくやれっこない。

ヒルビュー邸の受付係――頑丈そうな頬とぴたりと頭に貼りついた髪と深く落ちくぼんだ目のせいで強制収容所の女看守みたいに見える、角張った顔の女性が、カウンターに身を乗り出して言った。「ご用件は?」

「はあ」僕は言った。「実はお願いがありまして。あなたはこちらの支配人ですか?」

「セールスはおことわりしていますが」女性の焦点が僕へと絞《しぼ》られ、その顔が冷ややかになった。

「セールス?」僕は強《し》いてククッと笑い、哀願するように両手を差し出した。「僕なんか石器時代の人間に火を売ることもできませんよ」

「でもね、あなたはここの入居者じゃないし、面会者でもない。それに、従業員じゃないのも確かだし。となると、残りは何かしら?」

「僕はジョー・タルバートという者です。ミネソタ大学の学生です」

「それで？」

僕は女性の名札にちらりと目をやった。「それで、ですね……ジャネット……よかったら、僕の課題のことで支配人さんと話がしたいんですが」

「うちには支配人はいません」ジャネットは目を細めて言った。「院長ならいますけどね。ミセス・ローングレンというかたが」

「すみません」僕は感じのよいうわべを保とうと努めた。「院長さんと話をさせてもらえませんか？」

「ミセス・ローングレンは大変お忙しいかたなんです。それに、いまは夕食の時間だし——」

「ほんの一分ですみますから」

「とりあえず、その課題とやらについて、ざっと話してもらえないかしら？　そうすれば、ミセス・ローングレンを煩《わずら》わせるようなことなのかどうか、わたしが判断しますから」

「大学の課題なんです」僕は言った。「英語の授業の。誰か年寄りに——つまり、ご高齢のどなたかに、インタビューして、その人の伝記を書かなきゃならないんです。ほら、現在のその人を形成した過去の苦闘と人生の岐路《きろ》について執筆するわけですよ」

「あなたはライターなの？」ジャネットは、外見でその答えがわかるとでも言いたげに、頭のてっぺんからつま先まで僕を眺めまわした。僕は姿勢を正し、五フィート十インチの体を目一杯伸ばして立った。僕は二十一歳。もう身長は伸びきったものとあきらめている。どこにいるかは知らないが、ジョー・タルボット・シニアよ、ありがとう。アルバイトで用心棒をやっているのは事実だが、僕はバーの戸口で通常見かけるような巨漢じゃない。それどころか、用心棒としてはチビのほうだ。

「いえ」僕は答えた。「ライターじゃありません。ただの学生です」

「それで、大学では授業で丸一冊、本を書かせるわけ？」

「いえ。執筆と梗概《こうがい》のミックスみたいなもんです」僕はにこやかに言った。「何章かはすっかり書かなきゃなりません。たとえば、始めと終わり、それに、人生の転機とかですね。でも、大部分は要約になります。かなりの大仕事ですけど」

ジャネットはパグ鼻に皺《しわ》を寄せ、首を振った。それから、僕には何も売るものがないのを理解したんだろう、電話を取って、低い声で何か言った。ほどなく、緑のスーツを着た女性が受付カウンターの向こうの廊下の奥からやって来て、ジャネットの隣に陣取った。

「ローングレン院長です」女性はそう宣言した。まるで頭にティーカップを載せているかのように、彼女はまっすぐに顔を前に向けていた。「ご用件は？」

「実はお願いがありまして」僕は大きく息を吸って、もう一度、事情を説明した。

ミセス・ローングレンは困惑顔で僕の話を咀嚼《そしゃく》していたが、やがてこう言った。「なぜここにいらしたのかしら？　インタビューできる親御《おやご》さんやお祖父様、お祖母様はいらっしゃらないの？」

「近くに身内がいないもので」僕は言った。

これは嘘だった。僕の母親と弟はツイン・シティーズ（ミシシッピ川を挟むミネソタ州のふたつの都市、ミネアポリスとセントポール）

から南に二時間のところに住んでいる。でも、ちょっと顔を出すだけであっても、母さんを訪ねることは棘《とげ》だらけのアザミの野を行く散歩となりかねない。父親には会ったことがないし、彼がまだこの地球を汚《けが》しているのかどうかも僕は知らない。ただし、彼の名前は知っている。これも母さんの妙案のおかげ。母さんは僕に父親と同じ名前を付けたのだ。そうすれば、ジョー・タルバート・シニアは自責の念に駆られ、当面そばにいてくれるだろう――ひょっとすると結婚して、自分と小さなジョーイを養ってくれるかもしれない、と。この作戦は失敗に終わった。母さんは、僕の弟のジェレミーが生まれたとき、同じことをまたやってみて――これも同じ結果に終わった。そんなわけで僕は、母親の名前はキャシー・ネルソンで、自分の名前はジョー・タルバートで、弟の名前はジェレミー・ネイラーなのだと始終、説明しながら育つはめになった。

祖父母はと言えば、僕が会ったことがあるのは、母方の祖父、ビルじいちゃんだけだ。僕の大好きな人。彼は寡黙《かもく》な男だったが、一瞥《いちべつ》したりうなずいたりするだけで周囲の注意を引くことができた。また、強さと優しさを等分に持つ男でもあり、そのふたつを重ね合わせるんじゃなくブレンドさせて、上質の革みたいにまとっていた。僕はときどき、人生の荒波に対処するのにその知恵が必要になり、祖父の思い出に手を伸ばす。一方、夜更けに、窓ガラスをたたく雨の音が潜在意識に浸潤《しんじゅん》し、祖父が夢のなかで僕を訪ねてくることもある。それらの夢は、ベッドの上で僕ががばと身を起こすのと同時に終わる。祖父が死ぬのを見ていたあの記憶のせいで、僕は全身冷や汗にびっしょり濡れ、両手は震えている。

「ここが介護施設だということはわかっていますよね？」ミセス・ローングレンが訊ねた。「僕がここに来たのは、だからなんです」僕は言った。「ここにはすごい経験をしてきた人たちがいるわけですから」

「確かにね」彼女はそう言って、僕たちを隔《へだ》てるカウンターに身を乗り出した。間近で見ると、その顔の皺が見えた。目尻から枝分かれするやつや、干上がった湖底のひび割れみたいな口もとのやつが。それに、彼女がしゃべると、言葉の流れに乗ってスコッチのかすかな香りが漂ってきた。「居住者たちは、ひとりで生活できないからここで暮らしているんです。ほとんどの人はアルツハイマーや認知症やその他の神経系疾患を患《わずら》っています。その人たちは自分の子供さえもうわからないんです。過去の細々した出来事など覚えているわけがないでしょう」

これは考えてみなかったことだ。計画がぐらつきだすのが見えた。戦争の英雄が自分のしたことを覚えていないなら、その英雄の伝記なんて僕に書けるわけはない。「誰か記憶のある人はいませんか？」僕は訊ねた。我ながら情けない声だった。

「カールに会わせてあげたらどうでしょうね」ジャネットが唐突に言った。

ミセス・ローングレンは、自分の完璧な嘘をぶち壊した仲間をにらむときのによく似た目つきでジャネットを鋭く一瞥した。

「カールって？」僕は言った。

ミセス・ローングレンは腕組みをして、カウンターからあとじさった。

僕はさらにひと押しした。「カールって誰です？」

ジャネットがミセス・ローングレンに目をやって許しを求めた。ついにミセス・ローングレンがうなずくと、ジャネットはカウンターに身を乗り出した。「カール・アイヴァソンという人。有罪判決を受けた殺人犯よ」彼女は考えなしに余計なおしゃべりをする女子学生みたいにひそひそ声で言った。「矯正局が三カ月ほど前に彼をここに寄越したの。膵臓《すいぞう》がんでもうすぐ死ぬということで、スティルウォーター刑務所から釈放したわけ」

「彼は殺人犯なんですね?」僕は訊ねた。

ジャネットはさっとあたりを見回して、誰も聞いていないのを確認した。「三十何年か前、十四歳の女の子をレイプして殺したの」彼女はささやいた。「彼のファイルで事件の一部始終を読んだけどね——女の子を殺したあと、彼は証拠を隠滅しようとして、自宅の物置小屋で遺体を燃やしたのよ」

強姦魔《ごうかんま》の人殺しか。僕はヒルビューにヒーローをさがしに来て、悪者を見つけたわけだ。彼にはまちがいなく語るべき物語があるだろう。でも、それは僕の書きたい物語なんだろうか? クラスのみんなが土の床の上で出産したおばあちゃんの話や、ホテルのロビーでジョン・ディリンジャー（一九〇三－三四。シカゴでFBIに射殺された凶悪犯）を見かけたおじいちゃんの話を綴《つづ》るのに対し、こっちは女の子をレイプして殺害したうえ、物置でその遺体を燃やした男について書くわけだけれど……。殺人者にインタビューするというアイデアは、最初は受け入れがたかった。でも、考えれば考えるほど、やる気が出てきた。第一、この課題に取りかかるのを、僕は先に延ばしすぎていた。九月ももう終わりだし、数週間後にはインタビューのメモを提出しなきゃならない。

クラスのみんなの馬はすでに出走しているのに、僕の駄馬はまだ納屋でムシャムシャ干し草を食っているのだ。こうなったらカール・アイヴァソンをテーマにするしかない——彼が同意してくれれば、の話だけれど。

「ミスター・アイヴァソンにインタビューしてみたいんですが」僕は言った。

「その男はモンスターなのよ」ミセス・ローングレンは言った。「彼をいい気にさせるのはどうもね。こんなこと、クリスチャンの言うべきことじゃないけれど、あの男はただ部屋でじっとしていて、おとなしく死ぬのが一番なのよ」ミセス・ローングレンは自分の言葉にびくりとした。これは、頭のなかで考えても、決して口に出してはならないこと、特に赤の他人の前では言ってはならないことだから。

「でもね」僕は言った。「彼の物語を書かせてもらえたら……もしかすると……なんというか……僕は彼に自分の過《あやま》ちを認めさせることができるかもしれませんよ」結局、僕はセールスマンなんだな、と胸の内で思った。「それに、彼にだって訪問者と会う権利はあるんですよね?」

ミセス・ローングレンは追いつめられた顔になった。彼女に選択の余地はない。ヒルビューにおいては、カールは囚人じゃない。他のみんなと同様に面会の権利を持つ居住者なのだ。彼女は組んでいた腕をほどき、僕たちのあいだのカウンターにふたたび両手を置いた。「面会したいかどうか、本人に訊いてみないとね」彼女は言った。「数カ月前に入居して以来、彼に会いに来た人はひとりだけなのよ」

「直接、カールと話をさせてもらえませんか?」僕は言った。「きっと説得でき——」

「ミスター・アイヴァソンよ」ミセス・ローングレンは、再度、優位に立とうとして、僕に駄目出しした。

「ですね」僕は肩をすくめて謝罪を表した。「その課題がどんなものか、僕からミスター・アイヴァソンに説明できたら、きっと――」

携帯電話の電子のチャイムがチリンチリンと鳴って、僕の言葉をさえぎった。「すみません」僕は言った。「切ったつもりだったんですけど」耳を赤くしながら、ポケットから携帯を取り出すと、そこには母の番号が表示されていた。「失礼」僕はプライバシー確保の体《てい》で、ジャネットとミセス・ローングレンに背を向けた。

「母さん、いまは話せないんだ――」

「ジョーイ、迎えに来てちょうだい」母が甲高《かんだか》い声で言う。酔いで舌が回っていないため、言葉が聞き取りにくかった。

「母さん、いまね――」

「あいつら、あたしに手錠をかけやがったんだよ」

「え？　誰が――」

「あいつら、あたしを逮捕しやがったんだよ、ジョーイ……あいつら……あのチンピラども。訴えてやるから。最高に性悪な弁護士を雇ってやるから」彼女はそばにいる誰かに向かってどなった。「聞こえたか、この……このチンピラ！　バッジ番号を教えな。クビにしてやるから」

「母さん、そこはどこなの？」母の注意を引きもどすべく、僕は大きな声でゆっくりと言った。

「あいつら、あたしに手錠をかけやがったんだよ、ジョーイ」

「そばに警官がいるの?」僕は訊ねた。「その人と話せるかな?」

母は僕の質問を無視して、支離滅裂な考えから支離滅裂な考えへと螺旋《らせん》降下していった。

「母さんを愛してるなら、来てくれるはずでしょ。なんたってあたしはあんたの母親なんだから。あいつら、手錠をかけたんだ……ほら、ケツ上げな……あんたは、ちっとも母さんを愛してくれないね。あたしは……あたしはちがった……手首を切っちゃえばよかったよ。誰も愛してくれないんだから。もうちょっとでうちだったのに……訴えてやる」

「わかったよ、母さん」僕は言った。「迎えに行く。でも、まずその警官と話をしなきゃ」

「ミスター・チンピラと?」

「うん、母さん。ミスター・チンピラとね。僕はミスター・チンピラと話をしなきゃならない。ちょっと彼に替わって。そしたらすぐに迎えに行くから」

「いいわよ」母は言った。「ほら、チンピラ。ジョーイがあんたと話したいってさ」

「ミズ・ネルソン」警官が言った。「これは息子さんじゃなく、弁護士に連絡するための時間なんですよ」

「ねえ、チンピラ巡査、ジョーイがあんたと話したいって」

警官はため息をついた。「あなた、言いましたよね——弁護士と話したいって。ですから、この時間は弁護士への電話に使わなければいけないんです」

「チンピラ巡査はあんたと話す気ないみたいよ」母さんは電話に向かってゲップをした。

「母さん、僕がお願いしますと言ってるって伝えて」

「ジョーイ、いいから早く――」

「ああもう、母さん」僕はひそひそ声でどなりつけた。「僕がお願いしますと言ってるって伝えてよ」

しばしの沈黙。それから「わかったわよ！」母さんが電話を向こうに向けたので、その声はほとんど聞き取れなくなった。「ジョーイがお願いしますってさ」

長い間があり、その後、警官が電話に出た。「もしもし」

僕は早口で静かに言った。「おまわりさん、ご迷惑をおかけしてすみません。でも、僕には自閉症の弟がいるんです。弟は母と暮らしています。ですから、母がきょうじゅうに釈放されるのかどうか、ぜひ教えてください。もし母が釈放されないなら、僕が弟の面倒を見ないといけないんで」

「状況をお話ししますとね――お母さんは飲酒運転でつかまったんですよ」背景では、母が悪態をつき、泣きわめいている。「わたしは彼女を、呼気検査のためにモーア郡法執行センターに連れてきました。すると彼女は、検査を受ける前に弁護士に電話する権利を行使すると言ったんです。ですから、この時間は、あなたに迎えをたのむためではなく、弁護士に連絡するために使われるべきなんです」

「わかりました」僕は言った。「とにかく教えてもらえませんか。母が今夜、釈放されるのかどうか」

「それは無理でしょうね」警官は、我が身に何が待ち受けているか母に悟られないように、言葉少なに答えていた。僕は彼に調子を合わせた。

「解毒《げどく》治療を受けることになるんでしょうか？」

「ええ」

「何日間？」

「二日から三日」

「そのあと釈放ですか？」

「いや」

僕はちょっと考えた。「解毒後、拘置《こうち》されるんですね？」

「そのとおり。初回出頭までは」

母さんが〝出頭〟の一語を耳にして、またわめきだした。酩酊《めいてい》と疲労のせいで、その言葉は老朽化した縄橋みたいにぐらぐら揺れていた。「ああくそっ、ジョーイ……すぐ来てちょうだい。あんた、母さんを愛してないんだね……この恩知らず……あたしはあんたの母親なんだよ。ジョーイ、こいつら……こいつら……早く来て……あたしを連れ出してよ」

「どうもお世話様」僕は警官に言った。「いろいろとありがとうございました。母への対応、がんばってください」

「きみもがんばって」警官は言った。

電話を切って、くるりと振り返ると、ジャネットとミセス・ローングレンが、犬が噛みつくという事実をたったいま学んだばかりの幼児を見るような目で僕を見ていた。「失礼しました」僕は言った。「母が……どうも……具合が悪くて。きょうのところは、カールに——えーと、ミスター・アイヴァソンに会えそうもありません。ちょっとやることがあるもので」

ミセス・ローングレンの目が和《やわ》らぎ、その厳しい表情がとろけて同情へと変わった。「かまいませんよ」彼女は言った。「あなたのことは、わたしからミスター・アイヴァソンに話しておきます。名前と電話番号をジャネットに教えておいてね。もし彼があなたと会う気になったら、連絡してあげますから」

「本当に助かります」僕は連絡先を紙に記した。「しばらく電話は切ってあるかもしれません。もし僕が出なかったら、ミスター・アイヴァソンがなんと言ったか留守録に入れておいてください」

「そうするわ」ミセス・ローングレンは言った。

*

ヒルビュー邸の一ブロック先で、僕は駐車場に車を入れ、ハンドルを力一杯握り締めて乱暴に揺すぶった。「ちくしょう！」僕はどなった。「ちくしょう！　ちくしょう！　ちくしょう！なんでほっといてくれないんだよ！」関節が白くなった。怒りの波が通過していくあいだ、体はぶるぶる震えていた。僕は大きく息を吸って、喉の脈動が鎮《しず》まるのを、視界の曇りが晴れるのを待った。気分が落ち着くと、モリーに電話をかけ、今夜はドアの張り番に行けなくなったと伝えた。モリーは不満げだったが、わかってくれた。通話を終了したあと、僕は助手席に電話を放《ほう》って、弟を迎えに行くため、南への長い移動を開始した。

第二章

たいていの人は、ミネソタ州オースティンのことなんて聞いたこともない。聞いたことがある人たちも、その名前を知っているのは、それがスパムの町だからだ。スパムとは、世界じゅうで兵士や難民の食糧となっている、絶対に腐らない塩漬けポークの加工食品。それは、ホーメル・フーズ社の主力商品であり、僕の生まれ育った町の愛称、スパム・タウンはこの食品に由来する。オースティンには、スパムのすばらしさを讃《たた》える博物館まである。仮にそれがオースティンを象徴する恥ずべき入れ墨になっていないとしても、あの町には例のストライキという過去がある。

それは僕が生まれる四年前の出来事なのだが、オースティンで育つ子供たちはそのストライキのことを、よその子供たちがルイス＝クラーク探検隊のことや独立宣言のことを学ぶように学ぶ。一九八〇年代初頭、不況により精肉業界の収益はごっそりえぐりとられた。そこでホーメル社は労働組合に大幅な賃金カットを申し入れた。もちろんこれは、股間への蹴りとみなされ、ストライキが始まった。そして、ピケットラインでのもみあいは暴動へと発展。暴力は放送局を引き寄せ、あるテレビ局の取材班は、エレンデール近郊のトウモロコシ畑に墜落するというかたちで、自らの退出時刻を記録した。ついに政府は州兵を送りこんだが、そのころにはすでに暴力と敵意が永遠に消えない痕跡を町に残していた。人によっては、町に特色ができたと言うかもしれない。でも、僕に言わせれば、それは醜《みにく》い傷跡にすぎない。

どんな町でもそうだが、オースティンにもいいところはある。人はにきび周辺のきれいな肌には目が行かないものだけれど。オースティンには、公園が複数、プール、立派な病院、カルメル会修道院、市営の空港がある。それにあの町からは、ロチェスターのかの有名なメイヨー・クリニック（世界最大級の医療センター）まで、ほんのひとっ飛びだ。オースティンにはコミュニティー・カレッジ（学費の安い公立の二年制大学）も一校あり、僕はしばらく、ふたつのアルバイトを駆け持ちしながら、そこに通っていた。そして三年後、必要なだけのお金が貯まり、必要なだけの単位も取れて、僕は三年生としてミネソタ大に編入できる身となった。

オースティンにはまた、バーが十三軒ある。これは、ホテルのバーや軍人クラブをのぞいて、ということだ。そして、人口二万三千人（かそこら）のオースティンは、グレーター・ミネソタ（通常、ミネソタ州都市部の七郡以外の八十郡を指す）において、人口に対するバーの軒数でもっとも高い比率を誇っている。僕はそれらのバーに詳しい。そのすべてに一度は行ったことがあるからだ。初めてバーに足を踏み入れたのは、ほんのヒヨッ子のとき。せいぜい十歳くらいだったと思う。その日、母は僕にジェレミーのお守りを任せて、一杯やりに出かけた。僕は二歳上のお兄ちゃんだし、ジェレミーは自閉症であり――それゆえにとってもおとなしい子だから、ということで、母さんは僕の年齢なら充分に子守りができると思ったのだ。

あの夜、ジェレミーはリビングの肘《ひじ》掛け椅子にすわって、お気に入りのビデオ、「ライオンキング」を見ていた。僕は地理の宿題をやらなきゃならなかったので、ジェレミーと共同の小さな寝室にこもっていた。彼とは長年のあいだにいくつもの部屋を共有してきたけれど、そのほとんどを僕は覚えていない。でも、あの部屋のことは覚えている。世界じゅうの公共プールの底を覆っているのと同じ派手なブルーに塗られた、あのクラッカー並みに薄い壁。どんな小さな音だって隣の部屋から漏れてくる。もちろん「ライオンキング」の歌も例外じゃない。ジェレミーはそれを何度も何度も何度も繰り返しかけていた。僕は二段ベッドの――スプリングが馬鹿になっているのでマットレスの下にベニヤ板を敷かなきゃならない中古のやつの――てっぺんにすわり、耳をふさいで音をシャットアウトしようとしていた。でもそんな防御策も、僕の集中力という穴だらけの壁を蹴破って侵入してくるノンストップの執拗《しつよう》なその音楽に対しては、ほとんど効果がなかった。以下の部分が真実なのか、罪の意識から生まれた僕の記憶による粉飾なのか、そのへんは定かじゃない。とにかく僕は、ジェレミーに音を小さくしてくれないかとたのんだ。ところが、誓ってもいいけれど、ジェレミーは逆に音を大きくしたのだ。誰にだって限界はある。

僕は足音荒くリビングに入っていき、ジェレミーを突き飛ばした。ジェレミーは椅子から転げ落ちて、壁に激突した。衝撃で彼の頭上の写真がぐらついた。三歳の僕が赤ん坊のジェレミーを抱っこしている写真だ。それは釘《くぎ》からはずれ、壁をすべり落ちてきて、ジェレミーの金髪頭のてっぺんを直撃した。ガラスが無数の鋭い破片《はへん》となって砕け散った。

手足に散らばった破片を払い落としたあと、ジェレミーは僕を見た。その脳天からは、楔形《くさびがた》のガラスがひとつ、豚の貯金箱の投入口につかえた大きすぎるコインみたいに突き出していた。彼の目が細くなった——怒りからじゃなく、困惑から。ジェレミーはめったに僕と目を合わせない。でもあの日、彼はじっと僕を見つめた。まるで、いまにもすごい謎が解けそうだとでも言いたげな顔で。それから不意に、ああ、わかった、とばかりに、彼の目が和らぎ、その視線は腕の上に溜《た》まっていく血の滴《しずく》へと移った。

僕はバスルームからタオルを取ってきて、彼の頭から慎重にガラスを引き抜いた。それは恐れていたほど深く刺さってはいなかった。僕はタオルをターバンみたいに彼の頭に巻きつけた。それから、彼の腕に溜まった血を布巾でぬぐい取り、出血が止まるのを待った。十分後、傷口からは相変わらずちょろちょろと血が流れ出ていて、白いタオルには真っ赤な大きな染みがいくつも広がっていた。僕はジェレミーの頭にタオルを巻き直し、その端を本人の手で押さえて固定すると、外に飛び出して、母をさがしに行った。

母さんを見つけるのに、パン屑《くず》の目印はいらなかった。うちの車は、僕たちの住む二戸建て住宅の私道に、タイヤふたつがつぶれた状態で置いてあった。これはつまり、母さんは歩いていける範囲内にいるということだ。あのときの僕は、母が自閉症の弟の世話を僕ひとりに任せ、行き先も告げずに出かけたことも、母親をさがすなら当然バーだと自分にわかっていたことも、別におかしいとは思わなかった。でもやはり、いま振り返ると、子供時代、僕がふつうだと思っていた多くのことは、無茶苦茶に思える。僕は最初に駆け込んだ店、〈オデュッセイ・バー〉

で母を見つけた。

閑散《かんさん》とした店内は、僕を面食らわせた。僕はいつも、母がすたすたと歩いていき、テレビ・コマーシャルに出てくるような、冗談を交わし、笑い合い、ダンスする美しい人々に加わる姿を思い描いていたのだ。でもそのバーは、安物のスピーカーから低俗なカントリー・ミュージックがガーガー流れる、床がでこぼこの店で、救いようのない陳腐さがぷんぷんとにおっていた。僕はすぐに母に気づいた。母はバーテンと雑談していた。その顔に表れたのが怒りなのか恐れなのか、最初、僕にはわからなかった。でも母は、血が止まるほどきつく腕をつかんで僕をバーから引きずり出すことで、この疑問に答えた。僕たちはうちまで足早に歩いていった。ジェレミーは、僕がそうさせたとおり片手でタオルを押さえたまま、例の映画を観ていた。血だらけのタオルを目にすると、母さんはブチ切れた。

「何やってるの！　まったくもう。こんなに汚しちゃって！」母はジェレミーの頭からタオルをはがした。それから、腕をつかんで彼を床から立ちあがらせると、バスルームに引きずっていき、かかえあげて空っぽの浴槽のなかに入れた。彼の美しい金髪は、血でべとべとだった。母は血だらけのタオルをシンクに放りこむと、リビングにもどって、錆《さび》色のカーペットから三つの小さな血痕をこすり落としにかかった。

「上等のタオルを使うなんて」母はどなった。「ぼろ布を取ってくりゃあいいのにね。見てごらん、カーペットのこの血。敷金を取られちゃうかもよ。そのことは考えてみた？　まさかね。あんたはほんとに考えなしなんだから。なんでもかんでもめちゃくちゃにして、いつも母さんがそのあと始末をするわけよ」

僕はバスルームに行った。半分は母から逃れるため、半分はジェレミーが怖がっているといけないから付いていてやるためだ。でも、ジェレミーは怖がっていなかった。彼は決して怖がらない。というより、怖くてもそれを表には出さない。彼は僕を見た。その顔は、僕以外の全世界には無表情に見えたろう。でも僕には、彼の目の奥に僕の裏切りの落とした影が見えた。どんなにがんばっても、あの夜のことは忘れられない。胸の奥の深いところに埋めて、死なせようとしても、僕を見あげているジェレミーの記憶は呼吸しつづけるのだ。

そのジェレミーもいまでは十八歳。数時間うちでひとりで過ごさせても大丈夫な年齢だ。でも、数日というわけにはいかない。その夜、母さんの家の私道に僕が入っていったとき、ツインズとインディアンズは、三回まで来て、一対一の同点となっていた。スペアの鍵でうちに入ると、ジェレミーは新たなお気に入り映画、「パイレーツ・オブ・カリビアン」を観ていた。彼はほんの一瞬、驚いた顔をし、それから僕たちのあいだの床を見つめた。

「よう、相棒」僕は言った。「僕の弟は元気かな?」

「こんにちは、ジョー」彼は言った。

ジェレミーが中等学校に進学したとき、区は彼にヘレン・ボリンガーという教育助手をあてがった。彼女は自閉症のことをよく知っていて、ジェレミーがパターンやルーティンを必要とすること、ひとりを好むこと、触れたり触れられたりするのをいやがること、原始的欲求と明確な指示以外にはあまりうまく対応できないことを理解していた。ボリンガー先生がジェレミーを暗闇から連れ出そうと奮闘したのに対し、母は彼がただおとなしくしていることを奨励した。この闘いは七年間つづき、ボリンガー先生は勝ち越しを決めた。ジェレミーが高校を卒業するころには、僕は会話に近いことができる弟を得ていた。たとえ、話をするとき、彼が必死の努力で僕を見なきゃならないとしても。

「兄さんは大学だと思ってたかも」ジェレミーは、一語一語をベルトコンベアに順序よく慎重に載せていくように、精確なスタカートでそう言った。

「ジェレミーに会いに来たんだよ」僕は言った。

「ああ、そうか」ジェレミーは映画に視線をもどした。

「母さんから電話をもらったんだ」僕は言った。「ミーティングがあるから、しばらくうちに帰れないんだってさ」

ジェレミーに嘘をつくのは簡単だ。彼は疑うことを知らず、虚偽というものが理解できないから。僕が彼に嘘をつくのは意地悪するためじゃない。それは、真実に付き物のややこしさや微妙なニュアンス抜きで彼に物事を説明する僕なりの手法なのだ。母さんが初めて解毒治療を受けるに至ったとき、僕は、ミーティングという嘘を思いついた。そしてその後は、母さんがインディアン・カジノに逃避したり、どこかの男の家に泊まりに行ったりするたびに、母さんはミーティングに出かけたんだとジェレミーに話した。ジェレミーは、このミーティングについて何も訊かなかったし、なぜあるミーティングは数時間ですみ、別のミーティングは数日かかるのか、また、それらのミーティングがなぜいつも突然、開かれるのか、不思議がったりもしなかった。

「今度のミーティングは長いやつなんだ」僕は言った。「だから、ジェレミーは何日か僕のところに泊まりに来られるよ」

ジェレミーはテレビを観るのを中断し、床を見回しはじめた。眉《まゆ》の上には一本、細い皺が刻まれている。僕には、彼が僕と目を合わせる心の準備をしているのがわかった。「僕はここで母さんを待つほうがいいかも」彼は言った。

「ここにはいられないんだよ。僕は明日、授業に出なきゃならないからね。ジェレミーを連れてうちに帰らなきゃ」

僕の答えは、ジェレミーが聞きたかったものじゃなかった。彼が僕の目を見ようとするのをやめたことから、僕にはそれがわかった。「兄さんがここに泊まって、朝、授業に行けばいいかも」

「授業は大学であるんだよ。大学までここから二時間かかるしね。僕は泊まれないんだ、相棒」僕は穏やかな態度を崩さずに、しかしきっぱりと言った。

「僕ひとりでここにいてもいいかも」

「ここにはいられないんだよ、ジェレミー。僕は、おまえを迎えに来るように母さんにたのまれてる。大学のそばの僕のアパートメントに泊めてやるからさ」

ジェレミーは左手の親指で右手の関節をこすりはじめた。これは、何がなんだかわからなくなったときの彼の癖《くせ》だ。「僕はここで待つほうがいいかも」

僕はジェレミーと並んでカウチにすわった。「きっと楽しいぞ」僕は言った。「ジェレミーと僕とふたりきりで過ごすんだ。そのDVDプレイヤーを持っていこう。そうすりゃ、どれでも好きな映画を観られるだろ。丸ひと袋、映画ばっかり詰めてってもいいよ」

ジェレミーは笑みを浮かべた。

「でも、母さんは何日かもどれそうにない。だから、ジェレミーには僕のうちに来てもらわなきゃならないんだ。いいだろ?」

ジェレミーはしばらく頭を絞ったすえに言った。「『パイレーツ・オブ・カリビアン』を持ってけるかも?」

「もちろん」僕は言った。「きっと楽しいぞ。これを冒険ってことにしよう。ジェレミーはジャック・スパロウ船長になっていいよ。僕はウィル・ターナーだ。どう?」

ジェレミーは僕を見あげて、お得意のジャック船長の物まねをした。「みなさんはこの日を、ふたりが大冒険した日として記憶に留めることでしょう」追手を振り切るときのジャック・スパロウのせりふをもじってそう言うと、ジェレミーは大笑いして真っ赤になった。僕も一緒に笑った。ジェレミーがジョークを飛ばしたときはいつもそうするのだ。僕はゴミ袋をいくつか取ってきて、DVDや着替えを入れるようその一枚をジェレミーに手渡した。母さんが保釈を認められない場合に備え、彼がちゃんと当分困らないだけの荷物を詰めるかどうかにも気を配った。

私道から車を出しながら、僕はアルバイトと授業のスケジュールを頭に浮かべ、ジェレミーのお守りをする隙間の時間を見つけようとした。そのさなかも、脳内では気になる疑問が飛び交っていた。ジェレミーは僕のアパートメントというなじみのない世界でうまくやっていけるだろうか？　母を保釈させるための時間と金はどこで見つければいいんだろう？　そもそも、この崩壊家庭の瓦礫《がれき》のなかで、なんだってこの僕が親の役をやっているんだろう？

第三章

ツイン・シティーズへと車を走らせながら、僕は弟の目の奥で不安が行きつもどりつするのを見ていた。いま起きていることを彼が消化しているあいだ、その眉間と額《ひたい》には皺が寄っては消えていた。後方に流れた距離が長くなるのにつれて、ジェレミーもいくらか僕たちの冒険に慣れてきた。そしてついに、彼は深く息を吸い込んで緊張を解いた。そのさまは、警戒心が眠気に屈する瞬間、犬たちがため息をつく姿に似ていた。十八年間、僕たちの二段ベッドの下の段で眠り、僕の部屋、僕のクロゼット、僕のドレッサーの引き出しを共同で使ったあの男の子、ジェレミーがふたたび僕と一緒にいる。僕たちは一カ月前まで、ひと晩かふた晩以上は離れたことがなかった。僕が、混沌のなかを漂う女のもとに彼を残し、キャンパスへと旅立つまでは。

僕に物心がついたころから、母さんはずっと気分の揺れの激しい人だった。たったいま笑いながら踊るようにリビングを通っていったかと思うと、つぎの瞬間はキッチンで皿を投げ歩いている。僕の理解では、典型的な躁鬱《そううつ》だ。もちろん、正式に診断が下されたことはない。本人が専門家の助けを断固、拒んだから。そうして母は、両耳に指を突っ込んで人生を送ってきた。まるで、言葉で語られないかぎり、真実が存在しないかのように。そのひどい状況に加え、どんどん量を増していく安ウォッカ――内なる叫びは鎮めるが、表の狂気を増幅させる自己治療の一形式――と来れば、僕の残してきた母親がどんな人物かだいたいわかるだろう。

あの人だって常時そこまでひどかったわけじゃない。昔は母の気分にもちゃんと天井と床があり、そのおかげで僕たちは、近所の人たちの――それと、児童保護局の――干渉を受けずに生活ができていた。楽しい時さえあった。科学博物館や、ルネッサンス・フェスティバルや、ヴァレーフェア・アミューズメント・パークに三人で行ったことを僕は覚えている。僕が二桁の掛け算に苦戦していたとき、母さんが算数の宿題を手伝ってくれたことも。ときどき、親子のあいだにできてしまった壁に亀裂が見つかり、僕は、僕たちと一緒に笑っている母さん、僕たちを愛してくれた母さんを思い出すことがある。そうしようと努めれば、別の母親を思い出すことも。世界に苛《さいな》まれていなかったあのころ、母さんは温かく優しい母親にもなりえたのだ。

そのすべてが、ビルじいちゃんの死んだ日に変わった。あの日、凶暴な不安が僕たち小トリオに襲いかかってきた。まるで、じいちゃんの死が母さんを安定させていた綱を断ち切ったかのように。彼の死後、母はなけなしの自制心を手放し、ただ気分の波に乗って漂うばかりとなった。あの人は、以前よりよく泣き、よくどなるようになり、世界に押しつぶされそうになると、毒を吐いた。また、何がなんでも自分の人生の暗い面を見つけ出し、それを一種の新たな《ニュー》常態《ノーマル》として取り込もうとしているかに見えた。

　最初のルール変更は、殴打だった。それは徐々に始まったのだが、しまいに母は頭のやかんが沸騰《ふっとう》するたびに、僕の頬をひっぱたくようになった。僕が少し大きくなり、その痛みに前ほど敏感でなくなると、あの人は狙いを調整し、僕の耳を打つようになった。あれは本当にいやだった。ときどき母は、目的を果たすために木杓子《きじゃくし》やハエたたきの柄《え》といった道具を使った。中学二年生のとき、僕は一度、レスリングの試合を欠場するはめになった。膝《ひざ》のみみずばれがユニフォームの下からのぞいていたので、あの人が家から出してくれなかったのだ。何年ものあいだ、母は僕たちのバトルにジェレミーを巻き込まず、当たり散らす相手は僕だけに限っていた。でも時が経つにつれ、あの人はジェレミーに対する忍耐まで失いだし、彼をどなりつけたり罵《ののし》ったりするようになった。

　そしてある日、やりすぎてしまった。

　十八になり、高校を卒業したころ、ある日、帰宅した僕は、ひどく酔って逆上した母がテニスシューズでジェレミーの頭をたたいている場面に遭遇した。僕は母を本人の寝室に引きずっていき、ベッドの上に放り出した。母は立ちあがって、僕を殴ろうとした。僕はその手首をつかみ、母をくるりと反転させて、再度、ベッドの上に放《ほう》った。あの人はさらに二度かかってきたが、その都度、マットレスにうつぶせに倒れる結果となった。最後にかかってきたあと、母は息継ぎのため小休止を入れ、そのまま気を失った。翌朝、母は何事もなかったかのように振る舞った。まるで、自分の奇行をまったく覚えていないかのように――僕たち小一家が崩壊の瀬戸際に立たされていないかのように。僕は調子を合わせた。でも、僕にはわかっていた――あの人はジェレミーをたたくのを正当化できるところまで来てしまったのだ。自分が大学に行ってしまえば、状況はさらに悪化するだろう。そう思うと、僕の胸は痛んだ。だから、ちょうど母があの気絶のあと何事もなかったふりをしたように、僕はそれらの考えを胸の奥に埋め、埃《ほこり》をかぶらないところにしまいこんだのだ。

でもあの夜、僕のアパートメントに向かっているとき、僕たちは幸せだった。ジェレミーと僕は、車を走らせながら、ツインズの試合をラジオで聴いた。少なくとも、僕は聴いていた。ジェレミーは耳を傾けてはいたものの、試合の流れを一分以上つづけて追うことはできなかった。僕はジェレミーとおしゃべりし、運転しながら試合についてあれこれ彼に解説した。でも、彼はほとんど反応せず、なおかつ、反応するときは、たったいま別室から入ってきたかのように話を始めた。キャンパスの近くで州間高速35号線を離れるころには、ツインズはクリーブランドをぶちのめしつつあった。彼らは八回裏に四点をあげ、六対四とリードしていた。点が入るたびに僕はオーッと叫んだ。ジェレミーはそれをまねてオーッと叫び、僕の興奮ぶりを笑った。

うちに着くと、僕はジェレミーのゴミ袋を手に、先に立って階段をのぼっていき、二階の自分の部屋に彼を案内した。なかに駆け込んで、テレビをつけると、ちょうどツインズが最後のアウトを取って勝利を決める場面を見ることができた。僕はジェレミーとハイタッチしようとして手を上げた。でも彼は、ゆっくり体を回転させて、僕の住まいの狭さをのみこもうとしている最中だった。キッチンとリビングはひとつの空間の左と右。寝室のサイズは、そこに入っているシングルベッドとほどんど変わらない。それに、僕のうちにはバスルームがなかった。少なくとも、その壁に囲われた範囲内には。うちのなかを見回すジェレミーを僕は見守った。彼の目は同じ領域を何度も何度も繰り返しチェックしていた。まるで、つぎの回には、秘密のバスルームのドアが見つかるかもしれないと思っているみたいに。

「バスルームに行かなきゃならないかも」ジェレミーは言った。

「おいで」僕はジェレミーに手招きした。「こっちだよ」

うちのバスルームは玄関のドアの外なのだ。その古い家はもともと、乳幼児の高い死亡率を凌《しの》ぐペースで子供を増やしていた二十世紀初頭の大家族のひとつを収容するため、一九二〇年代に建てられたものだった。それは一九七〇年代に、一階の寝室三つの住居一戸と、二階の寝室ひとつの住居二戸に分割されたが、二階の二戸の一方には、バスルームが入るだけの余地がなかった。だから、狭くて急な階段をのぼりきると、右手のドアが僕の住居、左手のドアが僕のバスルーム、まっすぐ前方のドアが、もうひとつの二階の住居となっているわけだ。

僕はゴミ袋のひとつからジェレミーの歯ブラシと味つき歯磨き粉を掘り出して、玄関の外のバスルームへと向かった。ジェレミーは用心深く距離を置いてあとからついてきた。「ここがバスルームなんだ」僕は言った。「なかに入ったら、ドアに鍵をかけるんだよ」僕はデッドボルトのかけかたを実演してみせた。

ジェレミーはなかに入ってこなかった。彼は比較的安全な廊下から、バスルームの内部をチェックした。「やっぱりうちに帰ったほうがいいかも」

「そりゃ無理だな、相棒。ほら、母さんはミーティングに行ってるんだからさ」

「もううちにもどってるかも」

「まだもどってないよ。二、三日、もどらないんだ」

「電話して確かめたほうがいいかも」ジェレミーはまた親指で関節をこすりはじめた。その体が不安のせいでかすかに震えているのに、僕は気づいた。肩に手をかけて、落ち着かせてやりたかったが、それは彼の反応を激化させるだけだろう。ジェレミーの自閉症はそういうやつなのだ。


ジェレミーは階段のほうを向くと、その急な傾斜をじっと見つめ、親指をさらに強く手に押しつけて、パン生地をこねるように関節をこねまわした。僕は移動して、階段の前に立ちふさがった。ジェレミーは僕より二インチ背が高いし、体重のほうは優に二十ポンド（約九キログラム）上回っている。十四歳になるころには、彼は、身長、体重、ルックスにおいて、僕に勝《まさ》っていた。その北欧風の黄金色の髪がくるくる渦を巻いているのに対し、僕のくすんだ金髪は軽くジェルをつけて押さえておかないと、麦わらみたいに突っ立ってしまう。彼の顎が角張っていて、先端に少年ぽいくぼみがあるのに対し、僕の顎はまるで印象に残らない。彼がほほえむとき、その目が輝く海のブルーとなるのに対し、僕の目は薄いコーヒーみたいな茶色だ。肉体的に僕よりそれだけ優れていながら、彼はやはり僕の〝弟〟であり、ゆえに僕の感化を受けやすかった。僕はジェレミーの一段下に立つと、両手で彼の二の腕をつかんだ。そうして、ゆっくりと彼を後退させ、その注意を階段からそらして、うちのほうに引きもどそうとした。

背後の階段の下で、入口のドアが開いて閉じる音がした。つづいて、女性のリズミカルな足音が聞こえてきた。それが誰の足音なのか、僕にはわかった。すでに一カ月、彼女が部屋の前を通っていくのを毎日、聞いていたからだ。僕は、郵便受けの名札に記された〝L・ナッシュ〟というやつ以外、彼女の名前を知らなかった。その身長はせいぜい五フィート二インチほど、ショートの黒髪は、岩に砕けて踊る波のように顔を囲んで飛び跳ねていた。彼女には、黒っぽい目と小妖精《ピクシー》じみた鼻、それに、ほっといてよ、と言わんばかりの冷淡なところがあった。彼女と僕は廊下や階段で何度もすれちがっていた。僕が雑談に誘い込もうとすると、彼女は礼儀正しくほほえんでちゃんと返事はするものの、足を止めることはなく――無礼に見えないかたちで僕のちょっかいをやり過ごそうと、いつもベストを尽くしていた。

彼女は階段の途中で立ち止まると、ジェレミーの腕をつかんで力づくで引き留めている僕を見つめた。ジェレミーはL・ナッシュに気づいて動きを止め、床に視線を落とした。僕は彼女を通すために脇に寄った。階段の壁の隙間がぎゅっと狭まり、彼女は通り過ぎていった。ボディウォッシュとベビーパウダーのにおいが僕の鼻をかすめた。

「どうも」僕は言った。

「どうも」僕たちのほうを見て一方の眉を上げ、自室のドアまで残りの数歩を歩いていきながら、彼女はそう返した。僕はもっと何か言いたかった。だから、最初に頭に飛び込んできた考えを唐突に口にした。

「これはそういうんじゃないんだ」僕は言った。「僕たちは兄弟なんだよ」

「なるほどね」彼女は鍵を回しながら言った。「でも、ジェフリー・ダーマー（青少年を殺害した連続殺人犯）だって同じせりふを使えたんじゃない？」彼女は部屋に入ってドアを閉めた。

彼女の軽口に僕はあっけにとられていた。本当は、即座に気の利いた言葉を返したかったのに、頭は錆びたねじ釘みたいに回らなくなっていた。僕とはちがい、ジェレミーはＬ・ナッシュなんぞ見ちゃいなかった。彼は階段のてっぺんに静かに立っていた。その親指はもう関節をこすってはいない。危機はすでに過ぎたのだ。彼の目の意固地な表情は疲労の色へと変わっていた。彼の寝る時間は、もうとっくに過ぎているから。僕は彼をバスルームに連れもどして歯を磨かせ、その後、寝室に連れていった。それから、自分の古いテレビをその部屋に転がしていき、彼がＤＶＤプレイヤーで映画を観られるようにした。そのあと、僕は毛布を取ってきて、リビングのカウチに落ち着いた。

ジェレミーが映画を観ているのが聞こえてきた。おなじみの会話と音楽が彼を眠りに誘い込み、この新たな環境の不確かさから彼の注意をそらしている。階段の上でのあのどたばたはあったものの、僕としてはジェレミーがここまでうまく適応していることに感心せずにはいられなかった。新しい歯ブラシとか、いつもとちがう朝食のシリアルといった、些細な日常の変化にさえ、ジェレミーは動転することがある。ところがいま、彼は、見たこともない部屋、彼が〝うち〟と呼ぶやつの半分のサイズの住まい、バスルームさえない住居にいて、生まれて初めて上の段のないベッドで眠りに落ちようとしているのだ。

その夜は、母からの電話の猛攻を避けるため、携帯を切っておいたのだが、ここで僕は、ポケットからそれを取り出し、電源を入れて、逃した電話をチェックした。局番が五〇七の番号から二十一件、入っていた。治療センターからかけている母にちがいない。あの金切り声が聞こえるようだ――僕が電話を切っていることや、治療センターや拘置所《こうちしょ》に親を放置していることで、母が僕を責め立てるのが。後者の決定には、僕は関係ないんだけれど。

最初の九件のメッセージは母からだった。

「ジョーイ、自分の母親をこんなふうに扱うなんて、信じられない――」〈削除〉

「ジョーイ、いったいあたしが何をしたって言う――」〈削除〉

「ああ、そう、これでわかったわ。あんたって子はまるでたよりにならら――」〈削除〉

「確かにあたしはひどい母親――」〈削除〉

「ジョーイ、電話に出なさい。さもないと――」〈削除〉

「あんたは母さんを愛してないんだ――」〈削除〉

「ごめんね、ジョーイ。もう死にたい。そしたらきっと――」〈削除〉

「あんた、自分はおえらい大学生様だと――」〈削除〉

「さっさと電話に出な――」〈削除〉

「ジョー、ヒルビュー邸のメアリー・ローングレンです。あなたの課題のことでミスター・アイヴァソンと話をしたので、そのことをお知らせしたくてお電話しました……彼はあなたと会ってその件を話し合うことに同意したわ。でもね、まだやることに同意したわけじゃないのよ。

そこをはっきり伝えてほしいと言われました。彼は、まずあなたに会いたいと言っているんです。明日、ジャネットに電話して、何時ごろ来ればいいか訊いてごらんなさい。わたしたち、食事の時間に入居者の邪魔はしたくないの。だから、ジャネットに電話してね。バイバイ」

僕は電話を切って目を閉じた。かすかな笑みに頬がゆるむ。なんて皮肉な状況だろう。僕はまもなく、凶悪な殺人犯、ひとりの少女の命を躊躇《ちゅうちょ》なく奪った男、ミネソタ州一恐ろしい地獄の刑務所で三十年以上生き延びた犯罪者にインタビューする。なのにその面談よりも、自分の母親と再度、顔を合わせることのほうがよっぽど怖いのだ。それでも、背中には風が感じられた。僕はそれを追い風とみなすことにし、その風が英語の科目のよい成績をもたらすことを期待した。帆をふくらませて進めば、スタートの遅れはたぶん取りもどせるだろう。その夜、ようやく眠りに落ちたとき、僕はカール・アイヴァソンとの面談にはマイナス面はない、この出会いは僕の人生を好転させ――より楽にするのだという確信に心地よくくるみこまれていた。いま思うと、よく言っても初心《うぶ》だった。

第四章

逮捕されたとき、カール・アイヴァソンは靴を履いていなかった。僕がそれを知っているのは、焼け落ちた物置小屋の前を通って、待機する警察車両に裸足《はだし》で連行されていく彼の写真を見つけたからだ。彼はうしろ手に手錠をかけられ、背を丸めていた。その腕の一方を私服刑事が、もう一方を制服警官がつかんでいる。服装は、シンプルな白のTシャツにブルージーンズ。ついさっき警官たちにベッドから引っ張り出されたばかりなのか、波打つ黒髪は頭の片側に貼りついていた。

僕はこの写真をミネソタ大学ウィルソン図書館の深部、無数の新聞がマイクロフィルムで保管されているガラス張りの文書保管室で見つけた。新聞のなかには、アメリカ革命のころまで遡《さかのぼ》れるものもある。英雄や有名人の物語がぎっしり棚に並ぶ、図書館の他のセクションとはちがい、その保管室に収められているのは、耳に鉛筆をはさんだ、胃に潰瘍《かいよう》を持つ男たちの書いた記事――一般庶民、物言わぬ人々についての記事だ。自分たちの物語が何十年、場合によっては何世紀も世に残り、僕みたいなやつに読まれるとは、みんな夢にも思わなかったろう。その文書保管室は仮の宿という感じがした。何百万もの人々が、まるで小瓶のお香のようにマイクロフィルムにしまいこまれ、誰かが（ほんの束の間にせよ）彼らのエキスを解き放って、もう一度、触り、味わい、吸い込むのを待っているのだから。

僕はまず、カール・アイヴァソンの名前をインターネットで検索することから始めた。何千件ものヒットがあったが、なかのひとつは彼の事件に関する上訴裁判所の決定に触れた法律文書の抄録だった。法律用語が全部理解できたわけじゃないが、それで問題の殺人事件が起きた日の日付、一九八〇年十月二十九日がわかったし、被害者の女の子のイニシャル、C・M・Hもわかった。新聞で事件の記事を見つけるには、それだけわかれば充分だろう。

僕はつぎつぎと仕事をかたづけていった。思いがけず弟という要素が日常に加わったおかげで、能率アップは必須条件となっていたし、ジャグリングする玉がもうひとつ増えたことで相当あたふたしていた。ジェレミーのことを考えている自分に僕は気づいた。彼は僕の部屋でどう過ごしているだろう？　母さんの保釈審査は金曜前にかたづくだろうか？　金曜日はモリーの店の仕事がある。でも僕は、ジェレミーをひとり残して仕事に行きたくなかった。どうしても週末までに彼をオースティンに帰さなきゃならない。また仕事を休んだら、モリーにクビにされるのはほぼ確実だ。

その朝、学校に行く前に、僕はジェレミーにシリアルを注《そそ》いでやり、テレビをリビングのもとの場所に引っ張っていき、リモコンの使いかたを再度、彼に教えた。ジェレミーはもう十八だ。だから、自分でシリアルを注げないわけじゃない。でも、僕の住まいというなじみのない環境は、混乱を招く可能性が高かった。未知の戸棚の戸を開けて食べ物をさがすくらいなら、きっと彼はすきっ腹のままでいるだろう。その日は授業をパスしようかとも思った。でも、僕はぐずぐず事を先延ばしにして、すでにかなりの時間を無駄にしていた。そこで、ジェレミーのお気に入りのＤＶＤをいくつか並べ、二、三時間でもどるからと彼に言ってうちを出た。それくらいの時間なら彼もひとりで大丈夫だろうと思ったのだ。でも、不安は刻一刻と増すばかりだった。

僕はマイクロフィルムの書庫に行き、一九八〇年十月二十九日付〈ミネアポリス・トリビューン〉紙のリールを見つけた。リーダーにそれを挿入し、第一面に目を通したが、めあての記事はそこにはなかった。僕はなかのページへと進んだ。それでも、殺人事件の記事は見当たらない。少なくとも、十四歳の少女やC・M・Hのイニシャルを含むものはなかった。その新聞をすっかり読んだが、無駄だった。僕は椅子の背にもたれ、髪をかきあげた。法廷の意見書の日付がまちがっていたんじゃないか。僕はそう思いはじめていた。それからようやく、ああ、と気づいた。その話が新聞に載ったのは翌日になってからだろう。僕はリールを先へと回し、翌日の版に移った。一九八〇年十月三十日のトップニュースは、紙面の半分を占める、ホンジュラスとエルサルバドルの平和条約についての記事だった。僕のさがしていた話はその下にあった。ミネアポリス市北東部で、少女が殺され、焼かれた話が。文章は紙面の片端に細長く入っていて、隣には火災の写真が大きく掲載されていた。写真は、一台用の車庫ほどの大きさの物置らしき小屋に放水する消防士たちを写したものだ。炎は天を指し、屋根から優に十五フィートは噴き上がっている。撮影者は、消防隊が消火活動を始めたばかりのときにその写真を撮ったんだろう。記事にはこう書かれていた。

ピアス・ストリートの火災跡で死体発見

昨日、ミネアポリス市北東部、ウィンドム・パーク近隣の物置小屋の焼け跡から人の焼死体が発見され、現在、ミネアポリス警察が捜査を行っている。昨日午後四時十八分、市北東部のピアス・ストリート一九〇〇区で火災が発生したとの通報があり、消防隊が出動したところ、現場では前述の物置小屋が炎に包まれていた。警察が近隣住民を避難させるなか、消防隊員らは炎と闘った。ジョン・ヴリーズ消防士によれば、その後、焼け跡を調べていた火災調査員らが、瓦礫のなかで焼け焦げた死体を見つけたという。死体の身元はまだ確認されていない。警察は事件の可能性もあるものと見ている。

記事はさらに何段落かつづいていたが、内容は損害の程度とか近隣住民の反応といったどうでもいいことだった。

僕はそのページをプリントアウトしてから、マイクロフィルムの翌日の版に目を通した。続報の記事では、警察はすでに、前日発見された遺体がクリスタル・メアリー・ハーゲン（十四歳）のものであることを確認していた。遺体は損傷がひどく、当局は、火が点けられたとき、彼女はすでに死んでいたのではないか、と見ていた。全焼した物置小屋は、クリスタルが母のダニエル・ハーゲン、継父のダグラス・ロックウッド、その息子のダン・ロックウッドとともに暮らしていた家の隣に立っていた。クリスタルの母、ダニエルは記者たちに、クリスタルがいないことに一家が気づいたのは、物置の焼け跡で死体が発見されたという話が広まって少ししてからだと語っている。遺体は、歯の記録により、クリスタルであることが確認されたそうだ。記事は最後に、カール・アイヴァソン（三十二歳）が事情聴取のため勾引《こういん》されたと記していた。アイヴァソンは、クリスタル・ハーゲンの隣の家に住んでおり、ハーゲンの遺体が発見された物置小屋の所有者でもあった。

ふたりの警官が裸足のカール・アイヴァソンを連行する例の写真は、この記事に添えられていたものだ。僕はマイクロフィルム・リーダーのつまみを回して、写真を拡大した。Tシャツにジーンズのアイヴァソンとは対照的に、ふたりの警官はコートを着て、手袋をしていた。制服警官は、撮影者の背後の何かにじっと視線を据《す》えている。その目にうかがえる悲しみの色から、僕はこんな想像をした。この警官はクリスタル・ハーゲンの家族を見ていたんだろう。きっと彼らが、自分たちの娘を殺して焼いたモンスターの逮捕を見守っていたんだ。私服刑事のほうは、口を開き、顎をわずかに歪めていた。何か言っているんだろうか？　もしかすると、カール・アイヴァソンをどなりつけているのかもしれない。

写真の三人のうち、カール・アイヴァソンだけがカメラを見ていた。僕は彼の顔から何を見出せると思っていたんだろう？　それは自分でもわからない。殺人を犯したあと、人はどう振る舞うものなのか、だろうか？　少女を焼いた物置小屋の墨色の残骸を通り過ぎるとき、人は闊歩《かっぽ》するものなのか？　無頓着の仮面をかぶり、近所の店に牛乳でも買いに行くように、なんの関心も見せずに瓦礫の前を素通りするものなのか？　それとも、自分がつかまってしまったこと、与えられた最後の自由を呼吸し終えたこと、残る一生を檻《おり》のなかで過ごすことを悟り、恐ろしさに正気を失うものなのか？　でも、カール・アイヴァソンの顔、撮影者を見る彼の目にズームインしたとき、そこには驕《おご》りも、偽りの落ち着きも、恐れも見られなかった。僕が目にしたのは、混乱だった。

第五章

古い住居には、独特のにおいがしみついている。子供のころ、僕は母を訪ねてきた人たちの、それに対する反応に気づいた。腐敗の毒気に顔を直撃されると、人はみな、ほんの一瞬うっかりして、鼻をぴくつかせ、目を瞬《しばたた》き、顎を引いてしまう。小さいころ、僕は、家というのはどれもみな、あんなふうにカビ臭いものだと思っていた。香りつきキャンドルや焼きたてのパンのにおいじゃなく、汚れたスニーカーと洗っていない食器のにおいがするものだと。でも中学に入るころには、その僕も、誰かが戸口に来るたびに恥ずかしくて目をそらすようになっていた。大人になって自分の部屋を借りるときは、老いぼれ猫のにおいじゃなく古い木材の香りがするうちにしよう。僕はそう心に誓った。

結局、僕の予算では、それは簡単に実現できることじゃなかった。僕が入居した三戸一棟のアパートメントには古い地下室があり、その湿気が床上へと立ちのぼって、腐りかけた木材のきついにおいが混じる汚泥《おでい》の刺激臭で建物全体を満たしていた。臭気は、共同の玄関を入ってすぐの、居住者の郵便受けが壁に留めてあるエリアで最高に強くなる。そしてそのロビーの右手に、僕の部屋に行く階段、左手に、コスタスさんというギリシャ人一家が住む一階の住居のドアがあるのだが、そのドアからはときどき、香辛料の濃厚な香りが漏れ出てきて、地下室の悪臭と混ざり合い、五感を圧倒するのだった。

僕は自分の部屋をいつもきれいにしておくよう心がけていた。週に一度、掃除機をかけ、食器は毎食後ちゃんと洗った。住みだしてまだまもないのに、すでに一度、塵払《ちりはら》いもしていた。どう考えても、僕は潔癖症とは言えない。ただ、自分の部屋が原始のままの無秩序状態に陥《おちい》るのを放置する気はなかった。僕はコンセントに挿し込むタイプのエア・フレッシュナーまで利用した。それはリンゴとシナモンの香りを噴出し、僕の帰宅を毎日、歓迎してくれた。でもその日、うちに入ったとき、僕の注意をとらえたのは、エア・フレッシュナーの上っ面のお愛想ではなかった。なんと、ジェレミーがあの隣の女の子、〝L・ナッシュ〟と並んで僕のカウチにすわっていたのだ。ふたりはくすくす笑っていた。

「それこそ皮肉というものだよ」L・ナッシュが言った。

「それこそ皮肉というものだよ」ジェレミーも言った。それから彼とL・ナッシュはまた一緒に笑いだした。僕はそのせりふを知っていた。ジェレミーのDVDから流れてくるのをしょっちゅう聞いていたから。それはジェレミーのもうひとつのお気に入りのせりふだった。ふたりは一緒に例の映画を観ていたらしい。ジェレミーはいつものように、カウチの中央、テレビの真ん前にすわっていた。両足をぺたりと床につけ、カウチの背もたれのカーブに逆らってまっすぐに背筋を伸ばし、両手は必要とあらばすぐこねまわせるよう膝の上で丸めている。

L・ナッシュは、ジーンズに青いセーターという格好で、カウチの端に脚を組んですわっていた。ジェレミーとともに笑うとき、黒っぽいその目は軽やかにくるくる躍った。僕はそれまで彼女の笑顔を見たことがなかった。廊下ですれちがったとき、口の端を軽く上げる程度のなら見たかもしれない。でもいま、その笑顔は彼女を別人に変えていた。それこそ、身長が伸びたとか、髪の色が変わったとか、そういうレベルの変貌。頬にはえくぼができ、唇は白い歯をのぞかせて前よりも赤くやわらかく見えた。ああ、彼女はキュートだ。

ジェレミーとL・ナッシュは、パジャマ・パーティーの邪魔をした親を見るような目で僕を見あげた。「どうも」僕は言った。声にとまどいが出てしまった。本当はこう言いたいところだった――「ジェレミー、いったいどうやってL・ナッシュを僕のうちに連れ込んで僕のカウチにすわらせたんだよ？」

僕のとまどいの色に気づいたにちがいない。L・ナッシュが説明をしてくれた。「ジェレミーがテレビのことでちょっと困っていたの」彼女は言った。「それで、わたしが手助けに来たというわけ」

「テレビのこと？」僕は言った。

「テレビの調子が悪かったのかも」いつもの無表情にもどって、ジェレミーが言った。

「ジェレミーはまちがったボタンを押したのよ」L・ナッシュが言った。「うっかり入力切換ボタンを押したのね」

「僕がまちがったボタンを押しただけかも」ジェレミーが言った。

「大変だったな、相棒」僕は言った。僕自身も何度かそれと同じ失敗をし、DVDからVCRへうっかり入力を切り換えて、テレビ画面にいきなり騒々しい砂嵐を発生させたことがあった。

ジェレミーにとって、それは地獄だったにちがいない。「それで、彼はどうやって……つまり、どっちが……」

「ライラがテレビを直したのかも」ジェレミーが言った。

「ライラ」僕は舌の先にちょっとその名を載せておいた。じゃあ、あのLはライラのLだったのか。「僕はジョーだよ。弟のジェレミーとはもう知り合いなんだよね」

「ええ」ライラは言った。「ジェレミーとわたしはもう仲よしよ」

ジェレミーはすでに映画に注意をもどしていて、ライラのことは背後の壁程度にしか気にしていなかった。馬鹿な僕は──女性の前だとその症状がしばしば悪化するもので──自分のつぎの一手は、ライラをジェレミーから救い出し、大人のテーブルに連れていき、持ち前のウィットと魅力で夢中にさせることだと判断した。とにかく、それが僕のプランだった。

「僕が連続殺人鬼じゃなかったんで驚いてる?」僕は言った。

「連続殺人鬼?」ライラはとまどって僕を見あげた。

「きのうの夜……きみは……ほら……僕をジェフリー・ダーマーだって言ったじゃない」

「ああ……忘れてた」彼女は小さな笑みを見せた。ウケようとしてすべった僕は、あたふたと新しい話題をさがした。「それで、テレビを直してないときは、きみは何をしてるの?」

「わたし、ミネソタ大の学生なの」その言葉はゆっくりと流れ出てきて、彼女が学生であることを僕が知ってることを彼女がようく知ってることを強調した。僕たちは教科書を手に階段で何度となくすれちがっているのだ。でも、出だしのつまずきにもかかわらず、僕はこれを前進と見た。僕たちは初めて会話らしい会話をしているのだから。僕はしばしば——少なくとも、気味悪がられない程度には——アパートメントへの出入りが彼女と一緒になるようタイミングを計ってきた。それでも、日光を日陰と混ぜ合わせることができないのと同じで、彼女と話をすることはできなかった。ところがいま、僕たちはちゃんと会話をしている。それも全部、ジェレミーがまちがったボタンを押したおかげなのだった。

「弟に手を貸してくれてありがとう」僕は言った。「ほんとに助かったよ」

「お隣のよしみよ」彼女はそう言って、腰を上げた。

帰ろうとしているのだ。僕は帰したくなかった。「お礼をさせてよ」僕は言った。「どこかに夕食を食べに行かない？」その言葉は、口から出るなりボトンと床に落下した。

ライラは一方の手でもう一方の手を包み込み、肩をすくめて言った。「気を使わないで」玩具が電池切れに屈するように、彼女の気さくさが薄れていく。その目の動きはもう軽やかじゃなかったし、えくぼも消えていた。まるで僕の言葉が彼女に暗い影を投げかけたかのようだった。「もう行かなきゃ」彼女は言った。

「まだ帰せないよ」

彼女はドアへと向かった。

「つまりさ、帰すわけにいかないんだ」意図したよりも懸命な声になって、僕は言った。「こっちは親切に報《むく》いる義務があるんだからね」僕はドアのほうに移動し、彼女の通り道を半ばふさいだ。「せめてお昼くらい食べてってよ」

「授業に出なきゃいけないの」彼女は僕を迂回して先に進んだ。通り過ぎるとき、その肩が僕の腕に軽く触れた。それから彼女は、ドアの前で足を止めた。少なくとも僕には、足を止めたように思えた。僕の誘いを再検討していたのか。それとも、僕をもてあそんでいたのか。あるいは、それは僕の想像力の引き起こした錯覚で、彼女はぜんぜん足を止めていなかったのかもしれない。もちろん僕は、一か八かやってみるほうを選び、さらに食い下がった。

「せめてうちまで送らせて」僕は言った。

「たった八フィートなんだけど」

「十フィートはあるよ」僕は彼女のあとから廊下に出て、ドアを閉めた。下手なジョークは不発に終わったので、今度は戦略を変えて、誠意を使ってみた。「ジェレミーのこと、ほんとにありがとう」僕は言った。「あいつはちょっと……なんて言うか……子供っぽいよね。実はあいつ……」

「自閉症?」彼女は言った。「ええ、わかってる。わたしにも、自閉症スペクトラムのいとこがいるから。彼もジェレミーみたいな感じなの」ライラは自室のドアにもたれた。その手がノブを回しだす。

「今夜、うちに夕食に来ない?」僕はそう言って、微妙な空気を粉砕した。「僕からのお礼ってことで。スパゲッティを作るよ」

彼女は部屋に入った。それから、急に真顔になって振り返り、僕と目を合わせた。「ねえ、ジョー」彼女は言った。「あなたはいい人なんだろうと思う。でも、わたしは誰とも食事なんかしたくないの。いまのところはね。いまのところ、そういうのは求めてないのよ。とにかく――」

「うん。うん、わかってる」僕は彼女をさえぎった。「ちょっと訊いてみただけだよ。これは僕のためじゃない。ジェレミーのためなんだ」僕は嘘をついた。「あいつはよそに泊まるのが苦手だし、きみのことが好きみたいだからさ」

「ほんとに？」ライラはほほえんだ。「あなた、自分の弟を売る気なの？　わたしに手料理を振る舞いたいがために？」

「お隣のよしみだよ」僕はほほえみ返した。

彼女はドアを閉めかけたが、そこでためらい、どうしたものかちょっと考えた。「わかった」彼女は言った。「夕食一回だけね――ジェレミーのために」

第六章

ヒルビュー邸の受付係、ジャネットは、今回、僕が入っていくと、笑顔で迎えてくれた。前もって電話をかけ、ミスター・アイヴァソンの食事と昼寝の時間を確認したのは正解だった。彼女は二時ごろに来るように言い、僕はきっかり二時にそこに着いて、予想にたがわず、ドアを通り抜けるなりメンソレータムのにおいに襲われた。例のいびつな鬘《かつら》の老婦人は、相変わらず入口の番をつづけていたが、通り過ぎる僕には目もくれなかった。うちを出る前、僕はジェレミーをカウチにすわらせ、映画をスタートさせ、リモコンのボタンのどれを押すべきで、どれを押してはならないかをもう一度、彼に教えた。万事順調に進めば――なおかつ、アイヴァソンが僕の課題のテーマになることを承知してくれれば――時間内になんとか僕の書く物語の背景くらいはつかめるかもしれない。

「こんにちは、ジョー」ジャネットは立ちあがって、受付カウンターの向こうから出てきた。

「タイミングはこれでよかったでしょうか?」

「まあ、もっといい時というのはないでしょうね。ミスター・アイヴァソンは昨夜、つらい夜を過ごしたのよ。膵臓《すいぞう》がんは恐ろしい病気なの」

「彼、大丈夫かな……」

「いまは元気よ。ちょっと疲れてるだろうけど。ときどきお腹の痛みがひどくなってね、そういうときは、鎮静剤をのませて、何時間か寝かせてあげなきゃならないの」

「放射線治療とか化学療法とかは、受けてないんですか?」

「受けたければ受けられるんじゃないかしら。でも、ここまで来たら、あまり意味がないでしょう。化学療法はうまくいっても、避けられないことを先に延ばすだけね。彼はそんなこと望んでないって言うの。無理もないわ」

ジャネットは僕と一緒に休憩室へと歩いていき、建物の背面に連なる大きな窓に向かってひとり車椅子にすわっている男を指さした。「毎日あそこにすわって、窓の外を眺めているのよ。

何を見ているのかは知らないけどね。だって見るものなんて何もないんだから。彼はただあそこにすわっているの。ローングレン院長は、金属の格子にさえぎられない景色に見とれているんだって言っている」

僕は半ばこんな予想をしていた——カール・アイヴァソンは、モンスターとして扱われ、他の居住者の安全のため、革ベルトで車椅子に拘束されているだろう。また、恐ろしく邪悪なことができる狂った男の射るような冷たい目をしているだろう。また、悪名高い敵役《かたきやく》らしい圧倒的な存在感をそなえているだろう。ところが、どれもハズレだった。カール・アイヴァソンは、僕の計算が正しければ、六十代半ばのはずだった。でも、この男を見たとき、僕は、ジャネットがまちがえて、ちがう人のところへ案内したんじゃないかと思った。男の頭頂部からは、灰色の細長い毛の房がまばらに垂れさがっていた。また、憔悴《しょうすい》した頬からは、骨が鋭く張り出していた。それに、黄疸《おうだん》で黄ばんだ薄い皮膚が貼りついた首は、あまりに細くて萎《しな》びているので、僕の片手でつかめてしまうにちがいなかった。その首には、頸動脈を横断するひどい傷があった。痩《や》せこけた二の腕にもだ。筋肉も脂肪もないため、腕の腱《けん》は骨の上に浮き上がって見える。子供が木の葉を日光にかざすように、彼の腕を持ちあげれば、そこを走る静脈や毛細血管がひとつ残らず透けて見えるんじゃないだろうか——僕は半ば本気でそう思った。仮に何も知らなかったら、彼の年齢も八十くらいと見積もっていただろう。

「ステージ4なのよ」ジャネットが言った。「これ以上は悪くなりようがないわ。なるべく快適に過ごせるようにするつもりだけど、わたしたちにできることはその程度だわね。モルヒネも使えるけど、本人が受けつけないし。頭が朦朧《もうろう》とするくらいなら痛いほうがましだって言うのよ」

「余命はあとどれくらいですか？」

「わたしはクリスマスまではもたないと思ってる」ジャネットは言った。「ときどき気の毒に思うこともあるわ。でもそのたびに、彼がどういう人間か――何をしたかが頭に浮かぶの。そして、彼に殺された女の子のこと、その子が奪われたあらゆるもののことを考えてしまうのよ――ボーイフレンドとか、愛とか、結婚して自分の家族を持つこととかね。もし殺されなかったら、彼女にはいまごろ、あなたくらいの年の子供がいたでしょう。彼のことが気の毒になりだすと、いつもそういうことが頭に浮かぶの」

受付カウンターで電話が鳴り、ジャネットを呼びもどした。僕はしばらくその場で待った。彼女がもどってきて、紹介の労をとってくれるのを期待して。彼女がもどらないとわかると、僕は殺人者カール・アイヴァソンのなれの果てに用心深く近づいた。

「ミスター・アイヴァソン？」僕は言った。

「うん？」ゴジュウカラが一羽、窓の外の枯れたバンクスマツの幹をするすると駆けおりていく。その姿から、彼は目を離した。

「ジョー・タルバートです」僕は言った。「ローングレン院長から僕が来ることを聞いていらっしゃいますよね？」

「ああ、面会の人が……着いたわけだ」カールは言った。半ばささやくように。途中、ヒューッと息を吸い、一文を半分に区切って。彼はそばにあった肘《ひじ》掛け椅子を目で示した。僕はすわった。「あんたが例の学者さんなんだね」

「いやあ」僕は言った。「学者じゃありませんよ。ただの学生です」

「ローングレンから聞いたが……」彼はぎゅっと目を閉じ、痛みの波が通り過ぎるのを待った。

「彼女から聞いたが……わたしの話を書きたいそうだね」

「英語の課題で伝記を書かなきゃならないもので」

「となると」彼は一方の眉《まゆ》を上げ、身を乗り出して、きまじめな顔で言った。「当然、第一の質問は……なぜわたしなのか、だな。どうしてこのわたしが……そんな名誉にあずかれるのかな？」

「あなたには非常に興味深い過去がおありですから」僕は真っ先に頭に浮かんだことを口にした。そして、その言葉は嘘くさく聞こえた。

「興味深い？　どういう点が？」

「だって、こういう人にはめったに会えないでしょう？　あなたは……」僕はここでブレーキをかけ、このせりふを礼儀正しく締めくくる言葉をさがした。殺人犯？　子供を犯す強姦魔《ごうかんま》？　それじゃあまりにきつすぎる。「……刑務所にいた人ですから」

「遠慮してるわけだね、ジョー」カールは、息継ぎの間を取らずにすむよう、一語一語、慎重に、一定の間隔で発声していた。

「というと？」

「おまえさんがわたしに興味を持ったのは、わたしが服役してたからじゃない。ハーゲン殺しのせいだ。おまえさんがわたしと話してるのは、だからさ。はっきり言っていいぞ。それで成績が上がるんだろう?」

「確かにちょっとはそれも考えました」僕は言った。「その種のこと……つまり、人が殺されることですけど……そうですね、そういうことには、めったに遭遇しませんから」

「案外よくあることかもしれんぞ」彼は言った。「この建物のなかにも、人を殺したことのある人間が十人から十五人はいるんじゃないかね」

「この建物のなかに、あなた以外に十人も人を殺《あや》めた人間がいるって言うんですか?」

「おまえさんが言ってるのは、殺すことなのか、それとも、殺害することなのかな?」

「そのふたつにちがいがあるんですか?」

ミスター・アイヴァソンは、窓の外に目をやって、しばらく考えていた。その様子は、答えをさがしているというより、それを僕に教えるべきか否か思案しているようだった。彼が答える前、その顎の小さな筋肉がぴくぴく動くのを僕は見た。「うん」彼は言った。「ちがいはある。わたしは両方ともやった。殺したこともあるし……殺害したこともある」

「そのちがいはなんなんです?」

「太陽が昇るのを願うことと太陽が昇らないのを願うことのちがいだな」

「わかりません」僕は言った。「それはどういう意味ですか?」

「もちろん、わからんだろうさ」彼は言った。「わからなくて当然。おまえさんはまだほんの子供、大学生のぼんぼんだもんな。ビールと女の子に親父さんの金を注ぎこんで、あと何年か就職せんでいいように合格点を取ろうとがんばってるわけだ。きっと、心配事といやあ、今度の土曜までにデートの相手が見つかるかどうかってことくらいなんだろう」

病み衰《おとろ》えたこの老人の覇気に、僕は意表を突かれた。それに率直に言って、腹も立った。僕は、リモコンのボタンひとつで危機に陥る、自宅で待つジェレミーのことを思った。また、助けてくれと泣きついては、僕が生まれてきたことを呪う、拘置所《こうちしょ》の母のことを、そしてまた、大学をつづけられるか否かの境目を歩いている自分のことを。僕は、色眼鏡で人を見るこのいやな老いぼれを、車椅子から放《ほう》り出してやりたかった。胸に怒りがこみあげてきた。でも、ジェレミーにいらいらしたときいつもやるように深呼吸をひとつして、僕はそれをやり過ごした。

「あなたは僕のことを何も知らないでしょう」僕は言った。「僕がどんな経験をしてきたか、いまどんな苦労をしているか知らないし、ここに至るまでにどんな泥沼をかき分けてきたかも知らない。あなたが自分の過去を僕に話すかどうかは、あなたの自由です。それはあなたの特権ですよ。でも、僕について勝手な判断をするのはやめてください」僕は立ちあがって歩み去りたいのをこらえ、椅子の肘掛けをぎゅっとつかんでそこにすわりつづけた。

アイヴァソンはまず、白くなった僕の関節を、つづいて、僕の目を一瞥《いちべつ》した。かすかなほほえみ、雪のひとひらより繊細なやつが、彼の顔をよぎり、その目がよしよしとうなずいた。

「いいね」彼は言った。

「いいって何が?」

「きみが、過去をすっかり知る前に人を判断するのはまちがいだと知ってるってことがさ」

彼は僕に何かを教えたがっているのだ。それはわかったが、あまりに怒りが激しすぎて、僕は反応できなかった。

彼はつづけた。「わたしには人に過去を語る機会がいくらでもあった。刑務所にいたときは、わたしの人生を金儲けの道具にしたがる連中からよく手紙が来たもんだよ。わたしは一度も返事を出さなかった。同じ話を百人の書き手にすりゃ、連中は百通りの物語を書くだろう。わたしにはそれがわかってたんだ。だから、もし自分の過去を語るなら——もしすべてについて真実を語るなら——わたしはきみがどういう人間なのか知っとかなきゃならない。きみが楽《らく》していい成績を取りたいだけのくだらん若造じゃないってことや、わたしに対して常に正直であり、わたしの話を公平に書くってことをな」

「わかってますよね」僕は言った。「これはただの授業の課題なんですよ。僕の先生以外、それを読む人はいないんです」

「ひと月が何時間か知っているかね？」カールは唐突に訊ねた。

「計算すればわかるでしょうけど」

「十一月は七百二十時間だ。十月と十二月はそれぞれ七百四十四時間だよ」

「なるほど」この脱線について彼が説明するのを期待し、僕はそう言った。

「いいかね、ジョー、わたしには残りの人生を時間単位で数えることができるんだ。その時間の一部をきみに使うなら、そうするだけの価値がきみにあることを知っておかなきゃならないんだよ」

　そのことは考えていなかった。ジャネットは、カールはクリスマスを待たずに死ぬものと見ている。九月の残りはちょうど一週間。ということは、カールが生きられる時間は、あと三カ月だ。頭のなかでざっと計算して、僕は理解した。ジャネットの考えが正しいとすれば、カール・アイヴァソンには余命三千時間もない。「わかる気がします」僕は言った。

「つまり、わたしの言いたいことはこうだ――わたしはきみに対して正直でいよう。きみからのどんな質問にも答えよう。世間でよく言う〝開かれた本〟となろう。だがわたしは、自分の限られた時間をきみが無駄にしてないことを知っていたい。きみのほうもわたしに対して正直でなきゃならないよ。それがわたしの求めるすべてだ。できるかね？」

　僕はしばらく考えた。「包み隠さずすべて話すって言うんですか？　完全に正直に？」

「そう、完全に正直にだ」カールは、握手するために、契約を結ぶために、手を差し出し、僕はその手を握った。まるでビー玉の入った袋でもつかんでいるかのように、彼の薄い皮膚の下で骨がごつごつしているのが感じられた。「ところで」カールは訊ねた。「どうしてきみは、親父さんやお袋さんの話を書かないのかな？」

「母はあまりあてにならないとだけ言っておきましょう」

　カールは僕をじっと見つめ、つづきを待った。「正直に、と言ったろう？」彼は言った。

「わかりました。正直に、ですね？　目下、母はオースティンの解毒治療センターにいるんです。明日、出てくるでしょうけど、そのあとは、初回出頭まで拘置所で過ごすことになります。

飲酒運転ですよ」

「ふむ、お母さんには語るべき物語がありそうじゃないか」

「僕にはそれを語る気はありませんから」

ミスター・アイヴァソンは、わかったとうなずいた。「親父さんのほうは？」

「父には会ったこともないんで」

「お祖父さんやお祖母さんは？」

「母方の祖母は、母が十代のときに亡くなっています。祖父は僕が十一のとき亡くなりました」

「どうして亡くなったんだね？」カールはこの質問を、あくびをするときと同様に、特に何も考えず口にした。でも彼は、僕のいちばん深い傷に偶然触れてしまったのだ。僕が誰とも——自分自身とさえ——話し合うまいとしていること。その話題へのドアを、彼は開けたのだった。

「僕のことはどうでもいいでしょう」その鋭い口調で、ミスター・アイヴァソンと自分のあいだにざくざく溝を切りながら、僕は言った。「それに、僕のじいちゃんのこともどうでもいい。肝心なのは、あなたです。僕はあなたの話を聴くためにここにいるんですからね。そうでしょう？」

カールは椅子の背にもたれて、しげしげと僕を見つめた。僕は顔からすべての表情をかき消そうと努めた。目に浮かぶ罪悪感、食いしばった歯が暴露する怒りを、彼に見られたくはなかった。「わかった」彼は言った。「痛いところに触れる気はなかったんだよ」

「大丈夫」僕は言った。「痛いところなんて別にありませんから」自分の反応は軽いいらだちの表れにすぎない——僕はそんなふりをしようとした。それから、話題を変えるために、彼に質問を放《はな》った。「ミスター・アイヴァソン、ひとつ訊かせてください」

「ああ、いいよ」

「残された時間があと数カ月だとすると、なぜあなたはその時間を僕と話すのに使ってくださるんでしょう?」

カールは椅子のなかで体の位置を調節した。その目は窓の外に注がれ、道の向こうの集合住宅を見つめていた。ずらりと連なるバルコニーに散らかった、干されたタオルやバーベキュー・グリルを。彼の人差し指が車椅子の肘掛けをなでている。それを見て、僕は、不安になると関節をさすりだすジェレミーを思い出した。「ジョー」ついにカールは言った。「臨終の供述という言葉を知ってるかな?」

知らなかったけれど、試しに言ってみた。「死にかけている人による供述のことですか?」

「これは法律用語でね」彼は言った。「もし誰かが自分を襲った相手の名前をつぶやいて死んだら、それは有力な証拠とみなされるんだ。なぜなら、死んでいく人間は嘘をついたまま死にたくないものだと信じられているから——そう理解されているからだよ。取り返しのつかない罪、告白できずに終わる罪ほど重い罪はないからね。つまりこれは……きみとのこの会話は……わたしの臨終の供述なんだ。きみの書いたものを誰が読もうが、わたしはかまわん。たとえきみがまったく何も書かなくたってかまわんのさ」カールは口をすぼめた。彼の目は、すぐそこの景色より遠い何かをさがし求めており、その声はかすかに震えていた。「わたしはそれを言葉にしなきゃならない。遠い昔に何があったのか、本当のところを誰かに話さなきゃならないんだ。わたしは自分のしたことについて、誰かに真実を話さなきゃならないんだよ」

第七章

その夜、僕の頭は興奮の波で脈動していた。課題の伝記のテーマにする悲劇の主人公は無事、確保できた。そして、夜の締めくくりには、ライラ・ナッシュとのディナー・デートがある。うん、わかってる。デートじゃない。でもとにかく、女の子がうちに来て、一緒に食事をすることにはなっている。これはいまだかつてなかったことだ。デートとなると、僕はいつもレストランに固執してきた。女の子のために料理したり、うちで食事を出したりしたことは一度もなかった。一度だけ、そうしかけたことがあるけれど、高校時代の僕のプランの多くと同じく、そのプランもまた瓦解《がかい》した。

思春期のどの時点かで、僕は自分がハンサムでも不細工でもないことを知った。僕は、絵の背景を成す〝まああのやつ〟というあの大海に収まっていた。女の子が、本命の男はすでに他の子を誘ったと知ったあと、ホームカミング・パーティーに一緒に行くのを承諾する相手――それが僕なのだ。別に僕はそれでかまわない。いや、むしろ、いいルックスなんぞ自分に付いてたって無駄だと思っているくらいだ。誤解しないでほしい。僕だって高校時代、人並みにデートはしてきた。でも、意図的に、二カ月以上は誰ともつきあわなかったのだ。フィリスだけは別だけれど。

フィリスは僕が初めてつきあった女の子だ。彼女は、頭から四方八方に広がるイソギンチャクの触手みたいな茶色の縮れ毛の持ち主だった。ファースト・キスをお互いで経験するまで、僕は彼女の外見をへんてこだと思っていた。その後、僕の目には彼女の髪が大胆で前衛的に見えるようになった。僕たちは高校一年生だった。ふたりは、幼い恋人たちがたどる踏みならされた道をたどり、どこまで進めるか手さぐりしながら、物陰に隠れてこっそりキスしたり、学食のテーブルの下で手を握り合ったりと、僕にはすばらしく刺激的に思えたいろんなことをした。ところがある日、彼女は、どうしても母に紹介してほしいと言いだした。

「わたしのことが恥ずかしいの？」フィリスは訊ねた。「あなたにとって、わたしは都合よくもてあそんでいるだけの相手なの？」どんなにがんばっても、彼女に対するまじめな気持ちはわかってもらえなかった。うちに連れていって親にきちんと紹介しなきゃだめなのだ。いま振り返ると、それならただ彼女と縁《えん》を切り、あいつはひどいやつなんだと思わせておくべきだった。

当日、僕は母に、学校のあとフィリスを連れてくるから、と言った。その日のその一時間は行儀よくしてなきゃならないことが母に伝わることを期待して、朝のあいだはなるべく頻繁に、彼女が来る話を持ち出した。たった一時間、感じよく振る舞うこと、しらふでまともでいること。母の務めはそれだけだった。僕ってやつは、ときどき多くを求めすぎるのだ。

フィリスと一緒に玄関前の小道を歩いていくとき、僕は料理のにおいに気づいた。いや、キッチンで焦げている料理の残骸のにおいに、だ。フィリスは学校から僕のうちまで歩いてくるあいだ、ずっと笑みをたたえていた。うちが近づいてくると、その手は不安げに組み合わされた。僕は玄関の前で足を止めた。母がケヴィンとかいう男をどなりつけているのが聞こえたのだ。ケヴィンなんてやつは、僕はひとりも知らなかった。

「ああもう、ケヴィン、いますぐには払えないんだってば」僕には、母の呂律《ろれつ》が怪しいのがわかった。

「実にすばらしいね」男の声がどなり返した。「俺のほうは必死でおまえを助けてきたのによ。こっちに金がいるときは、知らん顔とはなあ」

「あんたの仕事が長つづきしないのは、あたしのせいじゃないからね」母は叫んだ。「あたしを責めるのはお門《かど》ちがいよ」

「だよな。でも俺に金がないのは、おまえのせいだぜ」彼は言った。「おまえとちがって、こっちには、財布代わりの足りないガキはいないんだ。俺はおまえに百ドル貸してる。知ってるぞ。あのガキのおかげで、おまえは手当だかなんだかもらってるんだろ。そこから金を返せよ」

「ちくしょう!　このくそ野郎。あたしの家から出ていきな」

「俺の金はどこだ?」

「そのうち返してやるよ。さあ、出ていけって」

「いつだよ？　俺の金はいつ返ってくるんだ？」

「出ていけってば。うちの子がどっかのブスを連れてくるんだよ。支度をしなきゃ」

「俺の金はいつ返ってくるんだ？」

「とっとと出ていけ。さもないと、おまわりを呼んで、あんたがまた無免許運転してるのをばらしてやるから」

「このくそアマ」

ケヴィンは裏口のドアをバタンと閉めて出ていき、それとほぼ同時に、キッチンで焦げている料理を糧に、煙探知機が金切り声で叫びはじめた。フィリスに目をやった僕は、彼女が脳のシャッターを下ろしたことを知った。もっともそれも遅すぎて、この経験を閉め出すのには間に合わなかったわけだけど。この一件は、彼女の未来のセラピーの焦点となるにちがいない。

僕は謝罪し、説明したかった。いや、できることなら、ポーチの床板の隙間から下に落ちて、消えてしまいたかった。僕はフィリスの肩をつかんで、くるりと反対に向けると、彼女を角まで連れていき、最後のさよならを言った。翌日、学校の廊下で会ったとき、彼女は露骨に僕を避けていた。僕はそれでかまわなかった。どのみち僕のほうも彼女を避けただろうから。その後、僕はどんな子とも二カ月以上はつきあわなかった。母のところに女の子を連れていって恥をかくのは、二度とごめんだった。

ライラとの夕食のためにパスタ料理を作りながら、僕はフィリスのことを思い出していた。

僕にとって、女の子をうちに連れていき、なおかつ、戸口で何が待ち受けているのか心配しなくていいというのは、生まれて初めてのことだ。でも、忘れるな。今回は女の子をうちに連れていくわけじゃない。これはデートじゃないのだ。それでも僕は支度にかなり時間をかけた。髪はきちんととかし、少し多めに消臭剤を使い、ほんのちょっとコロンもつけた。服は〝僕を見て〟と言いつつ、〝なんだっていいのさ〟と言ってるようなのを選んだ。さらには、廊下の向こうのバスルームでジェレミーにまでシャワーを浴びさせた。それもこれも、ミドル・ラインバッカー並みの威力で僕をへこます女の子のためだなんて……。だけど、ああ、彼女はやっぱりキュートだ。

ライラは七時にやって来た。着ているものは、授業に出かけたときと同じジーンズとセーターだった。彼女は、こんばんは、と言って、キッチンを見回し、僕がお湯を沸かしているのを見ると、ジェレミーのところに行った。彼はカウチにすわっていた。

「ハンサムさん、今夜の映画は何？」彼女は訊ねた。

ジェレミーはちょっと赤くなった。「『パイレーツ・オブ・カリビアン』がいいかも」彼は言った。

「最高」ライラはにっこりした。「あの映画、大好きなの」ジェレミーは彼一流のとぼけた笑みを浮かべて、リモコンをテレビに向けた。ライラがそのボタンを押し、映画をスタートさせた。

カウチに並んですわったジェレミーとライラを見て、僕は奇妙な嫉妬を覚えた。でも、これぞまさに身から出た錆《さび》。僕はジェレミーを餌《えさ》にライラを呼び寄せ、彼女は彼に会いに来たわけだ。僕じゃなく彼に。僕はスパゲッティに注意をもどした。ときおり振り返ってみると、ライラは、テレビの映画と、コーヒーテーブルに積まれた僕の課題の資料とをかわるがわるに眺めていた。

「エルサルバドルの戦争についてリサーチしてるの？」彼女は訊ねた。

「エルサルバドルの戦争？」僕はうしろを振り返った。ライラは僕が図書館でコピーした新聞記事を読んでいた。「ここに、エルサルバドルとホンジュラスの平和条約締結の記事があるから」

「ああ、それか」僕は言った。「ちがうんだ。その下の欄《らん》を見て」

「女の子の話？」彼女は訊ねた。

「うん。僕はその子を殺した男にインタビューしてるんだ」

ライラはしばらく黙って、僕が図書館でコピーした各記事を読んでいた。クリスタル・ハーゲンの死の詳細が語られたおぞましい部分を読みながら、彼女はびくりと顔を引き攣《つ》らせた。僕はパスタをかきまわし、彼女の反応を辛抱強く待った。やがて彼女は言った。「冗談でしょ？」

「何が？」

ライラはもう一度、記事を繰《く》っていった。「この異常者にインタビューしてるって言うの？」

「そのどこが問題なのさ？」

「全部」ライラは言った。「刑務所にいるくずどもは、人をだまして注目を得るのが驚くほどうまいんだから。服役中の変態と婚約した女だっているのよ。彼女は、彼は無実だ――有罪判決はまちがいだって主張して、その男が刑期を終えるまで二年間待ったの。六カ月後、そいつは刑務所に逆もどりしていた。彼女を死ぬほどぶちのめしたからよ」

「カールは刑務所にいるわけじゃないよ」僕は哀しげに肩をすくめてみせた。

「刑務所にいない？　この女の子にこんなことをしておいて、刑務所にいないって、どういうことなの？」

「彼はがんで死にかけている。介護施設で。あと数カ月の命なんだ」

「で、どうしてあなたは彼にインタビューなんか……」

「彼の伝記を書いているんだよ」

「彼の物語を書いてるわけ？」ライラの声には、はっきりと非難がこめられていた。

「英語の科目にそういうのがあってさ」僕はほとんど詫びるように言った。

「そいつを有名にしてやる気？」

「英語の科目だからねえ」僕は言った。「先生ひとりと学生が二十五人くらいかな。そこまで有名とは言えないよ」

　ライラは資料をテーブルにもどした。それから、ジェレミーに目をやって、声を落とした。

「ただの大学の授業でも同じことよ。あなたは、彼に殺された女の子か、彼がつかまらなかったら殺されていたかもしれない女の子たちの話を書くべきでしょ。注目に値するのは、彼女たちであって、彼じゃない。彼は静かに処分されるべきなの。賛辞はいらない、記念するものもいらない。彼の人生の物語を書くということは、存在してはならない墓標を立てることなのよ」

「遠慮しないで」僕は言った。「本音を言ってくれよ」僕はスパゲッティを一本、沸騰《ふっとう》したお湯のなかから引っ張り出して、冷蔵庫に投げつけた。それは冷蔵庫のドアから跳ね返って床に落ちた。

「いったい何をしているの？」ライラは床の上の麵《めん》を見つめて言った。

「茹《ゆ》で具合のチェック」話題が変わったことにほっとして、僕は答えた。

「キッチンに投げ散らかすのが？」

「もし麵が冷蔵庫に貼りつけば、出来上がりなんだ」僕はかがみこんで、床から麵を拾いあげ、ゴミ容器に放りこんだ。「つまり、このスパゲッティはまだ茹であがっていないわけだよ」

その日、ヒルビュー邸をあとにしたとき、僕はいい感触を得ていた。アイヴァソンは、クリスタル・ハーゲンの死について真実を語ると約束してくれた。僕は彼の聴罪師になるわけだ。ライラとの夕食が待ちきれなかった。早く彼女にカールの話がしたくて。少なくとも僕の想像では、ライラは僕のプロジェクトに心を奪われ、僕と一緒に興奮し、カールについて何もかも知りたがるはずだった。彼女の反応を目にしたいま、僕の望みは、これ以降、夜の終わりまでこの話題を回避することだけだった。

「彼は自分が何をしたかを話した？　それとも、はめられたって言ってるの？」ライラは訊ねた。

「まだなんにも言ってないよ」僕は戸棚から皿を三枚出して、食事の席となるリビングのコーヒーテーブルに運んでいった。ライラは立ちあがって、同じ戸棚からいくつかグラスを取り出し、僕についてきた。僕は、自分のバックパックやメモや新聞記事をコーヒーテーブルからどけた。「まだそこまで行ってないからね」僕は言った。「サウス・セントポールで育ったってことと、ひとりっ子だってことはもう聞いたけど。うーん……あとは何かな……父親は金物屋をやっていて、お母さんは……」僕は記憶のページを繰っていった。「セントポールの繁華街のデリカテッセンで働いてたそうだよ」

「それで、その男の話を書くとき、あなたは彼が話すことをなんでもそのとおりに書くつもりなの？」ライラはテーブルの皿のそばにグラスを置いた。

「いくつか二次情報にも当たらなきゃならないけどね」キッチンに引き返しながら、僕は言った。「でも、彼がやったことに関しては――」

「あなたの言う〝彼がやったこと〟とは、十四歳の女の子をレイプして殺し、その遺体を焼いたことよね」ライラが言った。

「うん……それだ。そのことに関しては、他に情報源がない。だから彼の話してくれることを書くしかないいな」

「だったら彼は、嘘っぱちを並べることもできるじゃない。あなたはそれを書くわけ？」

「彼はもう刑期を終えているんだ。嘘をつくわけがないよ」

「嘘をつかないわけないいじゃない」その口調は、信じられないと言わんばかりだった。彼女は調理台の脇に立つと、腕を突っ張らせ、指を広げて、合成樹脂の天板に両手をついた。「彼の立場に立ってみてよ。かわいそうな女の子をレイプし、殺害し、刑務所では、同房の囚人、看守、弁護士などなど、話を聴いてくれるあらゆる人間に自分は無実なんだと言いつづけてきたのよ。いまさらやめやしないわよ。あなたは、彼がその子を殺したのを認めると本気で思ってるの？」

「でも、彼はもうすぐ死ぬんだよ」僕はそう言って、また一本、スパゲッティを冷蔵庫に放った。それは貼りついた。

「そのことは、あなたじゃなく、わたしの主張が正しいことを証明している」ライラは、手練《てだ》れの論客っぽく言った。「彼はあなたにそのささやかな記事を書かせ――」

「伝記なんだけど――」

「なんでもいい。それによって彼は、自らを被害者に仕立てた弁明書を学問の世界に公表できるわけよ」

「彼は臨終の供述をしたがっているんだよ」僕はそう言いながら、スパゲッティをざるに上げてゆすいだ。

「彼が何をしたがってるって？」

「臨終の供述……彼はそう呼んでいた。それは真実の供述なんだ。人は嘘をついたまま死にたくはないものだから」

「人を殺した過去を胸に収めたまま死にたくないってわけ？」ライラは言った。「皮肉だと思わない？」

「そのふたつは同じじゃないよ」僕は言った。なぜ同じじゃないのかについては、論拠がなかった。彼女のロジックを撃破して進むのは無理だ。角を曲がるたびに行き止まりの道がまたひとつ現れる。だから僕は、パスタをコーヒーテーブルに運んで、皿によそうことで、敗北を告げた。ライラはマリナラ・ソースの鍋を取って、僕についてきた。彼女はソースをパスタにかけはじめたが、途中で立ちあがって、クリスマス・イヴのグリンチ（童話の登場人物。他人のクリスマスを台なしにする意地悪な緑の生き物）みたいな笑みを浮かべた。「そうだ、いい考えがある」彼女は言った。

「聞くのが怖い気がするよ」

「彼は陪審によって有罪になったんでしょ？」

「うん」

「ということは、裁判を受けたってことよ」

「そうだろうね」

「だったら、裁判のときの彼のファイルが見られるじゃない。それで何があったか正確にわかるはずよ。そこにはすべての証拠があるんだから。彼の話だけじゃなく」

「彼のファイルを見る？　そんなことできるのかな？」

「わたしのおばが、セントクラウドの法律事務所で弁護士補助職員をしてるの。そのおばならわかるはずよ」ライラはポケットから携帯電話を出して、名簿をスクロールしていき、おばさんの電話番号を見つけた。僕は、ジェレミーが食べはじめられるよう、ナプキン代わりのペーパータオルを彼に手渡した。それから、電話でやりとりをするライラの言葉に耳を傾《かたむ》けた。

「つまり、ファイルは弁護士じゃなく依頼人のものなのね?」彼女は言った。「どうやって見つければいいの?――まだ保管されてるかな?――Eメールでそれを送ってくれない?――完璧。大感謝よ。もう切らなきゃ――うん、わかった。バイバイ」ライラは電話を切った。「楽勝よ」ライラは僕を見て言った。「当時の彼の弁護士がファイルを持ってるはずだから」

「三十年も前なんだよ」僕は言った。

「でも、殺人事件でしょ。おばが言うには、まだ持ってるはずだって」

僕は新聞記事の束を手に取って、つぎつぎとめくっていき、弁護士の名前を見つけた。「弁護士の名前はジョン・ピーターソンだよ」僕は言った。「ミネアポリスの当時の公設弁護人だ」

「やったじゃない」ライラは言った。

「でも、その弁護士からどうやってそれをもらおうか?」

「そこがいいところでね」彼女は言った。「ファイルは弁護士のものじゃないの。カール・アイヴァソンのものなのよ。それはカールのファイルであり、弁護士はそれを彼に渡さないわけにはいかない。おばがEメールで用紙を送ってくれるから、カールはそれに署名してファイルを請求すればいいの。そうしたら、弁護士は彼にファイルを渡さざるをえない。彼が誰かを使いに出したら、その人にもよ」

「じゃあ、僕はただ、カールにその用紙に署名させればいいわけだね?」

「彼は署名するはずよ」ライラは言った。「もし署名しなかったら、それは彼が大ぼら吹きだって証拠。彼はそれに署名するか、それとも、ただの嘘つきの人殺しにすぎず、自分のしたことについてあなたに一切、真実を知らせたくないか。そのどちらかよ」

第八章

僕は、母が朝、前夜の深酒の汚れを髪のなかに残したまま、目覚めるのを見たことがある。それに、片手に靴、片手に丸めた下着を持ち、酔眼《すいがん》でよろようちに入ってくるのを見たことも。でも、囚人オレンジのジャンプスーツを着て、両手首に手錠、両足首に足鎖をはめられ、すり足でモーア郡裁判所に入ってきたときほど、みじめな母の姿は見たことがなかった。ノーメイク、シャワーなしの三日間で、その肌は麻布みたいにきめが粗くなっていた。根本が焦げ茶のブロンドの髪は、ふけと蓄積した皮脂とで重たく垂れさがり、左右の肩は手錠の重みに引っ張られているかのようにがっくり前に落ちている。僕は、母の初回出頭に立ち会うため裁判所に向かう前に、ジェレミーを実家に置いてきていた。

母は、やはりオレンジ色の服を着た他三名と一緒に入ってきた。僕を見ると、あの人は手招きし、木の柵《さく》の前まで来てくれと合図した。柵は、快適な椅子の付いた弁護士用テーブルのそばに立つ母と、教会の信徒席みたいな木のベンチが並ぶ傍聴席の僕とを隔《へだ》てている。僕が近づいていくと、廷吏が制止のしぐさでてのひらをこちらに向けた。近づきすぎるなという警告。

オレンジ服の連中に武器その他の禁止品を手渡させない予防策だ。

「絶対、保釈金を払ってよ」母は必死の声でささやいた。近くで見ると、拘禁のストレスから、その血走った目の下に三日月形の疲労の袋ができているのがわかった。それは何日も眠っていないような顔だった。

「保釈金っていくらなの？」僕は訊ねた。

「刑務官が言ってたけど、あたしの場合、たぶん三千ドル必要だろうって。払わなきゃ、拘置所から出られない」

「三千ドル！」僕は言った。「でも、僕も大学に通うのにお金が必要なんだよ」

「あたし、拘置所にはいられないよ、ジョーイ」母は泣きだした。「あそこは頭のおかしい連中で一杯だもの。みんな、ひと晩じゅう、わめいてるんだから。ちっとも眠れやしない。こっちまでおかしくなりそうだよ。母さんをあんなところに送り返さないでよ。お願いだから、ジョーイ」

しゃべろうとして口を開けたが、言葉はひとつも出てこなかった。僕は母がかわいそうになっていた――なんと言ったって、これは僕の母親、僕を生んでくれた人なんだし。だけど、もし母に三千ドルあげてしまったら、僕の資金はつぎの学期の途中で底をついてしまうだろう。大学をつづけるという僕の考えと、母がもっとも悲惨な時間を過ごすという展望とが、ぶつかりあっている。僕はものが言えなかった。何を言ったところで、それはまちがいとなる。そのとき、判事席のうしろのドアから女性ふたりが入廷し、僕はジレンマから救われた。廷吏が全員に起立を命じた。この中断にほっとしつつ、僕は大きく息を吸い込んだ。判事が入ってきて、全員着席を指示すると、廷吏が他のオレンジ服の連中と一緒に母を陪審員席へと導き、席のひとつにすわらせた。

事務員が彼女の言う〝被収容者〟たちに判事席の前に出るよう命じ、僕は判事と弁護士のやりとりに耳を傾けた。その女性弁護士は公設弁護人で、四人の被告人全員を担当しているのだった。それは、高校の運動部の監督が亡くなったとき、僕が一度、参列したカソリックの葬儀のミサを思い出させた。あのときは、司祭と教区民による連禱《れんとう》が延々繰り返されるので、機械的なその儀式が僕たち部外者には単調に思えたものだ。

判事が言う。「被告人の氏名は……ですか？　住所は……ですか？　被告人は自身の権利を理解していますか？　弁護人、あなたの依頼人は、起訴内容を理解していますか？」

「はい、判事殿、われわれはこの場での訴追状の朗読を求めません」

「今後、どのような進めかたを希望しますか？」

「判事殿、われわれは訴訟規則第八条による審理の権利を放棄し、依頼人が本人の誓約により釈放されることを求めます」

すると判事が、付帯条件なしでより高額の保釈金を支払うか、判事の設定する特定の条件を呑《の》み、より低額の保釈金――または、保釈金なし――ですませるか、各収監者に選ばせ、保釈金額を定める。

順番が来て、母が判事の前に出ると、同じせりふのやりとりが行われ、最後に判事が三千ドルの保釈金額を設定した。ただし彼は先をつづけ、第二の選択肢を与えた。「ミズ・ネルソン、あなたはその三千ドルを支払わなくとも、今後の審理すべてに出頭することを約束したうえ、以下の条件に従うことで釈放となります。弁護人との連絡を絶やさないこと、法を遵守すること、アルコール飲料を所持または摂取しないこと、飲酒監視用ブレスレットを装着すること。少量でもアルコールを摂取した場合は、即座に拘置所にもどされます。これらの条件を理解しましたか？」

「はい、判事殿」母は言った。その姿はまさに、ディケンズの小説に出てくる哀れな女そのものだった。

「以上です」判事は言った。

母はすり足でオレンジ服たちの列にもどった。それから、その全員が立ちあがり、鎖につながれた虜囚《りょしゅう》の一団よろしく一列縦隊でドアへと向かった。その先には、牢が待っている。通り過ぎしな、母はメドゥーサもうらやむようなすごい目で僕をにらみつけた。「拘置所に来て、保釈金を払ってよ」母はささやいた。

「でも、母さん、いま判事が言ったじゃないか――」

「口答えしないで」嚙みつくようにそうささやいて、母は法廷をあとにした。

「そして……彼女がもどってきた」僕は声をひそめてつぶやいた。裁判所を出ると、歩道で足を止め、どっちへ行ったものか考えた。左に向かい、拘置所の母に会うか、右に向かい、自分の車に乗り込むか。判事は母に帰っていいと言った。僕ははっきりとその言葉を聞いている。

あの人はただ飲まなきゃそれでいいのだ。うらめしさが蛇の毒みたいに血管内をじりじり這い進んでいく。さんざん迷ったすえ、ついに僕は、逃げ出したい衝動を抑えつけて、左に行った。

拘置所に入って、防弾ガラスの向こうの女性に運転免許証を呈示すると、その女性が小さな部屋に案内してくれた。なかには、また別のガラス窓があり、母が来るはずのボックスから僕を隔てていた。数分後、母がボックスに入ってきた。今回は手錠も足鎖もなしだ。ガラスの向こうの椅子にすわると、母は壁の黒電話を取った。僕もそれに倣《なら》った。これまでその送話口に息を吹き込んできた大勢の不運な人々を思い浮かべ、受話器を耳に当てながら、僕は顔をしかめた。それはべとべとしていた。

「保釈金は払ったの?」

「何も僕に保釈金を払わせることないだろ。母さんは自力で出られるんだから。判事がそう言ったじゃないか」

「判事は、飲酒監視用ブレスレットとやらを着ければ出ていいと言ったの。あんなモニタリング、絶対ごめんよ」

「だけど、ただで出られるんだよ。単に飲めないってだけでさ」

「あんなモニタリング、絶対ごめんだってば!」母は言った。「あんたには充分お金があるじゃない。一度だけなら母さんを助け出せるでしょ。もう一分だってここには我慢できないよ」

「母さん。こっちはぎりぎり一学期しのげるだけの金しかないんだ。とても保釈金までは――」

「まったくもう、お金はちゃんと返すから」

僕たちはいつものやりとりに突入しつつあった。十六のとき、僕は初めて地元の自動車整備所でオイル交換の仕事を見つけた。僕が初の給料を自分の服とスケートボードに使ってしまうと、母は逆上し、そのすさまじさは隣近所が大家と警察を呼んだほどだった。気持ちが落ち着くと、母は僕に無理やり預金口座を開かせた。そして、十六歳の子供は親の承認なしには口座を開けないので、銀行は口座の名義に母の名も加えた。それから二年間、家賃が不足したり車の修理が必要になったりするたびに、母はその口座から金を出した——いつも、あとで返すからと空約束をし、一度としてそうすることなく。

十八になった日、僕は自分だけの名で自分の口座を開設した。僕の預金に直接手が出せなくなると、母はやむなく戦術を変え、窃盗から脅迫へと移行した。結局、住んでいるのは母の家であり、食べているのは母の食べ物なのだから、母には僕の数百ドルの口座から搾《しぼ》り取る権利があるってわけだ。そこで僕は、毎週、給料を少しだけ取り分け、そのお金を屋根裏の断熱材の下に隠した缶に入れておくようになった。僕の大学進学用のコーヒー缶貯金だ。僕が金を隠してるんじゃないかと母はずっと疑っていた。でも、それを証明することはついにできなかったし、その金を見つけることもできなかった。母の頭のなかで、僕の隠した金は、実際に断熱材の下にある数千ドルの十倍にふくれあがった。僕の学生ローンと、僕がもらえたわずかばかりの補助金がそこに加わり、母の頭のなかでは、僕の秘密の蓄えはちょっとした財産になっていた。

「保釈保証業者にたのめないのかな」僕は訊ねた。「そうすれば、丸々三千ドル、支払わなくてすむよね」

「あたしがそれを考えなかったと思う？　あんた、母さんを馬鹿だと思ってるの？　あたしには担保にするものが何もない。担保なしじゃ連中は話もしてくれないよ」

母の声には、僕のよく知っているあの辛辣《しんらつ》さがこめられていた。母の性悪なところが、その髪の分け目にラインを引く黒っぽい根本と同様、はっきり透けて見えている。そこでこっちも非情にやり返すことにした。「保釈金は払えないよ、母さん。無理なんだ。三千ドル、母さんにあげたら、つぎの学期、大学に行けなくなるからね。どうしてもそれはできない」

「そう、それじゃ……」母さんはプラスチックの椅子にもたれた。「……あたしがここにいるあいだ、ジェレミーの面倒はあんたに見てもらわないとね。あたしは、モニタリングなんぞさせる気はないから」

ほうら来た。母の手持ちの最後のカード。これでその役がロイヤルフラッシュだとわかった。母は僕を負かしたわけだ。ブラフを試み、ジェレミーはオースティンに放置すると言ってやる手もあるけれど、そのブラフはまったくのこけおどしだし、母にもそれはわかっている。落ちてくる巨石みたいな確信を持って、母は僕をじっと見つめた。その目は冷静沈着、僕の目のほうは怒りでぴくぴくしていた。僕にジェレミーの面倒なんて見られるわけがない。ほんの二、三時間、ひとりにされただけで、彼はもうライラの救援が必要になったじゃないか。こういう馬鹿騒ぎから逃れるために、僕は大学に行ったのだ。なのにいま、母が僕を引きずりもどし、大学教育と弟のどっちを取るのかと選択を迫っている。僕は強化ガラスをぶち割って手を伸ばし、母の首を絞めてやりたかった。

「あんたの身勝手さには、あきれるね」母は言った。「お金はちゃんと返すって言ってるのに

さ」

怒りの波が体を駆け抜けていくさなか、僕は尻ポケットから小切手帳を取り出して、小切手を書きはじめた。何もかも記入してから、母と自分を隔てる分厚いガラスの前にその小切手を掲げ、ずたずたに引き裂く場面を想像しながら、僕はかすかな笑みを浮かべた。でも心の奥底では、僕にも真実がわかっていた。僕には母が必要なのだ。息子が母親を必要とするように、ではなく、罪人が悪魔を必要とするように。僕には身代わりが必要なのだ。指を突きつけ、こう言ってやる相手が。「これは僕じゃなく、おまえの責任だ」自分は弟の保護者じゃない、そういうことは母親の務めなんだ——僕には僕自身のこの妄想に餌《えさ》を与える必要があった。ジェレミーの人生、彼を世話する義務を放りこむところ、そこがジェレミーの居場所なんだということにして、しっかり蓋《ふた》をしてしまう箱が、僕には必要だった——たとえ、心の奥底では、そんなのは全部嘘っぱちだとわかっていても。良心をなだめるために、僕にはその上っ面だけのもっともらしい理屈が必要だった。それなしには、オースティンを離れることは絶対にできないのだから。

僕は小切手を破り取って母に見せた。母は空っぽの笑みを浮かべて言った。「ありがとう、いい子ちゃん。あんたは天使よ」

第九章

オースティンからの帰り道、僕はヒルビュー邸に寄った。少しでも課題がはかどればと思って。それと、例の公設弁護人の事務所からカールのファイルを引き取れるよう彼に署名をもらいたかったのだ。僕はその訪問が、自分の胸に母が残した火傷《やけど》から気をそらしてくれるよう願っていた。罪の意識に押しつぶされながら、僕は足取り重くヒルビュー邸に入っていった。なんらかの空虚な力、不可解な重力が、僕を後方へ吸い寄せ、南へ、オースティンへと引っ張っているような気がした。大学に逃げれば、母の手はもう届かない。僕はそう思っていた。でも、まだ近すぎた。僕の選んだ低い枝から、母は僕をいともたやすくもぎとれる。どうすれば、この手から母を――それに弟を――洗い落とせるんだろう？　彼らを置き去りにするには、どれだけの代価を払わなきゃならないんだろう？　少なくともきょうは――と僕は胸の内で思った――その代価は、保釈金の三千ドルだったわけだ。

ジャネットは受付カウンターのうしろの持ち場から、通り過ぎる僕にほほえみかけた。僕は休憩室に向かった。そこでは、入居者たち（そのほとんどが車椅子）が、ゲーム途中のチェスの駒みたいに、数人ずつ寄せ集められていた。カールはいつもの場所に、車椅子をはめ殺しの窓に向けてすわり、向かいの集合住宅のバルコニーの手すりに掛けられた洗濯物を眺めていた。

あと少しのところで、彼にお客がいるのに気づき、僕は足を止めた。それは、六十代半ばと思《おぼ》しき男だった。ごま塩の短い髪が突っ立ち、そよ風になびく池の葦《あし》みたいにうしろに傾いている。男の手はカールの二の腕にかけられていた。ふたりで話をしながら、男もまた窓に顔を向けていた。

僕は受付カウンターに引き返した。ジャネットは何かの書類に向かってかがみこんでいた。僕は彼女に面会人のことを訊ねた。「ああ、あれはヴァージルよ」彼女は言った。「姓のほうは覚えてないけど。これまでにカールを訪ねてきたのは彼だけなのよ……あなたを別にすればね」

「親戚なんですかね？」

「ちがうんじゃないかしら。たぶんただの友達よ。刑務所で知り合ったのかも。もしかすると……ほら……特別な友達かもね」

「カールはそっち寄りには見えませんけど」僕は言った。

「三十年、刑務所にいたわけですからね。そっちに寄るしかなかったでしょうよ」ジャネットは口に手を当て、罪深い喜びをつい漏らしてくすくすと笑った。

ジョークを一緒に楽しむというより、彼女に味方でいてほしくて、僕は笑みを返した。「出直したほうがいいでしょうか？　ふたりの邪魔はしたくないし。もし彼らがそういう……」どう結べばよいのかわからず、僕は途中で言葉を濁した。

「行ってみなさいよ」ジャネットは言った。「もしあなたが邪魔だったら、カールがそう言うでしょうから。フライパンのなかの雪だるまみたいにどんどん体重が落ちているけど、彼を見くびっちゃだめよ」

僕はカールのところに引き返した。彼は、何かもう一方の男の言ったことで声をあげて笑っていた。それまで僕は、彼の笑顔を見たことがなかった。その笑いは彼の顔を引きあげ、何年も若返らせていた。僕の姿を見ると、彼の笑みはしぼんだ。その表情は、外遊びから屋内に連れもどされた子供のようだった。

　カールと一緒にいた男は、妙に無関心な目で僕を見あげ、握手の手を差し出した。「よう、坊や」彼は言った。

「僕をジョーと呼ぶ人もいますが」僕は言った。

「そうだよな」カールは言った。「ライターのジョーだ」

「というより、大学生のジョーですね」僕は言った。「僕はライターじゃありません。これはただの授業の課題なので」

「俺はヴァージル……ペインターだ」男が言った。

「オランダの巨匠《ダッチ・マスター》みたいな画家《ペインター》ですか？　それとも、ダッチ・ボーイ（ダッチ・ボーイ・グループという塗料メーカーがある）を使う塗装職人《ペインター》ですか？」

「主として、ダッチ・ボーイのほうだな」彼は言った。「家やなんかの塗装をやってるんだ。でも、趣味でちょっと油絵を描いたりもしてるよ」

「何も感心することはないぞ、ジョー」カールが言った。「このヴァージルは、完璧なジャクソン・ポロックだからな。家を塗ろうとするときは、それが大問題でね」カールとヴァージルはその言葉に笑ったけれど、僕には意味がわからなかった。あとでジャクソン・ポロックをネットで検索し、幼児が皿一杯のスパゲッティと癇癪《かんしゃく》の発作とでこしらえたようなポロックの絵を見て、僕はやっとそのジョークを理解したのだった。

「ミスター・アイヴァソン」僕は切り出した。

「カールと呼んでくれ」彼は言った。

「カール、これに署名していただけないでしょうか」

「なんだね、それは？」

「引き渡しの請求書です。これによって、僕はあなたの裁判の記録を見られるわけです」僕はためらいがちに言った。「伝記を書くために、ふたつの二次情報が必要なもので」

「なるほど、この坊やには、俺が何もかも正直に話すとは思えないんだな」カールはヴァージルに言った。「彼は、俺が自分の内部に潜むモンスターを隠すだろうと思ってるわけだ」

ヴァージルは首を振って、そっぽを向いた。

「あなたを信じてないわけじゃないんです」僕は言った。「ただ、僕の友達が……いや、友達ってほどじゃなく、隣の部屋の人なんですが、その人が、裁判の記録を見たら、あなたに対する理解がより深まるんじゃないかと言うもので」

「そりゃあ大まちがいだな」ヴァージルが言った。「このカールについて本当に真実を知りたいなら、あの裁判には絶対に目を向けちゃいけない」

「いいんだ、ヴァーグ」カールが言った。「俺はかまわんよ。しかしなあ、あの古いファイルは三十年も埃《ほこり》をかぶったままなんだ。たぶんもう存在しないんじゃないかね」

ヴァージルがまず大きく前に身を乗り出してから、両手をついて腰を上げ、ゆっくりと立ちあがった。その動作は、彼の外見よりはるかに年のいった男のものだった。ズボンの皺《しわ》を手で払って伸ばすと、彼はそばの壁に立てかけてあったヒッコリーの杖のすり減った柄《え》をつかんだ。

「コーヒーを買ってくるよ。あんたもどうだい？」

僕はなんとも答えなかった。それが自分にかけられた言葉じゃないことがわかったから。カールが口をすぼめて、いらないと首を振ると、ヴァージルは歩み去った。慣れてはいるが不自然な歩きかたで、右足を曲げては、機械的にカクッと伸ばしながら。僕は彼の靴のすぐ上のズボンの裾《すそ》の動きを追った。すると、足首のあるべきところに、まちがえようのない金属のきらめきが見えた。

僕はカールに視線をもどした。なんだか彼に謝らなきゃいけないような、彼を嘘つき呼ばわりしたような気がしていた。僕はファイルによって彼の話の裏を取りたがったわけであり――実際、そうするつもりなのだ。

「すみません、ミスター・アイヴァー――いや、その、カール。あなたを侮辱《ぶじょく》する気じゃなかったんです」

「気にせんでくれ、ジョー」カールは言った。「ヴァージルは、わたしを庇護するのに熱心すぎるきらいがあってね。わたしたちは長いつきあいなんだ」

「おふたりは親戚なんですか？」僕は訊ねた。

カールはしばらく考えてから言った。「兄弟だよ……血ではなく、火で結ばれた」彼の目がふたたび窓に向けられた。彼は記憶のなかのどこかをじっと見つめていた。その頬から血の気が引いていく。しばらくの後、彼は言った。「ペンはあるかい？」

「ペン？」

「書類に署名するんだろう？」僕はカールに用紙とペンを渡し、彼が請求書に署名するのを見守った。彼は僕に書類を返し、僕はそれをたたんでポケットに入れた。

「ひとつだけ言わせてくれ」カールはそう言って、自分の手を見おろした。それはいま、膝《ひざ》の上にあった。彼は目を上げずに言葉をつづけた。「そのファイルを読むとき、きみはたくさんのもの、ひどいものを見ることになる。きっときみはわたしを憎みたくなるだろう。陪審はまちがいなくわたしを憎んでいたよ。でも覚えておいてくれ。わたしの人生はそれだけじゃないんだ」

「わかっていますよ」僕は言った。

「いいや、わかっちゃいない」カールは静かに言い、向かいの集合住宅のバルコニーではためく色とりどりのタオルに視線をもどした。「きみはわたしを知らないからな。いまはまだ」僕はカールが物思いから覚めるのを待ったが、彼はただ窓の向こうを見つめるばかりだった。

カールを彼の思い出のなかに残し、僕は正面口へと向かった。ヴァージルがそこに立って、僕を待っていた。彼は二本の指に名刺をはさんでこっちに差し出した。僕はその名刺を受け取った。〈ヴァージル・グレイ塗装——店舗・住宅〉「カール・アイヴァソンのことを知りたいなら」彼は言った。「俺の話を聴くことだな」

「彼とは刑務所で一緒だったんですか?」

　ヴァージルはいらだちの極致にあると見え、僕がバーでよく耳にする、男たちがろくでもない仕事や口うるさい妻の話をするときの口調——憤激とあきらめの入り混じった口調になっていた。「あの女の子を殺したのは、あいつじゃない。おまえのしてることは、まるっきりずれてるぜ」

「え?」僕は言った。

「おまえが何をしてるか、俺にはわかってる」彼は言った。

「僕が何をしてるって言うんです?」

「いいか、よく聴けよ。あの女の子を殺したのは、あいつじゃない」

「あなたは現場にいたんですか?」

「いや。俺は現場にいなかった。利口ぶるんじゃねえ」

　今度はこっちがいらだつ番だった。僕はこの男とついさっき会ったばかりだ。なのに彼は、もうこの僕をけなしても許されると思っているのだ。「僕の見解はこうです」僕は言った。「何があったか知っているのは、クリスタル・ハーゲンと彼女を殺した人物——このふたりだけである。それ以外の人間はみんな、自分の信じたいことを話しているにすぎない」

「現場にいなくたって、俺にはわかる。女の子を殺したのは、あいつじゃない」

「テッド・バンディ（全米で三十人以上を殺した連続殺人犯）にも彼を信じる人間はいたわけですから」それが本

当なのかどうかは知らない。でも、なかなかいいせりふだと僕は思った。
「あいつはやってない」ヴァージルはぴしゃりと言った。彼は自分の名刺に記された電話番号を指さした。「電話しな。また話そう」

第十章

カール・アイヴァソンのファイルを公設弁護人の事務所からもぎとるための努力に、僕は一週間の大半と電話八本を費やした。最初、受付の女性は僕の要望をなかなか理解できなかった。そして、ようやく理解すると、そのファイルはおそらく何年も前に廃棄されたであろうと自分自身の意見を述べた。「とにかく」と彼女は言った。「求められるままに、どこぞのトムやらディックやらハリーやらに殺人事件のファイルを引き渡す権限など、わたしにはありませんので」以降、彼女は僕の電話をただ、主任公設弁護人バーセル・コリンズの留守録へと送るようになり、どうやらそこで僕のメッセージは深い淵《ふち》にのみこまれているようだった。コリンズから折り返しの電話はなく、五日目、僕は午後の授業をパスし、バスに乗ってミネアポリスのダウンタウンに向かった。

受付の女性は、主任はいま手が離せないと言った。僕は、では待ちます、と告げ、女性のデスクのすぐそばの席、電話でひそひそ話す彼女の声が聞こえるところに陣取った。雑誌を読んで時間をつぶしていると、ついに彼女が、僕がまだいることを小声で誰かに告げた。十五分後、彼女は降参して、バーセル・コリンズの部屋に僕を通した。コリンズは肌の青白い男で、その頭は櫛《くし》の入っていないもじゃもじゃの髪に覆われており、鼻は熟《う》れた柿みたいに大きくて丸かった。車のセールスマンよろしく、彼はにこやかに僕と握手を交わした。

「すると、きみがわたしをストーカーしていた子なんだな」コリンズは言った。

「僕の電話のメッセージは聞きましたよね」僕は言った。彼は束の間、うろたえた様子を見せ、それから、手振りで椅子をすすめた。

「わかってくれないとな」コリンズは言った。「三十年前のファイルを掘り出してくれなんていう依頼の電話は、そうあるものじゃない。そのファイルは全部、よそに保管してあるんだ」

「でも、ファイルはいまもあるんですね?」

「もちろん」コリンズは言った。「ファイルはある。わたしたちは、無期限にファイルを保存することを義務づけられているからね。わたしはきのう、使いっ走りにファイルを取ってこさせた。ほら、そこにあるそれだよ」彼は僕のうしろの壁際に置いてある書類保管用ボックスを指さした。そこまで大量のものを僕は予想していなかった。箱なんて想定外。たぶんバインダー一冊分くらいだろうと思っていたのだ。僕はそのファイルを読むのにかかる時間数を計算し、その数字が僕の頭のなかのバケツを満たしていくのを見つめた。それから、他の授業の宿題やテストや実習をそこに加えた。突然、頭がくらくらした。これだけのことをやりきれるわけがない。僕はファイルを引き取るという自分の決断を悔やみはじめた。これは、単なる英語の課題のはずじゃないか。

僕はポケットから請求書を取り出して、ミスター・コリンズに手渡した。「じゃあ、ファイルは持って帰れるんですね？」

「全部とはいかないな」彼は言った。「いまはまだ。ファイルのいくつかはもう手放す準備ができている。わたしたちは事務所からファイルを出す前に、メモや職務活動の成果を抜き書きしなくてはならないんだ」

「それにはどれくらい時間がかかるんです？」僕は椅子のなかでもぞもぞ動き、座面のスプリングが尻の肉に食い込まない位置をさがした。

「さっきも言ったとおり、きょう渡せるファイルも二、三冊はある」コリンズはほほえんだ。「インターンのひとりがその仕事をしているんだ。残りのファイルもじきに用意できるはずだよ。たぶん、一、二週間のうちに」コリンズは、ジョージアン様式の快適なウィングバック・チェアに背中をあずけた。その椅子は、室内の他のどの椅子と比べても優に四インチは座面が高く、はるかにすわり心地がよさそうだった。両脚の血液循環を維持すべく、僕はまた椅子のなかでもぞもぞ動いた。「いずれにせよ、きみはこの事件のどこにそんなに興味があるんだね？」コリンズは脚を組みながら訊ねた。

「カール・アイヴァソンの人生の物語に興味があるとだけ言っておきましょう」

「でも、どうして？」彼は本当に知りたがってそう訊ねた。「この事件には、特に変わった点はなかったんだが」

「事件のことをご存知なんですか？」

「うん、知っている」コリンズは言った。「あの年、わたしはここで事務員をしていたからね。あれはロースクールの三年生のときだったよ。カールの主任弁護人のジョン・ピーターソンが、リーガル・リサーチをさせるためにわたしを呼んだんだ」コリンズはちょっと間を取り、僕の背後の壁の黒いしみをじっと見つめた。そうやって、カールの事件の詳細を思い起こしているのだった。「わたしは拘置所のカールに何度か会ったし、彼の裁判のときはずっと傍聴席にいた。あれはわたしにとって初めての殺人事件だった。そうとも、わたしは彼を覚えているよ。あの女の子のことも。クリスタルなんとかいう」

「ハーゲン」

「そうそう、クリスタル・ハーゲンだ」コリンズは冷ややかな顔になった。「いまでもあの写真が——裁判で使われたやつが目に浮かぶよ。わたしはそれまで犯行現場の写真というものを見たことがなかった。あのときが初めてだったんだ。それは、テレビで見るような穏やかなもんじゃない。被害者が目を閉じていて、ただ眠っているようにしか見えないやつとはまるでちがう。そうとも、似ても似つかんね。彼女の写真はむごたらしい、胸が悪くなるような代物だった。これだけ時が経ってもまだ、わたしにはあの写真の彼女が見えるよ」彼はかすかに身を震わせ、それからつづけた。「カールには取引という選択肢もあったんだよ」

「取引？」

「司法取引さ。検察側は第二級謀殺で手を打とうとした。それなら八年後には仮釈放の資格を得られたかもしれない。ところが彼はそれを拒否した。第一級で有罪になれば、終身刑が科されることはまちがいない。なのに、あの男は第二級を認める有罪答弁を拒否したんだ」

「ずっと気になっていたことがあるんですが」僕は言った。「もし終身刑を宣告されたなら、彼が仮釈放を認められるなんてことはありえないんじゃないですか？」

コリンズは身を乗り出して、一日分の垢《あか》を掻き取りつつ顎をなでた。「終身刑というのは必ずしも死ぬまでということじゃないんだよ」彼は言った。「一九八〇年には、終身刑は仮釈放の資格を得るまでに十七年の刑期を務めなければならないことを意味した。後にそれは三十年に改められた。そしてさらに、誘拐もしくは強姦《ごうかん》の犯行中に犯された殺人に対しては仮釈放の可能性のない終身刑が科されるよう、改正がなされたんだ。厳密に言えば、彼は古い法律のもとで有罪判決を受けたわけだから、十七年後に仮釈放の資格を得ている。しかし、それはどうでもいい。強姦魔の人殺しは永遠に閉じこめておきたいと立法府が明言した以上、アイヴァソンの仮釈放の可能性は消滅したも同然だからね。実は、きみから電話をもらったあと、矯正局のアイヴァソンの記録を調べたんだがね、彼が釈放されたと知ったとき、わたしは危なく卒倒するところだったよ」

「彼はがんで死にかけているんです」僕は言った。

「なるほど、それなら話はわかる」コリンズは言った。「刑務所のホスピスは問題が多そうだからな」口の両端を下げ、彼はうんうんとうなずいた。

「カール自身は、クリスタル・ハーゲンの死んだ日、何があったと言っているんですか？」

「何も」コリンズは答えた。「彼は、やっていないと言い――その午後はさんざん飲んで眠ってしまったので、なんにも覚えていないと言った。実のところ、彼は自分の弁護に協力的とは言えなかったよ。ただそこにすわって、テレビでも観ているみたいに裁判を眺めている感じでね」

「無実だっていう彼の言葉をあなたは信じました？」

「わたしが何を信じるかは問題じゃなかった。こっちはただの弁護士の助手なんだから。わたしたちは善戦したよ。犯人はクリスタルの恋人だと主張してね。それがわたしたちの仮説だった。生きている彼女を最後に見たのは、その彼氏なんだ。犯行の機会はいくらでもあった。あれは痴情《ちじょう》の果ての犯行だ。彼は彼女とやりたかったが――彼女は拒絶し――そして収拾がつかなくなった。これは、立派な仮説だよ。いわば、豚の耳で作った絹の財布だな（「豚の耳で絹の財布は作れない」ということわざのもじり）。だが、結局、陪審はそれを信じなかった。重要なのはそのことだけだよ」

「彼を無実だと思っている人もいますけど」ヴァージルのことを考えながら、僕は言った。

世間知らずの子供を相手にしているように、コリンズは目を伏せて首を振り、僕のコメントを退けた。「もしやってないとすれば、彼はひどく不運なやつってことになるね。被害者は彼の物置小屋で遺体で発見されたんだから」彼は言った。「彼女の爪のひとつが彼の家の裏のポーチで見つかっているしな」

「彼が彼女の爪を剥いだんですか？」僕はその考えに戦慄《せんりつ》した。

「見つかったのは付け爪だよ。よくあるアクリル製のやつだ。彼女は二週間前、初めてのホームカミング・パーティーのために爪を飾ったんだ。検察官はそれについて、被告人が被害者の遺体を物置小屋に引きずっていくとき取れたものだと主張した」

「あなたは本当にカールが犯人だと思っていますか？」

「周囲には他に誰もいなかったからね」コリンズは言った。「アイヴァソンは簡潔に、やっていないと言った。しかし同時に、ひどく酔っていたからその午後のことは何も覚えていないとも言っているんだ。オッカムの剃刀《かみそり》だよ」

「オッカムの剃刀？」

「すべての条件が同じなら、通常、もっとも単純な結論が正しいものだということを説いている原理だよ。殺人のような犯罪が複雑であることはめったにない。ほとんどの殺人犯は、利口とはとても言えないんだ。彼とはもう会ったのかな？」

「誰と？　カールとですか？　ええ、請求書に署名をもらったわけですから」

「ああ、そうだったな」明らかな事実を見落とした自分にいらだち、コリンズは眉《まゆ》を寄せた。

「彼はきみになんと言った？　無実だと言ったのかい？」

「まだ事件のことは話してないんです。ゆっくりとそっちに進んでいるところです」

「きっと彼は無実だと言うだろうよ」コリンズが分厚い手で髪を搔きあげると、その肩にふけがぱらぱら落ちてきた。「そして、そう言われれば、きみは彼を信じたくなるだろうな」

「でも、あなたは信じてないんですよね」

「たぶん信じていたよ――あの当時は。よくわからないが。カールみたいな男の場合、判断がむずかしいからな」

「カールみたいな男というと？」

「彼は小児性愛者だ。そして、小児性愛者ほど嘘のうまい人間はいない。連中はトップなんだよ。小児性愛者ほど嘘のうまいペテン師はこの世にいないんだ」

僕は、どういうこと？という顔で、説明を促《うなが》した。

「小児性愛者は、われわれふつうの人間のなかにまぎれこんでいるモンスターだ。人殺し、強盗、泥棒、ヤクの売人——彼らはいつでも自分のしたことを正当化できる。たいていの犯罪は、欲とか怒りとか嫉妬といった単純な感情から起こるもんだ。そういう感情なら人は理解できる。われわれはそれを許しはしない。しかし、理解することはできるんだ。誰もがそういう感情をときどき抱くわけだからね。いや、たいていの人間は、もし正直であるなら、頭のなかで犯罪計画を立て、完璧な殺人を犯して罪を免《まぬか》れていることを認めるんじゃないだろうか。陪審員もみんな、怒りや嫉妬を抱いたことはあるんだ。彼らは殺人のような犯罪の背後にある大もとの感情を理解している。そして、その感情を制御しなかったことで、犯罪者を罰するわけだ」

「そうでしょうね」僕は言った。

「一方、小児性愛者はどうだろう？　彼らは子供とのセックスを渇望している。これを理解する者がいるだろうか？　小児性愛者は自分のしたことを正当化できない。彼らに言い訳の余地はないんだ。彼らはモンスターであり、本人たちもそれを知っている。しかし、それを認めることはできない。自分自身に対してさえもだ。だから彼らは真実を隠す。胸の奥に深くそれを埋めた結果、自らも自分の嘘を信じるようになるわけだよ」

「でも、ときには無実の人もいるわけでしょう？」僕は訊ねた。

「以前、ある男を担当したがね……」コリンズは身を乗り出して、両肘《ひじ》をデスクにドンとついた。「その男は十歳の我が子に対する性的虐待で訴えられていたんだ。彼は前の妻が子供の頭に作り話を植え付けたんだと主張して、わたしを納得させた。つまり、わたしは完全に彼を信じてしまったわけだよ。わたしはその子供を八つ裂きにすべく痛烈な反対尋問を用意していた。ところが、公判の一カ月ほど前に、男のパソコンの鑑識結果がもどってきた。わたしは検事の事務所に呼ばれ、依頼人のド阿呆がすべてを撮影して作ったビデオを見せられた。そこでは、彼の子供の証言どおりのことが行われていたよ。わたしが依頼人にビデオを見せると、彼は大泣きして、赤んぼみたいにギャアギャアわめいたもんだ。それも、我が子をレイプしてつかまったからじゃない。本人の主張によれば、それは自分じゃないからなんだ。検事のテープには、そのくず野郎がしっかり録画されていた。そいつの顔、そいつの声、そいつのタトゥーが。なのにそいつは、それはただのそっくりさんだとわたしに信じてほしがったんだよ」

「それじゃあなたは、小児性愛の依頼人は全員、嘘をついてるものとみなすんですか？」

「いいや、全員ではないね」

「あなたはカールが嘘をついてると思いました？」

コリンズはしばらく黙って考えていた。「最初は、アイヴァソンを信じたいと思ったがね。たぶん当時のわたしは、いまほどすれてなかったんだろう。しかし証拠は、彼がその女の子を殺したことを示していた。陪審はそれを見たんだ。だからアイヴァソンは刑務所に送られたわけだよ」

「刑務所の小児性愛者に関する噂って本当なんですか？」僕は訊ねた。「彼らがぶちのめされるとかいう話は？」

コリンズは口をすぼめてうなずいた。「ああ、本当だよ。刑務所には刑務所の食物連鎖があるからね。酒酔い運転の依頼人は、こう訊ねる。『なんでわたしがこんな目に遭うんだ？　別に人の物を盗ったわけでもないのに』泥棒や強盗は言う。『人を殺したわけじゃない』人殺しどもは言う。『少なくとも俺は小児性愛者じゃない。子供をレイプしたのとはちがう』でも、アイヴァソンみたいな連中には逃げ場がない。彼らより悪いやつはいないんだ。だから、彼らは食物連鎖のいちばん下に置かれる。さらにまずいことに、彼が送られたのはスティルウォーター刑務所だった。それ以上、悪いことはほぼありえない」

僕はもう、例のひどい椅子に気持ちよくすわろうとすることをあきらめていた。その椅子はおそらく意図的にすわりにくく作られているのだ。これは、お客を長居させないための手なんだろう。僕は立ちあがって、太腿《ふともも》のうしろ側をさすった。コリンズもまた立ちあがり、デスクの向こうから出てきた。彼は箱から二冊ファイルを取り出し、僕に手渡した。一方には〝陪審選任〟、もう一方には〝刑の宣告〟とラベルが貼られていた。「その二冊はもう出せるよ」彼は言った。「それに、裁判の記録も渡せるだろうな」

「裁判の記録？」

「うん。第一級謀殺は自動的に上訴が認められるのでね。法廷速記者が、話されたことを一言一句残らず書き留め、裁判の記録を用意するんだ。最高裁判所にもその写しが一部、あるだろう。だから、この事務所にある分は持っていっていいよ」コリンズは箱に歩み寄って、ソフトカバーの分厚いファイルを六冊、取り出すと、僕の腕のなかに一冊ずつ積みあげていき、高さ一フィートの紙の山を造りあげた。「それで当分、やることには困らんだろう」

僕は腕のなかのファイルを見つめ、その重みを感じながら、ミスター・コリンズに部屋の外へと送り出された。ドアのところで、僕は振り返った。「これを読むと、何がわかるんです？」僕は訊ねた。

コリンズはため息をつき、またもや顋をなで、肩をすくめた。「たぶん、いまわかっていること以外、何もわからんだろうな」

第十一章

帰りのバスで、僕は裁判の記録六冊をぱらぱらめくり、小声で悪態をついた。どうやら、この課題ひとつのために、他の授業の分を全部合わせた以上にたくさん読むべきものを作ってしまったらしい。いまさらあの授業を放棄するわけにはいかない。それをやったら、学業平均値が悲惨なことになってしまう。アイヴァソンの伝記のインタビュー・メモと冒頭の章の提出期限は迫っていて――やらなきゃならない宿題は他にも一杯あることだし――この資料をそれに間に合うよう全部読み通せるとは、僕にはとても思えなかった。

バス停から延々歩いてやっとうちに着いたときには、バックパックのあの記録が石板みたいに重たくなっていた。僕は鍵を取り出してドアを開けにかかったが、ライラの部屋から流れてくるスペインのギター曲のなめらかな調べに手を止めた。裁判の記録は、ちょっと顔を出して挨拶する口実になる。考えてみれば、それは、この無鉄砲なプロジェクトにおける彼女のお手柄なのだ。それに僕は、本当に彼女に会いたかった。あの〝いいからほっといてよ〟的態度には、何か僕を惹きつけるものがあるのだった。

ライラは裸足《はだし》でドアに出てきた。ツインズのぶかぶかのジャージを着て、その裾《すそ》の下にショートパンツをわずかにのぞかせている。彼女の脚に即座に目が行くのを、僕は止められなかった。ほんのちらりと見ただけだけれど、気づかれないわけがない。彼女は僕を見て、一方の眉《まゆ》を上げた。「こんにちは」も「どうしたの?」もなし。ただ一方の眉を上げただけ。おかげでこっちはひどくうろたえてしまった。

「えーと……その……きょう、例の弁護士の事務所に行ったんだ」舌がもつれた。「裁判のときの記録をもらってきたよ」僕はバックパックのなかに手をやり、ちゃんと仕事をした証拠をライラに見せた。

彼女はその場に立ったまま、僕を見あげた。眉を上げたきり、なかに招き入れるでもなく、何かの反応を見せるでもない。彼女はただ、この一方的な訪問をどう見るべきか考えている様子で、しげしげと僕を見つめていた。それから肩をすくめ、ドアを少し開けたまま、部屋の奥にもどっていった。僕は彼女につづいてなかに入った。室内はベビーパウダーとバニラの香りがした。

「もう読んでみたの？」ライラは訊ねた。

「さっきもらったばかりなんだよ」僕は最初の一冊をその重さがわかるように彼女のテーブルにドサッと落とした。「いったいどこから読みはじめたもんだろうね」

「冒頭陳述から取りかかれば？」ライラは言った。

「何からだって？」

「冒頭陳述」

「それってきっと初めのほうにあるんだよね？」僕は笑みを浮かべて訊ねた。ライラは記録のひとつを手に取って、ぱらぱらページを繰《く》りはじめた。「どうして冒頭陳述だのなんだののことを知ってるの？　ロースクール志望なの？」

「まあね」ライラは事務的な口調で言った。「高校のとき模擬裁判に参加したのよ。指導に当たった弁護士さんは、冒頭陳述は事件の経緯《けいい》を語るものだって言っていた。リビングに大勢の友達とすわっている感じで、話をするんだって」

「模擬裁判に参加したの？」

「うん」彼女はつぶやきながら、指を舐《な》め、さらにページを繰った。「万事うまくいったら、いつかロースクールに行くのもいいかなと思ってる」

「僕はまだ専攻を決めてないけど、ジャーナリズムを考えてる。まあ、単なる——」

「ほら、あった」ライラは立ちあがって、記録を片手で持てるようにページをうしろへ折り返した。「あなたが陪審ね。カウチにすわってよ。わたしは検事を演《や》る」

　僕はカウチのまんなかにすわり、腕を左右に広げて背もたれに載せた。ライラは僕の正面に立って、役に入るために何行か黙読した。それから胸を張り、肩をうしろに引いて、話しはじめた。話しているうちに、彼女のなかの小妖精《ピクシー》は消え、その影から、陪審の注意を引きつけるべく、自信と落ち着きをそなえたひとりの女性が進み出てきた。

「陪審員のみなさん、本件の証拠は、一九八〇年十月二十九日に、被告人」ここでライラはゲーム番組のアシスタント風に優雅に手を振って、隅にある空っぽの椅子を指し示した。「カール・アイヴァソンが、十四歳の少女をレイプし、殺害したことを証明するでしょう。少女の名前はクリスタル・メアリー・ハーゲンです」記録を読み、僕の前を行きつもどりつしながら、ライラは本物の陪審員を前にしているかのように、なるべく頻繁に原稿から視線を上げて僕と目を合わせた。

「つい昨年まで、クリスタル・ハーゲンは、幸せな潑剌《はつらつ》とした十四歳の女の子、家族に愛され、エディソン高校チアリーディング部で楽しく活動する美少女でした」ライラはここで間を取って、効果を狙い、声を落とした。「しかしみなさん、クリスタル・ハーゲンの人生が決して順風満帆でなかったことが、これからわかってきます。みなさんは、彼女の日記の抜粋を目にすることになるでしょう。彼女はその日記に、カール・アイヴァソンという男のことを書いています。彼はクリスタル・ハーゲンの隣の家にすんでいました。彼女は日記のなかで、彼を〝隣のうちのあの変態〟と呼んでいます。その記述によると、カール・アイヴァソンは、裏庭でチアリーディングのルーティンを練習する彼女を自宅の窓からいつもじっと見ていたそうです。

日記には、彼女が恋人と一緒にいたときに起きた出来事も書かれています。その恋人、アンディ・フィッシャーは、彼女が高校のタイプの授業で知り合った少年です。ある夜、彼女とアンディは、クリスタルの家とカール・アイヴァソンの家の両方の前を通る路地に車を駐めました。ふたりは人目を避けて、路地の突き当たりに駐車し、子供たちがよくやるように、車内でたわむれていました。被告人カール・アイヴァソンがスラッシャー映画のモンスターさながらに車に歩み寄り、窓のなかのふたりをにらみつけたのは、そのときです。クリスタルとアンディは……そうですね……性的な体験をしていたとだけ言っておきましょう。恋を楽しむごくふつうのふたりの子供ですね。そして、カール・アイヴァソンはそれを見た。じっと見つめたのです。

大したことではないように思えるかもしれません。しかしクリスタル・ハーゲンにとって、それはこの世の終わりも同然でした。というのも、クリスタルには、信仰心の篤《あつ》い継父、ダグラス・ロックウッドがいたからです。彼はこの裁判で証言をすることになっています。ミスター・ロックウッドは、クリスタルがチアリーダーをしていることをよく思っていませんでした。また、十四歳の娘が異性とつきあうことにも不賛成でした。そこで彼は、いくつかルールを定めました。一家の評判とクリスタルの貞操を護るためのルールです。彼はクリスタルに、それらのルールに従えないなら、チアリーダーをつづけることは許さない、また、著しい違反があれば、私立の宗教学校へ送り出すと言い渡したのです。

みなさん、その夜、彼女が車内でアンディ・フィッシャーとしていたことは、それらのルールに反していました。

本件の証拠は、カール・アイヴァソンがその夜、路地で見たことを利用して、クリスタルを脅迫し……えー……自分の命令に従わせたことを証明するでしょう。というのも、路地におけるその一件からまもなく、クリスタルは日記に、ある男に自分のしたくないこと――性的なことを強要されていると書いているのです。男は彼女に、要求に応じなければ彼女の秘密を暴露すると言ったそうです。彼女は、その脅迫者がカール・アイヴァソンである、と明確に書いているわけではありません。しかし日記の文言を見れば、それが誰のことであるかに関し、疑問の余地はないはずです」

ライラは話すペースを落とし、ドラマチックに、ほとんどささやくように声を低くした。僕の両腕がカウチの背もたれから下りてきた。彼女の言葉を聴くために、僕は膝《ひざ》に手をついて身を乗り出した。

「クリスタルが殺害された日、アンディ・フィッシャーは学校のあと、彼女を家まで車で送りました。ふたりはさよならのキスをし、アンディは立ち去りました。カール・アイヴァソンの家の隣の誰もいない自宅に、クリスタルはひとりきりになったのです。アンディが去ったあと、クリスタルが最終的にカール・アイヴァソンの家に行ったことも、わかっています。彼女は、彼と対決するためにそこに行ったのかもしれません。実は、クリスタル・ハーゲンは、その日の午後、スクール・カウンセラーに会い、自分に対する行為が明るみに出れば、カール・アイヴァソンは刑務所行きになるということを知ったのです。あるいは、彼女は銃で脅され、そこに行ったのかもしれません。なぜなら、カール・アイヴァソンが、クリスタルの死んだ日の朝、軍の放出品の拳銃を購入したことがわかっているからです。どのような事情で彼女がアイヴァソンの家に行くに至ったのか、その点ははっきりしていません。しかし彼女がそこに行ったことは、これからお話しする証拠によって明らかになっています。そして、その家でクリスタル・ハーゲンが恐ろしい事態に見舞われたこともわかっています。彼女はアイヴァソンに反撃するつもりでした——もし脅迫と虐待をやめなければ、彼を刑務所送りにするつもりでした。しかしもちろん、カール・アイヴァソンには別の考えがあったわけです」

ライラは歩き回るのをやめた。もう検事のまねもしていない。彼女は記録に目を据《す》えたまま、カウチの僕の隣にすわった。先をつづけたとき、その声には深い悲しみがこめられていた。

「カール・アイヴァソンはクリスタル・ハーゲンをレイプしました。そして用がすむと——他のすべてを彼女から奪ってしまうと——彼女の命をも奪ったのです。彼は電気コードで彼女を絞殺しました。みなさん、人を絞め殺すのには長い時間がかかります。それは、緩慢《かんまん》な恐ろしい死にかたなのです。カール・アイヴァソンはクリスタル・ハーゲンの首にそのコードを巻いて強く引き、少なくとも二分はそうしていなければならなかったはずです。そして、過ぎていくその二分のあいだ、彼にはいつでも考えを変えることができたのです。しかし彼はコードを引きつづけ、彼女の喉を絞めつづけました。単に気を失っているのではない、彼女は死んだのだと確信できるまで、ずっとです」

ライラは読むのをやめて、腹立たしげな表情で僕を見た。まるで僕がカールの延長線上の何かであるかのような、僕のなかに彼の恐るべき行為の種子が生きているかのような、そんな目つきだ。僕は首を振ってみせた。彼女はふたたび読みだした。

「クリスタルは命がけで闘いました。このことは、彼女の付け爪のひとつが格闘中に折れていることから明らかです。その爪はカール・アイヴァソンの家のポーチの階段で見つかりました。それはカール・アイヴァソンが彼女の遺体を物置小屋に引きずっていくときに、そこに落ちたのです。彼は彼女の遺体をゴミのように物置小屋に放《ほう》り出しました。それから、自分の犯行を隠蔽《いんぺい》しようとし、熱と炎が自分のしたことの証拠を消し去るものと信じて、小屋に火を放《はな》ったわけです。マッチで火を点けたあと、彼は家に引き返し、ウィスキーを飲みまくり、そのまま眠り込みました。

消防車が到着するころには、小屋はすっかり炎に包まれていました。くすぶる瓦礫《がれき》のなかからクリスタルの遺体を見つけたあと、警察はミスター・アイヴァソン宅のドアをノックしましたが、彼は出てきませんでした。警察は家には誰もいないものとみなしました。そして翌朝、トレイサー刑事が捜索令状を携えて現場にもどり、一方の手にウィスキーの空き瓶、もう一方の手に四五口径の拳銃を握ったまま、まだカウチで眠っていたアイヴァソンを見つけたのです。みなさんにはこれから、吐き気を催すような写真を見ていただくことになります。そのようなものをお見せすることについて、あらかじめお詫びを申し上げます。しかしこれは、クリスタル・ハーゲンの身に何が起きたかご理解いただくために必要なことなのです。下半身がひどく焼けてしまったため、体の部位のいくつかは原形を留めていません。小屋の屋根からブリキが落下し、胴体の上半分を覆ったので、その部分は炎によるひどい損傷を免《まぬか》れています。また、胸部の下には、左手が──焼けていない手が見えるでしょう。そしてそこ、その左手に、彼女がとても自慢にしていたアクリル製の爪が見られます。彼女は、アンディ・フィッシャーと一緒に、初めてのホームカミング・パーティーに行くために、爪を綺麗にしたのです。その爪のひとつがなくなっているのを、みなさんは目にするでしょう。それこそ、彼女がカール・アイヴァソンと格闘したとき折れた爪なのです。

みなさん、本件の証拠をみなさんがすべて見たあと、わたしはここにもどってきて、もう一度、お話をさせていただきます。そしてわたしは、みなさんに、カール・アイヴァソンに対し、第一級謀殺で有罪の評決を下すよう、お願いするでしょう」

ライラは記録を膝に置き、自分の声のこだまが鎮《しず》まるのを待った。「なんて異常な男なの」彼女は言った。「この男と一緒にすわっていて、殺してやりたくならないなんて、信じられない。当局は刑務所から彼を出すべきじゃなかったのよ。彼はこの世で一番暗くて湿っぽい牢獄で朽ち果てるべきだったの」

僕はライラの姿勢をまねて、ほんの少し身を乗り出し、彼女の脚のそばのクッションに一方の手をついた。指を広げれば、彼女に触れることだってできたろう。そう思うと、他の考えは全部、頭から消し飛んだ。でも、彼女は何も気づかなかった。

「彼と話すのって……どんな感じ？」ライラは訊ねた。

「彼はただの年寄りだよ」僕は言った。「病気で衰弱して痩《や》せ細っている。きみの朗読に出てくる男にはとても見えないな」

「彼について書くときは、ちゃんとすべてを語ってね。がんで死にかけているか弱い老人のことだけ書いたりしないで。十四歳の少女を焼いた飲んだくれの変質者のことをみんなに教えて」

「僕は真実を書くと約束した」僕は言った。「だからそうするつもりだよ」

第十二章

十月は山を駆け下る川のように猛スピードで慌ただしく過ぎていった。〈モリーのパブ〉では、バーテンのひとりが、チップめあてで男の客といちゃついている現場を旦那に押さえられ、店をやめざるをえなくなった。モリーは代わりが見つかるまでということで、僕にその穴埋めをたのんだ。僕はことわれなかった。母の保釈に使った三千ドルを補塡《ほてん》しなきゃならなかったから。そんなわけで、その月の大部分、僕は火、水、木とカウンターに立ち、週末の夜は戸口に立つことになった。これに加えて、経済学と社会学の中間試験もあった。いつしか僕は——

前の持ち主が山を張るのがうまかったことに期待し――教科書のマーカーが引かれた部分だけを読むのが習いとなっていた。

　カールの〝刑の宣告〟のファイルのなかには、天の賜物とも言うべき文書があった。それは、サウス・セントポール育ちのカール・アイヴァソンの半生をまとめたレポートで、家族、少年時代の軽微な非行、趣味、学歴といった情報がすっかり盛り込まれていた。彼の兵役についても、簡単に触れてあった。カールはヴェトナムで兵役に服し、名誉負傷章ふたつと銀星章ひとつを受勲して名誉除隊となっていた。僕は、カールの兵役についてより深くさぐること、と頭にメモした。十月中は二度、インタビューの記録と冒頭の章の提出期限の直前に、カールを訪問した。僕は例のレポートの情報に自分のメモの内容を混ぜ合わせ――僕独自の創造性をふんだんにちりばめて――どうにか第一章を書きあげた。

　課題を講師に提出したあとは、ハロウィーンが過ぎるまでヒルビュー邸には行かなかった。ハロウィーンは僕が大嫌いな祝日だ。十八になって以来、ハロウィーンの日はいつもそうだったが、僕は店のスタッフとして仮装をさせられ、その格好で〈モリーのパブ〉のドアに立った。その夜、僕が止めに入った喧嘩は一件だけだった。スーパーマンがラガディ・アン（素朴な赤毛の女の子のぬいぐるみ）の（もしラガディ・アンがストリッパーであるならば、だけど）お尻をつかみ、彼女の恋人、ラガディ・アンディがその〝鋼の男〟を殴り倒したのだ。僕はラガディ・アンディを店外へと追い出した。ラガディ・アンは僕たちのあとから外に出てきて、通り過ぎしな、僕ににっと笑いかけた。まるでその喧嘩が最初から彼女の企てだったかのように。その豊満な肉体を小さなコスチュームに押しこんだとき、きっと彼女はそんなかたちのお墨付きを求めていたんだろう。僕はハロウィーンが大嫌いだ。

十一月一日、本格的な寒気が訪れた。その日、僕はふたたびヒルビュー邸を訪問した。気温はマイナス一度に届かないくらいだった。風の渦巻《うずま》く建物の角部やゴミ容器のまわりには、枯れ葉が集まっていた。膵臓《すいぞう》がんがどのように進行するものか正確なところがわからず、僕はその朝、カールと面会できるかどうか電話で確認した。カールはいつもの場所で窓の外を眺めていた。膝にアフガン編みの毛布をかけて、コットンのスリッパのなかには分厚いウールの靴下を、青いローブの下には股引をはいていた。彼は僕が来るのを知っていて、看護師のひとりにたのんで、すわり心地のいい椅子を自分の車椅子の横に出してくれていた。反射的にか、習慣からなのか、腰を下ろすとき、僕は彼と握手した。彼の細い手は、冷たく、力なく、死んだ海藻のように僕の手のなかからすべり出ていった。

「わたしのことを忘れてるのかと思ったよ」彼は言った。

「ずっと忙しかったもので」そう答えながら、僕は小さなデジタル・レコーダーを取り出した。

「かまいませんよね？　メモを取るよりこのほうが楽なんです」

「これはきみのショーだからな。こっちはただ暇つぶしをしてるだけだよ」自分の皮肉なジョークに彼はククッと笑った。

僕はレコーダーのスイッチを入れ、前回終えたところから始めてくれるようたのんだ。カールの語りを聴きながら、僕はその話を情報の断片に分解し、ジグソーパズルのピースみたいにテーブルに広げている自分に気づいた。それから、僕はそのピースを、モンスターの誕生と半生を説明できるようなかたちに、再度、組み立てようとした。後に殺人者カールを生み出す種子を彼のなかに植え付けたのは、その子供時代や思春期のなんなのか？　そこにはなんらかの秘密があるにちがいない。カール・アイヴァソンの身には、彼を他の人間と異なるもの、僕と異なるものにするような何かが起こったはずだ。初めて会った日、彼は僕に正直であることについて説教を垂れた。なのにいま、彼は自分のビーバーちゃん的少年時代（「ビーバーちゃん」は一九五〇年代－六〇年代初めのアメリカのテレビドラマ。ビーバー少年とその家族の郊外での暮らしを描いたもの）を語る一方、僕たち一般人には理解しがたい方向に彼の人生を転換させた暗い区間は隠している。僕は、嘘だろ、と叫びたかった。それでも、彼が自らの世界をつやのない白で塗っていくあいだ、ただうなずき、促《うなが》し、耳を傾《かたむ》けていた。

　彼がこう言ったとき、インタビューは二時間目に入っていた。「そしてその後、わたしはヴェトナムに送られたわけだよ」ついに来た、と僕は思った。モンスター誕生の説明になりそうな出来事だ。長々と話しつづけたため、カールはだいぶ消耗していた。彼は両手を膝に置き、車椅子に寄りかかって目を閉じた。僕は、頸動脈の血の流れとともにその首の傷痕が脈打つのを見つめた。

「それはヴェトナムで負った傷ですか？」僕は訊ねた。

　カールは首のその線に手を触れた。「いや、刑務所でやられた傷だよ。アーリアン・ブラザーフッド（刑務所内を拠点とするギャング団）のイカレ野郎がわたしの首を切り落とそうとしてね」

「アーリアン・ブラザーフッド？　連中は白人ですよね？」

「そうだよ」彼は言った。

「刑務所じゃ同じ人種の者同士で団結するんだと思ってましたよ」

「子供を犯す変質者として入った者は別なんだ――わたしはまさにそれだった。ギャング団にはそれぞれ、同じ人種の性犯罪者に対する使用権があるんだよ」

「使用権？」

「性犯罪者は刑務所の同胞のなかの出来損ないなのさ。何かいやな目に遭ったら、その出来損ないで鬱憤《うつぷん》を晴らす。涙のタトゥーがほしくて、タフガイぶりを見せたけりゃ、出来損ないを殺っちまやいい。女がほしけりゃ……まあ、そんなとこだよ」

内心ひるみながらも、嫌悪感を顔に出すまいとして、僕は平静さを保った。

「スティルウォーターに送られて三カ月ほど経ったある日、わたしは夕食に行こうとしていた。それは一日でいちばん危険な時なんだ。なにしろ、二百人の男が同時に食堂に送り込まれるわけだからね。ナイフはその雑踏のなかで抜かれる。誰が誰に何をしたかは一切わからない」

「どこか一般の受刑者たちから逃れられる場所はないんですか？　えーと……なんて言ったっけ？……保護房とか、そんなようなのが？」

「隔離房《セグリゲイション》だね」彼は言った。「略してセグだ。うん、セグに入れてくれと要望を出すこともできた。だが、わたしはそうしなかった」

「なぜ？」

「なぜなら、人生のその時点で、生きることはわたしにとってさほど重要じゃなくなっていたからさ」

「それで、その傷はどうしてできたんです？」

「スラッタリーという、でかいゴリラ野郎がいてね、そいつがわたしに……そうだな、そいつには仲よくする相手が必要だったと言っておこうか。やつは、自分のほしいものを寄越さなけりゃ、わたしの喉を掻っ切ると言った。わたしは、そうしてもらえりゃありがたいと言ってやった」

「つまり、彼があなたの喉を掻き切ったってことですか？」

「いや。そうはならないんだ。やつはボスだ。労働者じゃない。だからチンピラの誰かにそれをやらせた。名を挙げたがっている小僧っ子に。こっちは何が起きたのか気づいてさえいなかった。ただ、温かな液体が肩を流れ落ちるのを感じたんだ。喉に手をやると、首から血が噴き出しているのがわかった。もう少しで死ぬところだったよ。傷を縫《ぬ》ったあと、連中はわたしを強制的にセグに入れた。わたしは三十年の残りをほとんどずっとそこで過ごした。雑音が入り込む、コンクリートに囲われたその場所で、一日の時間のほぼ全部を。あれは神経にこたえるもんだよ」

「〝兄弟〟とは刑務所で出会ったわけですか？」僕は訊ねた。

「兄弟？」

「ヴァージル――確かそれが彼の名前ですよね？」

「ああ、ヴァージルか」ため息をつくときのように、カールは大きく息を吸い込んだ。痛みの波が彼を襲い、体をぎくっと突っ張らせる。車椅子の肘《ひじ》掛けを彼は強く握り締めた。その指から血の気が引いていく。「どうやら……」分娩中の人みたいに、短くハッハッと息を吐きながら、カールは言った。「その話は……別の日まで……待たなきゃならんようだ」彼は手振りで看護師を呼び寄せ、薬をたのんだ。「悪いが……眠らせてもらうよ……もう少ししたら」

僕は時間を取ってもらったお礼を言い、バックパックとレコーダーを持って出口に向かった。途中、受付でちょっと足を止め、ポケットから財布を取り出して、ヴァージル・グレイからもらった名刺をさがした。そろそろ、カールの無実を信じる人物から話を聴く頃合い――カール・アイヴァソンは正しく罰せられたのだという僕の結論を否定する唯一の声を聴かなきゃならない。名刺を取り出したとき、ジャネットが受付カウンターの向こうから身を乗り出してきて、ささやいた。「彼はきょう痛み止めをのまなかったのよ。あなたが来たとき、クリアな頭でいたいからって。たぶん、あしたは一日、朦朧《もうろう》としてるんじゃないかしら」

僕はなんとも答えなかった。なんと言えばいいのか、わからなかったのだ。

第十三章

公設弁護人の事務所から、カールのファイルの残りを引き渡す準備ができたと連絡をもらって、すでに二週間が経っていた。僕はそのことで気が咎《とが》めていた。なぜ気が咎めていたかと言うと、まだファイルを引き取りに行っていなかったからだ。もしヴァージル・グレイがダウンタウンで会おうと言わなかったら、きっとあの箱はそのまま公設弁護人の事務所に放置されていただろう。僕の課題は、膝まで届くファイルの山を読むまでもなく、充分に時間を食っていた。でもヴァージルに電話をすると、彼はミネアポリス、ダウンタウンの行政センターの小さな中庭で会おうと言った。そしてそこで、僕は彼を見つけた。彼は中庭の端で、いいほうの脚に杖を立てかけ、御影石のベンチにすわっていた。僕が四角い庭を横切っていくあいだ、じっとこっちを見ていたけれど、手は振らなかったし、他のどんなかたちでも僕に気づいたふうは見せなかった。

「ミスター・グレイ」僕は手を差し出した。彼は食べ残しのブロッコリーに見せる程度の熱意で僕の手を握った。「会ってくださって、ありがとうございます」

「おまえさんはなんだってカールの話を書いてるんだ？」ヴァージルはぶっきらぼうに訊ねた。話すときも、彼は僕を見なかった。その目は中庭の中央の噴水に注がれていた。

「いまなんて？」僕は言った。

「なんであいつの話を書いてる？　それはおまえさんにとってどんな意味があるんだよ？」

僕はミスター・グレイの隣にすわった。「前にも言いましたが。これは英語の課題なんですよ」

「そうだよな。だが、なんであいつなんだ？　なんでカールなんだよ？　他の誰の話でもいいだろうに。なんなら話を作ったっていい。先生にゃちがいなんぞわかりゃしないさ」

「なぜカールじゃいけないんです？」僕は訊ねた。「彼なら興味深い話を語れるでしょう？」

「おまえさんはただあいつを利用してるだけだ」ヴァージルは言った。「カールはひどい目に遭ってきたんだ。そこまでやられていいやつはいないってくらいな。俺はこれを――おまえさんのしてることをいいことだとは思わんよ」

「でも、あなたの言うように、彼がひどい目に遭ってきたなら、誰かがその話を語るのはいいことなんじゃありませんか？」

「すると、それがおまえさんのしてることなのかい？」ヴァージルは、言葉から皮肉を滴《したた》らせつつ言った。「それがおまえさんの語る物語なんだな？　おまえさんは、カールがどんな目に遭わされたか、どういうわけでやってもいないことで有罪になったか、それを書いてるわけだ」

「まだどんな話も書いてませんよ。いまは、何を書けばいいのかさぐっている段階ですから。あなたに会いに来たのは、だからなんです。あなたは、彼は無実だと言ってましたよね」

「あいつは無実だよ」

「でもね、これまでのところ、そう言っているのはあなただけなんです。陪審も検察官も、なんと彼の弁護人までも、彼は有罪だと思っていたみたいです」

「だからって、それがほんとだってことにゃならんさ」

「あなたは裁判のときカールのために立ちあがらなかった。証言をしなかったでしょう」

「連中が証言させなかったんだ。俺は証言したかった。だが、連中がそうさせなかったんだよ」

「誰が証言させなかったんです？」

ヴァージルは暖炉の灰の色をした空を見あげた。中庭を取り巻く木々は葉を落とし、冬の骸《がい》骨《こつ》となっている。冷たい風が玉石の上を渡ってきて僕のうなじに吹き寄せた。「カールの弁護士どもさ」ヴァージルは言った。「連中は俺が陪審にあいつの話をするのを許さなかった。俺が証言をすりゃ、それは性格証拠となると言うんだよ。俺ははっきり、そりゃ性格証拠になるだろうって言ってやった。陪審は、検察官が掘り出してる嘘の山じゃなく、本当のカールを知らなきゃならんってな。ところが連中は、もし俺がカールの性格について話しゃ、検察官もカールの性格について話せるって言うんだ。あいつが日がな一日飲んでたとか、仕事を転々としてたとか、そんな戯言《たわごと》をだぞ」

「で、もし証言を許されていたら、あなたは何を話したんでしょう？」

ヴァージルは振り向いて僕の目を見つめ、もう一度、僕を値踏みした。その冷たい灰色の瞳が、空に広がりだした雲を映している。「俺は一九六七年にヴェトナムでカール・アイヴァソンに出会った。俺たちは基礎訓練キャンプを出たばっかりの馬鹿な小僧っ子だったよ。俺はジャングルで彼と一緒に任務に当たった。その場にいなかった人間にゃ絶対にわからんことを、したり見たりしてきたんだ」

「そしてその期間中に、彼がクリスタル・ハーゲンを殺したはずはないと言い切れるくらい、彼のことをよく知るようになったわけですね？　彼は平和主義者か何かなんですか？」

僕の顔にいまにもパンチを食らわせそうに、ヴァージルは目を細めた。「いいや」彼は言った。「カール・アイヴァソンは平和主義者じゃない」

「すると、ヴェトナムで人を殺したわけですね?」

「そうとも、あいつは人を殺した。大勢、殺したさ」

「なぜ弁護人があなたに証言させたがらなかったのか、わかりますよ」

「あれは戦争だからな。戦争のときは誰でも人を殺すんだ」

「やっぱり僕にはわかりませんね。戦争でカールは人を殺している。その事実を陪審に話すことが、なんの役に立つんです? 僕だったら、もし戦争に行って人を殺していたら——あなたの言うように……大勢、殺していたら——殺すことへの抵抗感は弱まるって思うんじゃないかな」

「おまえさんにわからんことはたくさんあるのさ」

「それじゃ教えてくださいよ」僕はいらいらして言った。「僕はそのためにここに来たんですから」

ヴァージルはちょっと考えてから、身をかがめ、カーキ色のズボンの右膝あたりを両手でつまんで、ズボンを引きあげた。するとそこに、彼と初めて会った日に見た、きらきら光る金属製の人工装具が現れた。その義足は、大腿部《だいたいぶ》の半ばまでつづいていて、膝頭には、拳ほどのサイズのバネ仕掛けの蝶番《ちょうつがい》を覆う白いプラスチック・カバーが付いていた。ヴァージルはその金属の脛を軽くたたいた。「ほら、見えるだろ?」彼は言った。「こいつはカールのしたことなんだ」

「あなたが脚を失ったのはカールのせいってことですか?」

「いいや」ヴァージルはほほえんだ。「俺がここにいて、おまえさんに失くした脚の話ができるのは、カールのおかげってことさ。きょう俺が生きてるのは、カールのおかげってことだよ」ヴァージルはズボンの裾を下ろすと、身を乗り出して、膝に両肘をついた。「あれは一九六八年の五月のことだった。俺たちはクエソン・ヴァレー北西の峰の、小さな重砲基地に駐留していた。そこへ、ある村を調べろって命令が来たんだ。掘っ立て小屋が立ち並ぶ名もない集落だったがな。情報部が、そのエリアでのヴェトコンの活動を突き止めたんで、確認のために俺たちの小隊が送りこまれたわけだ。俺はもうひとりの小僧と先を歩いてた……」なつかしげな微笑がヴァージルの顔をよぎった。「〝ジャガイモ〟・デイヴィス。あの馬鹿なガキ、バセットハウンドみたいに俺について歩いてたっけな」ヴァージルはさらにしばらく思い出に浸っていた。それから彼は先をつづけた。「俺と〝ジャガ〟は先を歩いてた――」

「先？」僕は訊ねた。「先頭にいたってことですか？」

「ああ。軍隊じゃ、ひとりかふたり、縦隊の前に配置するんだ。そういうことさ。すげえプランだよな。やばい状況になったら、軍としちゃ全小隊を失うよりそいつらふたりを失うほうがいいってわけだ」

僕はヴァージルの脚を見た。「つまり、やばい状況になったってことですね？」

「そのとおり」彼は言った。「俺たちは踏み分け道をたどって、岩だらけの丘の小さな隆起部を越えた。下りの斜面の側は、いくらか木がまばらになってたんで、前方に例の村が見えた。いったん村が見えると、〝ジャガ〟はペースを上げた。だが、何かがおかしかった。はっきり何とは言えない。第六感かもしれんし、無意識のうちに何か見てたのかもしれんが、それがなんにせよ、俺には何かがおかしいのがわかった。俺は小隊に止まるよう合図した。〝ジャガ〟が俺を見て、ライフルを構えた。俺はひとりで前進した。たぶん二十歩か三十歩だな。そして、〝異状なし〟の合図をしようとしたときだ。ジャングルが銃火で爆発したんだ。嘘じゃない、それは別ものになっていた。前、横、うしろ——銃口炎がまわりじゅうからあのジャングルを煌々《こうこう》と照らしていたよ。

俺の受けた一発目の弾は、肩甲骨を打ち砕いた。それとほぼ同時に、二発が脚に当たってな、一発は膝の皿を粉々にし、もう一発は大腿骨を打ち砕いたんだ。俺は一発も撃てないまま倒れた。そのとき、ボスの軍曹の最低野郎、ギップスっていう糞《くそ》の塊《かたまり》が、丘の向こう側に退却して、防御陣形を取れ、と隊に命じているのが聞こえた。目を開けると、仲間たちが俺からばらばた離れてって、岩や木の陰に飛び込むのが見えたよ。〝ジャガ〟はなんとか隊に合流しようとして全力疾走してた。カールの姿が目に入ったのは、そのときだ。あいつは俺に向かって走ってきた」

ヴァージルは湧きあがった涙を透かして、再生される過去のシーンを見つめていた。ポケットからハンカチを取り出し、彼は目をぬぐった。その手はかすかに震えていた。僕は目をそらし、彼にいくばくかのプライバシーを与えた。僕たちの前の中庭を、きちんとプレスしたスーツを着た人々が行き交っている。行政センターに向かう人、そこから出てくる人。みんな、僕の隣にすわる片脚の男には見向きもしない。僕はヴァージルの気持ちが鎮まるのを辛抱強く待った。ようやく落ち着くと、彼は先をつづけた。

「狂ったようにわめき立て、木々の向こうの銃口炎めがけて発砲しながら、カールは小道を走ってきた。ギップス軍曹がカールに向かって、引き返せ、と叫んでいるのが聞こえたよ。カールに気づくと、〝ジャガ〟は退却するのをやめて、木の陰に飛び込んだ。俺のところに着いたカールは、俺と約四十挺《ちょう》のAK47のあいだに身を置いて、片膝をついた。あいつはそこに留まって、弾がほとんどなくなるまで、ライフルを撃ちつづけたんだ」

ヴァージルはまた泣きそうになって、ゆっくりと息を吸った。「あのときのあいつを見せてやりたかったね。自分のライフルから最後の数発を発射しながら、俺のライフルを左手でつかみあげ、両方の銃を同時に撃ってた。それから、自分のM16を俺の胸の上に落として、俺のやつを撃ちつづけたんだ。俺はカールのライフルに新しいマガジンを入れ、それをあいつに渡して、また自分のライフルを装塡《そうてん》した」

「カールは被弾したんですか？」

「一発が左上腕を貫通した。別の一発はヘルメットをえぐり、もう一発はブーツの踵《かかと》を吹っ飛ばしたよ。だが、あいつは身じろぎもしなかった。ありゃあ見ものだったな」

「そうでしょうね」僕は言った。

ヴァージルはこの話を語りだしてから、初めて僕を見た。「古い映画でよくあるだろ」彼は言った。「親友が撃たれて、主人公に、ひとりで逃げてくれ、おまえだけでも助かれって言うやつ？」

「ありますね」僕は言った。

「俺はその親友だったわけだ。俺はもう死んだも同然で、自分でもそれがわかってた。だから、逃げてくれって言うつもりで口を開いたんだ。ところが、出てきた言葉は『俺を置いてかないでくれ』だった」ヴァージルは自分の指先を見つめた。彼の両手が膝の上で組み合わされた。「怖かったんだ」彼は言った。「あんな恐怖は生まれて初めてだった。カールのしたことは一から十までまちがっていた——軍事的に言えばな。あいつは俺の命を救おうとした。俺のために死ぬ気だったんだ。なのにこっちは、『俺を置いてかないでくれ』って言うことしかできなかったわけだ。あんなに恥ずかしかったことはないね」

何かなぐさめの言葉をかけるか、彼の肩をたたくかして、あんたは悪くないと伝えてやりたかった。でも、それは失礼に当たるだろう。僕はその場にいなかったのだ。何がよくて、何がよくないか、言う資格はない。

「戦いが最高潮に達したときは」彼は言った。「小隊の全員が敵をぶっつぶそうとして無茶苦茶に撃ちまくってたよ。ヴェトコンどもは塹壕《ざんごう》から猛然と反撃していて、〝ジャガ〟とカールと俺はその銃撃戦のどまんなかにいた。俺は顔を上げて、ずたずたになった葉っぱや木っ端が紙吹雪《ふぶき》みたいに木から降ってくるのを眺めた。俺たちの上には、曳光弾《えいこうだん》が飛び交っていた。うちの隊のは赤、連中のは緑だ。音、埃《ほこり》、煙。目を瞠《みは》るばかりだったよ。まるで自分が、その場面を外から見てるみたいだった。痛みは消えた。恐怖も消えた。俺は息絶えかけていた。向こうに目をやると、〝ジャガ〟が木のうしろにうずくまって、精一杯、撃ちまくってるのが見えた。マガジンが空になって、やつは新しいマガジンに手を伸ばした。まさにその瞬間、顔に被弾し、やつは倒れて死んだんだ。そしてその記憶を最後に、俺は意識を失った」

「そのあと何があったかは、知らないんですか？」僕は訊ねた。

「聞いたところによると、空軍の応援が来たんだそうだ。連中はヴェトコンの守備位置にナパーム弾を投下した。カールは毛布みたいに俺に覆いかぶさった。ようく見りゃ、あいつの腕と首のうしろ側にはいまも、そのときの火傷《やけど》の痕が見えるよ」

「おふたりにとっては、それがあの戦争の終わりだったんですか？」僕は訊ねた。

「俺にとっては、そうだった」ヴァージルは咳払いして喉のつかえを取りのぞいた。「俺たちはまず重砲基地で手当てを受け、そのあとダナンへ運ばれた。俺はソウルへ送られたが、カールはダナンを通過できなかった。あいつはそこで回復を待ち、また隊にもどされたんだ」

「陪審は結局いまの話を聞いてないわけですね？」僕は言った。

「ひとこともな」

「すごい話ですね」僕は言った。

「カール・アイヴァソンは英雄だ――正真正銘の大英雄なんだ。あいつは俺のために命を賭けてくれた。レイピストなんかじゃない。あの女の子を殺したのは、あいつじゃないよ」

僕はしばらくためらってから、自分の考えを口にした。「でも……いまの話はカールの潔白の証拠にはなりませんよ」

ヴァージルは、冷たく鋭い一瞥《いちべつ》で僕のこめかみに穴を穿《うが》った。その手がぎゅっと杖を握り締める。まるで、いまの無礼を罰するため、それで僕を打とうとしているかのように。僕はじっと動かず、ひとことも言わずに、彼の目の奥の怒りが溶け去るのを待った。「おまえはここにすわってる。あったかく、安全そのものでな」彼はあざけりをこめて言った。「自分の死に直面するってのがどんなもんか、さっぱりわかってないんだ」

彼はまちがっていた。僕はあったかくなかった。それに、杖の柄《え》を握る彼の手の関節が白くなるのを見ていると、さして安全とも思えなかった。ただ、死に直面することって部分に関しては、彼はいいところを突いていた。「人は変わるもんでしょう」僕は言った。

「ある日、弾丸の嵐のなかに飛び込んだ男が、その翌日、若い女の子を殺したりするもんか」彼は言った。

「でも、彼の兵役期間の残り、あなたは一緒じゃなかったんですよね？　あなたは故郷に帰り、彼は現地に残ったんでしょう？　もしかすると何かあったのかもしれない。彼の頭のねじを回す何か――あの女の子を殺せるような男へと彼を変える何かが。あなた自身も言ってましたよね。カールはヴェトナムで人を殺したって」

「そうとも、あいつはヴェトナムで人を殺した。だが、それは女の子を殺害するのとはちがう」

ヴァージルのその言葉で、僕はカールとの初めての会話を思い出した。殺すことと殺害することのちがいについて、彼ははっきり説明しなかった。ヴァージルなら僕の理解を助けられるかもしれない。そう思って、僕は訊ねた。「カールが、殺すことと殺害することのあいだにはちがいがあると言っていたんですが。それはどういう意味なんでしょう？」答えはわかっているつもりだったけれど、カールとその話をする前に、ヴァージルから答えを聞いておきたかった。

「それはだな」彼は言った。「ジャングルで兵隊を殺す場合、それはただ人を殺してるだけだ。殺害じゃあない。軍隊同士のあいだに、お互い殺し合ってオーケーっていう合意があるって感じだな。それは許される。やるのが当然のことなんだ。カールはヴェトナムで人を殺した。だが、女の子を殺害しちゃあいない。わかるか？」

「カール・アイヴァソンがあなたの命の恩人だってことはわかります。それに、何があろうとあなたが彼の味方だってことも。でもカールは僕に、自分はその両方をやったと言いました。自分は殺したし、殺害した。その両方で有罪だと彼は言ったんです」

ヴァージルは地面を見つめた。その顔は、何か頭のなかに囚われているらしい考えで和《やわ》らいでいた。彼は人差し指の背で顎の無精ひげをなでた。それから、無言のうちになんらかの結論に達したのか、よしとうなずいた。「実はもうひとつ物語があるんだ」彼は言った。

「ぜひ聞かせてください」僕は言った。

「それが俺からは話してやれないんだよ」彼は言った。「誰にも話さんとカールに誓ったもんでな。これまで人に話したことはないし、これからも話す気はない」

「でも、それが彼の潔白の証明になるなら――」

「そいつは俺の語るべき話じゃないんだ。カールの物語だからな。決めるのはあいつだよ。本人は誰にもその話をしたことがない。弁護士にも、陪審にもだ。俺は、公判でそのことを話してくれ、とあいつにたのみこんだ。だが、あいつは拒否したんだ」

「それはヴェトナムで起こったことなんですね？」

「そうとも」

「で、それによって何がわかるんです？」僕は訊ねた。

ヴァージルは僕の質問にいらだった。「どういうわけか、カールはおまえさんと話すことに興味があるようだ。俺には理解できんが、あいつはおまえさんを受け入れたいらしい。この分だと、ヴェトナムで何があったか話してもらえるかもしれんぞ。本人から話を聴きゃ、おまえさんにもわかるさ。カール・アイヴァソンがあの女の子を殺したわけはないってな」

第十四章

ヴァージルと会ったあと、僕は公設弁護人の事務所に寄って、ファイルの残りを引き取り、その箱を担いでうちに帰った。脳みそは、カール・アイヴァソンの相反するふたつの面をジャグリングしていた。一方では、カールはジャングルのなかで膝をつき、友をかばって銃弾を浴びる男だ。そして、もう一方では、己の異常な性欲を満たすために若い女の子の命を絶つことができる病的なやつなのだ。ふたつの面、ひとりの男。僕が肩に担いでいる箱のどこかに、第一の男がいかにして第二の男になったのかを説明するものがあるにちがいない。アパートメントの階段をのぼっていくとき、その箱は信じられないくらい重たく感じられた。階段のてっぺんに着いたとき、ライラが自宅のドアを開け、僕を見て肩に担いだ箱を指さして訊ねた。「それは何？」

「カールのファイルの残りだよ」僕は言った。「いま引き取ってきたんだ」

ライラの目が興奮に輝いた。「見せてもらえる？」彼女は言った。

ライラがあの検察官の冒頭陳述を読んで以来、カールの事件は僕の擬餌針《ルアー》、ライラを自宅に誘い込み、ともに時を過ごすための鍵となっていた。カール・アイヴァソンの物語を掘り下げることに対する僕の興味が、ライラに対する執着と無関係だったと言えば、それは嘘になるだろう。

僕たちは僕の部屋に行き、箱の中身を調べにかかった。そこには、数十冊のフォルダーが入っていた。厚さはまちまちで、それぞれに異なる証人の名前や、〝鑑識〟〝写真〟〝調査〟といったラベルが付いている。ライラは〝日記〟というラベルのを取り出した。僕が取り出したのは、フラップに〝検視写真〟と記されたやつだ。冒頭陳述で検察官が写真のむごたらしさについて警告していたことを僕は覚えていた。また、公設弁護人バーセル・コリンズの言葉と、初めてその写真を見たとき彼がどう反応したかということも。僕にはその写真を見る必要があった。課題のために見ることが不可欠という意味じゃない。クリスタル・ハーゲンの身に何があったか理解するために、見る必要があったのだ。僕にはその名前に顔を、骨格に肉を与える必要があった。また、自分の度胸を試し、それに対処できるかどうか確かめる必要もあった。

検視写真のフォルダーは、箱のなかでいちばん薄いやつで、八×一〇インチの写真が二十何枚か入っていた。僕は息を吸い、目を閉じて、最悪に備えた。絆創膏《ばんそうこう》をはがすときみたいにフォルダーの表紙を急いでめくって目を開けると、ひとりの美少女が笑みを浮かべて僕を見つめ返していた。それはクリスタル・ハーゲンの入学写真だった。長い金髪は、当時の女の子がみんなそうしていたように、ファラ・フォーセットをまねて、まんなかで分け、顔のまわりでうしろへとカールさせてある。そのほほえみは完璧だった。やわらかな唇の奥から白い歯が輝き、目はいたずらっぽくきらめいている。彼女は美しい少女、若い男が愛したくなり、年配の男が庇護《ひご》したくなるような少女だった。被害者に対する同情を掻き立てるために、検察官はこの写真を陪審員たちの前に立てかけたにちがいない。その他に、被告人に軽蔑の念を抱かせるために、彼が利用した写真もあったろう。

僕は数分間、クリスタルの写真を見つめていた。生きている彼女を、僕は思い浮かべようとした。学校に通い、成績のことや男の子のこと、大人から見れば大したことじゃないけれど、ティーンエイジャーにとってはものすごく重要に思える、無数の小さな悩みにとらわれている彼女を。また、大人になった彼女を、僕は思い浮かべようとした。そして、流れるような巻き毛を持つ高校一年生のチアリーダーから、ミニバンを運転する楽なヘアスタイルの中年女性へと、彼女を成熟させていった。彼女が死んでしまったことに僕は悲しみを覚えた。

つぎの写真に移ると、胸のなかでぎゅっと心臓が収縮し、息が止まった。僕はフォルダーをぴしゃりと閉じ、呼吸がもどるのを待った。ライラは別のファイル――クリスタルの日記に読みふけっていて、僕の動揺には気づかなかった。写真を見たのは、ほんの一秒だ。それでも、その映像はまぶたの裏側に焼きついていた。僕はもう一度、フォルダーを開いた。

彼女の髪がなくなっていることは予想していた。さほど高温でなくても、毛髪は燃えてしまうから。予想外だったのは、唇が焼滅していたことだ。入学写真の彼女の歯、白く輝くあの歯は、いま、火に炙《あぶ》られて黄色くなり、顎骨から突き出ている。かつて左耳と頬と鼻だった溶けた組織を表にさらし、彼女は体の右側を下にして倒れていた。顔は、ぴんと突っ張った、焦げた皮膚の黒い仮面にすぎなかった。焼けた首の筋肉が収縮したため、その顔はねじ曲げられ、叫ぶ人をまねたグロテスクな表情で、左肩のうしろを見ている。両脚は胎児のように折りたたまれ、腿《もも》とふくらはぎの肉はビーフジャーキーさながらに焼け縮んで骨に貼りついていた。足は左右とも焼き尽くされ、足首から下がなかった。右手は手首のほうへと丸め込まれ、その手首は上腕と胸の内側にたくしこまれている。関節はすべて、炎の熱が軟骨と腱《けん》を縮めたために固まっていた。

ブリキ板が落下して、彼女の胴体の一部を猛火から護ったというのが、どの部分なのかも、その写真でわかった。僕は食道のつかえを飲み下し、つぎの写真に移った。それは、丸まった状態のまま、あおむけに転がされたクリスタルを写したものだった。検視官がラテックスの手袋をはめた手でクリスタルの左手首をつかんでいる。彼女の左手は、体の下敷きになっていたため、割合きれいなままだった。検視官は彼のもう一方の手に折れた爪をひとつつまんで持ち、クリスタルの左手の他の爪と照らし合わせていた。それは、警察がカールの家から物置小屋へ行く途中の階段で見つけた付け爪だった。

　僕はファイルを閉じた。

　クリスタルの遺族はこれらの写真を見たんだろうか？　見たにちがいない。彼らは裁判を傍聴していたのだから。これらの写真は、裁判の証拠物件なのだ。おそらくは拡大されて、広い法廷全体に見えるようになっていただろう。法廷にすわって、これらの写真を――自分たちの美しい娘の無残な姿を見るというのは、どんな気がするものだろう？　どうして彼らは、被告人と傍聴席とを隔《へだ》てる仕切りに突進し、そいつの喉を引き裂かずにいられたのだろう？　これが僕の妹だったら、警棒を持った年寄り廷吏ひとりでは僕を止め切れなかったはずだ。

　僕は息を吸い込んで、もう一度、ファイルを開き、クリスタルの学校の写真を見た。心臓の鼓動が鎮まり、呼吸が正常になるのがわかった。ワオ、と僕は思った。一枚の写真に対し、こんな明確な生理反応が起こったのは初めてだ。その可愛い潑溂たるチアリーダーと焼け焦げた遺体を並べてみて、僕はカールが刑務所でみじめな数十年を過ごしたことをうれしく思い、ミネソタ州が死刑を禁じていることを残念に思った。僕にそんな作用を及ぼしたのなら、これらの写真はカールの陪審にも同じ作用を及ぼしたにちがいない。カールが法廷から自由の身となって出ていくチャンスはなかった。それは、死んだクリスタルのために陪審にできる最低限の報復だったのだ。

　そのとき、携帯電話が鳴って、僕の考えは中断された。五〇七の局番でオースティンからなのはわかったけれど、その番号に覚えはなかった。

「もしもし」僕は言った。

「ジョー?」男の声がした。

「ジョーですが」

「テリー・ブレマーだよ」

「どうも、ミスター・ブレマー」おなじみの名前を耳にして、僕は笑顔になった。テリー・ブレマーは、母とジェレミーが住んでいる、僕の以前の住まいでもあった二戸建て住宅の家主だ。そう思ったとき、僕のほほえみは消えた。「何かあったんですか?」

「ちょっと問題が起きたんだ」彼は言った。「きみの弟がトースターでピザをあっためようとしたんだよ」

「弟は大丈夫ですか?」

「大丈夫だと思うが。ただ、そのせいで部屋の煙探知機が作動してね、警報ベルが鳴りやまないもので、お隣のミセス・アルバースが彼の様子を見に行ったんだ。彼女は、きみの弟が部屋で丸くなってるのを見つけた。ものすごく怯えてたそうだよ。ぐらぐら体を揺らしながら、両手をこすり合わせていたらしい」

「母はどこにいるんです?」

「ここにはいない」ブレマーは言った。「きみの弟は、きのうミーティングに出かけたとかなんとか言ってたがね。まだもどってないんだよ」

何かを殴りつけたかった。僕は拳を握り締め、肘《ひじ》を引いた。目は、殴られるのを待ちかねている壁の一箇所をにらみ据えていた。でも、僕にはわかっていた。そうしたところでなんにもならない。ただ、関節に痣《あざ》ができ、敷金を没収されるだけのことだ。それで母が大人になるわけじゃないし、ジェレミーがパニックから抜け出せるわけでもない。僕は大きく息を吸い、うつむいて、拳をゆるめた。

振り返ると、ライラが心配そうな顔で僕を見あげていた。会話を聞いていて、何があったかわかったのだ。「行って」彼女は言った。

僕はうなずき、上着とキーホルダーをつかみ取って、ドアに向かった。

第十五章

テリー・ブレマーは、いつも尻ポケットに嚙みタバコの缶を入れている、がに股のおじさんで、オースティン市内に、ボウリング場を一軒、バーを二軒、アパートメント・ビルを二十何軒か、所有している。彼は、仮にその自宅の壁に掛かっているのがオースティン高校じゃなくハーヴァード大学経営学部の卒業証書だったなら、多国籍企業の舵《かじ》を握っていたかもしれない、そんなタイプの男たちのひとりだ。家主としてはいい人だし、愛想がよいうえ、対応も速い。

僕に初めて用心棒の仕事をくれたのもこの人だ。勤め先は、彼の所有する壁の穴みたいなちっぽけな店、〈ピードモント・クラブ〉。話が決まったのは、僕が十八になって二週間後のことだった。その日、ミスター・ブレマーは家賃の取り立てのためにうちにやって来た。母が前の週末、インディアン・カジノへの遠征で使ってしまった家賃を。どなったり、追い出すぞと脅したりする代わりに、彼は僕を雇って、店の入口の番とテーブルのかたづけと地下からのビア樽の運搬をさせることにした。それは、僕にとっていい取引だった。その仕事でポケットにお金が入るし、腹を立てた酔っ払いや阿呆どもの扱いかたを学ぶこともできるからだ。またそれは、ミスター・ブレマーにとってもいい取引だった。もし母が家賃に充てるお金を使い果たしてしまったら、彼はただ僕の給料からその分を差し引けばよいのだから。

「母はまだもどりませんか？」部屋に入っていきながら、僕は訊ねた。

ミスター・ブレマーは、任を解かれるのを待つ衛兵よろしく、ドアのすぐ内側に立っていた。

「いや」彼は言った。「それに状況から見て、お母さんはきのうから帰ってないようだよ」彼はキャップを脱いで、つるつるの禿《は》げ頭をてのひらでなでた。「実はな、ジョー、ミセス・アルバースはもうちょっとで福祉局に電話をするとこだったんだ。下手するとジェレミーはこの家を燃やしちまったかもしれんよ」

「ですよね、ミスター・ブレマー、今後こういうことは――」

「こっちとしても訴えられちゃかなわんしな、ジョー――きみのお母さんに、こんなふうに弟さんをほっとかれるとなあ。彼がこの家を燃やしちまったら、わたしは訴えられちまう。お母さんはおつむが弱い子をこんなふうにほっといちゃいかんのだよ」

「弟は頭が弱いわけじゃありません」僕はぴしりと言った。「自閉症なんです」

「別に、だからどうだってわけじゃないんだよ、ジョー。でも、わたしの言いたいことはわかるだろう？　きみが大学に行っちまったから、ここには秩序を維持する者がいないんだ」

「母によく言っておきますから」僕は言った。

「こんなことは二度とごめんだよ、ジョー。今度、何かあったら、ふたりには出てってもらうしかない」

「母によく言っておきます」僕はもう一度、前より少し強い口調で言った。ミスター・ブレマーは上着をはおると、まだ話をつづけたそうに――自分の言いたいことがきちんと伝わったかどうか確かめたそうに、ちょっと間を置いたが、結局、考え直したらしく、そのまま出ていった。

僕はジェレミーを彼の部屋で見つけた。「よう、相棒」そう声をかけると、ジェレミーは僕を見あげて、笑顔を作りかけ、途中でそれをやめた。その目がくるりと部屋の隅に向けられ、額《ひたい》には、彼が混乱しているときのあの不安げな表情が浮かんだ。「今夜、ちょっとした騒ぎがあったんだってな」僕はつづけた。

「やあ、ジョー」彼は答えた。

「おまえ、自分で夕食を料理しようとしたの？」

「ピザを作ろうとしたかも」

「でも、トースターじゃピザは作れないよな？」

「母さんの留守中は、コンロは使っちゃだめかも」

「そう言えば、母さんは？」

「ミーティングに行ったかも」

「母さんがそう言ったのか？　ミーティングに行くって？」

「ラリーとミーティングに行かなきゃならないって言ったかも」

「ラリー？　ラリーって誰だよ？」

ジェレミーは部屋の隅へと視線をもどした。それは、僕が彼には答えられない質問をしているというシグナルだ。僕はあれこれ訊くのをやめた。そろそろ十時だ。ジェレミーは十時前にはベッドに入りたがる。そこで僕は、彼が寝間着に着替えるあいだ、寝室の入口で待っていた。彼がスウェットシャツを脱いだとき、その背中にうっすら残る青痣を僕は目にした。

「ちょっと待った、相棒」自分が見たと思ったものをさらによく見るために、僕は彼に歩み寄った。長さ約六インチ、幅は箒《ほうき》の柄ほどのその痣は、彼の肩甲骨のすぐ下から背骨までつづいていた。「これ、なんだよ？」

ジェレミーは部屋の隅に視線を注ぎ、答えなかった。頰の血が熱くなるのを感じながら、僕は深く息を吸い込んで気を鎮めた。自分が怒れば、ジェレミーが心を閉ざしてしまうことはわかっていた。僕は彼にほほえみかけ、心配しなくていいんだと伝えた。「この痣はどうしてできたのかな？」僕は訊ねた。彼は何も言わずに部屋の隅を見つめつづけた。

僕はジェレミーと並んでベッドの縁《ふち》にすわり、膝に両肘をついた。それから、自分は冷静だと確信できるまで、ちょっと間を置いた。「ジェレミー」僕は言った。「僕とおまえのあいだにひとつも秘密がないってことはとっても重要なんだよ。僕はおまえの兄貴だ。いつでもおまえの味方だよ。何も心配しなくていい。でも、僕に隠し事なんかしちゃいけないな。何があったのか、ちゃんと話してくれないと」

「もしかすると……」ジェレミーの視線が定点から定点へと飛び回る。彼はどうしたものか必死で考えているのだった。「ラリーが僕をたたいたかも」

両の拳をぎゅっと握り締めながら、僕は穏やかな顔を保った。「ほらな?」僕は言った。「おまえはなんにも悪くないじゃないか。ぜんぜん心配いらないよ。ラリーはどんなふうにおまえをたたいたんだ?」

「リモコンでたたいたかも」

「リモコンでたたいた? テレビのリモコンで? どうして?」

またもやジェレミーが視線をそらした。僕の質問がひとつ多すぎたのだ。僕はジェレミーの肩に両手をかけて、大丈夫だと知らせてやりたかった。でも、ジェレミーにそうすることはできない。僕は彼にほほえみかけ、ひと眠りしていい夢を見るように言った。それから、彼の映画をスタートさせ、明かりを消してドアを閉めた。そのラリーってのが誰にせよ——僕はそいつと話し合うことになりそうだった。

第十六章

翌日は土曜日だった。僕はジェレミーより先に起きて、パンケーキを作った。食事のあと、僕たちはダウンタウンにジェレミーの携帯電話を買いに行った。必要に応じて通話時間を追加できる安いやつだ。母のうちにもどると、僕は自分の電話番号を彼の連絡先リストに登録し、その番号がリストに入っている唯一の番号になるようにした。それから、僕に電話する方法、電源の入れかた、僕の番号の見つけかた、送信ボタンの押しかたを彼に教えた。ジェレミーはそれまで自分の電話を持ったことがなかった。だから僕たちは練習した。僕は彼に、その電話をドレッサーの裏に隠すように言った。そのあと、ふたりでチェッカーをやって彼を二度、勝たせ、新しい電話のことはいったん忘れさせた。それから、改めて電話を見つけ出させ、やりかたを覚えているかどうか、試しに僕にかけさせた。彼は覚えていた。

「誰かが手を出そうとしたら……」僕は言った。「そのラリーとかいうやつにたたかれるか何かされそうになったら、僕に電話するんだ。いまじゃ自分の電話があるわけだからさ。僕にかけるんだよ。いいね、ジェレミー？」

「新しい携帯で兄さんに電話するかも」ジェレミーは誇らしげに笑みを浮かべて言った。

昼飯のあと、僕たちはまた何度かチェッカーをやり、その後、映画を――ジェレミーのいつものをかけた。ジェレミーがその映画を観ているあいだ、僕のほうは母の車がいまにも現れないかと外の道を見ていた。それに僕は時計も見ていた。七時にはモリーの店に行ってなきゃならないのだ。この前、仕事をパスしたとき、モリーはこれ以上、大目に見るわけにはいかない、と言っていた。もし行かなかったら、きっとクビになるだろう。母は自分のドレッサーの引き出しに携帯電話を置いたまま出かけていた。これがわかったのは、僕が電話してみたとき、そこで携帯が鳴ったからだ。

ツイン・シティーズまでの所要時間を考えると、四時半にはオースティンを出なきゃならない。時計の針が三時を通過したところで、僕はジェレミーに訊ねた。「母さんはミーティングからいつもどるか言ってた?」

ジェレミーは映画を観るのをやめて、懸命に頭を絞《しぼ》った。その目が紙に書かれた文章を追うように行ったり来たりゆっくりと動いている。「母さんはなんとも言ってなかったかも」彼は言った。

僕はトランプの箱を見つけて、コーヒーテーブルの上でひとり遊びを始めた。結局、私道ばかり気になってまるで集中できず、三回連続、即ゲームオーバーだった。時計の針はじりじりと四時に近づきつつあり、僕は頭のなかで選択肢を検討しはじめた。ジェレミーを僕のうちに連れていくという手もある。でも、僕がバイトや授業で留守すれば、彼はここでほっておかれた場合と同じく、何かしでかしそうだ。ライラに彼のお守りをたのむこともできるけれど、彼女に彼の面倒を見る義務はない——それを言うなら、僕にも義務はないはずだし。このまま彼をひとり残していこうか？　でも、今度何かあったら、ブレマーはあの脅しを実行に移し、母さんとジェレミーを追い出すだろう。じゃあ、モリーにまた休むと言って仕事を失うのか？　僕はトランプをシャッフルして、ふたたびカードを並べはじめた。

　四時五分前、母の車が私道に入ってきた。僕はテレビのボリュームを上げ、前庭から聞こえてくることになるどなり声がその音にまぎれるようにしてからドアに向かった。「どこに行ってたんだよ？」僕は歯を食いしばって言った。

　その口調のせいなのか、僕がうちにいたせいなのか、それとも、ダブルのウォッカのランチのせいなのか。それはわからないけれど、母はたったいま深い眠りから覚めたばかりといった顔で、まじまじと僕を見つめた。「ジョーイ」母は言った。「あんたの車には気づかなかったよ」よれよれの灰色の髪をした背の高い男、ボウリングのピンみたいな体形のやつが、母の背後に立ち、唇をめくりあげて薄笑いを浮かべた。僕はその男、ラリーに見覚えがあった。一年ほど前、酔って女性をひっぱたいた彼を〈ピードモント〉から放《ほう》り出したことがあったのだ。

「ジェレミーをひとりにするなんてな」僕は言った。「あいつ、この家を全焼させるところだったんだぞ。いったいどこに行ってたんだよ？」

「待てよ」母の脇をかすめて、ラリーが進み出た。「お袋さんに向かって、そんな口のききかた——」ラリーの右手が僕の胸を突こうとするように動いた。それはまさにやってはいけないことだった。その指が胸に触れるより早く、僕は右手でさっと彼の手の甲をとらえ、てのひらの小指側をつかんだ。それから、すばやい動きで、彼の手を自分の胸から引き離し、右回りにひねって、ラリーをひざまずかせた。この技はリストロック・テイクダウンという。僕はこれを〈ピードモント〉の常連の警官、通称スマイリーから教わった。それは僕がいつも好んで使う技だった。

ほんの軽く回転を加えただけで、ラリーは丸くなった。その顔は地面から数インチのところにあり、腕は背中のうしろで天を指し、手首は僕の手のなかで前方へねじ曲げられていた。歯を蹴ってやりたいのをこらえるのは並大抵のことじゃなかった。僕は腰をかがめて、ラリーの髪の毛をつかんだ。彼は痛さにひるんだ。その耳が赤くなり、顔がゆがんだ。背後では、母が金切り声で、あれは事故だったんだ、とか、ラリーはほんとはいい人なんだ、などと御託を並べていた。母の懇願は僕のまわりの空気のなかへと蒸発した。僕にとってそれは、遠くを行き交う車の音と同様、どうでもいいものだった。

僕はラリーの鼻と額《ひたい》を歩道の砂利に押しつけた。「弟に何をしたか知ってるぞ」僕は言った。ラリーは返事をしなかった。そこで僕は、彼の肘《ひじ》をぐいとひねった。彼はうめいた。「ひとつはっきりさせておこう」僕は言った。「今度ジェレミーに手を出したら、これまで経験したことがないようなひどい目に遭わせてやるからな。誰にも弟には手出しさせない。わかったか?」

「くそったれ」彼は言った。

「答えがちがってるぞ」僕は彼の顔をコンクリートから引き離すと、痣《あざ》ができて、ちょっと血が出る程度の力でもう一度そこにぶつけた。「俺は、わかったかって言ったんだ」

「ああ」彼は言った。

僕はぐいと引っ張ってラリーを立ちあがらせ、道のほうに突き飛ばした。血の出ている鼻と額を押さえ、路肩へと向かいながら、彼は何やらぶつぶつ低い声でつぶやいていた。僕は母に注意をもどした。

「ミスター・ブレマーから電話をもらったんだ」

「あたしたち、ただカジノに行っただけなんだけど」母は言った。「ほんの二日、留守しただけでしょ」

「何考えてるんだよ？　ジェレミーを二日もひとりにしといちゃだめだろ」

「あの子ももう十八だからね」母は言った。

「ジェレミーは十八じゃない」僕は言った。「あいつはいつまで経ったって十八にはなれない。肝心なのはそこだよ。四十になっても、あいつはまだ七歳なんだ。わかってるだろ」

「あたしだってちょっとくらい楽しむ資格はあるんじゃない？」

「あんたはあいつの母親じゃないか」軽蔑の念が言葉のなかでぐらぐら沸き返っている。「好き勝手にいつでも逃げ出すわけにはいかないだろ」

「あんたはあの子の兄さんだしね」なんとか足場を得ようとして、母は鋭く切り返した。「でも、あんたのほうは逃げ出していいわけだ。そうなんでしょ？　おえらい大学生さん」

僕はいったん口を閉じて、胸のなかの沸騰《ふっとう》がコトコトいう程度に収まり、自分の視線が冬の金属みたいに硬く冷たく母へと落ちるのを待った。「ブレマーは、今度、苦情が入ったら、母さんたちを追い出すって言ってたよ」僕は踵《きびす》を返して車に向かった。ラリーの前を通り過ぎるときは、再度、彼を攻撃する口実を求め、そちらにじっと目を向けた。

車を発進するとき、ジェレミーが表の窓の前に立っているのが見えた。僕は手を振ったけれど、ジェレミーは手を振り返さなかった。彼はただ僕を見つめて、そこに立っていた。僕以外の全世界には、その顔は無表情に見えたろう。でも僕には、そうじゃないのがわかった。ジェレミーは僕の弟、僕は彼の兄貴なのだ。だから僕にだけは、彼の穏やかな青い目の奥の悲しみが見えた。

第十七章

翌朝、僕はノックの音で怖い夢から引っ張り出された。

夢のなかで、僕はまた高校生になっていて、レスリングのトーナメントに出場し、簡単な脱出技を使おうとしていた。ところが、相手の腕を腹のまわりから引きはがすと、別の手が胸をとらえ、さらに別の手が腕を引っ張った。新しい手をそれぞれむしりとっても、まるでつぎつぎ頭が生えてくるヒュドラー（ギリシャ神話の九頭の蛇）みたいに、また新たに二本の手が生み出される。まもなく僕は、自分を引っ張り引きむしる無数の手の猛攻のなか、ただ身をよじって悲鳴をあげるばかりとなった。ノックの音で目が覚めたのは、そのときだ。頭から眠気の霞《かすみ》を振り払うのには少し時間がかかった。何を聞いたのかよくわからないまま、僕はベッドの上で身を起こし、耳をすませつつ待った——と、ふたたびノックの音。夢じゃなかったらしい。大急ぎでショートパンツをはき、スウェットシャツをひっかぶって、ドアを開けると、そこには、コーヒーのカップ二個とファイル・フォルダーを持ったライラがいた。

「例の日記、読んだよ」彼女はそう言って、なかに入ってきながら、コーヒーのカップの一方を僕に手渡した。「コーヒー、飲むよね?」

「うん、コーヒー飲むよ」僕は壁のフックから野球帽をつかみ取って寝癖《ねぐせ》のついた頭を隠すと、カウチへと向かうライラのあとにつづいた。二日前、うちを出るとき、僕はあのファイルの箱をライラと一緒に残していった。彼女は、〝日記〟と記された一冊を含め、ファイルのいくつかを、僕の留守中に精査すべく自宅に持ち帰ったのだ。

「きのうの夜、彼女の日記を読んだの」ライラは言った。

「クリスタルの?」

ライラは、馬鹿を見るような目で僕を見た。ひとことと弁明するなら、こっちはまだ寝起きでぼうっとしていたのだ。彼女は自分の考えのつづきを追った。「その日記は一九八〇年の五月に始まっている」ライラはコーヒーテーブルに自分のメモを並べながら言った。「最初の数カ月は、ごくふつうのティーンエイジャーのしょうもない話で一杯。ある日、もうすぐ高校生だと言ってわくわくしているかと思えば、つぎの日はそれを不安がっている。だいたいにおいて、彼女はハッピーな子供だった。カールの話は、六月から九月までのあいだに十五回、出てくる。

呼び名はたいてい、隣の変態か、クリーピー・カールよ」
「彼女、カールについてどんなことを書いてた？」僕は訊ねた。
ライラはページのいくつかに黄色いインデックスで印を付けていた。彼女は第一のインデックスの付いたページを出した。日付は六月十五日だ。

六月十五日――裏庭で練習してるとき、クリーピー・カールが窓からこっちを見ているのに気づいた。中指を立ててやったけど、あいつは突っ立ったまま動かなかった。気持ち悪いやつ。

「検察官の言ってたとおりだよね」ライラはそうコメントして、つぎのインデックスのところを開けた。「『彼がまたわたしを見ていた。ルーティンを練習しているのをじっと眺めていた』もう一箇所あるの……」彼女は日記のページを繰《く》って、また別の、印のしてある箇所を開いた。「ほらこれ」

九月八日――クリーピー・カールがまた窓からわたしを見ていた。あいつ、シャツを着てなかった。きっとパンツもはいてないんだろう。

ライラは反応を求めて僕の顔を見た。

僕は肩をすくめた。「検察官がなぜその日記を気に入ってたのか、よくわかるよ」ライラはもっとリアクションがほしかったのだろうけど、僕はつぎに進んだ。「他にわかったことは？」

「八月はほぼずっと平穏」ライラは言った。「新学期が始まると、彼女は例の男の子、アンディ・フィッシャーにタイプの授業で出会うの。日記には、アンディがホームカミングに自分を誘うよう仕向けるための作戦がすべて書いてある。結果、彼は彼女を誘った。そして九月中旬、日記の内容が暗くなりだす。これを読んで」

> 九月十九日――アンディの車を路地に駐車。いいところまで行ったとき、まるでラーチ（「アダムス・ファミリー」のアダムス家の執事）か何かみたいに、クリーピー・カールがやって来て、窓から車内をのぞきこんだ。わたしは危なく死ぬとこだった。

「これも、検察官が陪審に話したとおりだな」僕は言った。「カールは路地でふたりがやってる現場を押さえたわけだ」

「二日後、クリスタルは進行中のなんらかの問題について書きはじめる。でもその一部は暗号で書かれているの」

「暗号？」

「そう。何箇所か換字式暗号を使っているところがあるのよ。ほら、文字の代わりに数字を使うやつ」ライラは日記のページをひと束、フォルダーから取り出した。彼女は暗号化された部分に緑のインデックスを付けていた。「ここを見て」

九月二十一日――なんて悲惨な日なの。7、22、13、1、14、6、13、25、17、24、26、21、22、19、19、3、19。どうすればいいんだろう。ほんとに最悪。

「これ、どういう意味?」僕は訊ねた。

「わたし、言ったよね? これは暗号なの」ライラは言った。「たぶんクリスタルは、万が一継父に日記が見つかっても、私立校送りにされないように、こんな工夫をしたのよ」

「うん、でもそれは十四歳の女の子の暗号だよね」僕は言った。「その数字に文字を当てはめてみた?」

「つまり、Aは1、Bは2、とか、その種のこと?」ライラは目玉をぐるりと回して、ノートのページを取り出した。彼女はその上で、数字に文字を当てはめていた。「アルファベット順にもやってみたし、その逆順もやってみた。Aを2から始めるように数字をずらし、つぎは、3から始めてみた。いちばん多く出てくる数字を、アルファベットで使用頻度がいちばん高い文字、EやTに当てはめてもみた。日記を読んでヒントをさがしたりもした。でも結局、意味不明な文章しかできなかったの」

「ネットで調べてみた?」僕は訊ねた。「たぶん暗号の解読ができるサイトがあるんじゃないかな」

「それも考えた」ライラは言った。「クリスタルは単語のあいだにスペースを入れてない。ただの数字の羅列なの。わたしがネットで見つけた解読法のなかで、それを解けるのはひとつもなかった。数字と文字の可能な組み合わせは、八十億あるのよ」

「八十億?」僕は言った。「なんとまあ」

「そうなのよ。彼女はどこかに解読のキーを隠したにちがいない。でなければ、文字を数字に当てはめるパターンを暗記していたかね。いずれにしろ、わたしにはそれは解明できなかった」

ライラはテーブルの上に日記のページを並べた。「暗号化された文章は七つだけよ。最後のは、彼女が死んだ日に書かれている。その七つをまとめてみたの」彼女は日記のページの上に自分の作った一覧表を置いた。

九月二十一日――なんて悲惨な日なの。7、22、13、1、14、6、13、25、17、24、26、21、22、19、19、3、19。どうすればいいんだろう。ほんとに最悪。
九月二十八日――25、16、14、11、5、13、25、17、24、26、21、22、19、19、3、19。言うことをきかないと、きっとあいつはみんなに言いふらす。わたしを破滅させるだろう。
九月三十日――6、25、6、25、25、16、12、6、1、2、17、24、2、22、13、25。あ

の男、大嫌い。吐き気がする。

十月八日——25、16、12、11、13、1、26、6、20、3、17、3、17、24、26、21、22、19、19、3、19、9、22、7、8。あいつはわたしを脅しつづけている。2、3、12、22、13、1、19、17、3、1、11、5、19、3、17、24、17、11、5、1、2。

十月九日——6、26、22、20、3、25、16、12、2、22、1、2、3、12、22、13、1、3、25。無理やりそうさせられて。もう死にたい。あいつを殺してやりたい。

十月十七日——25、16、17、22、25、3、17、3、25、11、6、1、22、26、22、6、13。2、3、12、22、19、10、11、5、26、2。6、1、2、5、10、1。

十月二十九日——6、1、19、10、22、18、3。25、16、19、10、22、18、6、13、26、17、3。テイト先生がそう言った。年齢の差のせいで、あいつはまちがいなく刑務所送りになるそうだ。きょうですべて終わる。すごくうれしい。

「十月二十九日はクリスタルが殺された日なの」ライラは言った。

「彼女の言ってるのがカールのことだって、どうしてわかるんだ?」

「だって、窓から彼女を見ている変態としてカールが出てくる箇所が何十ページもあるわけだから」ライラは言った。「彼は、アンディとセックスしている彼女に忍び寄ったのよ。その直後に脅しが始まってるのは、偶然じゃないでしょ」

「暗号の解読ですべてが一変するかも」

「暗号化されてない文章もあるの」ライラは言った。「これを見て。九月二十二日、脅しが始まった〝最悪な日〟の翌日の書き込み」

九月二十二日――もしばれたら、わたしはおしまいだ。カソリックの学校に送られてしまう。さよなら、チアリーディング、さよなら、人生。

「ちょっと大袈裟だと思わない?」僕は言った。「つまりさ、カソリックの学校にだってチアリーディング部はあるんじゃないの?」

ライラは懐疑的なまなざしで僕を一瞥《いちべつ》した。「どうもあなたは、思春期の女の子の脳みそってものを理解してないみたいね。あらゆることが世界の終わりなの。彼女たちは自殺に走っちゃうほど感情的なんだから」何か別の考えにとらわれたかのように、彼女はしばらく間を置いて、それから、先をつづけた。「事柄によっては、本当に世界の終わりみたいに思えるし」

「テイト先生っていうのは誰なの?」僕は最後の書き込みを見ながら訊ねた。

「あなた、裁判の記録を読んでないわけ?」ライラはいらだたしげに言った。

「まあいちおう読んだけどね」僕は言った。「でも、テイト先生って人は覚えてないな」
「テイト先生はスクール・カウンセラーよ」ライラは箱のなかから裁判の記録の一冊を取り出すと、ページを繰っていき、テイト先生の証言のところにたどり着いた。「ほら、ここ」彼女に記録を手渡され、僕はそれを読んだ。

（問）その日、クリスタル・ハーゲンに会ったとき、彼女は何に悩んでいて、なんの話をしたのですか？

（答）彼女の話はとても曖昧《あいまい》でした。彼女は、オーラル・セックスがセックスなのかどうか知りたがっていました。正確に言えば、オーラル・セックスの強要はレイプに当たるのかどうか知りたがっていたのです。

（問）なぜそれを知りたいのか、彼女はあなたに言いましたか？

（答）いいえ。言おうとしませんでした。彼女は繰り返し、友達のために訊いているんだと言っていました。この仕事をしていると、そういうことはよくあります。わたしは彼女からもっといろいろ聞き出そうとしました。誰かにオーラル・セックスを強要されているのかと訊ねてみましたが、彼女は答えませんでした。それから彼女は、その人物が秘密を暴露すると脅すことで誰かにオーラル・セックスをさせた場合、それは無理強《じ》いに当たるのかどうか訊きました。

(問) それで、あなたは彼女になんと言いました?

(答) それは強要とみなされうると言いました。すると彼女はこう訊きました。「その男が年上だったらどうなりますか?」

(問) それで、あなたの答えは?

(答) スクール・カウンセラーとして、わたしたちはその種のことに関する法律を学んでいます。わたしは彼女に、彼女の年齢を考慮すると、男性が四歳以上年上である場合は、強要があったかなかったかは無関係だと教えました。合意かどうかは問題ではない。もし年上の男性が十四歳の子供とセックスすれば、それはレイプなのだと。わたしは彼女に、もしそのようなことが起きているなら、わたしに話すか、警察か両親に話すかしなくてはいけないと言いました。また、もしそのようなことが起きているなら、その男は刑務所に行くことになるとも言いました。

（問）それに対する彼女の反応は？

（答）彼女はただ、とっても大きなほほえみを浮かべました。それから、わたしにお礼を言って、部屋を立ち去りました。

（問）それで、その会話があったのが、昨年十月二十九日だというのは確かなんですね？

（答）その会話があったのは、クリスタルが殺された日です。まちがいありません。

僕は記録を閉じた。「で、クリスタルはうちに帰り、日記を書き、それから、カールと対決するために彼の家に行ったってわけだ」

「あるいは、学校に日記を持っていってたかね」ライラは言った。「すじが通るでしょ？　クリスタルは自分が優位だって知ったんだから。破滅するのは彼であって、彼女じゃないわけ」

「つまり、彼女がけりをつけることにしたのと同じ日に、たまたまカールは銃を買いに行ったってこと？」

「もしかすると、彼のほうもけりをつける気だったのかも」ライラは言った。「最初から、その日に彼女を殺すというのが彼の計画だったのかもよ」

僕は暗号のページをじっと見つめた。その秘密の情報が僕をあざけっている。「こいつを解読できたらなあ」僕は言った。「おかしいよな。なんで彼の弁護士は解読にもっと力を入れなかったのかね」

「弁護士もがんばったのよ」ライラが言った。彼女はファイルから一枚、紙を引っ張り出して僕に渡した。それは国防総省に宛てた手紙のコピーだった。手紙の日付は、それが裁判のかなり前に書かれたことを示している。そこには、カールの弁護士、ジョン・ピーターソンの署名があった。手紙のなかで、ピーターソンは日記の暗号の解読に協力してほしいと国防総省にたのんでいた。

「国防総省から返事はあったの?」僕は訊ねた。

「さがしたけど、見つからなかった」ライラは言った。「暗号解読に関することは他のどこにも書いてないし」

「ふつうなら、裁判が始まる前に暗号を解読しようとしてあらゆる手を尽くすんじゃないかなあ」

「ただし……」ライラは僕を見て、肩をすくめた。

「ただし、なんなの?」

「ただし、そこに何が書かれているか、カールがすでに知ってたなら、話は別でしょ。彼は暗号を解いてほしくなかったのかも。それが自分の棺桶に最後の釘《くぎ》を打ち込むことがわかってたから」

第十八章

翌日、僕はジャネットに電話して、その夜、カールに面会できるようアポイントを取った。例の日記と暗号について、僕は彼に訊いてみたかった。検察側の論拠のあんな重要な部分に対し、なぜ異議申し立てがなかったのか知りたかったし、クリスタル・ハーゲンの日記の「きょうですべて終わる」という言葉の意味を知っているかどうか答えるときのカールの顔を見てみたかった。僕は彼の正直さを試したかったのだ。でもまずその前に、バーセル・コリンズと話をする必要がある。これには、その都度メッセージを残しつつ、数回、電話をかけなきゃならなかった。そして、ようやく折り返しの電話がかかってきたとき、僕はすでに車に乗ってヒルビュー邸に向かう途中だった。

「どんなご用件かな、ジョー?」コリンズは訊ねた。

「お電話ありがとうございます、ミスター・コリンズ」僕は言った。「例の裁判のファイルを見てたら、おかしな点が見つかったもので、そのことをお訊きしたいと思って」

「ずいぶん昔のことだがね、できるかぎりお答えしよう」彼は言った。

「日記があったんです。クリスタル・ハーゲンの日記が。そこに暗号文が入っているんですよ。そのことを覚えてますか?」

コリンズは電話口でしばらく黙っていた。それから、静かな沈んだ口調で言った。「ああ、覚えているよ」

「それでですね、ミスター・ピーターソンがその暗号を解読しようとして国防総省宛てに送った手紙を見つけたんですが。それってどうなったんです？」

またしばらく間があり、それからコリンズは答えた。「署名者はピーターソンだが、あの手紙を書いたのはわたしだよ。あれは、あの事件へのわたしの貢献のひとつなんだ。一九八〇年代には、まだパソコンなんてなかったからね。少なくとも現在あるようなのは。われわれは、国防総省ならば暗号を解く技術があるだろうと考えた。それでピーターソンが、国防総省にコンタクトする仕事をわたしに託したわけだ。わたしは何時間もかけて電話を受けてくれる人をさがした。そして二週間後、ようやく何ができるか見てみようと言ってくれる男が見つかったんだ」

「それで、どうなったんです？　答えはもらえたんですか？」

「いいや。われわれの側では光の速さで事が進んでいた。ところが、国防総省とのやりとりは、アゼリーのなかを泳いでいるような感じだった。きみももうファイルで見たかもしれんがね、アイヴァソンは迅速な裁判を希望したんだよ」

「迅速な裁判？　それはなんなんですか？」

「被告人は、自分の事件を六十日以内に裁判にかけるよう要請できるんだ。われわれはめったにそれをしない。裁判は先に延びれば延びるほど、弁護側に有利になるからね。われわれはより多くの事実を掘り起こせる。自分たちで綿密な調査を行う時間が持てるんだ。そのうえ、証人の記憶は曖昧《あいまい》になる。アイヴァソンには、迅速な裁判を要請する理由などなかった。しかし彼はそれを求めた。ピーターソンが要請を取り下げるよう彼を説得しているとき、わたしもその場にいたがね。われわれには準備する時間が必要だった。国防総省からの回答を聞く必要もあった。だがアイヴァソンは気にしてなかった。この前わたしが、彼は自分の裁判に協力的じゃなかったと言ったのを覚えているかな？　あれはつまり、こういうことなんだよ」

「それで、国防総省のほうはどうなったんです？　なぜ彼らは暗号を解かなかったんですか？」

「彼らにとって、われわれは優先事項じゃなかったのさ。これはきみが生まれる前のことだが、あの年、一九八〇年は、イランで五十二名のアメリカ人が人質となっていた。それはまた、選挙の年でもあった。誰も彼もがこの危機に集中していて、わたしと話したり、折り返しの電話をかけたりしてくれる人などひとりも見つからなかったよ。わたしが送った小包はどこかに消えてしまった。裁判のあと、彼らに電話して、もう手遅れだ、暗号を解く必要はなくなった、と言ってやったんだがね。わたしがなんの暗号の話をしているのか、彼らにはさっぱりわからなかったんだ」

「検察官のほうは、暗号を解こうとしなかったんでしょうか？」

「しなかったと思うね。そうする理由がないだろう？　推論の結果はすべて、アイヴァソンを指し示していた。暗号を解読する必要はない。陪審が自分の話したとおりのことをそこに読み込むことが、彼にはわかっていたんだよ」

僕はヒルビュー邸の駐車場に入って車を駐め、ヘッドレストに頭をあずけた。最後にもうひとつ質問があったけれど、それを訊くのはためらわれた。心の一部で僕は、カールは検察官の言っていたようなモンスターじゃないと思いたがっていた。でも、僕がほしいのは真実だ。

「ミスター・コリンズ、僕の友人は、カールは日記を解読されたくなかったんだと言っています。それが自分の有罪を示すことを彼は知っていたんだと言うんです。そうなんでしょうか？」

「きみの友達は炯眼《けいがん》だね」コリンズは考え深げに言った。「三十年前、われわれもそれと同じ議論をしたものだ。ジョン・ピーターソンはきみの友達に賛同したと思うよ。ジョンは実は暗号を解読したくないんじゃないか、だからわたしにその仕事を任せたんじゃないか。わたしはそんな気がしていた。当時のわたしは下っ端の事務員だったからね。ジョンとしては、やってみたという記録は残したいが、実は結果を受け取りたくないんじゃないか、とわたしは思った。なぜなら……そうだな……」コリンズは大きく息を吸い込んでため息をついた。「ときとして、被害者を殺したのがわかっていながら、その人間を全力で弁護するのは、むずかしいこともあるからね」

「あなたたちは日記の暗号について、カールに訊いてみたんですか？」

「もちろんだ。さっきも言ったとおり、ジョンはカールを説得し、迅速な裁判の要請を取り下げさせようとした。日記のことも、説得材料のひとつだったんだ——暗号を解くことで何かよい証拠が得られるかもしれないから、というのが」

「カールはなんて言いました？」

「どう説明したもんかね。罪を犯した人間はたいてい司法取引に応じる。ところが彼は第二級を拒絶した。無実の人間はたいてい、潔白を証明する準備が整うまで裁判を遅らせようとする。ところが彼は迅速な裁判を要請した。われわれは暗号を解読しようとしたが、彼はその邪魔をしているように思えた。実を言うとね、ジョー、わたしにはカール・アイヴァソンが刑務所に行きたがっているように見えたものだよ」

第十九章

僕はカールのところに行って、彼の隣のラウンジチェアにすわった。横目でちらりとこっちを見たのが、僕の到着に彼が気づいた唯一の証《あかし》だった。ややあって、彼は言った。「実にいいお天気だね」

「ほんとですね」僕は答えた。インタビューに入るのを、僕はためらっていた。その日は、前回、終わったところから始めるつもりはなかった。彼が召集令状を受け取った日の話はまた今度でいい。僕が聞きたかったのは、なぜ彼が迅速な裁判を求めたのか、また、なぜ日記の解読を望むふうがなかったのかだ。この話題は、カールの一日の残りを台なしにしてしまうんじゃないか。そう思って、僕はそろそろと話に入っていった。「きょう、バーセル・コリンズと話したんですよ」僕は言った。

「誰と?」

「バーセル・コリンズ。あなたの弁護団にいた人です」

「わたしを弁護したのは、ジョン・ピーターソンだよ」カールは言った。「それに彼は、何年も前に亡くなったんだ。少なくとも、わたしはそう聞いている」

「コリンズは、あなたの裁判のとき弁護士の助手として働いていたんです」

コリンズを思い出そうとしている様子で、カールはしばらく考えていた。それから彼は言った。「面会のとき、何度か若いのがひとり部屋にすわってたような気がするな。ずいぶん昔のことだよ。彼が弁護士になってるのかい?」

「いまじゃミネアポリスの主任公設弁護人です」僕は言った。

「そりゃあ結構なことだね」カールは言った。「それで、なぜきみはミスター・コリンズと話したんだ?」

「僕はいま、クリスタル・ハーゲンの日記の暗号文にどういう意味があるのか、解明しようとしてるんです」

カールはずっと、道の向こうの集合住宅のバルコニーを見つめたままだった。日記のことを持ち出しても動じるふうはなく、僕の報告を取るに足りないゲップみたいに扱っていた。「すると」彼は言った。「きみは今度は探偵になったわけだ」

「いや」僕は言った。「だけど、確かに謎解きは好きですね。それに、この謎はほんとにむずかしそうだし」

「おもしろい謎が好きなのかい？」カールは言った。「だったら、写真を見てみるといい」

会話は僕の希望とはちがう方向に進んでいた。「写真なら見ましたけど」クリスタル・ハーゲンの遺体のイメージがすうっと脳裏をよぎった。「危なくもどすとこでしたよ。あんなもの二度と見たくありませんね」

「ああ……ちがうんだ。あの写真じゃない」カールは体の向きを変え、僕が着いて以来初めてこっちを向いた。その顔が病的に青白くなった。「気の毒に……あんな写真を見ちまったとはな」彼の表情を見て、僕にはわかった。これだけの年月を経てもなお、カールには裁判用のあの写真が見えるのだ。三十年の重力に彼の顔が屈した。「あの写真はひどかった。どんな人間だってあんなものは見るべきじゃない。わたしが言っているのは、例の火事の写真、警察が来る前に撮られたやつのことだよ。その写真は見たかい？」

「いえ」僕は言った。「そこに何があるんですか？」

「子供のころ、〈ハイライツ〉誌を読んだことがないかね？」

「〈ハイライツ〉？」

「うん、歯医者や医者の待合室によくあるやつさ。子供向けの雑誌だよ」

「見たことないような気がします」僕は言った。

カールはほほえみ、うなずいた。「その雑誌には、絵が載ってるんだ。そっくりに見えるふたつの絵。でも小さなちがいがあるんだよ。それらのちがい、おかしな点を見つけるのが、そのゲームなんだ」

「ああ」僕は言った。「小学校でそういうのをやりましたよ」

「パズルや謎解きが好きなら、消防隊の到着の前とあとに撮られた写真を見つけて、そのふたつを見比べてみるといい。あのゲームをやるんだ。おかしな点が見つかるかどうか。なかなかむずかしいぞ。わたしは気づくまでに何年もかかった。とはいえ、きみのほうは一歩先からスタートできる。ヒントをやろう。きみが見ているものは、きみを見ているかもしれない」

「刑務所内でその写真を持っていたんですか？」

「ファイルの中身の大部分は弁護士がコピーして送ってきたからね。有罪判決が出たあとは、それを読む時間はいくらでもあったしな」

「有罪判決が出る前に、なぜ自分の裁判にもっと興味を持たなかったんです？」僕は訊ねた。

独創的なチェスの一手を見るような目で、カールは僕の顔を見つめた。たぶん、その質問で――あまり巧妙とは言えないその話のつなぎかたで――僕がどこに向かおうとしているのかがわかったんだろう。

「どういう意味だね？」

「コリンズから聞いたんですけど、あなたは迅速な裁判を希望したそうですね」

カールはしばらく考えてから言った。「そのとおりだよ」

「どうしてですか？」

「話せば長くなる」

「コリンズが言っていました。弁護団はもっと時間がほしかったのに、あなたのほうは裁判の開始を急がせたんですよね」

「うん。そうだったな」

「あなたは刑務所に行きたかったんだと彼は考えています」

カールはなんとも答えず、ふたたび窓に目を据《す》えた。

僕はさらに追及した。「教えてもらえませんか？　なぜあなたは刑務所に行かずにすむようにもっと必死に闘わなかったんです？」

カールはしばらくためらっていた。それから言った。「それで悪夢が鎮《しず》まるだろうと思ったんだ」

ようやく話が進みだしたと僕は思った。「悪夢って？」

じっと見つめていると、彼は息を止め、ごくりと唾をのんだ。それから、静かな低い声、魂の奥のほうから聞こえてくるような声で、こう言った。「わたしはいろんなことをしてきた……それをかかえて生きていけると思ったが……まちがいだったんだ」

「これは、あなたの臨終の供述なんでしょう？」彼の思考に割り込もうとして、僕は言った。彼のカタルシスの滑り板に潤滑油を差せれば、と。「だからあなたは、ご自分の話を僕にしているんですよね――気持ちを楽にするために」彼の目に降伏の色が見える。僕に話したいという強い欲求が。僕は彼に向かって、告白しろ、と叫びたかった。でもそうはせず、彼が驚いて逃げてしまわないようにそっとささやいた。「僕が話を聴きますよ。約束します。批判は一切しませんから」

「きみはわたしに赦《ゆる》しを与えに来たのかね？」カールはささやきに近い声で言った。

「赦しじゃありません」僕は言った。「でも、何があったのか僕に話せば、少しは救われるかもしれない。告白は心の薬って言葉もあるし」

「ほんとにそんな言葉があるのかね？」彼はゆっくりと僕のほうに視線を向けた。「で、きみもその言葉に賛成なのか？」

「もちろん」僕は言った。「何かで悩んでいるとき……誰かにそのことを話すと楽になる場合もあるんじゃないかな」

「それをやってみようか？」カールは言った。「その方法を試してみようか？」

「そうすべきだと思います」僕は言った。

「じゃあ、きみのお祖父さんのことを話してくれ」彼は言った。

突如、心臓がドクンと打ち、衝撃が走った。カールから目をそむけ、僕は沸き返る考えを鎮めようとした。「なんで僕のじいちゃんが出てくるんです？」僕は言った。

カールは身を乗り出した。前と変わらず静かな声で、彼は言った。「初めて会った日、わたしはちょっときみのお祖父さんのことに触れた。お祖父さんがどうして亡くなったのか訊ねると、きみは凍りついた。何か重たいものがのしかかってきたんだな。きみの目を見て、それがわかったよ。お祖父さんに何があったのか話してくれ」

「祖父は僕が十一歳のときに亡くなりました。それだけですよ」

カールは長いこと何も言わず、欺瞞《ぎまん》の重みが僕の肩に降りてくるのをただ見ていた。それからため息をつき、肩をすくめた。「わかったよ」彼は言った。「わたしは単なる課題のテーマにすぎないものな」

僕自身の罪悪感からパワーを得て、心を騒がす声が頭のなかで跳ねまわりだした。それは、カールに秘密を打ち明けるよう、ささやき、促《うなが》していた。話せばいいじゃないか、と声は言う。何週間かすれば、彼はおまえの秘密を墓場に持っていってしまうんだ。そのうえ、それは、彼の告白に対する誠意のお返しにもなるだろう。その一方、別の声、もっと静かな声は、こう言っていた。カールに秘密を打ち明けることは、誠意とはなんの関係もない。おまえは彼に話したいんだ。

カールは自分の手を見つめながら、つづけた。「わたしに話す必要はないよ。わたしたちの取り決めに、そういうことは――」

「僕はおじいちゃんが死ぬのを見ていたんだ」僕はだしぬけに言った。その言葉は、止める間もなく脳を脱け出し、口から飛び出していた。いきなりさえぎられてぎくりとし、カールは僕を見た。

クリフ・ダイバーが崖から飛び出すときみたいに、一瞬の勇気、あるいは、無鉄砲によって、逆行させることのできないプロセスが始まった。僕は、何度となくカールがそうしてきたように、窓の外をじっと見つめた。そして僕は、記憶の細部をたぐり寄せた。頭のなかが充分にクリアになると、ふたたび口を開いた。「このことは誰にも話したことがないんですが」僕は言った。「でも、祖父が死んだのは僕のせいなんです」

第二十章

ビルじいちゃんのことで僕がいちばんよく覚えているのは、彼の手のことだ。ブルドッグの前足みたいな力強いあの手、大型ナット並みの太さの短い指。小さなエンジンを修理するとき、それらは機敏にリズミカルに動いた。小さいころ、おじいちゃんが僕と手をつないでくれたことや、その手が与えてくれる、何も心配ないんだというあの安心感を僕は覚えている。それに、おじいちゃんが実に辛抱強く世の中を渡っていたことや、自分の行うあらゆる仕事に――眼鏡を拭くときも、母がつらい一日を切り抜けるのに手を貸すときも――一意専心、取り組んでいたことも。僕のいちばん古い記憶のなかでは、おじいちゃんはいつも母のそばにいて、母の叫びをささやきで掻き消し、その肩にかけた手で嵐を鎮めていた。母は昔から躁鬱《そううつ》だった。あれは、インフルエンザみたいに急にかかる病気じゃないから。でも、ビルじいちゃんが生きているあいだは、その波も白波が立つレベルにまで高まることはなかった。

おじいちゃんはよく、ミネソタ川での釣りの話を僕にしてくれた。自分が育ったマンケートのあたりで、ナマズやウォールアイをボートに何杯という単位で釣りあげていたっていう話を。僕はおじいちゃんと釣りに行く日を夢見ていた。そして、十一歳になったとき、その日が来た。

おじいちゃんが友達からボートを借り、僕たちはジャドソンの埠頭《ふとう》から出航した。緩慢《かんまん》ではあるが力強い流れに乗って川を下っていき、日暮れ前にはマンケートの自然公園に到着する予定だった。

あの春、雪解け水の流入により川は氾濫《はんらん》したが、僕たちが釣りに行った七月にはそれも収まっていた。洪水は、川底から天を指して突き出すハコヤナギの枯れ木をあちこちに残していき、その枝は骸骨《がいこつ》の指みたいに水面から飛び出ていた。必要とあればすぐ木々をよけられるよう、ビルじいちゃんは小さな釣り船のモーターをずっとアイドリング状態にしていた。川を下っていくと、ときおり、水面のすぐ下に潜む大枝が船体をひっかき、アルミニウムと木がこすれるギギーッという音がした。最初のうち、僕はその音に怯えたが、ビルじいちゃんはそれもまた周囲の草木を風がそよがすのと同じく自然なことであるかのように振る舞い、その態度は僕を安心させた。

僕は一時間もしないうちに一匹目を釣りあげ、クリスマスが来たときみたいに顔を輝かせた。それまで魚を釣ったことは一度もなかった。魚を釣りあげるその感覚、竿《さお》がぐいぐい引かれる感じや、ばたばたと身をくねらせながら水から上がってくる魚の姿は、興奮をかきたてた。僕は漁師だ。よく晴れた青空のもと、時はゆったりと流れていった。おじいちゃんも何匹か魚を釣り、僕はそれより何匹かたくさん釣った。おじいちゃんは僕を勝たせるために、ときどき餌《えさ》をつけずに釣っていたんだと思う。

昼までに、釣った魚は結構な数になった。おじいちゃんは僕に錨《いかり》を下ろすように言った。そうすれば、ランチを食べるあいだ、糸を垂らしたままにしておける。ボートの舳先《へさき》（僕のすわっていたところ）に繋いであった錨は、かなり長いこと川底をずるずる進んだあと、ようやく定着し、川のまんなかでボートを停止させた。僕たちは水筒の水で手を洗い、ビルじいちゃんは食料品屋のレジ袋からハムとチーズのサンドウィッチを取り出した。僕はそれまでそんなにおいしいサンドウィッチを食べたことがなかった。僕たちはそのサンドウィッチを冷えたルートビアで流し込んだ。それは——完璧な日の頂点に川のまんなかで食べたそのランチは、本当にすばらしかった。

食べ終えると、おじいちゃんはサンドウィッチの袋を小さくたたみ、僕たちのゴミ袋となっていたあのレジ袋に注意深く入れた。ルートビアを飲み干すと、その空き瓶も、さっきと同じゆっくりした動作で袋に入れた。つぎに、おじいちゃんは、自分を見習うよう、僕に袋を渡した。「ボートのなかは常にきれいにしとくんだよ」おじいちゃんは言った。「ゴミの置きっぱなし、道具箱の開けっぱなしは、厳禁だ。そういうことから事故は起こるんだからな」僕はルートビアを飲みながら、上の空で聞いていた。

僕がビアの残りを飲み干すと、ビルじいちゃんは錨を上げるよう僕に言った。これも僕には初めての経験だった。おじいちゃんはモーターのほうを向き、燃料の管の小さなボールをパコパコ押して、モーター始動の準備をしていた。僕がボートの床に空き瓶を置くのを、おじいちゃんは見ていなかった。あとで捨てよう。心のなかでそうつぶやいて、僕は錨に繋がっているナイロンのロープを引っ張った。錨は動かなかった。さらに強く引っ張ると、ボートがじりじり川上へ進むのがわかった。錨はまだ動いていないのだ。そのボートには舳先に平らなプレートが付いていた。そこで僕は、その部分に足を突っ張らせ、両手でロープをたぐり寄せて、ゆっくりとボートを錨に近づけていった。やがて、ボートはギーッと停止した。ビルじいちゃんは僕が苦戦しているのに気づき、ロープを左右に揺すって錨のつかえを解くよう指示した。それでも、そいつは上がってこなかった。

すると、背後の座席でビルじいちゃんが動く音がした。ボートの揺れを感じ、うしろを振り返ると、おじいちゃんが僕を助けにこっちに進んでくるところだった。僕たちを隔《へだ》てるベンチをまたいだとき、おじいちゃんの足が僕の放置した空き瓶を踏みつけた。足首がねじれ、足は横に曲がった。体が傾《かたむ》き、おじいちゃんはうしろ向きに倒れて、舷側《げんそく》に腿《もも》を打ちつけた。両手が虚空をつかもうとし、胴体がねじれた。川に落ちたとき、その体はうつ伏せになっていた。僕は水飛沫《しぶき》でずぶ濡れになり、川はおじいちゃんをのみこんだ。

僕は金切り声でおじいちゃんの名を呼んだ。おじいちゃんは黒ずんだ水のなかへと消えていった。水面にポンと飛び出してきたのは、僕がさらに二度、叫んでからだった。おじいちゃんはボートにつかまろうとした。でも、ほんのわずかの差でその縁《ふち》に手が届かなかった。二度目につかまろうとしたときは、惜しいとさえ言えなかった。川の流れがおじいちゃんをとらえ、僕から引き離していくさなか、僕はあのろくでもない錨のロープにしがみついたまま、ただすわっていた。ロープを放《はな》せば、ボートは流れに乗り、少なくとも二十フィートくらいは、おじいちゃんと並んで進んでいくのに、そこにはまるで思い至らなかった。おじいちゃんは体勢を立て直したけれど、そのときにはもう、はるか先の、たとえ僕が錨のロープを放したとしてもボートが到達できないところまで流されていた。

僕は叫び、祈り、おじいちゃんに、泳いで、と懇願した。それはあまりにも速すぎる展開だった。

それから、事態が突如、悪いレベルの新たな段階に入った。ビルじいちゃんが腕を振り回し、川面をつかみ、水中でのたうちまわりだしたのだ。その片脚は暗い水のなかに潜む何かに捕らえられていた。後に地元の保安官は、彼のブーツが川面のすぐ下でハコヤナギの枯れ木の枝にひっかかったのだと母に説明した。

流れにのみこまれながら、おじいちゃんが水面から顔を出していようとあがくのを僕は見ていた。おじいちゃんはライフジャケットのジッパーを閉めていなかった。ジャケットは、おじいちゃんの腕を引っ張り、頭上でそこにからみつき、はさまったブーツから上半身を引き離そうとしていた。そのときようやく、ロープを放すという考えが僕の頭に浮かんだ。僕はロープを放し、それがぴんと伸びきるまで片手でボートを漕いでいった。ボートはおじいちゃんのいる場所より約三十フィート川上で止まった。僕には、おじいちゃんがライフジャケットをひっかき、かきむしり、なんとか脱ごうとしているのが見えた。僕は動けなかった。何も考えられなかった。ただそこに立ち尽くし、じっと見つめ、叫んでいた。そしてやがて、おじいちゃんは動かなくなり、流れのなかを力なく漂いはじめた。

涙をこらえ、何度も間を取って胸を鎮めながら、僕はその物語をカールに語った。カールが僕をなぐさめようと腕に手をかけているのに気づいたのは、話を終えてからだった。自分でも驚いたことに、僕は腕を引っ込めなかった。

「わかるだろう？　そうなったのはきみのせいじゃない」彼は言った。

「ぜんぜんわかりませんね」僕は言った。「それは僕がこの十年、自分に言い聞かせてきた大嘘ですよ。僕にはあの空き瓶をちゃんとゴミ袋に捨てることもできた。祖父が川に落ちたときすぐロープを放すこともできた。それに、道具箱にはナイフがありました。ロープを切ってボートを進ませ、祖父を救うことだってできたんです。いいですか、僕は百万回もこのことを思い返したんですからね。僕には選択肢が百もあった。なのに、なんにもしなかったんです」

「きみはまだ子供だったんだ」カールは言った。

「ほんとなら僕は祖父を救えたんです」僕は言った。「やってみるか、ただ見ているか、僕には選ぶことができた。僕は選択を誤ったんだ。あの件に関しては、それがすべてですよ」

「しかしな――」

「もうその話はしたくありません」僕はぴしゃりと言った。

ジャネットに肩をたたかれ、僕はぎくっと振り返った。「ごめんなさいね、ジョー」彼女は言った。「でも、面会時間が終わってしまったの」壁の時計を見ると、八時十分過ぎだった。この面会では、僕がひとりでずっとしゃべっていたわけだ。そして僕は消耗しきっていた。心は千々《ちぢ》に乱れている。カールによって係留具から解き放たれ、あの恐ろしい日の記憶が頭のなかで滅茶苦茶に渦《うず》巻《ま》き、跳ね回っていた。なんだかだまされたような気がした。結局、僕たちはカールのことを話すには至らなかったのだから。でも同時に僕は、自分の秘密を人に話したことで安堵を覚えていた。

僕は立ちあがって、許された時間を超えて長居したことをジャネットに詫びた。それから、さよならを言う代わりにカールにうなずいてみせ、外へと向かった。休憩室を出るとき、僕はちょっと足を止め、カールを振り返った。彼は暗いガラスに映る自分の姿と向き合い、身じろぎもせずすわっていた。深い痛みを押さえつけているかのように、その目はぎゅっと閉じられていた。またがんの痛みに襲われているのだろうか、それとも、今回は別の何かなのだろうか?

気がつくと、僕はそんなことを考えていた。

第二十一章

帰り道は、気を鎮《しず》めるため、車のおんぼろステレオでロックの古典をかけた。一発屋のアーティストたちと一緒に歌っているうちに、気の滅入る考えはなんとか頭から追い出し、カールの言っていたパズルのことを考えられるまでになった。そう、パズルという考えには、確かに興味をそそられた。でも、気分が明るくなったのは、ライラと過ごす口実がまたできたという思いからだ。うちにもどると、僕はあの箱を掘り返し、燃える物置小屋の写真を収めたファイルを二冊、見つけ出した。それらの写真でまちがいないか三十分かけて確認したあと、僕はフアイルを小脇にかかえて、ライラの部屋に向かった。

「ゲームをやりたくない？」僕はライラに言った。

「ゲームによるけど」彼女は答えた。「どんなのを考えてるの？」

その答えは僕の意表を突くものだった。それに、ほんの束の間、そこには媚《こ》びを含んだ笑みが見えた気がした。おかげで僕は、この訪問の目的を危うく忘れるところだった。僕は笑みを返し、つかえつかえ言った。「写真をいくつか持ってきたんだ」

ライラはちょっととまどった顔をした。それから、ダイニングのテーブルのほうにうなずいてみせた。「ふつうの男は花を持ってくるんだけどな」彼女は言った。

「僕はふつうの男じゃないからね」僕は言った。「特別な男なんだ」

「それは認める」ライラは言った。

僕は一連の写真を並べた。全部で七枚。そのうち最初の三枚には、荒れ狂う炎が写っている。現場にはまだ消防士は到着していない。それらの写真はフレーミングも下手くそだし、光の使いかたもでたらめで、なかの一枚はひどいピンボケだった。もうワンセットのほうは、消火に当たる消防士たちを写したもので、もっと腕のいいカメラマンが撮影していた。こっちの写真の一枚目には、燃える小屋を背景に消防車からホースを引きおろす消防士たちが写っている。もう一枚は、消火ホースの水が物置に最初に当たる瞬間をとらえたもの、残りの二枚はそれぞれちがうアングルで、火に向かって放水する消防士たちを写したものだ。最後の二枚の一方は、僕が図書館で見た新聞記事の写真だった。

「それで、そのゲームってなんなの？」ライラが訊ねた。

「この写真だけどね……」僕は最初の三枚を指さした。「これは、オスカー・リードという証人のファイルに入っていたものなんだ。その人は、カールやロックウッド一家の向かい側に住んでいた。炎に気づいて、九一一に通報したのは、彼なんだよ。騎兵隊の到着を待ってるあいだに、彼は古いインスタマチックをひっつかみ、外に出て何枚か写真を撮ったんだ」

「ふうん――ホースをひっつかむ代わりに？」

「本人は刑事に、新聞社に売れるんじゃないかと思ったからと言っている」

「正真正銘の博愛主義者ね」ライラは言った。「それで、こっちは？」彼女は残りの四枚の写真を指さした。

「こっちは本物の報道カメラマン、オルデン・ケインが撮ったやつだ。彼はスキャナーで火事の通報を傍受して、写真を撮るために現場に駆けつけたんだよ」

「なるほどね」ライラは言った。「それで、わたしは何をさがせばいいの？」

「小学生のとき、先生が一見そっくりに見えるけど実はちがう二枚の絵を配ったのを覚えてる？　生徒はその二枚のちがいを見つけなきゃならないんだ」

「それがそのゲームなの？」ライラは訊ねた。

「そういうこと」僕はそう言って、写真を隣り合わせに並べた。「何が見える？」

僕たちは注意深く写真を見た。先に撮られた三枚では、路地と撮影者に面した物置の窓から炎が噴き出していた。物置の屋根は無傷で、濃い黒煙が二×四インチの垂木と壁との隙間からうねりながら流れ出ている。あとのほうの四枚では、火は旋風《せんぷう》のように渦《うず》を巻き、屋根にあいた穴からそそり立っていた。消防士たちは到着し、放水を始めたばかりだ。ケインはリードとほぼ同じ場所に立っていたらしい。どっちの写真もアングルと背景がそっくりだから。

「僕にはちがいがわからないな」僕は言った。「消防士が消火活動してること以外は」

「わたしも」ライラは言った。

「カールは、両方の写真で同じでなきゃおかしいものを見ろって言っていた。だから、火を見ちゃだめだよ。火は燃え広がるのにつれて変化するからね」

僕たちはさらに注意深く写真を見て、わずかなものでもいい、何かちがいはないかと、背景を細かくチェックした。広がっていく火の光で次第に明るさが増していること以外、カールの家はどの写真でも同じに見えた。つぎに僕は、リードの写真のロックウッド宅を見た。ごくふつうの青く塗られた二階屋。裏手に小さなポーチがあり、上の階には窓が三つ。裏口のドアの両側にもひとつずつ窓がある。僕はケインの写真のロックウッド宅を見た。そう、やっぱり炎で明るさが増している。でも、それ以外は何ひとつ変わっていない。写真から写真へ交互に目をやりながら、僕は思った。もしかするとカールは僕をからかってたんじゃないだろうか。

とそのとき、ライラがそれに気づいた。彼女はテーブルから二枚の写真、リードのとケインのを持ちあげて、そのふたつを見比べた。「ほら」彼女は言った。「ロックウッド宅の裏口の右側の窓」

僕は彼女から写真を受け取って、リードの写真とケインの写真に交互に目をやり、その窓を見比べた。そしてついに、ライラの気づいたものが僕にも見えた。裏口の右側の窓は、上から下までミニ・ブラインドに覆われている。リードの写真では、そのブラインドが窓のいちばん下まで下りているのだが、あとの写真、ケインの撮ったやつでは、それが数インチ、上がっているのだった。僕は写真を顔に近づけた。すると、そこに頭みたいなものが見えた。たぶん、隙間から外をのぞいている顔だ。

「どういうことだよ?」僕は言った「これは誰なんだ?」

「いい質問ね」ライラが言った。「どうも誰かが窓の下から外をのぞいてるように見える」

「家のなかに誰かいたわけ?」僕は言った。「そして火事を見てたってのか?」

「わたしにはそう見える」

「でも誰が?」

僕には、ライラが記憶の奥をさぐり、ロックウッド一家の証言を思い起こしているのがわかった。「可能性はひと握りしかない」

「というより、工房の親方のひと握りじゃない?」僕は言った。

「工房の親方のひと握り?」ライラは困惑顔で聞き返した。

「ほら……工房の親方は何本か指をなくしてるから……握れるものがより少ないわけだよ」僕は笑い声をしぼり出した。

ライラはぐるりと目玉を回し、仕事にもどった。「クリスタルの継父、ダグラス・ロックウッドは、事件の日の夕方、自分と息子は、自分がやっている車の販売店にいたと言っている。

彼は事務処理をしていた。そして、息子のダンは車の一台の清掃をしていたの。ダグラスによれば、ふたりが帰宅したのは、火が消し止められたあとだそうよ」

僕は自分の覚えていることを付け加えた。「クリスタルのお母さんは、〈ディラードのカフェ〉で遅番で働いてたんだよね」

「そのとおり」ライラが、細部の把握に関して自分が上であることをひけらかすように、付け加えた。「彼女のボス、ウッディがそれを裏付けている」

「彼女のボス、ウッディ？　話を作ってるんじゃない？」

「調べてみなさいよ」ライラは笑みを浮かべた。

「すると残るは、例の彼氏だな。なんて名前だっけ？」

「アンディ・フィッシャー」ライラは言った。「彼は学校のあと、クリスタルを車で家まで送ったと証言している。あの路地に入って彼女を降ろし、立ち去ったと」

「だとすると、どうなるんだ？」僕は言った。

ライラはしばらく考えたすえ、指を折って数えていった。「可能性は四つあると思う。一、それは実は、人が窓から外をのぞいているのではない。でもわたしは、自分の目で見たものを信じないわけにいかない。だからこの可能性は捨てるつもり」

「僕にものぞいてるやつが見えるしね」僕は言った。

「二、それはカール・アイヴァソンである——」

「なんでカールが自宅で彼女を殺したあと、ロックウッドの家から火事を見なきゃならないんだよ？」

「わたしは、ありそうなことを挙げてるわけじゃない。ただ、可能性の話をしているだけよ。カールが放火したあとにロックウッド宅に行った可能性はある。彼は日記のことを知っていて、それを見つけたかったのかもしれない。ただ、日記をさがす前に放火したというのは、すじが通らないけれど」

「まったくすじが通らないよ」僕は言った。

「三、ひとり謎の男がいた。警察が考えもしなかった誰か、このファイルの箱のどこにもいない人物が」

「で、第四の可能性は？」

「四はね——誰かが警察に嘘をついている」

「誰かって……アンディ・フィッシャーとか？」

「その可能性もある」ライラは憤然と息を吐いた。彼女は、カール・アイヴァソンがクリスタル・ハーゲンを殺したのだという考えに執着している。僕にはそれがわかった。でも同時に、彼女がこの新しい服を——三十年前、何かひどいまちがいがあったのだという可能性を——試しに着てみているのも、見てとれた。この新たな発見をどうとらえたものかわからず、僕たちはしばらく黙ってすわっていた。足もとの地下を震動が走っていくのが感じられたが、どちらもそのことには触れなかった。それはまるで、僕たちふたりが、ダムの亀裂を見ていながら、そこから生じる数々の災厄を理解できずにいるようだった。その亀裂が大きく口を開け、噴流を放出するのは、そう先のことではなかった。

第二十二章

ヒルビュー邸をふたたび訪れるころには、僕も祖父の死にまつわるあの告白の痛手から完全に立ち直り、例の写真の謎によって活気づいていた。カールは僕に告白のお返しをする義務がある——少なくとも、それが僕側の見かただった。僕は彼に打ち明け話をして、自らを痛めつけたのだ。だから今度は、彼のほうが僕の本当に訊きたいことに答えなきゃならない。

カールはこれまでになく元気そうだった。その日は、いつもの冴えない青のローブではなく赤いフランネルのシャツを着ていて、落ちくぼんだ頬もきれいに剃《そ》ってあった。彼は気のない笑みを浮かべた。パーティーで前の彼女に出くわしたときに浮かべるような笑いだ。きょう僕たちがどこに行くことになるのか、彼にはわかっているのだ、と僕は思った。今度は彼が打ち明け話をする番だ。例の作文の課題には中間レポートもあり、その期限が迫っている。僕はカールの人生の大きな転機について書き、一週間後に教授に提出しなきゃならない。そろそろカールの死者たちを掘り出す頃合いであり、そのことは彼にもわかっているのだった。

「やあ、ジョー」カールは自分の隣の椅子を手振りで僕にすすめた。「あれをごらん」彼はそう言って、窓の外を指さした。僕は道の向こうの集合住宅のバルコニーに目を走らせたが、特に変化は見当たらなかった。

「なんですか?」僕は訊ねた。

「雪だよ」彼は言った。「雪が降ってる」

車を走らせてくる途中、僕は雪がちらついているのを目にしていた。でも、この車はもうワンシーズン、ミネソタの冬をしのげるだろうかと考えたくらいで、それ以上は注意を払わなかった。僕の車はボディーが腐食の穴だらけだから、ひと雨来るごとに道路からの水飛沫《しぶき》がトランクの敷物をぐしょぐしょにしてしまう。おかげで、車内には古雑巾のにおいがたちこめていた。僕にとって幸いなことに、その雪はまださほど積もっていなかった。「雪が降ってるのがうれしいんですか?」僕は訊ねた。

「三十年、刑務所にいて、その大半の時間を隔離房で過ごしたわけだからね。雪が降るのを見る機会なんぞめったになかったんだよ」彼は雪片のひとつひとつを目で追っていた。それらは窓の外を漂い、カーブを描くそよ風に舞い上がり、やがてふたたび落ちてきて、ガラスの上で消えていく。僕は彼に数分間の安らぎを与え、そのひととき降雪を楽しんでもらった。最終的に、話を始めたのはカールのほうだった。

「今朝、ヴァージルが来たよ」彼は言った。「きみとずいぶん突っ込んだ話をしたそうだな」

「そうですね」

「で、ヴァージルは何を言いたかったんだ?」

僕はバックパックから小さなレコーダーを取り出して、カールの声をちゃんと拾えるように椅子の肘《ひじ》掛けに置いた。「あなたは無実だと彼は言ってました。クリスタル・ハーゲンを殺したのはあなたじゃないと」

カールはしばらくその言葉を吟味《ぎんみ》してから、訊ねた。「きみは彼を信じてるのか?」

「僕はあなたの裁判のファイルを読みました」僕は言った。「裁判の記録も、クリスタルの日記も読んだんです」

「なるほど」カールは言った。彼は窓の外を見るのをやめて、自分の前の薄汚れたカーペットに目を据《す》えた。「なぜわたしの無実をそんなにも固く信じているのか、ヴァージルは話したかい?」

「彼は、あなたがヴェトナムで彼の命を救った話をしてくれました。あなたは敵の弾幕のなかに猛然と飛び込んでいった——そして、彼と彼を殺そうとしている連中のあいだに身を置いたんですよね。ヴェトコンが撃退されるまで、あなたはそこに踏みとどまったと彼は言っていました」

「ヴァージルは愛すべきやつだよ」カールは小声でくすくす笑った。

「どうして?」僕は訊ねた。

「あの日あったことのために、あいつはわたしの潔白を信じたまま墓場に行くだろう。あれに関しては完全にまちがったとらえかたをしてるってのにな」

「あなたは彼の命を救ってないんですか?」

「いやいや、確かに救いはしたんだろうよ。しかし、わたしがあのポジションに突っ込んでいったのは、そのためじゃなかったんだ」

「わからないな」

カールの微笑の憂《うれ》いの色がわずかに深まった。彼はヴェトナムでのあの日のことに思いを馳せているのだった。「当時、わたしはカソリック教徒だった」彼は言った。「わたしの受けた教育は、自殺を禁じていたんだよ。それは決して許されることのない罪のひとつだった。わたしの神父は、もし自殺をすれば、その人は弁明の機会も与えられず、まっすぐ地獄に堕ちるのだ、と言っていた。一方、聖書には、兄弟のために命を捧げることほど立派な犠牲はないとも書かれている。そして、ヴァージルはわたしの兄弟だった」

「つまり、あなたはその日、ヴァージルが倒れるのを見て——」

「それをチャンスととらえたわけだ。わたしはヴァージルの盾となり、彼を狙った弾丸を受けようとしたのさ。いわば一石二鳥だな。そうすりゃヴァージルの命を救えるうえ、自分の命を絶つこともできるだろう?」

「でも、うまくいかなかったわけですよね?」僕はそう言って先を促《うなが》した。

「そこが無残なところでね」彼は言った。「頭を吹っ飛ばされる代わりに、わたしはメダルをもらうはめになった。名誉負傷章と銀星章だ。誰もがあれを勇気ある行動とみなした。わたしはただ死にたかっただけなのにな。わかるだろう? ヴァージルのわたしを信じる気持ち、わたしに対する忠誠心は、嘘の上に成り立っているわけだよ」

「それじゃ、あなたの無実を信じてる唯一の人は、まちがってるわけですか?」僕はそう訊ね、めざす方向へなめらかに話を持っていった。外では、軽いにわか雪がスノードームによさそうな本格的な降雪へと変わり、ポップコーンほどもある大きな湿っぽい雪片がくるくる渦《うず》を巻いていた。僕は訊きたいことを訊き、答えの代わりに沈黙を受け取った。だから、もうこれ以上しゃべるまいと心に決め、カールが時間をかけて頭を整理し、答えを見つけ出せるよう、ただ雪を眺めていた。

「きみは、わたしがクリスタル・ハーゲンを殺害したのかどうか、訊いてるんだな」ついに彼は言った。

「僕は、あなたが彼女を殺害したかどうか、殺したかどうか、なんらかのかたちで死に至らしめたどうかを訊いているんです。そう、僕が訊いているのは、そのことです」

カールはふたたび黙り込んだ。背後のどこかで時計がチクタク時を刻んでいるのが聞こえる。

「いや」彼はほとんどささやくように言った。「わたしはやっていない」

僕は失望して頭を垂れた。「初めて会った日——正直であることについてあなたが御託を並べたあの日——あなたは僕に、自分は殺したことも殺害したこともあると言いましたよね。覚えてますか？　あなたは、人を殺すことは殺害することと同じじゃない、自分はその両方をやったと言ったんです。これはあなたの臨終の供述、あなたがすべて告白するチャンスなんだ、と僕は思っていました。なのにいまになって、あなたは、どんなかたちにせよ、彼女を死なせたのは自分じゃないと言うんですか？」

「きみに信じてもらおうとは思っていないよ」カールは言った。「誰もわたしを信じなかったんだからな。わたしの弁護士でさえ」

「僕はファイルを読んだんです、カール。あの日記を読んだんですよ。あなたはあの日、銃を買ってますよね。彼女は、いつも自分を見ているあなたを変態と呼んでいました」

「証拠のことはわたしも充分認識しているよ、ジョー」カールは、氷河のごとき忍耐力で発言していた。「法廷で何が有罪の証拠として使われたかはわかってる。過去三十年、毎日あの作り話を思い返してきたからな。しかし、わたしが彼女を殺害していないという事実は変わらない。わたしには、きみに対しても他の誰に対しても、それを証明するすべはない。また、証明する気もないしな。わたしはきみに真実を話す。信じる信じないはきみの自由だ。わたしにはどうでもいいことだよ」

「ヴェトナム時代のもうひとつの物語のほうは?」僕は訊ねた。

カールはかすかに驚きの色を浮かべ、さっと僕に視線を向けた。それから、はったりに挑むかのように言った。「どんな話のことかな?」

「ヴァージルが、それはあなたが語るべき話だと言っていました。その話は、あなたがクリスタル・ハーゲンを殺してない証拠になる、と彼は言っていましたよ」

カールは車椅子に身を沈めた。彼は唇に指を当てたが、その手はかすかに震えていた。もうひとつ物語があるのだ。それがわかったので、僕はさらに追及した。「あなたは真実を語ると言いましたよね、カール。すべてを語らないかぎり、それは真実にはなりませんよ。僕は何もかも知りたいんです」

カールはふたたび、窓の向こう、雪の向こう、集合住宅のバルコニーの向こうを見ていた。
「ヴェトナムのことを話そう」彼は言った。「それが証拠になるかならんかは、きみが判断すればいい。だが約束するよ、わたしは真実を語る」

つぎの二時間、僕はひとこともしゃべらなかった。息もほとんどしなかった。カール・アイヴァソンが記憶をたどるのを——ヴェトナムに立ちもどるのを、僕はじっと聴いていた。彼が話を終えると、立ちあがって彼と握手し、感謝を述べた。それからうちに帰って、カール・アイヴァソンの人生の転機を表す、彼の物語のあの部分を書いた。

第二十三章

ジョー・タルバート
英語　317
伝記——人生の転機

一九六七年九月二十三日、カール・アイヴァソン上等兵は、ヴェトナム共和国ダナンでロッキードC‐141軍用輸送機から降り立ち、生まれて初めて異国の土を踏んだ。交代部隊を収容する仮兵舎で、彼はもうひとりのFNG——くそったれ新兵《ファッキング・ニュー・ガイ》——と出会う。ミネソタ州ボーデット出身のヴァージル・グレイという男だ。カールはサウス・セントポールから召集されていたので（サウス・セントポール－ボーデット間の距離が東海岸の六州を車で駆け抜けるのに等しいという点はさておき）ふたりは隣人同士のようなものだった。偶然にも、彼らは同じ小隊に配属され、同じ重砲基地に送られた。場所はクエソン・ヴァレー北西、ヒヒのケツ並みに美しい、埃《ほこり》っぽい丘の頂上だ。

カールの分隊長、背の低い口汚いE－6（アメリカ陸軍下士官の等級）、ギッブスは、残忍という仮面の下になんらかの深刻な精神的傷を潜ませていた。彼は、将校と兵隊、双方に対する軽蔑の念で煮えたぎっており、上からの命令はこきおろし、くそったれ新兵どもは伝染病を宿すドブネズミのように扱った。その残忍性の矛先は、ヴェトナム人、原住民《グック》どもに向けられていた。ギッブスの世界では彼らこそが諸悪の根源であり、その殲滅《せんめつ》に向けお偉方の採《と》る生ぬるい措置は、彼にとって癪《しゃく》の種なのだった。

カールとヴァージルが新たな我が家に着いたとき、ギッブスはふたりを脇に呼び、ジョンソン大統領の消耗戦は、「やつらがこっちを殺す以上に大勢、こっちがやつらを殺さなきゃならん」ことを意味するのだと説明した。それは、死体の数だのみの戦略なのだった。将軍は大佐にウィンクし、大佐は少佐を肘《ひじ》でつつき、少佐は中少尉に耳打ちし、中少尉は軍曹にうなずき、軍曹は歩兵にルールを教える。「グックが逃げていくのを見たら」ギッブスは言った。「そいつは、ヴェトコンかヴェトコンのシンパだ。どっちにしろ、ただボケっと突っ立ってるんじゃねえぞ。そのチビ野郎を撃ち殺せ」

現地入りして四カ月後、カールはすでに一生分の戦争を見ていた。彼は待ち伏せを仕掛け、クレイモア地雷の起爆装置のスイッチを入れ、ヴェトコンの兵士らが血飛沫《しぶき》となって消え失せるのを目撃した。ある男がバウンシング・ベティー（ヴェトナムで多く使われた小さな地雷。地上一メートルほど跳ねあがってから爆発する）によって根本から両脚を引きちぎられ、絶叫とともに息絶えたときは、名も知らぬその男の手を握っていた。絶え間ない蚊の唸《うな》りにも慣れてしまったが、その一方、ヴェトコンが真夜中に好んで行う無作為の迫撃砲攻撃に慣れることはなかった。彼は初めての雪のないクリスマスを、蛸壺《たこつぼ》の狭い口を這いおりていきながら祝った。

その亀裂――ヴェトナムでの死を願うようになるきっかけが、カール・アイヴァソンの世界に生じたのは、一九六八年二月初旬のある平穏な冬の朝のことだった。日の出前の地平線はうっすら雲に覆われており、まもなく起こる出来事の醜悪さとは裏腹に周囲の谷は静まり返っていた。空の輝きは、北部の森の祖父のキャビンで過ごしたある朝を彼に思い出させた。殺すか殺されるといった考えがカールの人生に入り込む余地のなかった、遠い昔の朝を。

戦いはカールに重くのしかかり、老いを感じさせていた。彼は砂嚢《さのう》の山に寄りかかると、魔法瓶ほどの大きさの空薬莢《からやっきょう》にタバコの吸い殻を投げ込み、新しいタバコに火を点けて日の出を眺めた。

「よう、兄弟」ヴァージルが地面を踏みしめ、泥道をやって来た。

「よう、ヴァーグ」カールは地平線に目を据《す》えたまま、空からゆっくりこぼれ出てくる琥珀色《こはくいろ》を見つめていた。

「何を見てるんだよ?」

「エイダ湖」

「なんだって?」

「十六のとき、エイダ湖でこれと同じ日の出を見たんだ。俺はじいちゃんのキャビンの裏のポーチにすわってた。誓ってもいい。あのときのもこれと同じ赤い空だったよ」

「ここはエイダ湖からずいぶん離れてるよなあ、兄弟」

「まったくだ。ありとあらゆる意味でな」

ヴァージルはカールと並んですわった。「参っちまっちゃだめだぜ、相棒。八カ月後には、俺たちは引きあげだ。あっという間さ。そしたらここを脱け出せる。ふたりとも、はい、さよなら、だよ」

カールはゆったり砂嚢にもたれかかって、タバコをひと吸いした。「おまえは感じないか、ヴァーグ? いろんなものがすり抜けていくのを?」

「何がすり抜けていくんだよ、兄弟?」

「なんて言えばいいんだろう」カールは言った。「あのジャングルに入っていくたびに、一本の線、越えちゃならない線の上に立ってるような気がするんだ。それに、頭のなかで叫び声が聞こえてるし。まるでバンシー(泣いて死を予告する女妖精)がぐるぐる周囲を駆け回ってて、俺を引っ張って、からかって、その一線を越えさせようとしてるみたいなんだ。その線を越えたら、自分がギッブスになっちまうことが俺にはわかってる。きっと俺はこう言うようになる——やっちまえ、たかがグックだ、皆殺しにしろ」

「ああ」ヴァージルは言った。「わかるよ。それは俺も感じてる。レヴィッツがあの世に行った日は、俺も土民どもを皆殺しにしたくなったしな」

「レヴィッツ？」

「例のベティーでまっぷたつになったやつさ」

「ああ……それがあいつの名前なのか。知らなかったよ」

「でもな、兄弟、一度そこに行っちまったら、もうもどれないぜ」ヴァージルは言った。「じいちゃんのポーチで日の出を見てた十六歳の子供は、いなくなっちまうんだ」

「ときどき、あいつはいまでもいるのかって思うよ」

ヴァージルは自分の目の真剣さが見えるよう、カールに顔を向けた。「ここにいることについて、俺たちには決定権がないんだ」ヴァージルは言った。「それに、ここからの去りかたについても、決定権はほぼない。でも、この泥沼に自分の魂をどれだけ置いていくかについちゃ、コントロールできるだろ。絶対それを忘れるなよ。俺たちにはまだいくつか選択肢があるんだ」

カールは手を差し出し、ヴァージルはその手を固く握った。「おまえの言うとおりだよ、相棒」カールは言った。「とにかく無傷でここを脱け出さなきゃな」

「肝心なのはそれだけさ」ヴァージルは言った。

また別のブーツが兵舎から砂嚢の山へと小道を蹴って進んできた。「おーい」〝ジャガ〟・デイヴィスが叫んだ。

本物のテネシーの志願兵（「志願兵」（Volunteer）は「テネシー州民」の俗称）デイヴィスは、クリスマス直後に隊に加わっており、みなしごのアヒルみたいにヴァージルになついていた。この小柄な男は、そばかすだらけの桃色の肌と、ミスター・ポテトヘッドの人形よろしく横に突き出た耳の持ち主だった。彼の両親は我が子をリッキーと名付けたのだが、ヴァージルは彼を〝ポテトヘッド〟と呼び、そのあだ名は小隊全体に浸透した。しかしある日、激しい銃撃戦のなか一歩も退かず戦ったあと、彼はただの〝ジャガ〟になったのだ。

「大尉がじき出発だって言ってるよ」彼は言った。

「心配するな、〝ジャガ〟、連中はおまえなしじゃ出発しないさ」カールは言った。

「そうとも」ヴァージルが付け加える。「大尉だっておまえなしじゃこの戦争に勝てないことは知ってるからな」

〝ジャガ〟は歯をむきだして馬鹿っぽい笑みを浮かべた。「大尉がきょうはインディアンの土地に行くんだって言ってたけど、ありゃあどういう意味なのかな?」〝ジャガ〟は訊ねた。

カールとヴァージルは訳知り顔で目を見交わした。「おまえ、学校で歴史を習わなかったのか?」ヴァージルが言った。

「俺、中退しちまったんだ。学校じゃ俺の聞きたいようなことはなんも聞けなかったからさ」

「シェリダン将軍やマッケンジー将軍についても聞いたことがないのか?」カールは訊ねた。

〝ジャガ〟はぽかんとして見つめ返した。

「じゃあ、リトル・ビッグホーンでのあの不幸な出来事以前のカスター将軍については?」

理解した様子はない。

カールは言った。「それじゃまあ、こう言っておこうか。白人が西部を勝ち取る前、そこにはまったく別の人たちが住んでいた。それで俺たちは、彼らを退去させなきゃならなかったんだ」

「うん、だけど、それがヴェトナムとどう関係してくるんだ？」〝ジャガ〟は言った。

「つまりな、大佐は、味方の無差別砲撃地帯を拡張する必要があると判断したわけだよ」ヴァージルが言った。「で、それに関する唯一の問題は、そこに村がひとつ——俺たちがオックスボーと呼んでるやつがあるってことなんだ。だから、俺たちはその村を無差別砲撃地帯の外に移さなきゃならない。だって、無差別砲撃地帯のなかに村があっちゃまずいだろ？　無差別砲撃地帯ってのは、動くものはなんでも撃っていい場所なんだからな」

「それじゃ、俺たちは村の人たちを追い出そうとしてるわけ？」〝ジャガ〟は言った。

「俺たちは、連中に自分らの村としてもっといい場所を見つけてもらおうとしてるんだ」カールは言った。

「インディアンにしたみたいにな」ヴァージルが言い添えた。

最後にもう一服、タバコを吸い、一〇五ミリ榴弾《りゅうだん》の空薬莢に吸い殻を放《ほう》り込むと、カールは立ちあがった。「でかい犬どもを待たせちゃまずいかもな」三人はリュックサックを背中に担ぎ、M16を肩にかけて、朝の静けさを破る一機目のヘリコプターのローター音のほうへと向かった。

ヒューイ（ヴェトナム戦争で使われたヘリコプター）の一団は、瞬《また》く間に兵士らを着陸地帯に送り届けた。機は低空を高速で飛び、水牛が黄色い牛たちと並んで立つ野原をすべっていってその縁《ふち》に停止した。

約百ヤード上流には、かいば桶の上に差し掛けがある藁葺《わらぶ》き屋根の小さな家が見えた。さらにその百ヤード先には、小屋の一群があり、問題の集落、暗号名〝オックスボー〟を形成していた。

「そこのふたり、俺と一緒に来い」ギッブスがカールとヴァージルを指さした。「第一班の残りは、道を行け。途中にあるものは全部、始末しろ。グックどもをオックスボーの中央に集めて、マース中尉を待て」

ギッブスはカールとヴァージルを連れて、野原のなかの家、かいば桶の付いたやつに向かい、班の他の兵士らはオックスボーへとつづく泥道を進んでいった。そして、着陸地帯とその小さな家の中間地点に三人が至ったときだ――野原の縁のほうで生い茂るエレファントグラスの一箇所が揺れ動いた。カールは銃の台尻を肩に当て、牧草のうねりに狙いをつけた。

「撃て、アイヴァソン！」ギッブスが叫んだ。

カールは引き金を絞《しぼ》った。しかしそのあと、力をゆるめた。黒い髪の丸い塊《かたまり》が、背の高い草のなかを家のほうへと移動しながら、上下に弾んでいる。

「あの野郎、逃げてくぞ！」ギッブスがどなった。「さっさと撃て！」

カールはふたたび引き金を絞り、ふたたび力をゆるめた。十代の少女がエレファントグラスのなかから飛び出し、うちに向かってばたばたと駆けていった。

「ただの女の子ですよ、軍曹」カールは銃を下ろして言った。

「命令しただろう」

「あれは民間人です」

「あの女は逃げてった。つまり、ヴェトコンってことだ」

「軍曹、彼女は自分のうちに駆けてったんです」

ギッブスはカールに飛びかかった。「いいか、アイヴァソン、俺はおまえに命令したんだ。今度、俺に逆らってみろ。その頭に弾をぶちこんでやるからな。わかったか？」カールに向かって怒りを吐き出しながら、彼は口の端から嚙みタバコの汁を滴《したた》らせていた。十五歳になるやならずのあの少女のほうは、なんとか家にたどり着いた。カールには、少女がなかの誰かと話しているのが聞こえた。何度となく耳にしてきた、ぶつぶつ途切れるあの奇妙なヴェトナムの言葉が、歌詞の聞き取れないおなじみの歌のように流れてくる。ギッブスは家のほうに注意を向け、しばらく考えていた。

「おまえらふたりはあの牛どもを撃ち殺してこい」ギッブスはどなった。「それから、納屋を焼き払え。俺は住居のほうを引き受ける」

ヴァージルとカールは顔を見合わせた。軍には野戦教本という冊子があり、それは尻を拭くのに使えるくらいで野ではなんの役にも立たない。しかし、重視すべき指示もいくつかはある。それら重視すべきルールのひとつは、小屋の始末は絶対にひとりで行わないということなのだ。

「軍曹」ヴァージルが言った。

「とっとと行きやがれ！」ギッブスはヴァージルをどなりつけた。「おまえまで逆らう気じゃあるまいな？　これは命令だ。いますぐあの牛どもを撃ち殺してこい」

「はい、軍曹」

カールとヴァージルは野原へと歩いていくと、ライフルを構え、なんの疑いも抱いていない動物たちを撃ちはじめた。一分足らずで牛たちは全部死に、カールはあの家のほうに視線を転じた。はるか彼方では、班の他の連中が、村人たちをそれぞれの小屋から引きずり出し、泥道を行進させ、村の中央へと追い立てていた。ギッブスの姿はどこにも見当たらなかった。

「なんかおかしいな」カールは言った。

「軍曹はどこなんだ？」ヴァージルは答えた。

「俺が言ってるのはそのことだよ。こんなに長くかかるなんて変だろ」

ふたりの男はM16を構えて家に向かった。ヴァージルが援護の位置に就くと、カールは固い地面の上のザクザクいう砂を避け、やわらかな草を踏みしめてドアに忍び寄った。呼吸を整え、耳をすませると、藁の壁の向こうからくぐもったうめき声が聞こえてきた。うなずきながら三つ数え、彼はドアから突入した。

「なんてこった！」カールは足をすべらせながら、突撃を中断し、ライフルの銃口を上に向けた。もう少しでうしろ向きに倒れ、開いたドアから飛び出すところだった。「軍曹！　何をやってるんですか？」

ギッブスはあの少女を押さえつけていた。ほぼ全部、服を剝ぎとられ、彼女は床板に両膝《りょうひざ》をつき、ぐらぐらする竹製の寝台にうつぶせに押しつけられている。ギッブスは、野戦服のズボンを太腿《ふともも》まで下ろし、少女のうしろで膝立ちになっていた。ひと突きするたびに、その毛深い白い尻の筋肉がひくひくと動いている。

「ヴェトコンのシンパを尋問してるんだ」彼は振り向いて言った。

ギッブスは少女の両腕をうしろにねじあげ、両手首を片手でつかみ、背後からその体にのしかかって、彼女を寝台に釘付《くぎづ》けにしていた。少女は男の重みで肺を押しつぶされながら、必死で呼吸をしようとしている。小屋の片隅には老人がひとり、横向きの状態でぐったりと倒れていた。その鼻と左の頬骨には、ライフルの台尻と同じ幅の溝が走っている。空洞になった眼窩《がんか》からは血が滴っていた。

これ見よがしに怒りを表しつつ、ギッブスは侵略を終え、ズボンを引っ張りあげた。少女は身動きもしない。

「おまえの番だ」ギッブスはカールに言った。

カールは口がきけなかった。動くこともできなかった。

ギッブスはカールに一歩近づいた。「アイヴァソン、俺はおまえにこのヴェトコンのシンパを尋問しろと言ってるんだ。これは命令だ」

カールは必死で吐き気をこらえた。少女がわずかに頭を起こし、振り向いてカールを見た。恐怖で、または怒りで、またはその両方で、その唇は震えていた。

「聞こえんのか?」ギッブスはそうどなると、軍支給のリボルバーをホルスターから抜き、撃鉄を起こした。「命令だと言ったんだぞ」

カールは女の子の顔を、その目に浮かぶ絶望の色を見つめた。ギッブスが四五口径の撃鉄を起こす音は聞こえたが、そんなことはどうでもよかった。彼は自分の魂とともにヴェトナムを去るつもりだった。あるいは、魂を損なわずに死ぬかだ。

「できません、軍曹」カールは言った。

ギッブスの目が赤くなった。彼はカールの側頭部に銃口を突きつけた。「おまえは上官の命令に逆らった。もう終わりだ」

「軍曹、何をしてるんです？」ヴァージルが戸口からどなった。

ギッブスはヴァージルを目をやり、ふたたびカールに目をもどした。

「軍曹、そういうやりかたはまずいでしょう」ヴァージルは言った。「ようく考えてください」

ギッブスはカールのこめかみに銃を押しつけ、激しく走らされた馬さながらふくらんだ鼻孔から荒い息をしていた。相変わらずカールの頭に銃の狙いをつけたまま、彼はうしろにさがった。「確かにそうだな」彼は言った。「もっといいやりかたがある」そして、拳銃をホルスターにしまうと、腿に留めた鞘からナイフを抜いた。少女はいまも裸のまま倒れていて、その体は半分は床、半分は寝台の上だった。ギッブスはそちらを向くと、髪をつかんで少女を起きあがらせ、膝立ちにさせた。

「今度、俺がグックを撃てと命令したら……」彼は少女の喉を真一文字に切り裂いた。軟骨と皮下組織にナイフの刃が深く食い込み、噴き出した血がカールのブーツに飛び散った。「ちゃんと従ったほうがいい」血が肺を満たしはじめ、少女はがくがくぴくぴく身を引き攣《つ》らせた。その目がぐるりとひっくり返ると、ギッブスはぐったりした彼女の体を床に放り出した。「この小屋を焼き払え」ギッブスは遺体をまたぎ越して、カールの顔の前に顔を突き出した。「これは命令だ」

ギッブスは小屋から出ていったが、カールは動けなかった。

「おい、兄弟」ヴァージルがカールをうしろから引っ張り、小屋の外へと引きずり出した。「ここは俺たちのアラモ砦《とりで》じゃないんだ。俺たちは無傷でいなきゃいけない。覚えてるよな?」

カールはシャツの袖で目をこすった。ヴァージルはライターを手にかいば桶のほうに向かった。

北に目をやると、村全体が火に包まれていた。いまや避難民となった村人たちが、囚人の群れのように一列になり、無差別砲撃地帯の外をめざして泥の道を歩いていく。カールは、ポケットからジッポのライターを取り出して、小屋の材料の乾いた椰子《やし》の葉とエレファントグラスに火を点けた。ものの二秒で、藁葺き屋根は炎にのみこまれ、煙が深い水のように分厚く流れ出てきた。

カールは小屋からあとじさった。貪欲な火が屋根を舐《な》めながら下りていき、床の上のふたつの遺体を覆っていく。胸が凍るようなものを彼が見たのは、そのときだ。少女の片手が開いたのだ。五本の指がぐっと伸び、カールに手招きした。懸命に手を差し伸べ、少女は指を震わせていた。それから、その手がもとどおり丸まり、それと同時に、燃えさかる屋根が彼女の上に墜落した。

第二十四章

　僕は自分の作文をライラが読むのを見守っていた。ギッブスが少女をレイプする場面を読みながら、彼女は顔を引き攣らせた。燃える小屋が少女の上に崩落するとき、少女の手が動いたというくだりを読むと、彼女は信じられないと言いたげに僕を見あげた。

「ヴァージルがなぜカールの無実をあんなに固く信じているのか、これでわかるよね」僕は言った。

「これってほんとの話なの？」ライラは僕の作文を掲げてみせた。

「一行残らずね」僕は言った。「ヴァージルが確認してくれた。彼はその場にいたんだ。その日以来、カールは以前の彼じゃなくなったそうだよ」

「ワオ」ライラはつぶやいた。「ねえ、気がついた？　ヴェトナムのその少女も、ちょうどクリスタルが物置で焼かれたみたいに、小屋で焼かれたのよ」

「この話からきみが読み取ったのは、それなの？」僕は言った。

「だって単なる偶然とは思えないじゃない？」

「軍曹はカールの頭に銃を突きつけていた。カールは少女をレイプするくらいなら、死ぬつもりだったんだ。この話の要点はそこだよ。ヴェトナムのその男が、クリスタル・ハーゲンを殺した男と同一人物であるわけがない。もし本当にレイプ犯で殺人犯だったなら、彼はヴェトナム時代に悪に染まっていたはずだよね」

「あなたは彼を無実だと思ってるの？」非難するというより、好奇心で一杯の口調で、ライラは訊ねた。

「どうだろう」僕は言った。「信じはじめてるのかな。だって、その可能性もあるわけだから。そう思わない？」

その質問に答える前に、ライラは僕の作文の最後の部分、カールがギッブスの命令を拒否する場面をもう一度、読みながら、長いこと考えていた。それから彼女は、作文を下に置いた。

「議論を進めるために、とりあえずカールはあの事件の犯人じゃないと仮定してみましょう。そうすると、どういうことになる？」

僕はちょっと考えた。「他の誰かがやったってことになるね」

「もちろんそうなる」ライラは言った。「でも、誰が？」

「誰であってもおかしくないよ」僕は言った。「クリスタルが家にひとりでいるのを見かけた行きずりの男かもしれない」

「それはないんじゃない？」ライラは言った。

「どうして？」

「例の日記よ」彼女は言った。「行きずりの男が彼女を殺した可能性もなくはない。でも、あの日記に何か意味があるとすれば、クリスタルは脅されてたわけでしょ。それはつまり、クリスタルは自分を襲った相手を知っていたってことよ」

「もし犯人がカールじゃなく」僕は言った。「行きずりの男でもないとすれば……」

「もし犯人がカールじゃないとすれば」ライラは言った。「これはすごく大きな〝もし〟だけど、その場合、残るのは、継父のダグラスと、その息子のダン、そして、彼氏のアンディよね」

彼女はひとりひとり指折り数えていった。「他にもまだ、わたしたちの知らない誰かがいるかもしれない。クリスタルが知っていた人物で、日記に名前が――暗号で書かれてるなら別だけど――出ていない誰かが」

「僕たちにはファイルがある」僕は言った。「僕たちは事件の証拠を全部持っているんだ。僕たちならこの謎を解明できるかもしれない」

ライラはカウチの上で向きを変えて、僕と向き合う格好になり、お尻の下に脚を敷いた。

「この事件のことは、警官や、刑事や、その道のプロたちがすでに調べてるのよ。わたしたちには何も解明できやしない。もう三十年も前のことだもの」

「仮定の話だけど」僕は言った。「もしクリスタルの殺人事件を調べるとしたら、僕たちはどこから取りかかるべきだろう?」

「わたしなら」ライラは言った。「あの彼氏からにするな」

「アンディ・フィッシャー?」

「生きてるクリスタルを最後に見たのは彼だものね」

「僕たちは彼になんて訊くべきかな?」

「あなた、さっきからずっと〝僕たち〟って言ってるけど」ライラの顔に疑い深げな笑みがよぎった。「〝僕たち〟なんていないの。これはあなたの仕事なんだから」

「気づいてないかもしれないけどね、きみはこの二人組の利口なほうなんだよ」僕はジョークを言った。

「とすると、あなたは可愛いほうってわけ？」

「いや、可愛いほうもきみだ」僕はそう言って、彼女の反応を待った。ほほえみとか、できればウィンクとか、僕の賛辞がちゃんと聞こえた証《あかし》を。反応はなかった。

廊下で初めて出会って以来、僕はライラのまわりを踊り回って、彼女が作った壁をなんとか突破しようとがんばってきた。その壁は僕を寄せつけない。でも彼女は、ジェレミーに対しては、会ったその日に壁を崩している。僕は彼女が笑うのを見たかった。それに、ジェレミーとするように僕ともふざけてほしかった。でも、僕の遠回しな賛辞や笑いを取ろうという試みはみな、湿気《しけ》った爆竹みたいに不発に終わってしまう。そこで僕は、もっと直接的に働きかけてみようかと考えていた。どっちに転んでも、それではっきり答えが得られるはずだ。ライラをデートに誘ってみよう。僕はそう思っていた。そして、彼女の可愛さについてジョークを言っているとき、いまこそ絶好のタイミングじゃないかという考えが頭に浮かんだ。僕は立ちあがって、キッチンに移動した。特にそうする理由もなく。単なる臆病な時間稼ぎの戦術だ。彼女とのあいだに少し距離ができると、僕はつかえつかえ話しはじめた。

「あのさ……ずっと考えてたんだけど……どうかな……一緒に出かけるってのは」唐突なその

言葉に、彼女は虚《きょ》を突かれた。その唇が何か言いそうに開かれ、それから、なんと言っていいかわからないというようにそこで止まった。

「デートみたいに？」ライラは訊ねた。

「別にデートと呼ぶ必要はないよ」

「ジョー、わたしね……」背中を丸め、スウェットパンツの生地をいじくりながら、彼女はコーヒーテーブルを見おろした。「わたしたち、夕食にスパゲッティを食べるだけってことだったじゃない？　それ以上は何もなしって決めたよね」

「イタリア料理の店に行けばいいよ。それで、夕食にスパゲッティを食べるだけってことになる」

　静寂が部屋を満たした。僕は、ライラの答えを待ちながら自分が息を止めているのに気づいた。ついに彼女が、僕を見て言った。「わたし、アメリカ文学の課題で、あるお芝居を見に行くと余分に単位が取れるの。そのお芝居は、感謝祭の週末にやっててね、金曜の公演のチケットが二枚、手に入るのよ。デートってわけじゃない。余分の単位を取るためってことで。絶対だからね。それでいい？」

「芝居は大好きだよ」僕は言った。実を言うと、高校時代、運動部のための壮行会で演劇部がやった寸劇以外、芝居なんて一度も見たことがなかったけれど。「なんていう芝居？」

「『ガラスの動物園』」

「最高だね」僕は言った。「じゃあ決まり《イッツ・ア・デート》……いや、その……デートじゃないけど」

第二十五章

　僕たちはアンディ・フィッシャーを、フェイスブックの彼の高校のページの同窓会名簿で見つけた。いまはもっと大人っぽくアンドルーで通っているアンディは、ミネソタ州ゴールデン・ヴァレーで父親から受け継いだ保険代理店を営んでいた。

　アンドルー・フィッシャーは上手に年を取ってはいなかった。かつての少年ぽい巻き毛は消え、前面から後頭部まで、頭の大部分に修道士みたいな毛のない箇所が広がっていて、額《ひたい》の上のほうで細い毛の房がひとすじ古い杭垣みたいに曲線を描いている。腹はふくれて、酷使された革のベルトを突っ張らせているし、目の下には黒ずんだ皺《しわ》が消えることのない三日月を形作っていた。オフィスの安物の壁板には狩りや釣りの小振りの記念品が飾ってあり、彼はそのなかにすわっていた。

　僕たちが入っていくと、アンドルーは握手の手を差し伸べながら、誰もいない接客エリアに出てきた。「何をお求めでしょう?」彼は営業マン風に快活に言った。「いや、待って。当てさせてください」彼はガラス窓にちらりと目を向け、僕の錆《さ》びたアコードを見て笑顔になった。「新車ご購入の予定がおありで、保険の見積もりをご希望なんでしょう?」

「実は」僕は言った。「僕たちは、クリスタル・ハーゲンのことでお話を聞けないかと思って、うかがったんです」

「クリスタル・ハーゲン？」彼の顔からほほえみが消えた。「あんたたちは誰なんだ？」

「僕はジョー・タルバートといいます。ミネソタ大の学生です。こちらは……えーと……」

「彼と同じ大学のライラです」ライラが言った。

僕はつづけた。「僕たちはクリスタルの死について執筆しているんです」

「どうして？」アンドルーは言った。「もうずっと昔のことじゃないか」一瞬、その顔が悲しげになった。それから彼は、思い出を振り払った。「あの件はもう忘れることにしたんだ。その話はしたくないよ」

「大事なことなんです」僕は言った。

「大事なわけがあるもんか」アンドルーは言った。「大昔の話だからな。犯人もつかまっている。カール・アイヴァソン。彼女の隣に住んでいた男だよ。もう帰ってくれないか」彼は向きを変え、オフィスへと引き返しはじめた。

「もしもわたしたちが、カール・アイヴァソンは無実かもしれないと言ったら？」ライラがあとさきも考えず、だしぬけに言った。僕たちは目を見交わし、ライラは肩をすくめた。フィッシャーはオフィスの入口で足を止め、大きく息を吸い込んだけれど、振り向きはしなかった。

「ほんの少しお時間をいただくだけでいいんですが」僕は言った。

「なんであのことはいつまでもつきまとうんだ」アンドルーはひとりつぶやきながら、オフィスに入っていった。僕たちは動かなかった。彼は動物の頭部に囲まれ、デスクに着いた。僕たちとは目も合わせない。僕たちは待った。すると彼が顔も上げずに、二本の指でなかに入れと合図した。僕たちはオフィスに入っていき、デスクの前に置かれたお客用の椅子に彼と向き合ってすわった。どう切り出したものか、ふたりともわからなかった。すると、彼が口を開いた。

「わたしはいまだに彼女の夢を見る。当時のままの——可愛くて……若い彼女が出てくる夢だよ。やがてその夢は陰鬱《いんうつ》なものになる。いつのまにかそこは墓地になっているんだ。彼女は土のなかに下ろされていきながら、わたしの名を呼んでいる。そこでわたしは冷や汗をかいて目を覚ますわけだよ」

「彼女があなたの名を呼ぶんですか？」僕は言った。「どうして？　あなたは何も悪いことをしてないんですよね？」

アンドルーは冷ややかに僕を見た。「あの事件のせいでわたしの人生はめちゃめちゃになったんだぞ」

もちろん僕は、もっと同情を示すべきだったのだ。でも、この男の〝かわいそうな俺〟的嘆き節を聞かされると、むかついてしょうがなかった。「まあ、クリスタル・ハーゲンの人生もめちゃめちゃになったわけですけど」僕は言った。「そう思いませんか？」

「いいか」アンドルーは人差し指と親指で一インチを表した。「きみがここから蹴り出されるまで、あとこれくらいだからな」

「きっと大変な思いをなさったんでしょうね」熊を惹きつけるには蜜のほうがよいのだと悟り、ライラがなぐさめ口調で割って入った。

「当時わたしは十六歳だった」アンドルーは言った。「何も悪いことをしてなくたって、おんなじなんだ。世間はわたしを疫病《えきびょう》持ちみたいに扱ったよ。あのアイヴァソンってやつが逮捕されても、わたしが彼女を殺したという噂は消えなかった」激情が彼の頬を貫いていき、その顎の筋肉がぴくぴくと動いた。「彼女が埋葬された日、柩《ひつぎ》が墓穴に下ろされたあと……わたしは土をひと握り、かけに行こうとした。すると、彼女の母親が冷たくひとにらみして、途中でわたしを凍りつかせた——あれは、クリスタルが死んだのはおまえのせいだと言わんばかりの目つきだった」いまにも泣きだしそうにアンドルーの口の両端が下がった。彼は少し間を取って、気持ちを落ち着かせた。「わたしはあの目を——あの非難の色を忘れたことがない。クリスタルを埋葬した日のことで、わたしがいちばんよく覚えているのは、それなんだ」

「じゃあ、世間の人はあなたがクリスタルを殺したと思っていたんですね」僕は言った。

「みんな、阿呆だからな」アンドルーは言った。「わたしが誰か殺すとしたら、相手はあのろくでもない弁護人だったろうよ」

「弁護人?」僕は訊き返した。

「わたしが彼女を殺したっていう噂を煽《あお》ったやつさ。そいつは陪審に、やったのはわたしだと言ったんだ。あのくそ野郎め。その話は新聞にも載った。こっちはまだ十六だったってのに」

「生きている彼女を最後に見たのは、あなたでしたよね」僕は言った。アンドルーは目を細くしてじっと僕を見つめ、一瞬、僕はやっちまったかと思った。「僕たちは裁判の記録を読んだんです」僕はそう付け加えた。

「それじゃ知ってるだろう。わたしは彼女を車で家まで送り届け、そのまま走り去ったんだ」彼は言った。「わたしと別れたときは、彼女は生きてたよ」

「そうですよね」ライラが言った。「あなたは彼女を降ろした。わたしの記憶だと、家には誰もいなかったとあなたは言っていましたね」

「誰もいなかったとは言ってない。家に誰かいる様子はなかったと言ったんだ。そのふたつは同じじゃないぞ。わたしにはあのうちが空っぽに見えた。それだけのことさ」

「彼女の継父がどこにいたか知っていますか?」ライラは訊ねた。「あるいは、その息子でもいいんですが?」

「そんなこと知るわけないだろう」アンドルーは言った。

ライラは記憶を新たにするふりをして、自分のメモを眺めた。「えー、ダグラス・ロックウッドの証言によると――この人物がクリスタルの継父なんですけど――クリスタルが殺されたとき、ダグラスとその息子のダンは、ダグラスの所有する中古車販売店にいたんです」

「ありそうなことだよ」アンドルーは言った。「あの親父は確かに中古車店をやってたからな。彼はクリスタルのお母さんとダンの両方にカー・ディーラーの資格を取らせた。ふたりが店のどの車でも運転できるようにってわけさ。あの三人はただ、車にディーラーナンバーを付けるだけでよかったんだよ」

「ダンもディーラーだったんですか?」

「単に書類上のことだよ。十八になると、彼はすぐディーラーの資格を取ったんだ。ダンは境目の子供でね。誕生日が年度の区切り目に近いので、学年の最年少の子になることも、一年遅らせてつぎの学年の最年長の子になることもできた。彼の親たちは一年遅らせたわけだ」アンドルーは椅子の背にもたれた。「個人的には、わたしはずっと、ダンはろくでなしだと思っていたよ」

「なぜです？」僕は訊ねた。

「そうだなあ、まず第一に、あのうちは喧嘩が絶えなかった。クリスタルの母さんと継父はのべつどなりあってたよ。そしてその原因はたいていダンだったんだ。ダンは自分の親父がクリスタルの母さんと結婚したのがおもしろくなかったのさ。クリスタルの話によると、ダンは彼女のお母さんをゴミみたいに扱ってたそうだよ——わざわざ喧嘩の種を蒔《ま》くようなまねをしたりな。それに、車のこともあったし」

「車？」ライラが言った。

「親父さんが販売店をやってたもので、ダンは駐車場のどの車でも好きなのを選んで学校に乗っていけた。ダンが高校四年生になると、親父さんはあっさりと彼に車を買い与えた。赤のグランプリを、早めのクリスマス・プレゼントとして。確かにすごくいい車だったよ……しかしなあ……自分の金で買い、自分で手入れした車に乗ってカッコつけるなら、いいんだ。そのことは、その人間について何かを語っているわけだから。それはそいつの車——そいつが獲得したものなんだ。ところが彼は、親父さんにもらった車をえらそうに乗り回してた。なんと言えばいいのかな。とにかく彼はそんなふうなろくでなしだった」

「継父のほうはどんな人でした？」ライラが訊ねた。

「あれぞ狂った原理主義者だな」アンドルーは言った。「いつも信心家ぶってたが、わたしには、自分の勝手な主張のために聖書を利用しているとしか思えなかったね。一度、あの親父のストリップクラブ通いが、クリスタルのお母さんにばれたことがある。すると彼は、イエスが娼婦や収税吏ともつきあったという話をしたんだ。それで、自分がドル紙幣をひもパンにはさむのもいいことになるみたいにな」

「彼とクリスタルの関係はどうだったんです？」僕は訊ねた。

アンドルーは、たったいま生焼けのマスを齧《かじ》ってしまった人みたいに、上品に身を震わせた。

「彼女はあの親父が大嫌いだったよ」彼は言った。「彼はいつも聖書の引用でクリスタルをこきおろしてたんだ。ほとんどの場合、彼女には、彼が何を言っているんだかわからなかったらしいがね。一度、彼は、自分がエフタじゃないことに感謝しろと彼女に言ったそうだ。これについては、わたしたちも調べてみた」

「エフタ……それは聖書に出てくる人物なんですか？」

「うん、士師記《ししき》に出てくるんだ。戦いに勝つために自分の娘を神に捧げた人物だよ。しかしなあ、十代の娘にそんな話をするなんて、どういうやつなんだ？」

「あの日起きたことについて、ダンやダグラスと一度でも話したことがありますか？」ライラが訊ねた。

「それについては、誰とも一度も話さなかったよ。わたしは警察に供述し、その後、あんなことなどなかったふりをしようとしたんだ。裁判まではその話は一切しなかった」

「裁判は傍聴したんですか?」僕は訊ねた。

「いや。自分の証言をして、すぐ帰ったよ」ジェレミーが質問に答えたくなくて僕から目をそらすときみたいに、彼はデスクを見おろした。

「それっきり一度も見に行かなかったんですか?」僕は追及した。

「最終弁論は傍聴したよ」アンドルーは言った。「学校をパスして、裁判の最後の部分を見に行った。テレビでやってるみたいに、陪審はすぐ評決に達するものだと思っていたんだよ」

裁判の記録で最終弁論を自分が読んだかどうか、僕は思い出そうとした。「検察官は最終弁論でクリスタルの日記の話をしたでしょうね?」

突然、アンドルーの頬から血の気が引き、その顔が配管工のパテみたいな色になった。「日記の件は覚えているよ」そう言ったとき、彼の声は低くなり、ささやきと化していた。「検察官が陪審の前ですべてを要約したあの日まで、クリスタルが日記をつけていたことさえ、わたしは知らなかった」

「検察官は、ミスター・アイヴァソンがクリスタルにいろいろなこと……性的なことをさせていたと主張したんです。彼があなたたちふたりを……あるときに見て、弱みを握ったんだと」

「覚えているよ」アンドルーは言った。

「クリスタルはあなたにその話をしました?」僕は訊ねた。「ミスター・アイヴァソンに見られたのが心配だとか、彼に脅されているとか?　僕はどうも納得がいかないんですよ。検察官は延々その話をしています。陪審はそれを信じたわけですけど、あなたはその場にいたんですよね。あれはほんとのことなんですか？」

アンドルーは前かがみになり、両手の指を禿《は》げた頭のほうに伸ばして、てのひらで目をこすった。それから、目から頬へとゆっくり指を下ろしてきて、唇の前で組み合わせ尖塔の形にした。彼はライラと僕を見比べて、考えていた――心に重くのしかかっていることを僕たちに話したものかどうか。「覚えているかな？　さっき冷や汗をかいて目を覚ますって話をしただろう？」ついに彼は言った。

「ええ」僕は言った。

「それはあの日記のせいなんだ」彼は言った。「検察官はあの意味を取りちがえていた。まったくまちがった解釈をしていたんだ」

ライラが身を乗り出した。「話してください」優しい、なぐさめるような声で、彼女はそう言い、心の重荷を下ろすようアンドルーを促《うなが》した。

「わたしはそのことが重要だとは思わなかった。つまり……重要であるわけがなかったからね。裁判を見に行って最終弁論を聴くまで、検察がどんな主張をしているかわたしは知らなかった。わたしたちがミスター・アイヴァソンに見られたという話……あの話は……」アンドルーは口をつぐんだ。彼はまだ僕たちのほうを見ていたものの、自分のかかえる秘密を恥じているのか、目は合わせなかった。

「あの話は？」ライラが先を促した。

「あれは本当だよ」アンドルーは言った。「実際、わたしたちは彼に見られたんだ。クリスタルはひどく気持ち悪がっていた。でも、裁判での検察官の話は大袈裟だよ。クリスタルが……つまりその……それを見られたことで、もう人生終わりだと思っていたというのはね。検察官は陪審に、彼女が九月二十一日の日記に、最悪な一日だったと書いていると話した。でもその書き込みは、わたしたちがセックスしてるのを見られたこととはなんの関係もないんだよ」

「どうしてそれがわかるんです？」僕は訊ねた。

「九月二十一日は、わたしの母の誕生日だった。その夜、クリスタルから電話があったんだよ。彼女はわたしに会いたがっていた。でもわたしは会いに行かなかった。行けなかったんだ。うちで母の誕生パーティーをやっていたからね。クリスタルはひどく取り乱していた」

「クリスタルはなぜそんなに怯えているのか、あなたに話しましたか？」僕は訊ねた。

「うん」アンドルーは話すのをやめ、椅子をぐるりと回して、背後の食器棚からグラスをひとつとスコッチの小さなボトルを取り出した。グラスに指幅三つ分ウィスキーを注ぐと、彼はその半分をひと息に飲んだ。それから、ボトルとグラスをデスクに置き、両手を組み合わせて話をつづけた。

「クリスタルの継父は、販売店の駐車場にすごくいい車を何台か置いていた。一台は特にすばらしかったよ。一九八〇年型ポンティアックGTO、うしろにスポイラーが付いてるブロンズ色のだ。あれは美しい車だった」彼はまたひと口、スコッチを飲んだ。「九月半ばのある夜、クリスタルとわたしはその車の話をしていた。わたしは、あんな車を運転できたらなあ、とか、俺は生まれつきツイてないよな、とか言っていた。まあ、高校生がよく言うようなことさ。すると彼女が、あのGTOにちょっと乗ってみようと言いだしたんだ。親父さんが事務所のスペアキーをどこにしまってるか、事務所のどこに車のキーがあるか、彼女は知っていたんだよ。こっちはただ、何もかももとの場所にもどしときゃいいわけだ。そこでわたしたちは、わたしのおんぼろフォード・ギャラクシー五〇〇に乗って、彼女の親父さんの販売店まで行った。彼女の言ったとおりだったよ。わたしたちはGTOのキーを見つけ、ひとっ走りするためにそれを借りたわけだ」

「あなたは二年生だったんですね？」ライラが言った。

「うん。ダニーと同じで、わたしも境目生まれの子供だったんだ。それであの年の八月、十六になったあとに免許を取ったんだよ」

「車の窃盗？」僕は言った。「彼女はそのことで動揺していたわけですか？」

「それだけならよかったんだが」アンドルーは言った。彼はふたたび大きく息を吸い込み、ほうっと吐き出した。「さっきも言ったとおり、わたしは免許を取ってまだひと月だったし、そんなパワーのある車を運転したことはなかった。それでどうにも我慢できず、信号から信号へぶっ飛ばしていったんだ。実に楽しかったよ……途中までは」彼はウィスキーを飲み終えて、唇から最後の数滴を舐《な》めとった。「わたしたちはセントラル・アヴェニューを突っ走っていた。たぶん時速七十マイルは出してただろうな——馬鹿なことをしたもんだよ。そのうちタイヤがパンクしてね、わたしはなんとか制御しようとしたんだが、結局、車は車線を突っ切ってすべっていき、別の車の側面に突っ込んだんだ――誰も乗っていないパトカー、デリカテッセンの前に駐めてあったやつに。あとで、新聞で読んだんだが、警官たちは店の奥で不法侵入に対応していたらしい。だから彼らは、わたしたちがパトカーに衝突したのに気づかなかったんだよ」

「誰も怪我しなかったんですか？」ライラが訊ねた。

「わたしたちはシートベルトをしていなかったからね」アンドルーは言った。「ふたりともかなりひどくやられたよ。わたしはハンドルで胸を強打したし、クリスタルはダッシュボードに顔から突っ込んだ。彼女は眼鏡を壊してしまい――」

「眼鏡？」僕は言った。「クリスタルは眼鏡をかけていたんですか？　裁判の証拠写真を見ましたけど、その写真では眼鏡なんてかけていませんでしたよ」

「普段はコンタクトだった。でもときどき、目が痛くなることがあって、そういうときは眼鏡をかけたんだ。実は、彼女が怯えていた最悪なことというのは、それなんだ。眼鏡のレンズの片方が衝突の衝撃ではずれていたんだよ。わたしたちは、すぐにはそのことに気づかなかった。事故のあと、彼女はやみくもに床から眼鏡を拾いあげ、わたしたちは全速力で走って逃げたんだ。レンズがないのに気づいたときには、もう引き返すには遅すぎた。わたしの車まで歩いてもどるのには、一時間ほどかかったよ。わたしは、店の窓を割っておくというアイデアを思いついた。そうすりゃ誰かが侵入してＧＴＯのキーを盗んだように見えるだろう？　翌日はラジオでもテレビでもそのことをやっていたよ。それは大事件だったんだ。なにしろ、警察車両に衝突したわけだからね」

「クリスタルはそのことで怯えていたんですか？」僕は訊ねた。「眼鏡のレンズが発見されたから？」

「それだけじゃないんだ」アンドルーは言った。「クリスタルは壊れた眼鏡を隠した。わたしたちは新しい眼鏡を買うつもりだった。そっくり同じフレームのやつを。でも、彼女から電話があったあの日――わたしの母の誕生日に――クリスタルは眼鏡がなくなっていると言ったんだ。何者かが、わたしたちが車を盗み、当て逃げをした証拠をつかんだにちがいない。クリスタルはそう考えていた。彼女が怯えていたのは、だからなんだよ」

「彼女は眼鏡をどこに隠していたんです？　自宅ですか？　学校ですか？」

「正直な話、わたしは知らないんだ。彼女は何も言わなかったからね。その後、彼女は様子がおかしくなった。悲しそうで、よそよそしくてね。わたしのそばにはいたくないようだったよ」アンドルーはここで間を取って、もう一度、深呼吸し、胸にこみあげる激情を鎮めた。「あの最終弁論を聞くまで――彼女の日記の内容を聞くまで、わたしは知らなかったんだ――彼女がそんな……そんな目に遭っていたとは」

「それで、あなたは日記が誤解されていることを誰にも話さなかったわけですね？」ライラが言った。

「うん」アンドルーは目を伏せた。

「なぜ彼の弁護士に言わなかったんです？」僕は言った。

「あの野郎はわたしの名前に泥を塗ったんだぞ。やつと話をするくらいならむしろ唾を吐きかけてやったさ。ある日、新聞を開いて、どこかの弁護士が恋人をレイプし殺害したとして自分を糾弾《きゅうだん》しているのを知ったら、どんな気持ちになるか、きみには想像もつかんだろうよ。あいつのせいで、こっちはセラピーを受けるまでになったんだ。それにわたしは高校で、三種目のスポーツでレター表彰（優秀な選手として学校の略字マークを運動着に付ける資格が与えられるもの）されていた。野球では奨学金でマンケート校に行けるほどの選手だったしな。車を盗んだことを人に話したりしたら、きっとわたしは逮捕され、停学になっていた。何もかも失っていただろうよ。あの一件では、わたしも本当にさんざんな目に遭ったんだ」

「さんざんな目に遭った？」僕は言った。怒りがふつふつと沸き返りつつ通過していく。「つまりこういうことですか？　あなたはレタージャケットを失うのがいやさに、陪審に嘘を信じさせておいた」

「あのアイヴァソンって男には、有罪の証拠が山ほどあったんだ」アンドルーは言った。「日記が誤解されたところで、なんの問題がある？　わたしには彼のために自分の首を差し出す気はなかった。彼はわたしの恋人を殺したんだ……そうだろう？」

アンドルーは、どちらかが返事をするのを期待して、ライラと僕の顔を見比べた。ライラも僕もひとことも返さなかった。彼が自分の舌のゴミを飲み下すのを僕たちは見守った。そして、彼の言葉が壁に当たって本人に跳ね返り、ポオの描いた〝告げ口心臓〟みたいに彼の肩をたたくのを待った。何も言わずに待っていると、ついに彼はデスクの天板を見おろして言った。

「誰かに話すべきだったよ。それはわかっている。ずっとわかっていたんだ。たぶんわたしは、洗いざらい吐き出す機会を待っていたんだろうな。いつか忘れられるかもしれないと思ったんだが、そうはならなかった。無理だったよ。さっきも言ったとおり、わたしはいまだに怖い夢を見るんだ」

第二十六章

テレビでは、観劇に行くとき、みんないい服を着る。だけど僕はいい服なんか持っていなかった。大学の近くに引っ越すとき、ジーンズとショートパンツとシャツ（ほぼ全部襟《えり》なし）を詰めたダッフルバッグひとつで来ていたからだ。そこで僕は、芝居の週、古着屋への旅に出て、晴れの日のためにカーキ色のズボンとボタンダウンのシャツを見つけた。また、デッキシューズも一足見つけたけれど、その靴は右の親指の上の縫《ぬ》い目が裂けていた。僕はクリップを縫い目の穴に通して裂けた箇所を綴《と》じ合わせ、余った部分をねじ切った。

六時半にはもう支度はできていた。ただ、手の汗を止めることはできなかったけれど。ライラがドアを開けたとき、僕は仰天した。赤いセーターが彼女の胴部とウエストラインに密着し、僕がそれまで知らずにいた曲線を誇示している。さらに、光沢のある黒のスカートが腰まわりを締めつけ、溶けたチョコレートみたいになめらかに太腿《ふともも》を流れ落ちている。彼女はメイクもしていた。僕はそれまでメイクをした彼女を見たことがなかった。彼女の頬、唇、目――すべてが静かに僕の注目を求めている。まるで、汚れに気づいていなかった窓から埃《ほこり》が洗い落とされたかのようだった。僕は彼女を引き寄せ、抱き締め、キスしたかった。他の何よりも、彼女と一緒に過ごして、歩いたり話したり芝居を観たりしたかった。

「あなた、すてきじゃない」彼女は言った。

「そっちこそ」自分の古着が合格したと思うと、うれしくて笑みがこぼれた。「行こうか？」

僕はそう言って手振りで廊下を指し示した。それは（少なくとも十一月末のミネソタにしては）外歩きによいよく晴れた夜だった。気温四・四度、晴れ、風なし、雨なし、みぞれなし、雪なし。これはありがたいことだ。芝居の会場のレアリグ・センターまでは十ブロックあるんだから。僕たちのたどる道は、キャンパス内のいちばん古くて豪華な部分、ノースロップ・モールを通過し、その後、ミシシッピ川にかかる歩道橋を通過した。

学生のほとんどは、感謝祭の休みで帰省していた。僕もジェレミーに会いに行こうかと思ったけれど、そのデメリットは常にメリットを上回っているように思えた。前に僕は、なぜ休みに帰省しないのか、ライラに訊ねた。彼女はただ首を振っただけで、なんとも答えなかった。それが〝放《ほう》っておいて〟という意味なのは、僕でさえわかった。僕は明るい面に目を向けることにした。キャンパスががらがらなおかげで、僕たちのお出かけはずっとプライベートな感じがし、ずっとデートっぽくなっていた。僕は両手をコートのポケットに入れ、肘《ひじ》を横に突き出して歩いていた。ひょっとすると、ライラが腕を組む気になるかもしれないから。結局、そうはならなかった。

僕はその夜まで「ガラスの動物園」について何ひとつ知らなかった。仮に知っていたら、観に行かなかったかもしれない――たとえ、ライラとのデートのチャンスを逃すことになったとしてもだ。

幕が開くと、トムという男がステージに出てきて、観客に語りかけはじめた。僕たちの席は劇場のどまんなかで、彼はしょっぱなから視線を合わせる焦点として僕を選んだようだった。その俳優はまるで僕だけに話しかけているみたいにせりふを言っていて、僕はこれをいい感じだと思った。芝居が進行すると、僕たちは彼の家族に出会った。その負の内向性が僕には妙になじみ深い、彼の姉のローラと、夢の国に住み、外界の救い主――紳士の訪問者――が現れて自分たちを救ってくれるのを待つ母のアマンダに。僕自身のイカレた家族の幻影がステージ上を動き回るのを見ながら、僕は汗がひとすじ胸を伝っていくのを感じた。

第一幕が終わりに近づいたとき、僕はステージ上の僕の母、アマンダが、トムを叱りつけるのを聞いた――自分、自分、自分、あんたが考えるのは自分のことだけなの？　僕には、トムが彼の檻《おり》のなか、アパートメントのなかを歩き回っているのが見えた。彼は姉に対する愛情によってそこに囚われているのだ。劇場内はせりふひとつごとに暑くなっていった。休憩のとき、僕は水を飲みたくなり、ライラとともにロビーに出た。

「それで……ここまでの感想は？」彼女は訊ねた。

軽い吐き気を感じつつも、僕は礼儀正しくほほえんだ。「大したもんだよ」僕は言った。「どうしてあんなことができるのかな。あんなにたくさんのせりふを覚えるなんてさ。僕は絶対、俳優にはなれないな」

「ただ、せりふを覚えてるってだけじゃないのよ」ライラは言った。「あんなふうに観客を引き込んで、喜怒哀楽を感じさせるなんて、すばらしいと思わない？」

僕はもう一杯、水を飲んだ。「驚異的だよね」僕は言った。それについてはもっといろいろ言いたいことがあったけれど、その感想は胸にしまっておいた。

第二幕を前に照明が落ちると、僕はふたりのあいだの肘掛けに上向きに手を置いた。ライラが僕の手を握りたくならないかと思って――ひいき目に言っても、虚《むな》しい希望だけれど。芝居のほうでは、紳士の訪問者が現われ、僕はハッピーエンドを期待して希望に胸をふくらませた。でも、そうはならなかった。すべてが瓦解《がかい》したのだ。結局、紳士の訪問者はすでに別の女性と婚約していることがわかった。ステージは怒りと非難の応酬のなか爆発し、ローラはもとどおり、彼女のガラスの小像たちの世界、ガラスの動物園へと引きこもってしまった。

トム役の俳優がステージ前面に歩み出てきた。彼はピージャケットの襟を立て、タバコに火を点けると、自分がその後、セントルイスを離れたこと、母と姉を置き去りにしたことを観客に語った。僕は喉と胸が締めつけられ、息がつかえるのを感じた。目に涙がこみあげてきた。この人たちはただの俳優だぞ。僕は自分に言い聞かせた。この男は覚えたせりふをしゃべっているにすぎない。ただそれだけのことだ。トムは、自分にはいまもローラの声が聞こえる、香水の瓶の色ガラスに彼女の顔が見えると言って嘆いていた。彼の独白のあいだ、僕には、このあいだ車で走り去ったとき、窓の向こうから身動きもせず、手も振らずに僕を見つめていたジェレミーが見えていた。その目は、僕を非難し、行かないでと懇願している。

そのとき、ステージのあの野郎がまっすぐこっちを見て、言った――僕はローラのことなど忘れようとしてきた。でも僕は自分で望んでいたよりも誠実なやつだったらしい……

涙がとめどなく頬を流れ落ちていく。僕はそれをぬぐわなかった。そんなことをすれば、泣いているのがばれてしまう。だからただ、涙が流れるに任せていた。ライラの手が僕の手のなかにそっと入ってきたのは、そのときだ。僕は彼女を見なかった。見ることができなかった。ライラも僕を見なかった。ステージの男が口をつぐみ、僕の胸の痛みが鎮《しず》まるまで、彼女はただ僕の手を握っていた。

第二十七章

終演後、ライラと僕は、〈七つ辻《セブン・コーナーズ》〉まで歩いていった。むやみに複雑な一群の交差路に因《ちな》んで名付けられたその一画は、キャンパスのウェストバンク側のパブや軽食堂の中心部となっている。道々、僕はライラに、オースティンに行ったことや、ジェレミーを母とラリーのもとに置いてきたこと、ジェレミーの背中の痣《あざ》とラリーの鼻血のことを話した。あの芝居になぜあんなに打ちのめされたのか、説明しなければと思ったのだ。

ライラは言った。「ジェレミーは大丈夫だと思う?」

「わからない」僕は言った。でも、本当はわかっていたんだと思う。問題はそこなのだ。あの芝居のラストシーンがあんなにこたえたのは、そのせいだった。「家を出たのはまちがいだったのかな?」僕は訊ねた。「僕は大学に来ちゃいけなかったんだろうか?」

ライラは答えなかった。

「だけどさ、こっちも永久に家にいるわけにはいかないんだし。そんなこと、誰も要求できないはずだよ。僕には自由に生きる権利があるんだから。そうだろ?」

「誰にでも背負うべき荷物はあるものでしょ」ライラは言った。「なんの障害もなく生きていける人なんていない」

「きみにとっちゃそう言うのは簡単なことだよな」僕は言った。

ライラは足を止め、通常、恋人同士の喧嘩専用であるはずの強烈な目つきで僕を見た。「わたしにとってそう言うのは簡単なことじゃない」彼女は言った。「ぜんぜん簡単じゃないから」彼女は顔をそむけ、ふたたび歩きだした。十一月の寒気でその頰は薔薇《ばら》色に染まっていた。寒冷前線が――冬の強い寒気を呼び込むやつが――こちらに向かっているのだった。僕たちはしばらく無言で歩きつづけた。それから、彼女が腕をからませてきて、僕の腕をぎゅっと締めつけた。僕は彼女がそうやって話題を変えたいと伝えているんだと思った。僕のほうも異存はなかった。

僕たちは、空いたテーブルがいくつかあり、会話のできそうな音量で音楽をかけているバーを見つけた。僕はいちばん静かな席はどこかと店内を見回し、騒音から遠く離れたブース席に目を留めた。一緒にすわったあと、僕は雑談の話題をさがした。

「きみは三年生なの?」僕は訊ねた。

「ううん、まだ二年生」彼女は言った。

「でも二十一歳だよね?」

「大学に来る前に、一年休みを取ったの」彼女は言った。

ウェイトレスがやって来て、飲み物の注文を取った。僕はジャック・ダニエルをたのみ、ライラはセブンアップをたのんだ。「おっ、ずいぶん強いのを飲《や》るじゃない」僕は言った。

「お酒は飲まないの」ライラは言った。「前は飲んでたけど、もうやめた」

「なんか変な感じだよ。こっちだけ飲んでるなんてさ」

「わたしは別に禁酒運動家じゃないから」彼女は言った。「人が飲むことに文句はないの。ただ自分がそう決めたってだけ」

ウェイトレスが飲み物をテーブルに置いたとき、店の片隅でどっとどよめきが上がった。テーブル一卓分の酔っ払いどもがフットボールのことで何か不毛な議論をしていて、お互いに自分の意見を聞かせようと張り合っている。ウェイトレスがやれやれと天井を仰いだ。僕は振り返って、仲よく小突き合っている男たちのグループを見た。一杯余計に飲んでしまうと、あの手のふざけあいは多くの場合、口論へと発展する。店の入口の用心棒も彼らに注意を向けていた。僕はふたたびブースに体をもどした。

ウェイトレスが去ったあと、ライラと僕はあの芝居の話を始めた。しゃべっているのはほとんどライラのほうだった。彼女はテネシー・ウィリアムズの大ファンなのだ。僕はウィスキーをちびちびやりながら、ライラが話したり笑ったりするのを聴いていた。そんなにも何かに熱くなり、そんなにも生き生きしているライラは、それまで見たことがなかった。彼女の声は優雅なアラベスクを奏で、高まり、くるくる渦巻《うずま》いては、ジャズっぽくはずんだ。自分がどれほどその会話に没頭していたかに気づいたのは、ライラが唐突に言葉を切ったときだった。彼女は僕の左肩のうしろの何かに目を据《す》えていた。なんであるにせよ、それが彼女を驚かせ、黙り込ませたのは確かだった。

「いやあ、驚いたな」僕の背後から声がした。「〝あばずれ《ナスティ》ナッシュ〟じゃないか」

振り返ってみると、あの騒々しいテーブルにいたやつのひとりが、僕たちのブースから数フィートのところに立っていた。その左手にはビールが握られている。男がふらつくとビールも揺れた。彼は空いているほうの手でライラを指さし、馬鹿でかい声で彼女を呼び立てた。

「〝ナスティ・ナッシュ〟。信じらんねえな。俺のこと、覚えてるか?」

ライラの顔が青く、呼吸が浅くなった。彼女は自分のグラスをじっと見つめた。グラスを持つ手の指先が震えている。

「ええ? 覚えてない? なら、これで思い出すんじゃねえ?」男はボウリングのボールを持ってるみたいにてのひらを下に向け、股間の前に手を下ろした。それから、腰を前後に動かしはじめた。唇を嚙みしめ、頭をそらし、そいつはくしゃっと顔をゆがめた。「ああ! ああ!

いいぞ、あばずれ」

ライラは震えはじめた——怒りからなのか、恐怖からなのか、僕にはわからなかった。

「ふたりで思い出の小道をたどるってのはどうだ？」デブ野郎はそう言いながら、僕を見て、笑みを浮かべた。「なんならシェアしようか。彼女さえよけりゃ」

ライラは立ちあがり、店の外に駆け出ていった。あとを追うべきなのか、しばらくひとりにしておくべきなのか、僕にはわからなかった。そのとき、デブ野郎がまたしゃべった。今度は僕に向かってだ。「あの女は逃すなよ。折紙つきだからな」自分の右手が固い拳になるのがわかった。それから僕は力を抜いた。

〈ピードモント・クラブ〉で初めて働きだしたとき、僕はロニー・グラントという仲間の用心棒に、本人が〝ロニーのロープアドープ〟と呼んでいる技を教えてもらった。その特徴は、マジシャンのイリュージョンみたいにミスディレクションによることだ。僕は席から立ちあがって、デブ野郎を見つめ、大きくて温かな笑みを浮かべた。相手は僕から三歩のところにいた。僕はそっちへと向かった。さりげなくゆったりと、男同士、挨拶を交わすといった態《てい》で、気さくに両手を差し伸べて。デブ野郎は、内輪のジョークをともに楽しんでいるかのように笑みを返した。相手を油断させろ。

二歩目で僕はデブ野郎に親指を立ててみせ、そいつと一緒に笑いだして、笑顔で敵の警戒を解き、注意をそらした。そいつは僕より三、四インチ背が高く、体重はたぶん四十ポンド（約十八キログラム）ほど上回っていて、その重みの大部分をたっぷりした腹に蓄えていた。僕は相手の視線を自分の顔に、ビールで混濁《こんだく》したその脳を僕たちの見せかけの絆に引きつけておいた。僕がこっそりウエストまで右手を下ろし、肘を引いたのに、彼は気づかなかった。

三歩目で、僕は相手の個人空間に侵入し、その両足のあいだに右足を据えた。それから、左手を彼の右腋の下にさっと入れ、シャツの肩甲骨のあたりをつかむと、右腕をうしろに引き、渾身の力をこめて相手の腹に拳をたたきこんだ。僕のパンチは、あらゆる男の胸郭の真下にある、あのぶよぶよのナマズ腹に命中した。かなり強烈な一撃だったので、相手の肋骨が自分の関節をくるみこむのが感じられたほどだった。風船みたいに肺が破裂し、デブ野郎の胸から一気に空気が吐き出された。彼は体を折り曲げようとしたが、僕はシャツと肩甲骨を左手でつかんで、その体を引き寄せた。デブ野郎の膝《ひざ》がくずおれはじめる。僕には、空気を必死で取り込もうとして、彼の肺が悲鳴をあげているのが聞こえた。

〝ロニーのロープアドープ〟の要《かなめ》は、目立たないことだ。仮に僕が顎を殴っていたら、彼はあおむけに倒れ、店内は大騒ぎになったろう。そして、あの騒々しいテーブルの仲間たちがたちまち僕に襲いかかってきただろう。彼の友達のうちふたりはすでに僕に注意を向けている。でも傍目《はため》には、僕は酔っ払いを助けてすわらせようとしている善きサマリア人だ。僕はライラと自分のいたブースへとデブ野郎を連れ込んだ。席に放《ほう》り出したとたん、そいつはゲロを吐いた。

彼の友達ふたりがこっちに向かってきた。用心棒もまた僕に目を留めた。僕は万国共通の飲みすぎのサインを出した。つまり、親指と小指を突き出してビールジョッキの柄《え》の形にし、口もとで親指を上下させたのだ。用心棒はうなずいて、嘔吐中の酔っ払いに対応すべく動きだした。僕は汗ばんだてのひらをズボンでぬぐい、今夜はもう充分といった風情《ふぜい》で、あわてず騒がず店を出た。

そして外に出ると、すぐさま走りはじめた。あのデブ野郎はじきに息ができるようになり、何があったか仲間たちに話すはずだ。連中はフェアにはほど遠い人数で追っかけてくるにちがいない。僕はキャンパスのウェストバンク側とイーストバンク側を結ぶワシントン・アヴェニュー歩道橋へと向かった。ところが、まだ角を曲がらないうちに、バーからあのふたりが出てきて、姿を見られてしまった。こっちは約一ブロック先行していた。一方の男はオフェンシブ・タックル体型。でかくてパワフルで、泥みたいにのろかった。でも、その相棒のほうはなかなか俊足だった。高校時代はたぶんタイトエンド、でなきゃラインバッカーってとこだ。この男は厄介かもしれない。彼は何か叫んだ。風の唸《うな》りと耳の奥をドクドク流れる血の音とで、何を言っているのかは聞き取れなかったけれど。

自分が歩道橋を渡り切れないことはすぐにわかった。あの長い直線コースで、タイトエンドにつかまるのは必至だ。それに、ライラはもう歩道橋の上だろう。もしバーで彼女を見ていたなら、連中はその姿に気がついて、僕の代わりに彼女を追っかけるかもしれない。そこで僕はウィルソン図書館周辺のビル群のほうに走っていった。いちばん手前のビル、ハンフリー・センターに着いたときには、タイトエンドはもう二百フィートうしろに迫っていた。僕はそれまで少し抑えぎみに走り、こっちのスピードはその程度だと相手に思わせておいた。そして最初の角を曲がると、全速力で走りだし、行く手に現れる建物すべてをくねくねぐるぐる回っていった。ヘラー・ホールからブレゲン・ホールへ、そして、社会科学館、ウィルソン図書館。二度目に社会科学館を通過するころには、背後にはもうタイトエンドの姿はなかったし、その足音も聞こえなくなっていた。

僕は駐車場を見つけ、一台のピックアップ・トラックのうしろに身を潜めて待った。肺は酸素を掻き入れては掻き出し、激しくあえぎ、燃えていた。僕はアスファルトの上に横たわって、呼吸を整え、体力の回復を図った。その体勢のまま、追っ手を警戒し、トラックの下からがらの駐車場の向こうを見張っていると、十分後、一ブロック先にあのタイトエンドが現れた。彼は十九番アヴェニューを〈セブン・コーナーズ〉へと向かっていた。どうやらバーに引き返す気らしい。彼の姿が消えると、僕は大きく息を吸って立ちあがり、服についた泥や砂利を払い、歩道橋へ、ライラのうちへと向かった。たぶん彼女はそこで待っててくれるだろう。

第二十八章

アパートメントが近づくと、ライラの部屋からほのかな明かりがこぼれているのが見えた。ずっと走ってきた僕は、玄関でいったん止まって、心を落ち着かせ、呼吸を整えた。それから、狭い階段をのぼり、廊下を進んでいって、ライラの部屋のドアをそっとたたいた。応答なし。「ライラ」僕はドア越しに声をかけた。「僕だよ。ジョー」やはり応答はない。

僕はもう一度ノックした。すると今度は、まちがいなく鍵の回るカチリという音がした。しばらく待ったが、ドアは開かなかった。そこでほんの数インチ、ドアを開けてみると、ライラがこちらに背を向け、膝を胸に引き寄せて、カウチに斜めにすわっているのが見えた。彼女はあのセーターとスカートからグレイのスウェットの上下に着替えていた。僕はなかに入って、慎重にドアを閉めた。

「大丈夫?」そう訊ねたが、彼女は答えなかった。僕はカウチに歩み寄って、ライラのうしろにすわった。一方の手を背もたれに置き、もう一方の手でそっと彼女の肩に触れると、彼女はかすかに身を震わせた。

「覚えている?」ライラは震える声で弱々しく言った。「わたし、大学に入る前に一年休みを取ったって言ったでしょう?」先をつづける前に、彼女は気を鎮めようとして大きく息を吸い込んだ。「しばらくつらい時期がつづいたの。高校で、あることがあって。ぜんぜん自慢にならないことよ」

「別に無理に話さなくても——」

「わたしね……高校時代はワイルドだったの。パーティーに行っちゃ酔っ払って、馬鹿ばっかりやっていた。悪い仲間がいたせいだって言えたらいいんだけど、そうじゃないのよ。最初は他愛もないことだった。テーブルの上で踊るとか、男の人の膝にすわっちゃうとかね。つまりほら——男といちゃつくってやつ。たぶんわたしは、自分を見つめる男たちの目つきが好きだったのね」勇気をかき集めるために、彼女はちょっと間を取って、息を吸い込んだ。吐き出されたとき、その息は震えていた。「それから……ただいちゃつくだけじゃなくなった。三年生になるころには、わたしはバージンを失っていた。ある男が綺麗だって言ってくれたからよ。でもあとになって、彼はあの女はすぐ落ちるって言いふらして歩いたの。その後、わたしはいろんな男とつきあったし、いろんなことをした」

　ライラの震えが抑えきれない激しいものになった。僕は両腕を回して、彼女を抱き寄せた。彼女は抗議もせず、僕の服の袖《そで》に顔を埋《うず》め、激しく泣きだした。僕はライラの髪に頰を寄せて、彼女が泣いているあいだ、その体を抱いていた。しばらくすると、震えが鎮まり、彼女はもう一度、大きく息を吸い込んだ。

「四年生になると、みんながわたしを〝ナスティ・ナッシュ〟と呼ぶようになった。面と向かってじゃないけど、わたしの耳にも届いてはいたの。なのに、情けないよね……それでもわたしは止まらなかった。パーティーに行って、酔っ払って、行き着く先はいつもどこかの男のベッドか、おんぼろ車のバックシート。事がすむと、連中はわたしを歩道に蹴り出すわけ」ジェレミーが動揺して手の関節をもむときみたいに、ライラは自分の二の腕をさすった。ふたたび間を取って、声の震えを鎮めてから、彼女は先をつづけた。「そして卒業式の夜、わたしはパーティーの最中におかしくなった。誰かが飲み物に何か入れたの。翌朝、目を覚ますと、そこは豆畑のまんなかで、わたしは自分の車のバックシートにいた。前夜の記憶はゼロ。何ひとつ覚えてなかった。それに痛みもあったの。レイプされたんだってわかったけど、誰にやられたのかも、相手が何人なのかも、わたしにはわからなかった。警察は、わたしの体内からロヒプノールという薬物を検出した。デート・レイプ・ドラッグよ。抵抗する力を奪い、記憶を消してしまう薬なの。他の人たちも何も覚えてなかったし。パーティーにいた人のなかに、わたしがいつ帰ったのか、誰と一緒だったのか、知ってる人はひとりもいなかった。レイプされたっていうわたしの言葉なんか、みんな信じてなかったでしょうね。

一週間後、誰かが偽のEメール・アカウントから写真を送ってきたの」ライラはふたたび震えはじめ、その呼吸が浅くなった。彼女は身を支えるように僕の腕をつかんだ。「それはわたしの写真だった……そこには男がふたりいて……その顔にはモザイクがかかってて……ふたりは……ふたりは……」彼女は泣きくずれ、激しく嗚咽《おえつ》しはじめた。

僕は何か言ってあげたかった。何か痛みが消えるようなことを。それは自分には成し遂げられないとわかっている仕事だったけれど。「それ以上、話す必要はないよ」僕は言った。「僕にはどうでもいいことだ」

ライラは涙を袖でぬぐって言った。「あなたに見せたいものがあるの」彼女はスウェットシャツにためらいがちに手をやり、大きすぎるその襟口を引きおろした。するとそこに細い傷痕が六本、現われた。剃刀《かみそり》の刃がつけたまっすぐな線――それは首を横切り、肩から肩までつづいていた。僕の視線がそこに行くよう、彼女はその傷痕を指でなぞった。それから、できるかぎり僕から顔を遠ざけようとするように、カウチの背もたれに頭を伏せた。「大学に来る前、休みを取った年……わたしはその一年、セラピーを受けていたの。わかったでしょ、ジョー」彼女は唇の端をぴくりと上に向け、怯えた笑顔を作った。「わたしには問題があるわけ」

僕はやわらかくてくすぐったい彼女の髪に頬ずりした。それから、腕の一方をその腰に、もう一方を折りたたまれた膝の下にやり、彼女をカウチから抱きおろした。そうして僕は、彼女を寝室に連れていき、ベッドに入れ、掛け布団を肩まで引きあげた。ひざまずいて、彼女の頬にキスすると、かすかな微笑がそこに刻まれた。

「問題があったって僕は平気だからね」そう言って、その言葉を彼女に浸透させてから、立ちあがった。立ち去ることこそ、何よりも僕がしたくないことだったけれど。ほとんど聞こえないほど小さな声で、彼女がこう言ったのは、そのときだ。「ひとりになりたくない」

僕は驚きをのみこみ、ほんの一瞬ためらってから、ベッドの反対側に回った。そして靴を脱ぎ、ベッドに横たわると、ライラにそうっと腕を回した。彼女は僕の手を握り締め、自分の胸に引き寄せて、テディベアでも抱くようにそれを抱きかかえた。僕は彼女のうしろに横たわって、その香りを吸い込み、指先に伝わってくるかすかな鼓動を楽しみながら、彼女の体に体をそわせた。自分がライラのベッドにいるのは、彼女の苦しみと悲しみのせいだというのに、そのことは不思議な幸福感、帰属感で僕を満たした。それは、僕が過去に感じたことのない感情、すばらしすぎて苦痛にすら思える感情だった。眠りに落ちるまで、僕はその感情に浸っていた。

第二十九章

翌朝は、ライラのバスルームでブーンと唸っているドライヤーの音で目が覚めた。僕は相変わらず彼女のベッドにいて、相変わらずカーキのズボンにシャツという格好で、相変わらず自分たちの関係がどうなっているのかよくわからずにいた。とりあえず身を起こすと、まずは涎《よだれ》が出ていないかどうか口の両端をチェックし、それから、ベッドを出て、淹れたてのコーヒーの香りをたどった。途中、フレーム入りのポスターの前で足を止め、そのガラスで自分の姿を点検した。頭からは毛の房が、まるで酔っ払った牝牛に舐《な》め回されたみたいに、四方八方に飛び出していた。キッチンに入って蛇口の水を頭にかけ、その寝癖《ねぐせ》を軽く押さえたところへ、ライラがバスルームから出てきた。

「ごめんね」彼女は言った。「起こしちゃった?」彼女は、また別の大きすぎるジャージとシルクっぽいピンクのパジャマのズボンに着替えていた。

「平気平気」僕は言った。「きみはちゃんと眠れた?」

「ぐっすり眠った」そう言うと、彼女は歩み寄ってきて、僕の頬に片手をあてがい、伸びあがって唇にキスした。やわらかくてゆったりした温かなキス。あまりにも優しすぎて痛いほどだった。キスを終えると、彼女は二歩うしろにさがり、僕の目をのぞきこんで言った。「ありがとう」

僕がまだ何も言えずにいるうちに、ライラはくるりと向きを変え、食器棚のほうを向いた。そして、マグカップを二個、無造作に選び出すと、ひとつを僕に手渡し、もうひとつは、コーヒーメーカーの魔法が完了するのを待つあいだ、指でぶらぶらさせていた。僕の唇にまださっきのキスの味が残っていることが、彼女にはわかっただろうか？　僕の頰の、彼女の指の触れたところがじんじんしていることや、その肌の香りが重力みたいに僕を彼女に引きつけていることが？　僕を痺《しび》れさせた電流に、彼女はなんの影響も受けていないようだった。

　コーヒーメーカーがチーンと鳴って成功を告げると、僕はふたりのカップにコーヒーを注いだ。まず彼女のに、それから自分のに。「で、朝食はどうする？」僕は言った。

「ああ、朝食ね」ライラは言った。「当店〈シェ・ライラ〉ではすばらしい朝食をご用意しております。本日のスペシャルは、チェリオス。または、シェフにスペシャルKを作らせることもできます（チェリオス、スペシャルKはともにシリアルのブランド）」

「え？　パンケーキはなし？」僕は訊ねた。

「それに、チェリオスにミルクをかけたければ、ひとっ走りして買ってこなきゃならないのよね」

「卵はある？」僕は訊ねた。

「二個あるけど、それに添えるベーコンやソーセージはない」

「卵を持って、うちにおいでよ」僕は言った。「僕がパンケーキを作るからさ」

　ライラは冷蔵庫から卵を取り出し、うちまで僕についてきた。僕が戸棚からボウルと材料を出しているあいだに、彼女のほうは、カール・アイヴァソンの伝記の資料が分類して積んであるコーヒーテーブルのほうに行った。

「つぎは誰をさがし出す？」特に何を見るでもなく、資料をぱらぱらめくりながら、ライラは訊ねた。

「悪者をさがし出すべきじゃない？」僕は言った。

「で、それは誰なの？」

「さあ」僕はパンケーキ・ミックスをボウルに計り入れた。「その資料を見てると、頭が痛くなるよ」

「とにかく、クリスタルが死んだのは、アンディ・フィッシャーと一緒に学校を出てから消防隊の到着までのあいだだってことはわかってる。それに、日記のあの書き込みが車泥棒のことであって、カールがクリスタルとアンディ・フィッシャーを路地で見た一件とは関係ないってこともわかってるわけよ。だから、クリスタルを脅迫していた人物は、ＧＴＯの事故のことを知っていたはずよね」

「そうすると、だいぶ絞《しぼ》り込めるな」

「アンディは知ってたわけよ。当たり前だけど」ライラは言った。

「うん。でも、もし彼が日記の人物なら、僕たちにあの話はしなかったんじゃないかな。それに日記の文章は、他の誰かが真相に気づいたことを示している」

「例の中古車店をやってたのは、ダディー・ダグだった」ライラが言った。「彼は押し込みの偽装工作にだまされなかったのかも」

「アンディがあの件を誰かに自慢した可能性もあるよ。警官の車に突っ込んだのは自分とクリスタルだってうっかりしゃべった可能性。仮に僕がそういうことをやらかしたら、きっと仲間に言いたくてうずうずするもんな。彼は学校で大威張りできたろうよ」

「どうかなあ。それはないと思うけど」

「うん、僕も」

「この資料のなかに、何か方向を示すものがあるはずなんだけどな」

「あるさ」僕は言った。

「あるの？」ライラはカウチから身を乗り出した。

「うん。僕たちはただあの暗号を解けばいいんだ」

「笑える」ライラは言った。

ドアをノックする音に会話は中断され、僕はパンケーキを焼く火を小さくした。真っ先に頭に浮かんだのは、前夜のあのデブ野郎か彼の仲間の誰かが、僕の居所を突き止めたのだという考えだった。僕はキッチンの引き出しから懐中電灯を取り出すと、右手にそれを持って、ドア板の陰で足を踏ん張り、六インチだけドアに隙間を作った。ライラは頭のおかしい人を見るような目で僕を見た。彼女には、バーであの男をやっつけたことも、その仲間ふたりに追っかけられたことも話してなかったから。僕はドアを開けた。外の廊下にはジェレミーが立っていた。

「よう、相棒、いったいどういう……」さっと大きくドアを開いて、向こう側をのぞくと、そこには母がいた。

「どうも、ジョーイ」母はそう言って、ジェレミーを軽くひと押しし、ドアのなかへと進ませた。「ジェレミーを二日だけ見てもらわなきゃならないの」そして、そのまま立ち去りそうな気配を見せたときだ。パジャマみたいなものを着てカウチにすわっているライラに気づき、母は動きを止めた。

「母さん！　いきなりやって来て、そんな――」

「なるほどねえ」母は言った。「こういうことだったのか」ライラが母に挨拶しようとして立ちあがった。「あんたは弟と母親をほったらかして、ここでどっかの小娘とよろしくやってたわけだ」ライラはしぼんでカウチの上にもどった。僕は、入ってきた母の腕をつかんで、力づくで廊下に連れ出し、背後のドアを閉めた。

「いったいどういうつもり――」僕は言いかけた。

「あたしはあんたの母親だよ」

「だからって、僕の友達を侮辱《ぶじょく》していいことにはならないだろ」

「友達？　近ごろじゃ、ああいうのをそう呼ぶの？」

「彼女はお隣さんなんだ……僕には母さんに説明する義務もないしね」

「まあいいわ」母は肩をすくめた。「どうとでも好きになさい。でも、ジェレミーはあずかってもらいますからね」

「こんなふうにいきなりやって来て、彼を放り出すなんて許されないだろ。古靴をそこらに捨てるのとはわけがちがうんだから」

「母さんの電話に出ないから、こういうことになるのよ」母はそう言って、向きを変えた。

「どこに行くんだよ？」

「あたしたち、〈トレジャーアイランド・カジノ〉に行くの」母は言った。

「あたしたち？」

母はためらった。「ラリーとあたしだけど」そう言うと、すぐさま階段を下りはじめた。こっちには、まだあのくず野郎とつきあってるのを責め立てる暇もなかった。「日曜にはもどるから」母は振り返ってそう叫んだ。僕は大きく息を吸って気を鎮めてから、笑顔で部屋にもどった。これはジェレミーのためだ。

三人分のパンケーキができあがると、僕たちはリビングでそれを食べた。ライラはジェレミーを相手にジョークを言い、朝食の給仕をする僕を執事ジーヴスと呼んだりした。母が前もってことわりもせずジェレミーを放り出していったことを思うと、僕は腹が立ってならなかった。でもこればっかりは否定できない。彼がここにいて、ライラや僕とともにすわっているのは――例の芝居で罪の意識をかきたてられたあとだけに――僕にとってやはりうれしいことだった。かつての僕は、誰かがホームシックだなんて言うと、目玉をぐるりと回したものだ。母のしけたアパートメントを恋しがるなんて、面白半分、足首に釘《くぎ》を打ち込むのと同じくらい理解不能な話だった。でもその朝、ジェレミーがライラと一緒に笑い、僕をジーヴスと呼び、僕の作ったパンケーキを食べているのを見て、僕は気づいた。実は、僕もかなりのホームシックになっていたんだ。恋しがっていたのは、あのうちじゃなくて、弟だけれど。

朝食後、ライラは宿題をやるために自分の部屋からノートパソコンを持ってきた。うちにはＤＶＤはもちろん、チェッカーボードすらなかったので、ジェレミーと僕はカウチにすわり、ふたりのあいだのクッションを台にして、ちがうゲームのためのカードひと組で魚釣《ゴーフィッシュ》りをやった。

一時、ライラはコンサート・ピアニスト並みのスピードでキーボードを打っていた。ジェレミーはゲームを中断して彼女を見つめた。どうやらその手さばきに魅せられたらしい。数分後、ライラは顔を上げ、キーを打つのをやめた。

「きみはタイピングが上手かも、ライラ」ジェレミーが言った。

ライラはにっこりした。「まあ、ありがとう。ほんとに優しいのね。あなたはタイピングができるの？」

「ウォーナー先生のキーボード入力の授業を受けたかも」ジェレミーは言った。

「タイピングは好き？」ライラは訊ねた。

「ウォーナー先生はおもしろかったよ」ジェレミーは大きな笑みを浮かべた。「ウォーナー先生は〝すばしこい茶色のキツネが怠け者の犬を飛び越える《ザ・クイック・ブラウン・フォックス・ジャンプス・オーヴァー・ザ・レイジー・ドッグ》〟って打たせたかも」ジェレミーは声をあげて笑い、ライラも声をあげて笑い、僕も釣られて思わず笑った。

「そうだよね」ライラは言った。「それこそ打つべき文章だもの。〝すばしこい茶色のキツネ《ザ・クイック・ブラウン・フォックス・》が怠け者の犬を飛び越える《ジャンプス・オーヴァー・ザ・レイジー・ドッグ》〟」彼女がそう言うと、ジェレミーの笑いはますます激しくなった。

ライラはパソコンの作業を再開し、ジェレミーはゴーフィッシュのゲームにもどった。彼は、同じカードを何度でも、こっちがそのカードを山から引くまで要求しつづける。それから、つぎのカードに移り、また同じことを繰り返すのだった。

数分後、虫に嚙まれたのか、なんらかの啓示に顔面を直撃されたのか、ライラがキーを打つ手を止めて、ハッと顔を上げた。「そこにはアルファベットの文字が全部入ってるのよ」彼女は言った。

「どこに何が入ってるって？」僕は訊き返した。

「〝すばしこい茶色のキツネが怠け者の犬を飛び越える《ザ・クイック・ブラウン・フォックス・ジャンプス・オーヴァー・ザ・レイジー・ドッグ》〟。それはアルファベットの文字が全部入っている文章なの。だから、キーボード入力の授業で使うわけ」

「それで？」

「クリスタル・ハーゲンは、一九八〇年九月に暗号を使いはじめた……高校一年生のとき……アンディ・フィッシャーと同じ、タイプの授業を取っていたときに」

「まさか……」僕は言った。

ライラはノートを引っ張り出して、そこにその文章を書いた。同じ文字が二度目に出てくるときは、文字の代わりに×印を入れた。それから、それぞれの文字の下に番号を書き込んだ。

T	H	E		Q	U	I	C	K		B	R	O	W	N		F	x	X
1	2	3		4	5	6	7	8		9	10	11	12	13		14		15

J	x	M	P	S		x	V	x	x		x	x	x		L	A	Z	Y		D	x	G
16		17	18	19			20								21	22	23	24		25		26

僕はクリスタルの日記をさがし出し、最初にたどり着いた暗号文のページ、九月二十八日を

ライラに手渡した。ライラは数字を文字に置き換えはじめた。D、J、F、O……僕は肩をすくめた。やっぱりだめか……U、N、D、M……少なくともひとつは完全な単語があるのに気づき、僕は少し背すじを伸ばした。Y、G、L、A、S、S、E、S。

「DJがわたしの眼鏡を見つけた！」ライラはそう叫んで、僕にそのメモを突きつけた。「DJがわたしの眼鏡を見つけたって書いてある。わたしたち、やったのよ――ジェレミーがやったの。ジェレミー、あなた、暗号を解いたのよ」彼女は飛びあがってジェレミーの両手をつかみ、彼をカウチから立ちあがらせた。「あなた、暗号を解いたのよ、ジェレミー！」彼女はぴょんぴょん飛び跳ね、釣られてジェレミーもぴょんぴょん飛び跳ねた。なぜ自分が興奮しているのかわからないまま、彼は笑っていた。

「DJって誰だ？」僕は言った。

　ライラは飛び跳ねるのをやめ、僕たちは同時にファイルの箱に手を伸ばした。彼女は、ダグラス・ロックウッドの証言の記録をつかみ取り、僕はダンのをつかみ取った。証言に先立ち、彼らはフルネームと生年月日と姓のスペルを言うよう求められていた。僕は猛然とページを繰《く》っていき、ダンの主尋問の箇所に行き着いた。

「ダニエル・ウィリアム・ロックウッド」僕はそう読みあげ、記録を閉じて、ライラを見やった。「彼のミドルネームはウィリアムだよ。DJはダンじゃない」

「ダグラス・ジョセフ・ロックウッド」ライラは言った。興奮を抑えきれず、その顔は輝いていた。たったいま知ったことの重大さをのみこもうとしながら、僕たちは顔を見合わせた。クリスタル・ハーゲンの継父のイニシャルはＤＪである。ＤＪはクリスタル・ハーゲンの眼鏡を見つけた人物である。クリスタルの眼鏡を見つけた人物は、彼女にセックスを強要していた。そして、彼女にセックスを強要していた人物は、彼女を殺した人物である。それは単純な演繹《えんえき》法《ほう》だった。僕たちは殺人犯を見つけたのだ。

第三十章

ジェレミーの面倒を見る必要があったので、ライラと僕が僕たちの情報を警察に持っていったのは、月曜になってからだった。その前に、僕たち三人は、マッシュポテトとクランベリーとパンプキンパイ、それに、ライラと僕がジェレミーにミニ七面鳥だと教えたロック・コーニッシュ（交配種のローストチキン用鶏）とで、ささやかな感謝祭のお祝いをした。それはたぶん、ジェレミーと僕にとってこれまででいちばん楽しい感謝祭だった。母は日曜の夜までにカジノで金を使い果たし、ジェレミーを迎えに来た。僕には、ジェレミーが帰りたがっていないのがわかった。彼は僕のカウチにすわりこんで、母が厳しい態度を見せ、立ちなさいと命じるまで、その存在を無視していた。ふたりが帰ったあと、ライラと僕は、翌日の授業のあと警察に持っていく日記関係のメモや裁判の記録を整理してまとめた。僕たちは興奮を抑えきれずにいた。

ミネアポリス市警本部の殺人課は、ミネアポリス市庁舎内にある。市庁舎は、町の中心に立つ古城のような建物だ。凝《こ》った装飾のアーチ路が、建物の入口に一瞬、リチャードソン風の古典的な趣《おもむ》きを添えてから、ロマネスク・リバイバルというよりむしろローマ浴場を彷彿《ほうふつ》させる廊下へと変化していく。廊下の壁には五フィートの大理石板が張ってあり、誰がやったのか、その上の漆喰《しっくい》はフクシアの花にトマトスープを混ぜたような色に塗られていた。廊下は一ブロックつづいたあと左に曲がり、そこから半ブロックほど先で一〇八号室の前を通過する。その部屋が殺人課だった。

ライラと僕は、防弾ガラスの向こうにすわる受付係に名前を告げ、椅子にすわって待った。二十分後、ひとりの男が待合室に入ってきた。右の腰に九ミリ口径のグロックを帯び、ベルトの左側にバッジを留めている。背は高く、刑務所の中庭でウェイト・トレーニングでもやっていそうに胸板は厚く、二の腕は太い。でも彼は、タフな外見を和《やわ》らげる慈悲深い目と、僕の予想より一、二段優しい、穏やかな声を持っていた。待合室にいたのは、僕とライラふたりだけだった。「ジョー？　ライラ？」彼はそう訊ね、手を差し出した。

僕たちは順番に彼と握手した。「ええ、そうです」僕は言った。

「マックス・ルパート刑事です」彼は言った。「何か殺人事件に関する情報を持っているそうだね？」

「ええ、そうです」僕は言った。「クリスタル・ハーゲンの事件の情報です」

ルパート刑事は、頭のなかの名簿を読んでいるみたいに宙を見つめた。「その名前には覚えがないな」

「彼女は一九八〇年に殺されたんです」ライラが言った。

ルパートは、予想外の音を聞いた犬みたいに首をかしげて、二度、強く瞬《まばた》きした。「一九八〇年だって？」

「わかってます。僕たちは頭のおかしい二人組に見えるかもしれない。でも、二分だけお時間をいただけせんか？　二分後にもし、まるで話にならんってことであれば、僕たちは帰ります。でも、僕たちの言うことに、たとえちょっとでも、理《り》にかなった部分があるとすれば、それはたぶん殺人者が野放しになってるってことなんです」

ルパートは腕時計に目をやり、ため息をつき、指をひょいと曲げて、一緒に来いと合図した。僕たちはたくさんの小部屋に仕切られたフロアを通り抜け、シンプルな金属製のテーブルと木の椅子四脚が置かれた一室に入った。ライラと僕はテーブルの片側にすわって、マニラ紙のフォルダーを開いた。

「二分だよ」ルパートはそう言って、腕時計を指さした。「開始」

「うーん……えー」まさか、二分というのを文字どおり取られるとは思っていなかったので、僕は最初うろたえた。それから、考えをまとめて、話しはじめた。「一九八〇年十月、クリスタル・ハーゲンという十四歳の少女がレイプされ、殺害されました。彼女の遺体は物置小屋で焼かれ、その小屋の持ち主である、隣の家の男、カール・アイヴァソンが彼女を殺した犯人として有罪判決を受けました。重要な証拠のひとつは一冊の日記でした」僕はマニラ紙のフォルダーを指さし、ライラが日記を取り出した。

「これはクリスタルの日記です」ライラはそう言って、その紙束に手を置いた。「検察官は日記のある部分を引き合いに出し、カール・アイヴァソンがクリスタルをつけまわしたうえ、自分とのセックスを彼女に強要したものとしました。検察官はそれらの記述をアイヴァソンを有罪にするために使ったわけです。でも日記には、いくつか暗号化された文章がありました」ライラは、暗号化された最初の文章のページを開いた。

「こんなもの、どこで手に入れたんだ?」ルパートは日記の紙束を手に取って、ぱらぱらとめくった。「ほら、ここに番号が入ってるだろう?」彼は各ページのいちばん下にスタンプされた番号を指し示した。「どのページにも訴訟書類番号が押されている」彼は言った。「これは裁判の証拠物件だったわけだよ」

「さっきからそうお話ししてるんですけど」僕は言った。「僕たちはアイヴァソンの弁護士からこれを入手しました。これは彼の裁判のとき使われたものなんです」

「この暗号を見てください」ライラがそう言って、暗号の入ったページをルパートに見せた。

「一九八〇年九月、クリスタルは暗号を使いはじめます。たくさんじゃない、ほんのときたまですけど。裁判のためにこの暗号が解かれることはありませんでした」

ルパートは暗号の入ったページに目を留めながら、少しのあいだ日記を読んだ。「なるほど……それで?」彼は言った。

「それで……」僕はライラに目をやった。「その暗号を僕たちが解いたわけです。いや、実を言うと、解いたのはこの人ですけど」僕はライラを指さした。彼女は自分のフォルダーから一枚の紙を取り出した。すべての暗号文と解読した文章を並べて記したやつだ。ライラはそれをルパート刑事の前に置いた。

九月二十一日——なんて悲惨な日なの。7、22、13、1、14、6、13、25、17、24、26、21、22、19、19、3、19。どうすればいいんだろう。ほんとに最悪。

九月二十一日——なんて悲惨な日なの。眼鏡が見つからない。どうすればいいんだろう。ほんとに最悪。

九月二十八日——25、16、14、11、5、13、25、17、24、26、21、22、19、19、3、19。言うことをきかないと、きっとあいつはみんなに言いふらす。わたしを破滅させるだろう。

九月二十八日——DJがわたしの眼鏡を見つけていた。言うことをきかないと、きっとあいつはみんなに言いふらす。わたしを破滅させるだろう。

九月三十日——6、25、6、25、25、16、12、6、1、2、17、24、2、22、13、25。あの男、大嫌い。吐き気がする。

九月三十日——DJを手でやった。あの男、大嫌い。吐き気がする。

十月八日——25、16、12、11、13、1、26、6、20、3、17、3、17、24、26、21、22、19、19、3、19、9、22、7、8。あいつはわたしを脅しつづけている。2、3、12、22、13、1、19、17、3、1、11、5、19、3、17、24、17、11、5、1、2。

十月八日——DJが眼鏡を返してくれない。あいつはわたしを脅しつづけている。わたしに口を使わせたがっている。

十月九日——6、26、22、20、3、25、16、12、2、22、1、2、3、12、22、13、1、3、25。無理やりそうさせられて。もう死にたい。あいつを殺してやりたい。

十月九日——DJにほしがるものをやった。無理やりそうさせられて。もう死にたい。あいつを殺してやりたい。

十月十七日——25、16、17、22、25、3、17、3、25、11、6、1、22、26、22、6、13。2、3、12、22、19、10、11、5、26、2。6、1、2、5、10、1。

十月十七日――DJにまたやらされた。あいつは乱暴だった。痛かった。

十月二十九日――6、1、19、10、22、18、3。25、16、19、10、22、18、6、13、26、17、3。テイト先生がそう言った。年齢の差のせいで、あいつはまちがいなく刑務所送りになるそうだ。きょうですべて終わる。すごくうれしい。

十月二十九日――あれはレイプなんだ。DJはわたしをレイプしているんだ。テイト先生がそう言った。年齢の差のせいで、あいつはまちがいなく刑務所送りになるそうだ。きょうですべて終わる。すごくうれしい。

「この眼鏡がなくなったとかいう話はどういうことなのかな?」ルパートが訊ねた。

僕は、アンドルー・フィッシャーから聞いた話をルパートに伝えた。彼とクリスタルが車を盗み、事故を起こし、クリスタルの眼鏡のレンズというかたちで、自分たちの犯行の証拠を残してきてしまったことを。「おわかりでしょう」僕は言った。「眼鏡を見つけた人物が誰にしろ、そいつは車の窃盗とレンズのことを知ってたにちがいありません。そいつは彼女の弱みを握ったことに気づき、それをネタに彼女を……その、従わせたわけです」

ルパートは椅子に背中をあずけて、天井を見あげた。「で、この日記が根拠の一部となり、カールというその男は有罪とされたわけだね?」

「ええ」僕は言った。「検察官は陪審に、アイヴァソンはクリスタルの不名誉な姿を目撃し、それを利用して彼女に自分とのセックスを強要したんだと言ったんです」

ライラが付け加えた。「暗号が解けないかぎり、誰が彼女をレイプしていたのか確かなところはわからないわけなので」

「ＤＪというのが誰なのかについては、何か考えがあるのかい？」ルパートは訊ねた。

「ＤＪは少女の継父です」ライラが言った。「継父の名前は、ダグラス・ジョセフ・ロックウッドですから」

「で、きみたちは、彼の名前がダグラス・ジョセフだから犯人は彼だって言うのか？」

「それ以外に」僕は言った。「クリスタルが車を盗み出した中古車販売店は彼の経営だっていう事実もあります。彼はレンズのことを知ってたはずなんです。窃盗の捜査をしていた警官たちは、販売店に行ったときその話をしたでしょうからね」

「それに、この写真もあります」ライラがそう言って、閉じたブラインドが写っている写真と、空っぽのはずの家の窓から誰かが外をのぞいているのが見える二番目の写真とを取り出した。

ルパートは引き出しから拡大鏡を取り出して、それぞれの写真をじっくりと見た。それから、写真をテーブルに置き、両手を合わせ、その指先をトントン打ち合わせながら言った。「アイヴァソンがどこの刑務所にいるか、知ってるのかい？」

「彼は刑務所にはいません」僕は言った。「がんで死にかけているので、釈放されてリッチフィールドの介護施設に送られたんです」

「すると、きみたちはその男を刑務所から救い出そうとしてるわけじゃないんだね？」

「ミスター・ルパート」僕は言った。「カール・アイヴァソンはあと何週間かで死ぬんです。僕は彼が死ぬ前にその汚名をそそぎたいんですよ」

「そうすんなりといくものじゃないんだよ」ルパートは言った。「わたしはきみたちを知らない。この事件のことも知らない。きみたちはいきなりここに来て、日記や暗号の話をし、そのアイヴァソンという男を赦免《しゃめん》してくれと言う。でも、わたしは法皇じゃないんだ。まずは誰かが地下から捜査ファイルを掘り出して、それを精査し、きみたちの話がまったくのでたらめじゃないことを証明しなきゃならない。また、たとえそれが真実であっても、そのDJという人物に関してきみたちが正しいと言える者はいない。他にどんな証拠があるのか、わたしはまるで知らないしな。もしかすると日記は無関係かもしれない。この写真には何か理由があるのかもしれない。きみたちは、陪審裁判で有罪判決が出た三十何年か前の事件について、合理的な疑いもなしに、捜査を再開してくれと言っているわけだ。しかも、問題の男はもう刑務所にはいない、介護施設に入っているという」

「でも、もし僕たちが正しかったら」僕は言った。「三十何年か前、ひとりの殺人犯が罪を免《まぬか》れたってことになるんですよ」

「きみは新聞を読んでいるかな？」ルパートは訊ねた。「今年、この町に殺人事件が何件発生したか知っているかい？」

僕は首を振った。

「きょう現在で三十七件だ。今年の殺人事件は三十七件。昨年は一年間で十九件だった。わたしたちは、三十年前はおろか三十日前の殺人を解決するのにも、手が回らない状況なんだよ」

「でも、この事件は僕たちがもう解決してるじゃありませんか」僕は言った。「警察はただそれを証明すりゃいいわけですよ」

「そう簡単にはいかないんだ」ルパートは、この話はもう終わりだと宣言するように、書類をまとめて積みあげはじめた。「証拠はわたしのボスが捜査再開を認める気になるくらい強固なものでなくてはならない。それから、わたしのボスが、三十数年前、検事局がヘマをしてまちがった男を有罪にしたことを郡検事に認めさせなくてはならない。その後、きみたちが法廷に出て、有罪判決を無効にするよう判事を説得しなくてはならないわけだよ。そのアイヴァソンという男は余命数週間だそうだね。仮にわたしがきみたちを信じたとしても——実は信じたとは言えないんだが——彼が死ぬ前に有罪判決を無効にするのはとても無理だな」

自分の耳が信じられなかった。暗号が解けたとき、ライラと僕はものすごく興奮した。日記のページから真実が飛び出し、僕たちに向かって叫んでいた。僕たちはカールの潔白を知ったのだ。ルパート刑事にだって真実はわかっているんじゃないか。そう思うと、彼の〝忙しくて無理〟という言い訳はなおさら受け入れがたかった。カールのファイルの中身を熟知している僕は、彼が有罪と見られていたとき、この事件にどれだけの労力が注ぎ込まれたか知っていた。なのにここに来て——彼の潔白を証明できるというときに——司法制度全体が錆《さ》びついてしまうなんて。それはあまりにも不当に思えた。ルパートが積み重ねた書類を僕に返した。

「こんなのまちがってます」僕は言った。「僕は頭のおかしいやつじゃない。シリアルのボウルのなかに何か見えたとか、犬に話を聞いたとか、そんな理由で、彼は無実だと言ってるわけじゃないんです。僕たちは証拠を持ってきたんですよ。なのにあなたは人手が足りないから何もしないって言うんですか？　そりゃあないでしょう」

「まあ、聞きなさい――」

「いいえ。そっちが聞くんです」僕は言った。「もし、嘘八百を並べてると思って、僕を蹴り出すなら、話はわかります。でも、あなたは手間がかかりすぎるからこの件を調べないって言うんですよね？」

「いや、そういうことではなく――」

「それじゃ調べてくれますか？」

ルパートは片手を上げて僕を黙らせた。僕の前のフォルダーを、彼はじっと見つめた。それから手を下ろして、テーブルに身を乗り出した。「こうしよう」彼は言った。「わたしには〈冤罪証明機関《イノセンス・プロジェクト》〉で働いている友人がいるんだ」ルパートはポケットに手を入れ、自分の名刺を一枚取り出すと、裏に名前を書き込んだ。「ボーディ・サンデンという人で、ハムライン大学ロースクールの教授なんだよ」ルパートは僕に名刺を渡した。「わたしのほうは昔の捜査ファイルを掘り出してみるとしよう。まだそれが倉庫にあればの話だが。きみたちはボーディに連絡を取るんだ。たぶん彼なら力になってくれるだろう。わたしもこっちでできるだけのことをしてみるが、あまり期待はしないでくれ。もしその男が潔白なら、ボーディが証拠を再度、法廷に持ち込めるよう手を貸してくれるはずだ」

僕は片面にルパートの名、片面にサンデン教授の名が記された名刺を見つめた。「ボーディからわたしに電話させるといい」ルパートは言った。「ここのファイルに何があったか、わたしが彼に話すよ。仮に何かあれば、だがね」

ライラと僕は立ちあがった。

「それと、ジョー」ルパートが言った。「もしこれがまったくの無駄骨だったら、ただじゃすまさんからな。わたしは振り回されるのは好きじゃないんだ。わかったね？」

「明確に《クリスタル》」僕は言った。

第三十一章

カールはその日、僕が行くとは思っていなかった。

ルパート刑事との面談のあと、僕はアパートメントでライラを降ろし、カールによい知らせを伝えるべくヒルビュー邸へと車を走らせたのだった。カールは窓辺で車椅子にすわっているものと僕は思っていた。でも、そうじゃなかった。彼はその日はずっとベッドを出られなかったのだ。がんの進行は、酸素と栄養をチューブで送り込まなきゃならないレベルにまで、彼を弱らせていた。

ミセス・ローングレンは最初、僕をカールに会わせることに難色を示したけれど、新たにわかったことを僕が話すと気持ちを和《やわ》らげた。僕は、日記の暗号文とそれを解読した文章まで彼女に見せた。カールは無実だという僕の説明を聴くうちに、彼女の表情は暗くなった。「わたしはあまりいいクリスチャンじゃなかったかもしれないわね」彼女は言った。

カールの様子を見て、彼に僕と会う気があるかどうか確認するために、ジャネットが送り出された。一分後、ふたりは僕を彼の部屋へと案内した。それは、ベッドと、エンドテーブルと、木の椅子と、ドレッサー付きクロゼットと、どこも見えない小さな窓がひとつあるだけの部屋だった。苔色《こけいろ》の壁にはなんの装飾もない。目につくのは、衛生に関する指示が書かれた貼り紙だけだ。カールはベッドに寝ていた。ビニールチューブがその鼻から酸素を供給している。腕には点滴の針が入っていた。「急に押しかけちゃってすみません」僕は言った。「でも、あなたにお見せしなきゃならないものが見つかったんです」

「ジョー」彼は言った。「よく来てくれたね。きょうは雪になると思うかい？」

「ならないんじゃないかなあ」僕は窓の外をのぞき、ライラックの茂みの枯れ枝を眺めた。その茂みは藪《やぶ》と化し、彼の視界をさえぎっている。「実はきょう、刑事に会いに行ったんです」

「雪になればいいのにな」カールは言った。「死ぬ前に一度、盛大に降ってほしいよ」

「クリスタル・ハーゲンを殺した犯人がわかったんですよ」僕は言った。

カールは話すのをやめて僕を見た。その様子は、思考の流れを変えようと努めているようだった。「どういうことかわからないが」彼は言った。

「日記のこと、覚えてますよね？　検察官があなたを有罪にするのに使ったやつ？」

「ああ」カールはものうげな笑みを浮かべた。「あの日記か。裏庭でチアリーディングの練習をしているあの子を見て、わたしはいつも、なんて可愛い子だろうと思っていた。そのあいだずっと向こうは、わたしを変態だと思ってたわけだ。子供を狙う痴漢《ちかん》だと。そう、あの日記のことはよく覚えてるよ」

「あのなかの数字が入っていた箇所を覚えてますか？　ほら、あの暗号。僕はあれを解読したんです――というか、何人かで解読したんですよ――弟と僕とライラっていう女の子とで」

「驚いたねえ」カールはほほえんだ。「きみは利口なんだな。で、なんて書いてあったんだ？」

「彼女が言ってたこと――セックスを強要されてるとか、脅されてるとかいう話――あれはぜんぜんあなたとは関係なかったんです。あの書き込みはＤＪっていうやつのことだったんですよ」

「ＤＪ？」カールは言った。

「ダグラス・ジョセフ……ロックウッド」僕は言った。「彼女が言ってたのは、あなたじゃなくて彼女の継父のことだったわけです」

「継父だって？　かわいそうなクリスタル」

「警察に捜査を再開させることさえできれば、僕はあなたの罪を晴らせるんです」僕は言った。「もし警察に本当のことを調べる気がないなら――そのときは、僕が自分でやりますよ」

カールはため息をついて、さらに深く枕に頭を沈めた。それから、小さな窓と枯れたライラックの藪のほうに視線をもどした。「やめておけ」彼は言った。「わたしのためにリスクを冒してほしくはない。それにわたしは、自分があの子を殺してないことを初めから知っていた。そしていまじゃ、きみもそのことを知ってるわけだ。わたしにはそれだけで充分だよ」

僕はこの反応に意表を突かれた。彼がそんなにも冷静なのが信じられなかった。僕だったら大声で吠え、パジャマのままぴょんぴょん飛び跳ねただろうに。「自分が彼女を殺してないってことを世間に知らせたくないんですか？」僕は訊ねた。「汚名をそそぎ、刑務所にあなたを入れた検察官はまちがっていたんだとみんなに知らせたくないんですか？」

カールは温かな笑みを浮かべた。「覚えているかな？　前にも言ったが、わたしの余命は時間単位で数えられるんだよ」彼は言った。「なのにその時間を、三十年以上前に起きたことを思い煩《わずら》って過ごさなきゃならないのかね？」

「だけどあなたは、犯してもいない罪であんなに長いこと刑務所に入れられてたんですよ」僕は言った。「そんなのおかしいでしょう」

カールは僕に顔を向けた。その白っぽい舌がひび割れた唇を舐《な》め、目が僕の目を見据《す》えた。「わたしは逮捕され、刑務所に送られたことを嘆くわけにいかないんだ。もしもあのとき、逮捕されなかったら、わたしはきょうここにいなかったはずだから」

「どういう意味です？」僕は訊ねた。

「クリスタルが殺された日にわたしが買った銃のことを覚えているかね？　わたしは自分を撃つためにあの銃を買ったんだ。あのかわいそうな娘を撃つためじゃなく」

「自分を？」

彼の声がか細くなった。先をつづける前に、彼は咳払いした。「あの日は、あんなふうに眠り込むはずじゃなかった。あれはうっかりミスなんだ。わたしは自分のこめかみに二、三度、銃口を押しつけた。だが、どうしても引き金を引く勇気が出なくてね。そこで戸棚からウィスキーを取ってきたんだ。銃を使う前にちょっとだけ——ほんのひと口、飲むつもりで。それで勇気を奮い起こそうってわけだ。ところが、わたしは飲み過ぎてしまった。たぶん自分が思ってたより勇気が必要だったんだろうな。で、わたしは眠り込んだ。そして目が覚めたとたん、でかい警官ふたりに家から引きずり出されたんだ。逮捕されなかったら、きっと計画どおりやってたろうよ」

「でも、ヴェトナムでは、地獄に行きたくないという理由で自殺しなかったんですよね？　覚えてます？」

「銃を買ったころには、神とわたしは仲よしとは言えなくなってたからな。わたしはすでに地獄にいた。だから、もうどうでもよかった。そんなことは問題じゃなかったのさ。わたしは自分のしたことを背負いきれなかった。もう一日だって耐えられなかったんだ」

「ヴェトナムであの少女を救えなかったから、ですか？」

カールは僕から目をそむけた。胸の動きで、彼の呼吸が浅くなったのがわかった。彼は乾いた舌でまた唇を舐め、しばらく間を取って考えをまとめ、それから言った。「それだけじゃないんだよ。そう、始まりは確かにそれなんだが。話はそこで終わりじゃないんだ」

僕は何も言わなかった。ただ無言で彼を見つめ、説明を待った。カールは、水を少し注いでくれと言い、僕はそうした。彼はそれをちょっと飲み、唇を湿らせた。
「これからきみにあることを話す」彼は静かな声で淡々と言った。「これまで誰にも――ヴァージルにさえ話さなかったことだよ。わたしはきみに正直であることを約束した。だから、この話をきみにするんだ。わたしは何事も隠さないと言ったからね」カールはふたたび枕に頭を沈め、じっと天井を見つめた。ぎざぎざした恐ろしい記憶の痛みが彼の顔をよぎっていく。心の一部で、僕はその痛みを食い止めたがっていた。秘密は自分の胸に収めておくよう彼に言いたかった。でも、それはできなかった。僕はその話が聞きたかった。どうしても聞かずにはいられなかった。

カールは力を奮い起こして先をつづけた。「あの戦い――ヴァージルとわたしが撃たれたやつのあと、ヴァージルは故郷《くに》へ送り返され、わたしはダナンでひと月、療養してから、もとの部隊にもどされた。ヴェトナムも、ヴァージルと〝ジャガ〟がいるあいだはまだ我慢できたが、彼らなしだと……そうだな、どれほど心がふさいだかは、とても言葉じゃ言い表せない。そして、もうこれ以上悪くなりようがないと思ったとき、さらに悪いことが起きたんだ」

彼はふたたびヴェトナムにもどっていき、その目の焦点が失われた。「一九六八年七月のある日、わたしたちは通常の捜索および破壊の任務に当たり、名もない小さな村に踏み込んで食料や武器弾薬をさがしていた。まあ、いつものやつだな。あれはくそ暑い日だった。人間が耐えられる限界の暑さで、獲物の血を吸いつくしたがるトンボ級にでかい蚊がブンブン飛び回ってたよ。おかげでみんな、わけがわからなくなったもんだ。なんでこんな地獄で暮らしてるやつがいるんだ？　いったいなんだってこんな場所のために闘わなきゃならないんだ？ってわけさ。そのガサ入れの最中、わたしは少女がひとり、一軒の小屋に向かって走っていくのを見た。それに、ギッブスがその子をじっと見ているのも。やつは彼女を追って、単独でそっちに向かった。まるでオックスボーの再現だったよ」

先をつづける前に、彼はまた水を飲んだけれど、その唇は震えていた。「その瞬間、周囲から戦争が消え失せたようだった。あの馬鹿馬鹿しさも、悲鳴も、暑さも、戦いの善悪も――何もかもが溶け去って、ただ自分とギッブスだけが残ったんだ。わたしにとって大事なのは、ギッブスを止めることだけだった。オックスボーみたいなことは二度とごめんだった。わたしはその小屋に行った。ギッブスはズボンを下ろしていた。少女を血が出るほど殴って、喉にナイフを押しつけてたよ。わたしはやつにライフルを向けた。まっすぐその目のあいだに。やつはこっちを見て、タバコの噛み汁をわたしのブーツに吐きかけると、いま相手をしてやるからちょっと待て、と言った。わたしはやつに少女を放《はな》すように言ったが、やつは聞かなかった。『俺を撃ちな、この腰抜け野郎』やつは言った。『俺を撃ちゃあ、銃殺隊の前に立たされるがな』

やつの言うとおりだった。ヴェトナムで死ぬ覚悟はできていたよ――もちろん――だが、そんなふうに死にたくはなかった。ライフルを下ろすと、ギッブスはわたしを嘲笑《あざわら》った。それも、こっちがナイフを抜くのを見るまでのことだったが。刺されたとき、やつの目は皿みたいになっていた。わたしは心臓のどまんなかを刺し貫いて、この手のなかでやつが失血死するのを見守った。あの男はひどく驚いた顔、まさかという顔をしていたよ」カールの声が嵐から抜け出した飛行機みたいに安定し、平静に穏やかになった。「わかったろう、ジョー？　わたしはギッブス軍曹を殺害した。冷酷に殺害したんだよ」

なんと言えばいいのか、僕にはわからなかった。カールは口をつぐんだ。彼の話は終わりに近づいていた。彼は僕に真実を語ったのだ。それにつづく沈黙は、僕の胸を圧迫し、締めつけ、僕は心臓が止まるんじゃないかと思った。それでも僕は、カールが先をつづけるのを待った。

「わたしは少女が服を着るのを手伝い、ドアから彼女を押し出して、逃げろ、ジャングルの奥に〝失せろ《ディディ・マウ》〟と言った。そして、しばらく待ってから、空に向けて何発か撃ち、騎兵隊を呼んだんだ。わたしはみんなに、誰かがジャングルのほうに走っていくのを見たと言った」彼はふたたび間を取った。それから僕を見て言った。「だからな、ジョー、結局、わたしは人殺しなんだよ」

「でも、あなたはその少女の命を救ったんですよ」僕は言った。

「ギッブスの命を奪う権利などわたしにはなかった」カールは言った。「アメリカに帰れば、彼には奥さんとふたりの子供がいた。なのにわたしは彼を殺害したわけだ。ヴェトナムで、わたしは大勢、人を殺した……ほんとに大勢。だが彼らは兵士だった。彼らは敵だったんだ。あれは単に自分の仕事をしていただけだ。しかしギッブスに対する行為は殺害だ。そして、わたしに言わせれば、わたしはオックスボーのあの少女も殺害したんだ。この手で喉を掻き切ったわけじゃないが、それでも殺害したことに変わりはない。クリスタル・ハーゲン殺害の容疑で逮捕されたとき……あのとき、わたしは心のどこかで、そろそろツケを払う頃合いだと思ったんだろうな。刑務所に行くまでは、毎晩、眠りに落ちるとき、あのかわいそうなヴェトナム人少女の顔が目に浮かんでいたから。いつだって、こっちに来てくれ、助けてくれ、と哀願している少女の手が見えたもんだよ。どれだけウィスキーを飲んだって、あの思い出は霞《かす》んでくれなかった」思い出しながら、カールは目を閉じて首を振った。「ああ、どれだけ飲んだことか。わたしはとにかくあの苦痛を止めたかったんだ」

しゃべっているうちに、彼の顔からエネルギーが退《ひ》いていくのが、僕にはわかった。その言葉はくずれ、唇からこぼれ落ちていた。彼はまたひと口水を飲み、息の震えが収まるのを待った。「刑務所に行けば、亡霊たちを鎮《しず》めることができるんじゃないか――自分の人生のあの部分、ヴェトナムで自分のしたことを葬り去れるんじゃないか。わたしはそう思ったんだよ。だが結局のところ、そこまで深い穴はどこにもなかった」彼は僕を見あげた。「どんなにがんばっても、逃れられないものというのはあるんだな」

その目の何かが、彼には僕自身の罪の軛《くびき》が見えるのだと告げていた。カールの沈黙の生んだ静けさに包み込まれ、僕は椅子のなかでもじもじした。そのとき、カールが目を閉じて腹部を押さえ、痛みに身をすくめた。「くそ、このがんの野郎、べらぼうに痛みやがる」

「誰か呼んできましょうか」僕は訊ねた。

「いや」カールは食いしばった歯のあいだから言葉を絞《しぼ》り出した。「すぐ収まるよ」彼は両手を撚《よ》り合わせ、じっと横たわっていた。やがて、その呼吸に穏やかな浅いリズムがもどった。

「いちばん傑作なところを聞きたいだろ?」彼は言った。

「もちろん」僕は言った。

「あれだけ長いこと死を願い、死のうとしてきたあとで、わたしに生きたいと思わせたのは、刑務所だったんだ」

「刑務所が気に入ったってことですか?」僕は訊ねた。

「まさかね」痛みをこらえつつ、彼はくすくす笑った。「刑務所を気に入るやつなんていないさ。だがわたしは、ものを読んだり考えたりしはじめた。自分自身や自分の人生を理解しようとしはじめたんだ。そしてある日、房の寝棚に横になって、パスカルの賭けについてじっくり考えたわけだよ」

「パスカルの賭け?」

「ブレーズ・パスカルという哲学者がこう言ったんだ。神の存在を信じる信じないの選択肢があるなら、信じるほうに賭けたほうがいい。なぜなら、神の存在を信じ、たとえそれがまちがいだったとして——どうだろう、失うものは何もない。一方、神の存在を信じず、それがまちがいだったら、そのときは永遠に地獄で過ごさなきゃならない。少なくとも、ある人たちの説によればな」

「信仰を持つ理由として、立派なものとは言えないな」僕は言った。

「ぜんぜん立派なもんじゃないさ」カールは言った。「わたしは、人生の終わりを待ち、死後に訪れるよりよいものとやらを待つ何百人もの男たちに囲まれていた。わたしも彼らと同じ気持ちだったよ。向こう側によりよいものがあると信じたかったんだ。わたしは刑務所で時間をつぶしながら、向こうに渡る時を待っていた。そのさなか、パスカルの賭けのことが頭に浮かんだわけだよ。だが、そこにはちょっとひねりが加わっていた。もしも自分がまちがってたら？　向こう側なんてなかったらどうする？　永遠の時全体のなかで、これが自分の生きる唯一無二の時だとしたら？　その場合、わたしはこの人生をどう生きるだろうか？　わかるかね？　もしこれが与えられているすべてだとしたら、どういうことになる？」

「まあ、大勢の聖職者が死んでがっかりすることになるでしょうね」僕は言った。

カールはくすくす笑った。「そう、それもあるな」彼は言った。「だが、来世がないということは、この世こそがわれわれの天国だということにもなるんだ。われわれは日々、人生の驚異に囲まれているわけだよ。理解を超える驚異なのに、われわれはそれを当たり前だと思っているんだ。その日、わたしはこの人生を生きることに決めた。ただ存在するだけじゃなく、生きることに。もし死んで向こう側に天国があったなら、それはそれで結構なことじゃないか。だがもし、天国にいるつもりでこの人生を生きず、死後に何もなかったら……わたしは人生を無駄にしたことになる。全歴史における自分が生きる唯一のチャンスを無駄にしたことになるわけだよ」

カールの心がさまよいだす。その視線は、外の裸の枝の上をひょいひょい飛び回るアメリカコガラに注がれていた。僕たちはしばらくその鳥を見ていた。やがて鳥は飛んでいき、カールは僕に注意をもどした。「すまないね」彼は言った。「過去のことを考えると、どうも哲学的になってしまうんだ」

カールはまた腹部を押さえた。かすかな苦痛のうめきがその口から漏れ出てきた。彼はぎゅっと目をつぶり、歯を食いしばった。今度のは収まるどころか、強くなる一方だった。前にも痛みに襲われるひとときはあったけれど、こんなにひどいのを見るのは初めてだった。僕は、自然に収まってくれれば、と何秒か待った。カールはなんとか呼吸しようとして、顔をゆがめ、鼻孔をふくらませていた。これが最期なんだろうか？ 彼はいまここで死ぬんだろうか？ 僕は廊下に飛び出して、大声で看護師を呼んだ。看護師は注射器を手に駆けてきた。彼女はカールの点滴のポートを洗浄し、モルヒネを注入した。数秒後、彼の筋肉がゆるみだした。顎の緊張は解け、枕の上で頭がごろりと反り返った。彼は消耗しきった男の残骸と化していた。その様子はかろうじて生きているという感じだった。彼は眠るまいとしたが、それはかなわなかった。

僕は眠っている彼を見守った。この人にはあと何日――あと何時間、残されているんだろう、と思った。そして、成すべきことをするのに、僕にはあとどれくらい時が残されているんだろう、と。

第三十二章

うちに帰ると、僕はマックス・ルパートの名刺、ボーディ・サンデン教授の名前が書いてあるやつを財布から取り出し、その人に電話をかけた。話した感じではサンデン教授はいい人そうだったし、翌日の四時に僕と会う時間を取ってくれた。その火曜日、最後の授業は経済学で、僕は三時半まで脱け出せなかった。それが教科書を一語一語なぞるだけの講義だと知っていたら、授業なんかパスして、もっと早くハムライン大学に行っていただろうに。セントポールでバスを降りたとき、目的地まではまだ九ブロックの距離があり、約束の時間まではもう六分しかなかった。僕は最初の七ブロックを走ったあと、最後の二ブロックはコートの前を開けて、冬の冷たい風で汗を乾かしながら歩いていき、時間きっかりにサンデン教授の部屋に着いた。

僕がイメージしていたのは、年寄りの法学教授――蝶ネクタイを締め、ラクダの毛の上着を着た、灰色の髪が後退しつつある人物だ。でも、オフィスの入口で僕を迎えたサンデン教授は、明るい青のジーンズにフランネルのシャツにローファーという格好だった。頬にはうっすら髯《ひげ》を生やしていて、こめかみに白髪がちらほら見られる以外、髪は茶色だった。僕と握手したとき、その手は建設労働者の手みたいに力強かった。

僕は資料のフォルダーを持参していた。ルパート刑事に見せたのと同じやつだ。サンデン教授は散らかったデスクに場所を作り、僕にコーヒーを出してくれた。僕はたちまち彼が好きになった。カールが仮釈放で刑務所から出ていることは、この情報がマックス・ルパートの熱意を削いだことを思い出し、教授には言わなかった。カールがもう刑務所にいないからってだけの理由で、僕の主張を退《しりぞ》けられては困るのだ。僕はロックウッド宅のあの窓の写真からプレゼンを始めた。「おもしろいね」教授は言った。

「それだけじゃないんです」僕はファイルから日記のページを取り出して、彼の前に並べると、その内容を順を追って示しつつ、検察官がそれを利用して嘘の絵を描き、カール・アイヴァソンを有罪にした経緯《けいい》を説明した。それから僕は、殺人者の名前が明記された、解読した暗号文を彼に見せた。DJに関する文章を読みながら、教授は首をかしげて笑みを浮かべた。

「DJ――ダグラス・ジョセフか。すじは通るね」彼は言った。「どうやって暗号を解いたのかな？」

「自閉症の弟が解いたんです」僕は言った。

「弟さんはサヴァンなの？」サンデン教授は訊ねた。

「いえ」僕は言った。「単なるまぐれです。クリスタル・ハーゲンはその秋、タイプの授業を取っていたんですよ。それで、暗号化にあの文章を使ったわけです……ほら、アルファベットの文字が全部入ってるやつ」

　サンデン教授は記憶を巻きもどしていった。「怠け者の犬がどうとかいうあれだね？」

「そう、それです」僕は言った。「それが彼女の暗号の鍵、エニグマ・マシンだったんです。

いったんキーがわかると、答えははっきり見えてきました。僕たちはこう考えています。ダグラスにたのまれて、ダンは父親に口裏を合わせ、自分たちは販売店にいたことにした。ダンは継母を嫌ってたし、その結婚がうまくいってなかったことも僕たちは知っています。たぶんダグラスは、これは別のことを隠すためだってダンに言ったんじゃないかな」

「たとえばどんな？」サンデンは訊ねた。

「アンドルー・フィッシャーによれば――この人はクリスタルの当時の彼氏なんですけど――ミスター・ロックウッドは奥さんに隠れてストリップクラブに通ってたというんです。たぶんダンは、そのことが引き起こすもめごとから親父さんを護ってるつもりだったんですよ。それに、そもそも誰もダグラスを疑わなかったわけだし。警察は最初からカールを犯人と決めてかかっていたんです。誰も彼もがカールがやったと思っていたんですよ」

「継父だというのは、すじが通るな」サンデンは言った。

「なぜですか？」

「彼はその少女のそばにいた――同じ家に住んでいたんだ。なおかつ、ふたりのあいだに血のつながりはない。だから、彼は彼女に対する衝動を正当化できる。彼は秘密をつかみ、支配力を握って、犠牲者を従わせるのに利用した。小児性愛者として成功する鍵は、犠牲者を孤立させること、彼女に誰にも話せないと思わせることなんだ。話せば自分も家族も破滅する、誰もが自分を責めるだろう、と信じ込ませることなんだよ。彼はまさにそれをやっている。まず眼鏡から始め、その当て逃げを利用して彼女を従わせ、自分に触らせた。それから、新たな限界をひとつずつ小刻みに越えながら、さらにいろんなことを彼女にやらせた。悲しいのは、クリスタルの救い──継父に逆襲できるんだと知ったことこそが、彼女の死を決定づけたという点だね。継父が彼女にそういう力を握らせることはありえないわけだから」

「で、どうすればこの男をつかまえられますか？」僕は訊ねた。

「証拠のなかに体液はあったのかな？　血液や唾液や精液は？」

「検視官は、彼女はレイプされていたと証言しています。体内から精液が検出されたんだそうです」

「そのサンプルがまだ証拠として残っているなら、DNAを入手できるかもしれない。唯一の問題は、これが三十年前の事件だという点だよ。当時、DNAという証拠はなかった。サンプルは保存されていないかもしれないし、されているとしても、劣化していて使えないかもしれない。液体サンプルは保存がむずかしいからね。もし血痕が乾いた状態で保存されていれば、DNAは何十年も持つんだが」サンデン教授はスピーカーホンのボタンを押して、ある番号をダイヤルした。「とにかくマックスに電話して、向こうで何がわかったか確かめてみよう」

「ボーディ！」マックス・ルパートの声が大きく聞こえてきた。「調子はどうだ？」

「わかってるだろう、マックス。相変わらず善戦してるよ。そっちはどうだい？」

「もう一件、殺人事件が起きたら、きっと誰かを殺してしまうだろうな」そう言って彼は笑った。

「マックス、この電話はスピーカーホンになっている。いまジョー・タルバートという坊やと一緒にいるのでね」

「やあ、ジョー」その言葉は、まるで古い友達への挨拶みたいに、スピーカーホンから飛び出してきた。

「どうも……刑事さん」

「ジョーの持ってきた証拠を見ていたんだが」サンデン教授は言った。「彼は何かをつかんでると思うよ」

「あんたはいつもそれだからな、ボーディ」ルパートは言った。「こっちは地下室からファイルを持ってきて、目を通してみたよ」

「体液は？」

「少女の遺体は、物置小屋だかガレージだかで焼かれていた。脚は焼けてほとんどちぎれていたくらいだ。体液は煮えてしまっていたよ。科研が精液の存在を確認したが、サンプルの状態が悪すぎてそれ以上のことはわかっていない。犯人は非分泌型だったため、精液に血液は含まれていなかった。わたしの知る限り、スライドは保存されていない。ＢＣＡに電話してみたが、そこにも何もないそうだ」

「ＢＣＡ？」僕は訊き返した。

「犯罪者逮捕局《ビューロウ・オブ・クリミナル・アプリヘンション》」サンデン教授が言った。「ミネソタ版科学捜査班《ＣＳＩ》だと思えばいいよ」彼は電話に注意をもどした。

「血痕は？　唾液はどうかな？」

「彼女の衣類は焼き尽くされて、まったく残ってなかったんだ」マックスは言った。

「爪はどうです？」僕は言った。

「爪だって？」サンデン教授が椅子のなかで身を起こした。「なんの爪かな？」

急に、会話の参加者になった気がした。「女の子の付け爪です。警察はカール・アイヴァソン宅の裏のポーチの階段でそのひとつを見つけているんです。ダグラスがカールをはめるためにそこに置いたにちがいありません」

「格闘の際、その爪が取れたなら、そこには犯人の皮膚の細胞がついているかもしれないな」サンデンは言った。

「ファイルに爪はなかったが」ルパートが言った。

「きっとB保管室にあるんだろう」サンデンは言った。

「B保管室って？」僕は訊ねた。

「裁判所が法廷で採用された証拠を保管する場所だよ」サンデンが言った。「これは殺人事件だからね。爪は取ってあるはずだ。使いを出してアイヴァソンの唾液サンプルを採取し、裁判所命令を取って爪の検査をさせよう。もし爪にDNAが残っていれば、それはアイヴァソン有罪の証拠となるか、捜査を再開させる武器となるかだよ」

「証拠品の目録をファックスするから、命令申請に使ってくれ」ルパートが言った。

「ご協力に感謝するよ、マックス」サンデンは言った。

「どういたしまして、ボーディ」マックスは言った。「すぐに用意する」

「金曜のポーカーで会えるかな?」サンデンは訊ねた。

「うん。じゃあそのときに」

サンデン教授は電話を切った。つぎにどうなるかはわかっているつもりだったが、それでも僕は確認したかった。「すると、サンデン先生――」

「ボーディと呼んでくれ」

「オーケー、ボーディ。もしその爪に皮膚の細胞が残っていれば――そこからDNAが採《と》れるわけですね?」

「そう、まちがいない。それにおそらく血液も採れる。どうもそれは乾いた状態で保存されているようだからね。DNAが見つかるという保証はないが、もし見つかれば――なおかつ、もしそれがカール・アイヴァソンのものでなければ――日記と、きみの諸々の発見も併《あわ》せ、われわれは充分な足がかりを得られることになるし、たぶん彼の有罪を無効にすることもできるだろう」

「結果はいつわかりますか?」

「おそらくDNA鑑定の結果が出るまでに四カ月はかかるだろうね。それから、裁判に持ち込むまでにさらに二カ月だ」

意気消沈して、僕はうなだれた。「そんなに時間はないんです」僕は言った。「彼はがんで死にかけているんですから。四カ月はおろか四週間ももたないでしょう。僕は彼が死ぬ前にその無実を証明しなきゃならないんです」

「彼は親戚なのかな？」

「いいえ。ただの知り合いですけど。でも僕はこれをやらなきゃならないんですよ」ライラが暗号を解いて以来、あの川での祖父の記憶は毎晩、僕の眠りを訪れていた。いろんな考えがやっと鎮まったかと思うと、それがバタバタ頭のなかを駆け抜けていくのだった。もちろん、何をしようとあの過去は変わらないけれど、そこは問題じゃなかった。僕はこれをやらなきゃならない。カールのためなのか、祖父のためなのか、それとも、自分のためなのか？　それはわからない。とにかくやらなきゃならないのだ。

「うーん、むずかしいねえ」サンデン教授は考えながら、トントンと指でデスクをたたいた。「私立の研究所を利用するという手もあるし、そのほうがBCAより速いんだろうが、それでも、保証はないしなあ」彼はさらにデスクをたたいた。「とにかくあちこちにたのんでみるよ。だがあまり期待はしないでくれ」彼は顔をしかめ、肩をすくめてみせた。「まあ、わたしに言えるのはひとつだけ――やれるだけはやるってことだな」

「DNA鑑定以外に何かできることはありませんか？　たとえば、日記だけで、とか？」僕は訊ねた。

「この日記は非常に有効だ」サンデン教授は言った。「しかしそれだけでは足りないだろうな。そのロックウッドという男が裁判所に駆け込んで自らの罪を告白でもしてくれれば、もっと早く動けるんだが、そういうことにならないかぎり、こちらとしてはDNA鑑定の結果を待つしかないね」

「告白か……」僕は静かにつぶやいた。ある考えが形を成しはじめていた。暗がりに潜む無鉄砲な考え――うちまでついてきて、駄々っ子のしつこさで僕をつつきまわすにちがいない考えが。僕は立ちあがって、デスクの向こうのボーディに握手の手を差し伸べた。「本当にありがとうございます」

「お礼を言うのはまだ早いよ」サンデン教授は言った。「いくつもの星がきれいに並んでくれなければ、事はうまく運ばないんだ」

その後数日間、遅れていた他の授業の課題と格闘しながらも、僕はふたつの考えにずっと気を取られていた。それは、放り投げたコインみたいに表になり裏になり、頭のなかでくるくる回転していた。一方の面は、待てばいいという考えだ。サンデン教授はカールの事件の車輪の下からすでに輪留めをはずしたのだ。例の付け爪はDNA鑑定のために提出される。クリスタルが犯人と闘ったとすれば、DNAはダグラス・ロックウッドのものであるはずだ。そしてその証拠は、日記とともに、カールの罪を晴らすだろう。でもそれは時間のかかる道だ。カール・アイヴァソンにはもう時間がないというのに。僕は、サンデン教授の奮闘を試合終了直前のロングパスみたいなものと見ていた。DNA鑑定の結果が間に合わなかったら、カールは殺人犯として死ぬことになり――僕の期待は裏切られるわけだ。

くるくる回るコインのもう一方の面には、せっかちな考えが息づいている。僕には、カールが誰の目から見ても潔白な男として死ねるよう全力を尽くす必要があるのだ。自分には何かできたかもしれないと思いながら、彼が殺人犯として死ぬのをただ眺めているわけにはいかない。

これはもう課題でAを取るとか取らないとかの問題じゃなかった。善悪の帳尻は最終的に合わねばならないという僕の素朴な信念とさえ、無関係だった。なぜかこれは僕自身の問題となっていた。十一歳の僕が祖父が死ぬのを見ていたあの日にかかわる問題に。何かできたはずなのに、僕は何もしなかった。少なくとも、やってみるべきだったのに。行動するか、待つか――その選択に直面したいま、僕には選ぶ余地などないように思えた。僕は行動しなきゃならない。第一、もし付け爪にDNAが残っていなかったら？　そのときは、待っていた時間すべてが無駄だったということになる。

イチゴの種ほどの小さな考え――サンデン教授によって偶然、植え付けられたやつが、頭のなかで育ちはじめた。もしもロックウッドに告白させることができたら？

僕はノートパソコンの電源を入れ、インターネットでダグラス・ジョセフ・ロックウッドを検索して、同名の男の逮捕を公表する警察の記録簿を見つけた。逮捕理由はDUI、すなわち、薬物またはアルコールの影響下での運転だった。別のサイトには、郡行政委員会の会議の議事録が載っていた。それによれば、その席で、ダグラス・ジョセフ・ロックウッドなる人物が、本人の地所内に廃棄車両を置いていたために、公共の迷惑になっているとの警告を受けたという。どちらのサイトにも、男の住まいとして、ミネアポリスのすぐ北、都市圏外シサゴ郡の同じ住所が記載されていた。DUIの記述のほうには、男の年齢も載っていて、それはクリスタルの継父の年齢と一致した。僕はその住所を書き留め、キッチンの調理台に置いた。三日間、それが鼓動する心臓みたいに脈打つのを眺めながら、僕はダグラス・ロックウッドをさがし出すよう――また、そんなことはやめるよう自分を説得していた。最終的に、天秤を傾《かたむ》かせたのは、気象予報士だった。

宿題をやるあいだ、何か音がほしくて、僕はニュースをつけた。すると、気象予報士が、記録的大雪が僕たちの面《つら》をひっぱたきに来ると（これは気象予報士じゃなく僕の表現だが）告げたのだ。雪の話はカールのこと、彼が死ぬ前に大吹雪《おおふぶき》を見たがっていたことを思い出させた。僕は彼に会いに行きたかった。雪を見守るとき、彼が目に浮かべる喜びの色が見たかった。カールに会う前に、ダグラス・ロックウッドの居所を突き止め、告白を引き出せるかどうかやってみよう。僕はそう心に決めた。

第三十三章

僕はダグラス・ロックウッドに会うというプランに、眠っている雄牛に近づいていくみたいに、そろそろと近づいていった。それについて考え、考え直し、自分の勇気をくじこうとしながら、僕はぐるぐる歩き回った。その日は、授業中、脚がぴくぴく引き攣《つ》っていた。心はさまよい、講義にはまるで集中できなかった。

授業のあと、僕はロックウッドを訪ねるという自分の決意を伝えにライラのうちに行った。たぶんあれは、僕を止めるチャンスを彼女に与えるためだったんだろう。ところが彼女は留守だった。出かける前、僕が最後に取った行動は、ルパート刑事に電話をするというものだった。その電話は留守録へと送られ、僕は通話を切って、バックパックに携帯を入れた。ただロックウッドの家まで行くだけ――車で通り過ぎて、彼がまだそこに住んでいるかどうか確かめるだけだ。僕は自分にそう言い聞かせた。ルパートへの報告はそのあとですればいい。もっとも、ルパートが僕のつかんだことに基づいて動く気になるかどうかは怪しいものだと思ったけれど。彼はDNA鑑定の結果を待ちたがるだろう。きっとルールどおりに事を進め、カール・アイヴァソンが死ぬまでなんの結果も出さないだろう。だから、デジタル・レコーダーとバックパックで武装し、プランらしきものは何も持たずに、僕は北に向かった。

車内では騒々しい音楽を聴き、それらの歌に迷いをのみこませた。自分が何をしているかは考えまいと努めた。六車線のアスファルトの道路は、四車線になり、二車線になった。最後に僕は、ダグラス・ロックウッドの家に通じる砂利道に入った。そこに至るまでの三十分で、摩《ま》天楼《てんろう》とコンクリートは畑と木々に変わっていた。灰色の薄雲が遅い午後の空に垂れこめ、十二月の弱い太陽は早くも西に沈みだしている。小糠雨《こぬかあめ》はみぞれに変わっていて、北風が冬の嵐の接近を予告するのとともに、気温は急激に落ち込んだ。

僕は速度を落として、ロックウッドの家の前を通過した。年月を経て傾き、木の羽目板が下のほうから腐りだしている古い農家。前庭の草は夏じゅう刈らずに放置されていて、芝生というよりむしろ休耕地みたいに見える。砂利敷きの私道には、後部の窓の代わりにビニールシートを張った古いフォード・トーラスが駐まっていた。

僕は家のすぐ先の農地の入口でUターンして、来た道を引き返した。すると、私道に近づいたとき、窓の奥で人影が動くのが見えた。寒気《さむけ》が体を駆け抜けた。窓の向こう側ではクリスタル・ハーゲンを殺した男が自由に歩き回っているのだ。ロックウッドの罪の汚《けが》れがカールの名を毒していると思うと、突如、激しい怒りではらわたが煮えくり返った。ただ車で郊外に行くだけだ、これは単なる偵察、家を見つける任務にすぎない――何度も何度も僕は自分にそう言い聞かせてきた。でも心の奥底では、最初から、それだけじゃすまないことはわかっていた。

僕はロックウッドの家の私道にゆっくりと入っていった。タイヤの下で砂利がガリガリ音を立てる。ハンドルを握る手は汗ばんでいた。僕はおんぼろトーラスのうしろに車を停め、エンジンを切った。ポーチは暗かった。家のなかも同様に陰気臭く見えた。明かりは、ずっと奥のほうから射しているだけだ。僕はデジタル・レコーダーをオンにして、シャツのポケットに入れた。それから、ポーチに上がって、玄関のドアをノックした。

最初は、なんの動きも見られなかったし、足音も聞こえなかった。僕はもう一度、ノックした。すると今度は、明かりの灯る奥の部屋からぼんやりした人影が現れ、ポーチの照明を点けて、ドアを開けた。

「ダグラス・ロックウッドさん?」僕は訊ねた。

「ああ、そうだが」彼は、立ち入り禁止区域に侵入した者を見るような目で、上から下まで僕を眺めまわした。身長は六フィート二インチくらいだろうか。三日分の無精ひげが喉と顎と頬を覆っている。その体は、アルコールとタバコと古い汗とでぷんぷんにおっていた。

僕は咳払いした。「僕はジョー・タルバートといいます。実は、あなたの娘、クリスタルさんの死について執筆していまして。できれば、お話をうかがいたいんですが」

ロックウッドの目がほんの一瞬、大きくなり、その後、細められた。「あれは……あの件はもう全部すんでいる」彼は言った。「どういうことなんだ?」

「クリスタル・ハーゲンについて執筆しているんです」僕は繰り返した。「それと、カール・アイヴァソンや一九八〇年のあの事件について」

「あんた、記者なのか?」

「カール・アイヴァソンが仮釈放を認められて刑務所を出たことはご存知ですか?」彼の注意をそらすために、また、こっちの注目ポイントはカールの早期釈放なのだと思わせるために、僕は言った。

「あの男がどうしたって?」

「そのことでお話をうかがいたいんですが。ほんの二、三分ですみますから」

ダグラスは振り返って、ぼろぼろの家具や汚れだらけの壁を見た。「人が来るとは思ってなかったし」彼は言った。

「ほんのいくつか質問するだけですよ」僕は言った。

彼は何やらぶつぶつつぶやき、ドアを開けたまま、なかに引っ込んだ。僕はドアの奥へと進み、散らかったリビングを目にした。衣類や空になった食べ物の容器、ケチなガレージセールで売っていそうなガラクタがあちこちに放《ほう》り出され、膝《ひざ》の高さまで積もっている。ほんの何歩か進んだところで、突如、彼が足を止め、僕に顔を向けた。「ここは納屋じゃないんだが」彼は僕の濡れた靴を見おろして言った。入口の廊下に散らかったガラクタの山を見て、反論したくなったものの、僕はおとなしく靴を脱いで、彼のあとから、キッチンへ、テーブルへと進んだ。テーブルは古新聞、貸金返済請求書の封筒、約一週間分の汚れた大皿で埋め尽くされていて、そのまんなかに半分空いたジャック・ダニエルのボトルが祝日の飾り物よろしくぬっと立っていた。ロックウッドはテーブルの端の椅子にすわった。僕は（シャツのポケットのレコーダーがロックウッドに見えないよう用心しつつ）コートを脱ぎ、それを椅子の背にかけてからすわった。

「奥さんはお留守ですか？」僕は訊ねた。

ロックウッドは唾でも吐きかけられたかのように僕を見た。「ダニエル？　あの性悪女か？　あいつは二十年前にわたしの妻じゃなくなっている。離婚したんだ」

「お気の毒に」

「別に気の毒じゃない」彼は言った。「争い好きでうるさい女といるよりは、荒野《あらの》に住むほうがまだましだ。箴言《しんげん》二十一章十九節」

「なるほど……そうかもしれませんね」なんとか話をもどそうとしながら、僕は言った。「ところで、僕の記憶だと、ダニエルさんはクリスタルさんが殺されたとき、自分は仕事に出ていたと証言しているんですが。まちがいありませんか？」

「ああ……そのことがアイヴァソンの出所にどう関係してくるんだ？」

「それにあなたは、遅くまで中古車販売店で働いていたと言っていますよね？」

彼は唇を引き結び、僕をじっと見つめた。「いったい何が言いたいんだ？」

「僕は理解しようとしているんです。それだけですよ」

「理解する？　何をだ？」

僕の計画性のなさが露呈しだしたのは、このあたりからだ。それは、ピアノの演奏中、たったひとつはずした音が、その存在を鳴り響かせるのに似ていた。本当は巧妙に、利口にやりたかった。ロックウッドが本人も気づかぬうちに告白をしてしまうような罠を仕掛けたかったのだ。でもそううまくはいかず、僕はごくりと唾をのみ、まるで砲丸投げみたいにつぎのせりふを放り出した。「僕は、継娘《ままむすめ》の身に起きたことについて、なぜあなたが嘘をついたのか理解しようとしているんです」

「なんだと？」ロックウッドは言った。「おまえ、何様のつもり――」

「僕は真実を知ってるんです！」僕は大声で叫んだ。彼の喉で言葉が形作られる前に、その反論を食い止めたかった。もう終わりなんだと彼にわからせたかった。「クリスタルの身に何があったか、僕は知っているんです」

「なんでおまえが……」ロックウッドは歯ぎしりし、椅子から身を乗り出した。「クリスタルの身に起きたことは、天罰だ。あれは自ら招いたことだ」彼はテーブルにてのひらをたたきつけた。「『その額《ひたい》にはひとつの名、奥義が記されていた。大いなるバビロン、淫婦どもや忌まわしき者どもの母』」

僕は戦いに突っ込んでいきたかった。でもこの聖句の噴出は、僕を混乱させた。彼はおそらく、何年も自分に言い聞かせてきたこと、罪悪感を和《やわ》らげる言葉を、吐き出しているのだ。こっちが体勢を立て直すより早く、ロックウッドは目を燃え立たせ、僕に顔を向けて言った。

「おまえは何者だ?」

僕は尻ポケットから日記のコピーを取り出し、暗号入りのをいちばん上にして、ロックウッドの前に置いた。「陪審がカール・アイヴァソンを有罪にしたのは、クリスタルの日記の書き込みをカールのことだと思ったからです。この暗号、彼女が日記に書き込んでいた数字のことを覚えていますか?」ロックウッドは自分の前に置かれた日記のコピーを見た。それから僕を見て、ふたたび日記に視線をもどした。ここで僕は解読ずみのほうをロックウッドに見せた。クリスタルにセックスを強要していた男として彼の名前が入ったやつだ。それを読むうちに、彼の手は震えだした。その顔が蒼白になるのを僕は見守った。彼の目はふくらみ、まぶたはぴくぴく痙攣《けいれん》していた。

「どこでこれを手に入れた?」彼は訊ねた。

「僕は暗号を解いたんです」僕は言った。「これがあなたのことなのは、もうわかっています。彼女にこういうことをさせていたのはあなたなんだ。あなたは継娘をレイプしていたんだ。それはもうわかっているんですよ。僕はただ、警察に届ける前に、なぜこんなことをしたのか説明するチャンスをあなたに与えたかっただけです」

彼の目の奥をなにがしかの考えがよぎった。彼は恐怖と悟りの入り混じった表情で僕を見つめた。「ちがう……きみはわかってないんだ……」彼はテーブルの中央に手を伸ばし、ジャック・ダニエルのボトルを取った。僕は身構え、防御してカウンターパンチを放つつもりで、彼が殴りかかるのを待った。でも、彼はただ、ボトルのキャップを取り、その中身をぐうっとあおっただけだった。服の袖《そで》で口をぬぐうとき、彼の手は震えていた。

　痛いところを突かれたわけだ。僕の言ったことが、彼をロープまで吹っ飛ばしたのだ。だから僕はさらに突き進むことにした。「あなたは彼女の付け爪にＤＮＡを残しています」僕は言った。

「きみはわかってないんだ」彼はまた言った。

「僕はわかりたいんです」僕は言った。「だからここに来たんですよ。なぜなのか教えてください」

ロックウッドはふたたびウィスキーをあおり、口の端から唾をぬぐって、日記を見おろした。それから彼は、弱々しく震え声でしゃべりだした。胸に秘めておくはずだった考えを口にしているように、その言葉は単調に機械的に流れ出てきた。「聖書的だな」彼は言った。「親子の愛。そして、きみがここに来た。こんなに時が経ってから……」彼はこめかみをぎゅっと押しながら側頭部をもんでいた。その様子はまるで、脳のなかでがやがや騒ぐ考えや声を押し出そうとしているようだった。

「そろそろ過《あやま》ちを正さないと」僕は言った。アンドルー・フィッシャーから情報を引き出したときのライラに倣《なら》って、僕も潤滑油を使ってみた。「わかりますよ。とてもよく。あなたは怪物じゃない。ただ、どうしようもなかったんですよね」

「世間の人は愛というものを理解していない」彼は言った。僕などもうそこにいないみたいだった。「みんな、理解していない。子供とは神が人間に与える褒美なんだ」彼は僕を見た。僕の目をさぐり、理解の色をさがしたが――そこにそれはなかった。彼はまたウィスキーをあおった。その息遣いが激しくなり、黒目がぐるりとひっくり返って、震えるまぶたの裏に隠れた。気を失うんじゃないか？　そう思ったとき、彼が目を閉じ、ふたたび――今度は、体内の深く暗い洞窟をさぐって言葉を引っ張り出すように――しゃべりだした。その言葉は、古いマグマみたいに粘っこくどろどろと流れ出てきた。「自分でも自分の行動が理解できんのだよ」彼はささやいた。「わたしは自分のしたいことをしない……何より嫌っていることをするんだからな」彼の目に涙があふれた。その手の関節が白くなる。まるで救命具にしがみつくように、彼はウィスキー・ボトルのネックを握り締めていた。

告白が始まろうとしている。僕にはそれがわかった。僕はシャツのポケットのレコーダーに用心深く目をやり、小さなマイクに何もかぶさっていないことを確かめた。自らの罪を認めるロックウッドの言葉は、なんとしても彼自身の声によって記録しなきゃならないのだ。

顔を上げると同時に、目の端にあのウィスキー・ボトルが映った。一瞬後、側頭部にボトルがたたきつけられ、僕は椅子から転げ落ちて、壁に頭をぶつけた。本能が玄関へ走れと命じるさなか、ロックウッドの家の床がコルクの栓抜きみたいによじれはじめた。平衡《へいこう》感覚を狂わされ、僕は左によろけてテレビに突っ込んだ。長く暗いトンネルの彼方に玄関のドアが見える。

ぐるぐる回る部屋と格闘しつつ、僕はそこにたどり着こうとした。

フライパンか、それとも、椅子か——何か固いもので、ロックウッドに背中を殴られ、僕はまたもや床に倒れた。ドアまではあと少しだ。最後にもう一度、全身の力を振り絞《しぼ》って、前に飛び出す。手のなかにドアハンドルを感じ、僕はさっとドアを開けた。つぎの一撃が後頭部をとらえたのは、そのときだ。僕はよろよろとポーチを下りて、膝まで届く草のなかに着地した。井戸に落ちたかのように、暗闇が僕をのみこむ。僕はその闇のなかを漂った。頭上には小さな光の輪が見えていた。深淵に引きずり込まれまいと闘い、懸命に意識を取りもどそうとしながら、僕はその光をめざして泳いだ。光にたどり着くと、十二月の寒気がふたたび僕の肺を満たした。凍った草が頬に触れている。僕は呼吸した。後頭部の痛みが頭を貫いて両眼に打ち込まれた。温かな血がひとすじ首を伝っていく。

ロックウッドはどこだ?

両腕は石になっていた。不自然に両脇に置かれた役に立たない棒きれに。僕は全エネルギー、全神経を手先に集中させ、意思の力でまず五本の指、つぎに手首、つぎに肘、そして肩、と動かしていった。それから、両手を体の下にやり、冷たい地面にてのひらを押しつけて、雑草のなかから顔と胸を持ちあげた。うしろで——すぐ近くで何かが動く音がした。デニムが草をかすめる音だ。でも視界に霞《かすみ》がかかっていて、僕には何も見えなかった。

キャンバス地のベルトみたいなものが喉に巻きついた。それはぎゅっと締まり、呼吸が遮断された。僕は勢いをつけ、地面から起きあがろう、膝立ちになろうとした。でも頭を殴られたとき、どこかの接続が断たれたらしい。体は僕の命令を無視した。うしろに手をやると、ロックウッドの関節が引き締まるのが感じられた。彼は必死でベルトを握り締め、その両端を引っ張っていた。息ができない。わずかに残っていた力も尽きた。自分がまたあの井戸に、あの果てしない暗闇に落ちていくのがわかった。

体が弛緩《しかん》すると同時に、いらだちがさっと心を駆け抜けた。自分の愚直さへのいらだち、ボトルを握り締めたあの手の意味を見落としたことへのいらだち、凍った草のなかにうつ伏しているあいだに、自分の人生が静かに、唐突に、終わってしまうことへのいらだちだ。僕はあの老いぼれに――子供を犯す酒浸りの変質者に負けたのだ。

第三十四章

僕は夢をひとつ通り抜けて生き返った。

冷たい風に体を打たれ、休耕期の豆畑のまんなかに僕は立っていた。頭上では黒い雲がうねっている。それは鬱積《うっせき》した怒りに沸き返り、よじれて漏斗形《ろうとがた》になり、いまにも地上に到達して僕をさらっていきそうだった。僕がその脅威に屈せず踏ん張っていると、雲はばらばらになり、小さな粒となって降ってきた。そのひとつひとつが次第に大きくなり、翼とくちばしと目玉を生やし、クロウタドリに変身しながら、僕に向かって突っ込んでくる。鳥たちは、ばらばらと攻撃的に急降下し、僕の体の左側に着地して、腕や腰や腿《もも》、顔の左側面《そくめん》をついた。僕は鳥たちを手で打ち払い、畑のなかを駆けだしたが、何をしても連中の攻撃は止まらない。連中は僕の体から皮膚を引きむしっていた。

世界がバウンドするのを感じたのは、そのときだ。鳥たちは消えた。豆畑も消えた。僕はこの新たな現実——暗闇しか見えず、車のモーター音と舗道を進むタイヤの音しか聞こえないという現実を理解しようとあがいた。頭はずきずき疼《うず》いていたし、体は左側面全体がひりついていて、まるで誰かに魚の鱗《うろこ》取りよろしくその部分の皮を剝かれたみたいだった。喉の内側は、目の粗いやすりをかけられたような感じがした。

痛みが鋭くなるのとともに記憶がよみがえり、僕は側頭部にたたきつけられたウィスキー・ボトルのことや喉を締めつけるベルトのこと、鼻を刺すあの男の腐敗臭を思い出した。僕は胎児みたいな格好に丸められ、寒くて暗くてうるさい場所に押し込まれていた。左腕は体の下敷きになっていたけれど、右手の指は動かせて、それが自分のブルージーンズの生地にひっかかるのが感じられた。僕は自分の腿をさぐった。それから、手を前に持ってきて、薄いシャツの胸にやり、レコーダーをさがした。レコーダーはなくなっていた。体の下の床に手を下ろすと、そこには敷物のけばがあった。濡れた、凍りつきそうに冷たい敷物。それが体の左側の皮膚をちくちく刺している。夢に出てきたクロウタドリの群れだ。僕はその敷物を知っていた。それは僕の車のトランクの床に敷いてあるマットだった。トランクとホイールウェルのあいだの錆《さび》穴からまき散らされる水で常時濡れているやつだ。

参ったな、と僕は思った。僕は自分の車のトランクのなかにいる——コートも靴もなしで、ジーンズとシャツの左側は道路から飛んでくる冷たい水飛沫《しぶき》でぐっしょり濡れ——そのうえ、猛スピードで移動しているわけだ。いったいどうなっているんだろう？　全身ががたがた震えはじめた。僕は歯を、砕けるんじゃないかと思うほど、強く食いしばっていた。体の左側を多少なりとも楽にしたくて、あおむけになろうとしたけれど、それはできなかった。膝が何かにつかえている。そろそろと下に手をやり、力ない震える指で暗闇をさぐると、膝に立てかけられたシンダーブロックのざらざらの表面に手が触れた。さらに手を伸ばすと、そこには第二のブロックがあった。ふたつのブロックは頑丈な鎖でつながれていた。僕は鎖をたどっていった。それはふくらはぎのあいだを通り抜け、両足首に至り、そこに二回巻きつけられて、フックで固定してあった。

足首に結びつけられたシンダーブロック。これがどういうことなのか、最初はさっぱりわからなかった。もやもやが晴れるまでにはちょっと時間がかかった。両手は縛られていない。口をふさぐテープもない。でも足首にはシンダーブロックが結びつけられている。あの男は僕がもう死んだものと思っているにちがいない。そうでなければ、すじが通らない。彼は僕の遺体を捨てに行こうとしているのだ。どこか水のあるところ、湖か川に。

すさまじい恐怖が僕をとらえ、突然襲ってきたパニックに思考が停止した。恐ろしさと寒さで体がわなないた。あいつは僕を殺す気なんだ。いや、あいつは僕を殺したと思い込んでいるんだ。小さな光が頭のなかでひらめき、体の震えが鎮まった。あいつは僕がもう死んだものと思っている。死人は闘えない。死人は走れない。死人は他者の計画をぶち壊すこともできない。でもこれは僕の車だ。ロックウッドは僕のテリトリーに足を踏み入れるというミスを犯した。たとえ目隠しされていても、僕にはこのトランク内のすべてがわかる。

僕は小さなプラスチック・パネルのことを思い出した。トランクの内側からテールライトを覆うペーパーバック・サイズのカバーだ。過去一年のあいだに、僕は方向指示器を両方とも交換していた。暗闇を手さぐりすると、すぐに小さな留め金が見つかり、右のウィンカーのパネルを開くことができた。すばやくひとひねりして、テールライトの電球をはずすと、トランク内は神々しい光で満たされた。

僕は両手で電球をくるみこみ、その熱で凍りついた手の関節をほぐした。それから、上体をひねって左のテールライトに手を伸ばしたが、そのあいだも、急激に動いたり音を立てたりしないよう、用心は怠《おこた》らなかった。積み荷がまだ生きているという事実をダグラス・ロックウッドに悟られてはまずいのだ。僕はパネルを開けて、左のライトをはずした。これによって車はテールライトを失い、トランク内は真昼みたいに明るくなった。

両足首に巻かれた鎖はひとつのフックで固定されていた。ここまできつく締めたとは、ロックウッドはあらんかぎりの力を振り絞ったにちがいない。僕はフックをはずそうと奮闘した。かじかんだ手は関節炎にかかったみたいに丸まっていたし、親指は花びらと同じくらい役に立たなかった。そこで、ライトの電球をもう一度つかみ、ぎゅっと握り締めた。そうしていると、白熱電球が熱く燃え、凍りついた皮膚に触れて蒸気を発するのが感じられた。僕は何度も何度もフックをはずそうとした。でも鎖を解くことはやはりできなかった。何か道具が必要だ。

僕は工具類をあまりたくさん持っていない。でも、しょっちゅう故障するポンコツ車の持ち主なので、所有する工具は残らずトランクに入れてあった。ドライバー二本、小型の自在スパナ、ペンチ、粘着テープ一ロール、防錆潤滑剤《ぼうせい》WD－40。全部ひとまとめに油染みたタオルにくるんである。僕はかじかんだ右手でドライバーをつかむと、その先端をフックと鎖の環《わ》のあいだに挿し込み、ぐりぐりとよじりながら、一ミリ一ミリ先へ進めていった。てこの力を使えるくらいドライバーが食い込んだところで、ぐいと上に柄《え》を向けると、環からフックがはずれた。鎖は大音響とともに床に落ちた。その音は小さなトランク内にこだましたように思えた。凍りついた両足にさっと血液が流れ込むと、あまりの痛さに悲鳴をあげそうになり、僕は唇を嚙みしめた。それからしばらく、僕は息を止めて、ロックウッドが反応するのを待っていた。車内のラジオから音楽の音がかすかに聞こえる。ロックウッドはそのまま運転しつづけた。

最初にテールライトをはずしてから、少なくとももう十分は経過していた。近くに警官がいたなら、いまごろこの車は止められているはずだ。途中通過した曲がり角やカーブは、フリーウェイの曲がり角やカーブよりも急だったし、道にときどきこぶがあるところを見ると、ここは森林地帯らしい。車は（暴風雪が近づいているなら、なおさらだが）交通量の少ない郊外のハイウェイを走っているのだ。

僕は頭のなかで選択肢を検討した。まずは、警官に止められるまで待つという手。これはまったく見込みがない。では、ロックウッドが目的地に着くまで待つという手は？　彼にトランクを開けさせ、僕がまだ生きていて怒っているのを発見させたらどうだろう？　でも、その前に僕が低体温症で死んでしまうということだって充分にありうる。ならば、脱出するか。僕の頭にある考えが浮かんだのはそのときだ。トランクは人が入れないように設計されているのであって、人を閉じこめるようにはできていない。トランクの蓋《ふた》を調べると、そこにはトランクのロックを固定している三つの六角ナットがあった。歯を嚙みしめたまま、僕は笑みを浮かべた。

工具類のなかをさがして、自在スパナをつかみとると、冷え切ったその握りがドライアイスみたいに手を焼いた。僕は油を拭くタオルでスパナをくるみ、開口部を調節するウォームギアを回そうとした。僕の指は動こうとしなかった。僕は右の親指を口に含んでその関節を温め、同時にテールライトを握って左手を温めた。

車が減速し、停止した。僕は右手にスパナを握り締め、いつでも飛び出せるよう身構えた。不意打ちを食らわせ、ロックウッドを殺してやろう。そう思ったのだが、アコードはふたたび発進し、右に曲がり、ぐんぐん加速して、やがて危険なスピードに達した。

僕はもう一度、スパナのウォームギアに挑んだ。今回それは回転し、スパナの口が締まって、一個目の六角ナットをはさみこんだ。指は丸まり、かじかんでいたので、僕は両手のてのひらでスパナを持っていた。この作業には、能力を超える技に挑戦する子供みたいに、集中しなきゃならなかった。両腕がひどく震えているもので、ただスパナの口をナットに合わせるだけのことにも、延々と時間がかかった。

三個目のナットがはずれたころには、体の震えは止まっていた。落ち着いたのは、目的達成のための奮闘と集中のおかげなのか、それとも、単に低体温症の新たな段階に入ったということなのか、僕にはわからなかった。最後のナットが落ちてくると、トランクの蓋はほんの少し開いた。これでトランクを開ける妨げとなるものは、トランクの留め金と、運転席の横のトランク・リリースレバーにつながるワイヤーだけとなった。そのワイヤーはペンチのひとひねりで排除できるはずだ。

トランクの蓋を数インチ押しあげると、トランク内部の明かりが点灯し、僕は急いで蓋を閉めた。その明かりのことは忘れていた。ロックウッドは異変に気づいただろうか？　それを確かめるため、僕は耳をすませて、しばらく待った。でも彼はスピードを変えなかった。僕は明かりの電球をはずし、テールライトの電球には覆いをかぶせ、そのうえでもう一度、トランクを開けた。ハイウェイが時速約六十マイルで僕の下を通過して暗闇へと消えていく。その先には他の車のライトも、民家の明かりも、町の灯の輝きもない。僕はトランクから出たかった。でも、この速度で舗装路に衝突する痛みのほうは避けたかった。

あの震えがもどってきて、ふくらはぎや腕や背中の筋肉に襲いかかった。すぐに行動を起こさないと、凍えて何もできなくなるか――あるいは、死ぬかだろう。僕は油を拭くタオルを三等分に引き裂いた。そのうち二枚は靴にするため、足のサイズにだいたい合うよう四角くたたみ、慎重に足の裏にあてがって、粘着テープでぐるぐる巻きにした。三枚目の布は自在スパナの柄に巻きつけ、排気管の排ガスの流れを遮断できるくらい大きな塊《かたまり》にした。それから、粘着テープをもう一枚、静かに三フィートほど破り取ると、その片端をトランクの蓋にできたロックのあとの穴に貼りつけた。テールライトは、蓋を開けたときトランクから光が漏れないように、もとの場所にはめこんだ。つぎに僕は、トランク・リリースのワイヤーをペンチで切断した。トランクの蓋はテープで押さえて閉じておいた。それから僕は、脱出口のテストとして、片手で数インチ、蓋を押しあげてから、もう一方の手でテープを引いて蓋を下ろしてみた。そろそろ抜け出す頃合いだった。

僕はトランクが一フィートくらい開くようにテープをゆるめた。それだけ隙間があれば、肩まで外に出せる。なおかつ、それくらいなら、まあ、ロックウッドに気づかれることもないだろう。僕はまず車のうしろ側にじりじりと頭を出した。蓋は右手でテープを引いて背中まで下ろしておき、左手にはタオルにくるんだスパナを持っていた。凍てつく風に僕の息は止まった。

僕は渾身の力をこめて排気管にスパナを押し込んだ。タオルが排気ガスの流れを止め、一酸化炭素がマニホールドへ、中枢部へと逆流していく。排気ガスの圧力に逆らい、ストッパーを押さえていると、やがて車はぶつぶついい、二度咳き込み、ついに息絶えて、音もなく路肩に向かった。這うようなスピードになったところで、僕はトランクから飛び出し、道路脇の森をめざして、粘着テープの靴が許すかぎりの全速力で走った。

森の際《きわ》にたどり着いたとき、車のドアがバタンと閉まる音が聞こえた。僕は走りつづけた。木の枝が左右の腕の皮膚を引き裂く。僕は走りつづけた。さらに何歩か先へ。するとロックウッドが何かどなった。言葉は聞き取れなかったけれど、その怒りは汲み取れた。僕は走りつづけた。もう数フィート先へ。そのとき、一発目の銃声がパーンと鳴り響いた。

第三十五章

銃撃されたことなんか生まれてこのかた一度もなかった。なおかつ、目下体験中のその夜――首を絞められて気を失い、シンダーブロックに鎖でつながれ、トランクのなかで危なく凍死しかけたその夜に、それ以上ひどいことが起ころうとは思ってもみなかった。僕は頭を低くし、右へ左へ蛇行しながら、やみくもに森を走った。一発目の銃弾は十ヤード右のバンクスマツの幹にめりこみ、さらに二発の弾が頭上の冷たい夜気を切り裂いた。うしろを振り返ると、テールライトの輝きのなかに、僕のほうを狙って右手で銃を構えているダグラス・ロックウッドの姿が見えた。銃弾のことをそれ以上気にする間もなく、足もとから地面が消え、僕は崖の下へと転がり落ちた。枯れ枝や低木の藪《やぶ》が凍りついた肌に襲いかかる。僕はえいやと立ちあがると、樺の木の枝をつかんで身を支え、耳をすませた。ふたたび銃声が鳴り響き、弾丸がはるか頭上を越えていった。

そして静寂。

まっすぐに立つと、崖の斜面の向こうが見えた。僕の車は五十ヤード先にあった。そのハイビームがハイウェイに円錐形の光を投じている。ロックウッドは僕がどこにいるのかよくわからずに、転落の音がした方向を銃で狙っていた。彼は狙いを絞り込むために、ふたたび音がするのを待った。小枝が折れたり、枯れ葉がカサコソいったりするのを。彼は耳をすませた。でも、僕はじっと静かに立っていた。走るのをやめたものだから、全身が寒さでがたがた震えていたけれど。ロックウッドは僕の車の背面をのぞきこんだ。それから身をかがめ、排気管からスパナを引き出して、森の奥へと放り投げた。

彼は運転席のドアに向かった。排気管のストッパーはもうないから、エンジンはかかるだろう。彼にはヘッドライトがある。この田園地帯を煌々《こうこう》と照らすことができるわけだ。僕は窪《くぼ》みから這い出すと、よけられるものはよけ、見えない枝々にひっかかれ、鞭打《むちう》たれながら、森のさらに奥へと走った。ロックウッドが車をターンさせるまでに、僕たちのあいだには深い森百ヤード分の隔《へだ》たりができていた。ヘッドライトの光は低木の茂みをほとんど通過してこない。小さな丘を駆け下ると、その光は地平線の向こうに消えた。

あの男は森のなかをさがすだろう――少なくとも、僕だったらそうする。彼としては、僕を生かしてはおけない。僕が文明社会に帰り着き、知っていることをしゃべるのを許すわけにはいかないのだ。僕は移動しつづけた。一歩ごとにつま先から鋭い痛みが突きあげてくる。目は暗闇に慣れ、通り道の倒木や木の枝をよけられるまでになっていた。僕は息を整えるために立ち止まり、足音がしないかと耳をすませた。何も聞こえない。ロックウッドは野外に、このどこかにいるはずだ。耳を凝《こ》らしていると、めまいがしてきて、思考が鈍《にぶ》り、ばらばらになった。何かがおかしい。僕は若木につかまろうとした。でも、手は僕の命令に従おうとしなかった。

僕は倒れた。

肌が熱い。これに関しては、学校で習ったことがある。なんだっけ？ そうだ。低体温症で死にかけている人は、暑くなって服を脱ぎ捨てるんだった。僕は死ぬんだろうか？ 動かなきゃならない。動きつづけ、血を通わせなきゃ。立ちあがらなきゃならない。僕は両肘《ひじ》で地面をぐいと突き、膝立ちになった。膝にはもう感覚がなかった。凍てつく地面が肌に触れても、もう何も感じない。僕は死ぬんだろうか？ いや、そうはいかない。

生まれたての子馬みたいに僕の脚はぐらついていた。それでも僕は立ちあがった。どっちに向かって走っていたっけ？ 僕には思い出せなかった。どの方向も、同じようになじみがなく、同じように不吉に思えた。動かなきゃならない――じっとしてたら死ぬんだ。風はうしろから吹いてたんじゃないか？ 僕は方向を決め、歩きだした――冷たい風が背中を押している。ひょっとすると、まっすぐロックウッドに向かって歩いているのかもしれない。でも、そんなことはどうでもよかった。低体温症で死ぬよりは、撃たれて死ぬほうがまだましだ。

またもや現れた小さな崖に、僕は気づかなかった。ジャガイモの詰まった麻袋みたいにバウンドしながら、僕は急斜面を転がり落ち、荷車用の道のまんなかに着地した。土が露出したトラックのタイヤの轍《わだち》が二本、平行して走っている。その小道は、僕の胸に決意をみなぎらせた。僕は立ちあがり、顔の向いた方角へよろよろと歩きだした。膝は震え、がくがくしていて、一歩ごとにくずれそうになった。そして、もう体力の限界だと思ったとき――あとは前に倒れることくらいしかできないという段階に至ったとき――数フィート前方にきらりと反射する光が見えた。混乱した脳が最後にもう一度、僕を弄《なぶ》っているんだ。そう思って、僕は目を瞬《しばたた》いた。でも、それはやっぱりそこにあった。雲を貫くひとすじの月光が、狙いをつけて放たれた矢のように地球にすーっと飛んできて、狩猟小屋の汚れたガラス窓を照らしている。あれは避難所になるんじゃないか。たぶん毛布もあるだろう。うまくすると——ストーブも。

力が湧いた。自分でも残っているとは思わなかった力——命の最後のあえぎだ。足を引きずって、僕は荷車用の道を進んだ。小屋には鍵のかかった金属のドアがついていたけれど、ドアの横の窓は簡単に割れそうだった。僕は石を見つけた。でも、五本の指は手の先についた単なるこぶと化していた。そこで僕は、手首と前腕を使ってその石を拾いあげた。石と体をガラスにぶつけると、窓の隅の一部が割れた。その穴に手を差し入れて、なかへと伸ばし、僕はドアノブをつかもうとした。でも、僕の手はただノブに触れて、バタバタするばかりだった。あと少しで助かるのに。なかに入れないことには、どうしようもない。

ふたたびめまいが襲ってきた。右脚ががくんと折れて、僕は小屋に倒れかかった。左脚がなんとか僕を立たせておこうと奮闘している。僕は頭をそらし、額を窓にたたきつけた。ガラスが粉々に砕け、床になだれ落ちた。残ったガラスを肘で殴りつけ、窓枠から取りのぞくと、僕は開口部からなかへ飛び込み、ガラスの破片《はへん》に腹の皮を裂かれながら、床へと転がり落ちた。

それから、膝と肘とで這いまわり、ほの暗い月の光のもと、この新しい宿の設備をできるかぎり調べた。シンク、カードテーブルと椅子四脚、カウチ、そして……薪《まき》ストーブ。やったぞ！　ハンターたちはバンクスマツの薪《たきぎ》の小山をストーブのそばに残していた。それに薪の山の横には、古新聞と、長いマッチが二本入った炭酸飲料の缶くらいの缶もあった。僕はマッチの一本を曲がった指のあいだに差し込み、鋳鉄のストーブの側面で擦《こす》った。ところが、震えのせいでマッチの先を強くストーブにぶつけてしまい、マッチはぽっきりふたつに折れて、その先端は闇のなかへと落ちていった。

「くくくくっそー！」ウィスキー・ボトルで殴られて以来、僕は初めて言葉を発した。その音はひりつく喉をがりがり削りながら外に出てきた。

二本目のマッチを左手に差し込むと、僕は手首を腹に押し当て、マッチを安定させた。マッチの先をストーブの金属に触れ合わせてから、体をぐいとひねると、ほどよい力加減で金属をこすることができ、マッチは折れずに火が点いた。僕はマッチを横向きにし、炎が大きくなるのを見守った。古新聞の角に火を点けると、炎は乾いた紙を舐めながら、すごい速さで僕の手へとのぼってきて、その熱を僕に与え――僕は、貧困者のようにがつがつとそれを貪《むさぼ》った。

燃える新聞紙の光が小さな部屋を満たすと、薪の山の横に松の樹皮が置いてあるのが見えた。燃える新聞紙の上に樹皮を積みあげ、そこに火が燃え移るのを僕は見守った。まもなく木材のご威光により焚火が手に入った。樹皮から枝に、枝から薪に、火は伝わり、数分後には、僕は強力な炎の前にしゃがみこんで、九十度ずつ体を回転させ、その左右前後を痛みだす寸前まで炙《あぶ》っては向きを変えていた。

架空の焼き串に刺されて回転していると、やがて肌が温まり、感覚がよみがえり、体じゅうの傷が声をあげはじめた。腕と脚は一面、裂傷だらけだった。腹からは、ガラスの破片をいくつか抜き取らなきゃならなかった。ひときわ大きい肩の擦《す》り傷には、まだ松の葉が刺さっていたし、首の皮膚の、ロックウッドのベルトが巻きついていた箇所は焼けつくようで、自分がどれほど死に近づいていたかを思い出させた。さらに、足に巻いてあった粘着テープをはがすと、そこにじわじわ血がもどってきて、毛細血管と足指のひび割れに火を点けた。僕はふくらはぎや胸や顎の筋肉をさすった。震えから来る痙攣《けいれん》は相変わらず、それらの箇所を大釘《おおくぎ》みたいに突き刺していた。

関節がほぐれて、立てるようになるとすぐ、僕は火掻き棒を手に窓辺に行き、外をのぞいて耳をすませた。どこかにダグラス・ロックウッドがいないだろうか。森を走ってきたとき、うしろから吹いていたあの風は強まり、疾風になっていた。それはギンガムのカーテンをはためかせ、外の松の木々を揺らしてヒューヒューと唸《うな》った。音こそ不気味だけれど、風は天の賜物《たまもの》だ。それは、追っ手の前から煙のにおいを運び去ってくれるのだから。外にロックウッドのいる様子はなかった。足音も聞こえない。あの男は銃を持っている。でも、見つからないものを撃つことはできない。ストーブの明かりが外に漏れないよう、窓を全面隙間なく覆うために、僕は窓枠にカーテンをはさみこんだ。それから、耳をすませて待った。僕を殺したいというなら、ロックウッドをなかに入れてやろう。こっちは準備ができている。あいつは地獄の戦いを強《し》いられるのだ。

少なくとも一時間、僕は窓の横にうずくまって、足音がしないか、カーテンの向こうの窓の穴から銃口が突き出されないかと警戒しつづけた。一時間後、僕はようやく、その狩猟小屋で彼に見つかることはないんじゃないかと思いはじめた。ロックウッドの気配がないか、外をのぞいてみると、そこに見えたのは、気象予報士が予想していたブリザードだった。コットンボールほどもある雪が風に吹かれ、横向きに流れていて、視界はゼロに近かった。これならロックウッドに見つかる恐れはない。あの男もブリザードのさなかに森をうろつくほどイカレちゃいないだろう。カウチのクッションを窓枠に押しこんで、窓の穴をさらにきっちりふさいでから、僕は見張りを切りあげた。

小屋のなかはいまや、燃え盛るすばらしい火に照らされている。改めて見回すと、そこはボックスカーほどのサイズのシングルルームだった。バスルームはなし。電気も電話も通っていない。シンクのそばの壁には、胸まで届く釣り用の胴長靴《チェスト・ハイ・ウエーダー》がひとつ掛かっていた。ガラスの破片の上を渡ってそこに行くと、僕は濡れて凍りついたブルージーンズを脱ぎ、そのウェーダーをはいた。ジーンズは箒《ほうき》の柄の先にひっかけてストーブの上に吊るした。小屋の戸棚には、大きなタオル二枚とフィレナイフが入っていた。僕はシャツを脱いでジーンズと一緒に吊るすと、二枚のタオルを肩にかけ、ショールみたいにまとった。それから、フィレナイフを手に取って、その鋭い刃を親指でなでてみた。僕はナイフを握り締め、暗闇に向かって繰り返し突き出し、心のなかで何度も何度もロックウッドを殺した。ここには着る物も、暖房設備も、カウチも、屋根もある。まるで王様みたいな気分だった。逃げ切ったのだ。僕はそう信じた。聖句を吐きかけ、その直後に僕を殺そうとしたあの異常者は、もう襲ってこないのだと。それでも、カウチに横たわったとき、僕はもう一戦交える覚悟で、一方の手にフィレナイフを、もう一方の手に火掻き棒を握り締めていた。

第三十六章

その夜はまるで岩棚の上で眠っているようだった。火がはぜるたびに断続的な眠りは破られ、僕は窓辺に飛んでいって、ロックウッドがいやしないかと森を見回した。夜が明けていくなか、嵐は勢力を増しつづけ、激しい風が橇犬《そりいぬ》でも二の足を踏みそうな目を眩ます白い壁に雪をたたきつけていた。日の出とともに、僕は十二インチの積雪のなかに足を踏み出し、給水ポンプをさがしに行った。小屋には排水口の付いたシンクがあるものの、蛇口はなかったのだ。結局、ポンプは見つからず、僕はストーブに鍋をかけて雪を解かした。薪《たきぎ》は二日持つだけあったし、火があるかぎり、生き延びることはできそうだった。

僕はもとのブルージーンズとシャツに着替えた。そのどちらも夜のあいだに乾いていた。その朝は、陽の光の恩恵のもと、小屋のなかを調べて過ごした。食料という点では、ハンターたちの蓄えは乏しかった。僕は、消費期限がとっくに切れた缶入りのビーフシチュー、スパゲッティの箱、そして、スパイスを数種類、見つけた。まあ、これだけあれば、嵐が過ぎるまで腹を満たしておける。

森からの脱出行には、コートが必要だ。そこで僕は見つかるだけの材料を集め、仕事にかかった。まず、二枚のタオルをそれぞれ筒状にし、釣り針を均した針と釣り糸とで縫《ぬ》って、袖《そで》をふたつ作った。袖はどちらも手首から胸まであったので、胸の前で縫い合わせ、頭を通せるように襟《えり》みたいな穴を残しておいた。それから、あのチェストハイ・ウェーダーをもう一度はき、タオルの上にサスペンダーを渡して、袖の位置を固定した。自分の創造力に気をよくし、僕は腕を伸ばして縫製の仕上がりをチェックしながら、室内を歩き回った。コートの第一部の完成だ。

午前のなかごろ、僕はスパゲッティの半分を茹《ゆ》でて、カレー粉とパプリカと塩というおかしな味つけでそれを食べ、白湯《さゆ》で喉に流し込んだ。過去にそれ以上すばらしい食事をした記憶はなかった。昼食後、僕はコートの残りの部分の製作にかかった。ひとつしかない小屋の窓には、ギンガムの厚地のカーテンが掛かっていた。その真っ赤なチェッカーボードの柄は、レストランのテーブルクロスを連想させた。僕はそのカーテンのまんなかに穴を開け、ポンチョをこしらえた。つづいて、帽子にするために、カウチの肘《ひじ》掛けから気泡ゴムの詰め物を引っ張り出した。時が来たら、チェストハイ・ウェーダーには断熱材としてカウチのクッションを切って詰め、帽子とポンチョはカーテンのひもで結んで着用するつもりだった。その日の終わりには、僕はドナー隊（一八四六年にアメリカ東部からカリフォルニアを目指した開拓民）ならうらやんだにちがいない冬のコートを手にしていた。

日が沈みだしたとき、僕はもう一度、天気をチェックした。雪はまだ降っていたものの、前ほど激しい降りではなかったし、横殴りでもなかった。僕は膝《ひざ》まで届く積雪のなかに足を踏み出し、これはスノーシューズが必要だな、と気づいた。夕食を作るあいだも、ずっとそのことを考えていた。フィレナイフでビーフシチューの缶を開け、ストーブの上で調理していると、やがてそれはぐつぐついいだした。

夕食後、僕はストーブの明かりのなかにすわり、壁から引きはがした一×八インチの松材の裾板《すそいた》でスノーシューズをこしらえた。チェストハイ・ウェーダーのブーツに板を縛りつけるのには、カウチの内部から引っ張り出したナイロンのひもを使った。完成すると、僕は満足の笑みを浮かべ、カウチの残骸の上で丸くなって小屋での第二の夜を迎えた。

翌朝は、スパゲッティの残りを調理して食べた。それから、クッションを細長く切ってその断熱材をチェストハイ・ウェーダーに詰め、ギンガムのポンチョをまとい、帽子をかぶった。ストーブの火は雪をかけて消した。小屋を出る前、僕はストーブから焦げた薪の切れ端を取り出して、カードテーブルに小屋の主宛てのメッセージを記した。

めちゃくちゃにしてすみません。小屋に命を救われました。弁償はきちんとします。

ジョー・タルバート

最後に僕は、腰にフィレナイフを留めた。ロックウッドがまた森のなかをつけてくるとはとても思えなかったけれど、それを言うなら、ウィスキー・ボトルでやられるのだって僕は予想していなかった。あの男は僕の死を願っている。僕を生かしてはおけないのだ。僕にはあの男を刑務所に送る力がある。たとえクリスタル・ハーゲン殺しでは無理でも、僕自身に対する殺人未遂によって。僕と同じように考えるとしたら、あの男はハンターみたいに――ライフルを手に――森に隠れ、僕が十字線のなかに入ってくるのを待つはずだった。

第三十七章

草やコンクリートの上を歩くのと同じくらい雪の上を歩く機会の多いミネソタで育ってはいるけれど、僕はそれまでスノーシューズで歩いたことがなかった。当然ながら、松の板で作ったスノーシューズで歩いたことなんてあるはずもなく、こつがつかめるまでにはしばらくかかった。そのうち一歩ごとに脛《すね》まで雪に沈めつつ進めるようになったけれど、これは膝まではまりこむのに比べたら、実に快適だった。スノーシューズがなかったら、その深さのなかであがいていたところだ。僕は枯れ木の枝を二本折り取って、スキーのストックでやるようにそれでバランスを取った。前に出るときは一歩一歩、踏み出すタイミングと体重移動を協調させる集中力が求められた。二十分後、進んだ距離はわずか四分の一マイルだったけれど、這うようなそのペースは気にならなかった。体は温か、天気は穏やかで、ダグラス・ロックウッドが森にいる気配もない。それに、死の脅威という気がかりはあっても、雪に包まれたその森の景色は息をのむほどすばらしかった。

細流が必ず川に通じるように、荷車用の道が道路へ、文明へと通じることを僕は知っていた。一時間歩きつづけ、期待には遠く及ばない距離を進んだところで、僕は道路に行き着いた。それは木々の途切れ目程度のもの——狭くて、曲がりくねっていて、まだ除雪もされていない道だった。たぶん砂利敷きの連絡道路だろう。雲を貫き、僕の左肩へと注がれる黄色っぽい日射しは、その道が東西に走っていることを告げていた。ロックウッドから逃げていたとき、北西の風が背中に当たっていたことから、西へ向かえばあのアスファルトの道に出るものと僕は考えた。

その道は、丘の頂点へと向かうゆるい登り坂になっていた。僕は頭のなかを流れる歌のリズムに合わせ、その頂《いただき》へと進んでいった。歌は「オズの魔法使」で悪い魔女の衛兵たちが魔女の城に行進して入っていくとき歌ってたやつだ。「オーイーア、ウーア……」そうやって進みながら、ときおり足を止めて、ひと休みし、息を整え、人の痕跡をさがし、その日の美しさを味わった。ダグラス・ロックウッドが僕から奪おうとした一日を。背後の土地は、はるか彼方の川に向かってひな段式に下降していた。かなり大きな川だけれど、どの川なのかはわからなかった。ミシシッピ川か、セントクロイ川か、ミネソタ川か、あるいは、レッド川かもしれない。それは、僕があのトランクにどれくらいの時間、横たわっていたか、車がどっち方向に向かっていたかによるのだ。

丘の頂上に至ると、僕は二日ぶりに文明の証《あかし》を目にした。きれいに除雪され、地平線までうねうねとつづくアスファルトの道路。そして、その道を三、四マイル行ったところに、農場が見えた。穀物貯蔵用サイロのそばの木々の向こうで、納屋の屋根が銀色に輝いている。たとえそれがエメラルド・シティ（「オズの魔法使」のオズの国の首都）そのものだったとしても、それ以上すばらしくはなりえない眺めだった。農場はまだずっと先だし、たどり着くまでにたぶんもう一時間はかかることはわかっていた。それに、自分が充分食べていないことも、走ったら消耗してしまうことも。そういうことを全部わかっていながら、それでも僕は走った。

僕は以前、砂丘から飛び立とうとするアホウドリのスローモーション映像を見たことがある。そいつは、水かきのついた足をバタバタと地面に打ちつけ、右へ左へよろめきながら、なんとか直立していようとあがき、上体の揺れを抑えるべく不器用に翼を広げていた。膝まで積もった雪のなか、丘を駆け下っていく僕の格好は、あの鳥にそっくりなんじゃないかと思った。松の板にくくりつけられた足は、まっすぐではなくジグザグに小道を踏みつけていた。手にした杖のせいで異様な長さに延びた両腕を振り回し、バランスを取りながら、僕は一歩一歩、地面を蹴って進んだ。ようやくアスファルトの道にたどり着くと、力尽きて、笑いながら雪のなかにあおむけに倒れ、冬の風で冷たくなった顔の汗の感触を楽しんだ。

それから、両足の板をはずして、アスファルトの道を農場へと向かった。道のりのほとんどは軽く走りつづけ、休みが必要なときだけ歩いた。農場に着いたときは、空の太陽の位置から正午をだいぶ過ぎているのがわかった。

家に近づいていくと、犬用の出入口から犬が一匹、顔を出し、猛然と吠えはじめた。犬はわざわざ出てこようとはせず、そのことに僕は驚いた。なにしろこっちは、緑のチェストハイ・

ウェーダーからカカシの藁みたいにクッション材を飛び出させ、両腕をタオルでくるみ、肩に赤いチェックのカーテンを掛け、それをウエストで縛っているのだ。僕だって、僕に吠えかかっただろう。

ポーチと犬に近づいていくと、ドアがさっと開いて、ショットガンを手にした爺さんが出てきた。

「嘘でしょ」声にいらだちをみなぎらせ、僕は言った。「これは冗談にちがいない」

「おまえは誰だ?」爺さんは訊ねた。怒っているというより好奇心に満ちた静かな声だ。彼は僕たちのあいだの地面に銃口を向けた。

「ジョー・タルバートという者です」僕は言った。「誘拐されて逃げてきたんです。保安官を呼んでもらえませんか?　そのほうがよければ、ここで待っていますから」

犬は家のなかに引っ込み、代わってお婆さんがひとり、男の背後の戸口に出てきた。幅の広いその腰はドアの開口部をほぼふさいでいた。彼女は爺さんの肩に手をかけて、脇に寄るよう伝え、彼はそれに従った。

「誘拐されたって?」お婆さんは言った。

「そうなんです」僕は答えた。「二日前の夜、嵐が来る直前に、車から飛びおりて、あの森の小さな小屋にずっと隠れていたんですよ」僕は親指で後方を指し示した。「ここがどこなのか、教えてもらえませんか?」

「ミネソタ州ノース・ブランチから約七マイルのところよ」お婆さんは言った。

「それじゃ、向こうのあの川は？　あれは何川ですか？」僕は訊ねた。

「セントクロイ川」

シンダーブロックが脚につないであった理由に関して僕の解釈が正しいとすれば、ロックウッドは僕の遺体をセントクロイ川に捨てるつもりだったわけだ。彼はもう一歩でその目的を果たすところだった。そう思うと、震えが胸を駆け抜けた。僕は氷の下を漂い、肉は骨からはがれ落ちて掃除屋の魚に食われ、やがて潮流が足首の骨をばらして、この体を鎖から解き放《はな》っていただろう。それは潮流のなかで浮き沈みし、岩や丸太にぶつかってばらばらになり、川はその残骸をここからニューオリンズまでのあちこちにまき散らしていただろう。

「お腹、空いている？」お婆さんが訊ねた。

「すごく」

お婆さんに肘でつつかれ、爺さんは脇に寄った。ただし、銃は引っ込めなかったけれど。お婆さんは僕をなかに連れていき、コーンブレッドとミルクの食事をさせた。僕たちはそこで一緒に保安官の到着を待った。

第三十八章

保安官は禿《は》げ頭の大男で、密生する黒い顎鬚《あごひげ》を生やしていた。彼は僕に警察車両の後部座席に乗るよう丁重にたのんだが、自分に選択の余地がないことは僕にもわかった。僕は保安官に一部始終を話した。話が終わると、保安官は僕に逮捕令状が出ていないかどうか確認するため、僕の名前を通信指令係に知らせた。令状は出ていなかった。でも、僕の失踪届のほうもまた出ていなかった。僕はライラにどこに行くか話さなかったから。たぶん彼女は、僕はジェレミーと母のことでオースティンに行ったものと思っているんだろう。

「どこに行くんですか?」保安官がエンジンをかけ、車が円形の私道を出ると、僕は訊ねた。

「センターシティーの警察署にきみを連れていくんだ」彼は言った。

「僕を留置所に入れるんですか?」

「さあ、どうしたもんかね。狩猟小屋への不法侵入で逮捕することもできるんだろうが。あれは第三級不法侵入に当たるからな」

「不法侵入?」声が怒りで大きくなった。「ロックウッドは僕を殺す気だったんですよ。こっちは侵入せざるをえなかったんです」

「きみの話だとそうなるがね」保安官は言った。「わたしはきみをまったく知らないんだ。それに、ロックウッドなんて男のことは聞いたこともない。きみの失踪届も出ていないしな。真相がわかるまで、きみはどこか監視できるところに置いとかなきゃならんのだよ」

「勘弁してくださいよ!」僕はうんざりして腕組みした。

「きみの話の裏付けが取れたら、いつまでも拘束しておく気はないがね。問題が解決するまでは、解放するわけにはいかんな」

手錠をかけられなかったのがせめてもの幸いだ、と僕は思った。狭い後部座席に閉じこめられていると、タオルとクッション材とチェストハイ・ウェーダーの刺激臭が鼻についた。それまでは気づかなかった悪臭だ。自分のにおいについて沈思黙考していたとき、僕はふとあることを思いついた。僕の話が本当なのを保安官に教えられる人がいるじゃないか。

「マックス・ルパートに連絡してください」僕は言った。

「誰に？」

「マックス・ルパート刑事。ミネアポリスの殺人課の人です。彼はロックウッドと僕のことを全部知っていますから。僕の話を裏付けてくれるはずですよ」

保安官は無線機を使い、通信指令係にミネアポリスのマックス・ルパートと連絡を取るよう求めた。僕たちはしばらく無言で車に乗っていた。保安官は前の席で口笛を吹いていたし、僕のほうは僕がイカレたやつでも泥棒でもないことを通信指令係が確認するのを必死の思いで待っていた。車がセンターシティーの拘置所《こうちしょ》の非常門に入ったとき、女性の通信係が無線を入れてきて、マックス・ルパートは非番だが、いま居所を突き止めようとしているところだと保安官に伝えた。僕は観念してうなだれた。

「気の毒だが」保安官は言った。「しばらくここに入っててもらわなきゃならんな」彼は車を駐め、後部のドアを開け、僕にうしろ手に手錠をかけた。僕は記録を取る部屋に連れていかれ、そこでオレンジ色の囚人服に着替えさせられた。看守が独房のドアを閉めたとき、僕は妙な満足感を覚えた。体は温かいし、ここは安全だ。それに僕はまちがいなく生きている。

約一時間後、看護師が来て僕の傷を洗い、深い傷には包帯を当て、その他の傷には抗菌クリームを塗った。僕のつま先と手の指は、冷え切っていたせいでまだ感覚がなかったけれど、看護師はそれもいずれよくなると言った。彼女が立ち去ったあと、僕はひと休みしようと寝棚に横になった。いつ眠りに落ちたのかは覚えていない。

目を覚ますと、ささやきあう声が聞こえた。「安らかな寝顔ですね。起こすのが惜しいくらいです」聞き覚えのある声が言った。

「なんなら二、三日、ここに置いときますか」別の声が言う。こちらは保安官のものとわかった。僕は寝棚の上で身を起こした。目をこすって眠気を払うと、房の入口にマックス・ルパートが立っているのが見えた。

「やあ、眠れる美女さん」彼は言った。「きみにはこれが必要だろうと言われたよ」そう言って、スウェットシャツとコートとスリーサイズ大きすぎる冬のブーツを放《ほう》ってよこす。

「どうしてここにいるんです?」僕は訊ねた。

「きみを迎えに来たんだ」ルパートは言った。「仕事の遅れを取りもどさないとな」彼は踵《きびす》を返して、保安官とともに釈放手続きの部屋に向かい、僕のほうは着替えをした。十分後、僕はルパートの運転するマークのない警察車両に——今回は後部ではなく助手席に——乗り、センターシティーからミネアポリスへと向かっていた。太陽はもう沈んでいたけれど、薄れていくその光はまだ西の地平線に痕跡を留めていた。僕はルパートに何があったかを話した。保安官から全情報をもらっただろうに、彼は辛抱強く聴いていた。

「あの男は僕を川に捨てる気だったんです」僕は言った。

「その可能性は高いね」ルパートは言った。「きみが発狂した山男よろしく森からさまよい出てきて、ロックウッドに誘拐されたと主張していると聞いたとき、わたしもいろいろ調べてみた。きみの車両の情報もチェックしたが、その車はきのう違反チケットを切られ、牽引撤去《けんいん》されていた。きみの車は、ミネアポリス市内の緊急除雪ルートに駐車されていたんだよ。それで、ここに来る前、押収車両の駐車場に行ってきたんだが」彼は後部座席に手をやって、僕の車のキーと、なかに携帯電話の入った僕のバックパックをつかみとった。「車内にこれがあったよ」

「ひょっとして財布かデジタル・レコーダーが見つかりませんでした?」

ルパートは首を振った。「ただ、後部座席にアイスドリルと大ハンマーがあった。あれはきみのじゃないだろう?」

「ちがいますね」僕は言った。

「おそらく彼は、セントクロイ川の水面に張った氷の下にきみを流す気だったんだろうな。そうすれば、遺体は絶対に見つからなかったはずだ」

「あいつは僕を死んだものと思ったんでしょうね」

「ちがいない」ルパートは言った。「首を絞められた人間は、脳への血流が止まるため、しばしば意識を失う。でも、まだ死んではいないんだ。外気の冷たさできみの体温は下がった。だから彼はきみを死体とみなしたんだな」

「もう少しでほんとの死体になるとこでしたよ」僕は言った。「車は緊急除雪ルートで見つかったって話でしたね？」

「うん。バス発着所から約一ブロックの地点に駐車してあったそうだ」ルパートは言った。

「ロックウッドはどこへでもバスで向かえたわけだよ」

「つまり逃走中ってことですか？」

「その可能性はある。あるいは、警察に逃げていると思わせたいのか。彼名義のクレジットカードの利用記録を調べたが、何も出なかった。もっとも、切符は現金で買った可能性もあるがね。いま、発着所の監視カメラのフィルムを警官二名にチェックさせているところだ。これまでのところ、ロックウッドの映像は見つかっていない。われわれは、彼を対象にBOLOを出した」

「BOLOって？」

「〝警戒せよ《ビー・オン・ザ・ルックアウト》〟の指示だよ」

「じゃあ、信じてくれるんですね？」僕は訊ねた。「クリスタル・ハーゲンを殺した犯人はあの男だって？」

「どうやらそうらしいね」ルパートは言った。「きみを誘拐したことで、彼を逮捕する充分な根拠が得られた。それで、彼のDNAも採取できる……彼が見つかれば、だが」

「あいつの家に行きゃいいじゃないですか」僕は言った。「あいつはボトルからじかにウィスキーを飲んでいました。だからボトルにDNAが残っていますよ。じゃなきゃ、歯ブラシを持ってきてもいいし」

ルパートは唇をすぼめ、ため息をついた。「ロックウッドの家にはすでに一班送り込んだんだよ」彼は言った。「彼らが行ってみると、ちょうど消防隊が引きあげるところだった。家はすっかり焼け落ちていたんだ。消防署長は、放火でほぼまちがいないと見ている」

「あの男は自分のうちを全焼させたわけですか？」

「自らの痕跡を消そうとしたんだよ――自分を指し示しかねない証拠を全部始末したわけだ。タバコの吸い殻一本、ビール瓶一本、見つからなかった――彼のＤＮＡが残っていそうなものは何ひとつ」

「となると、僕たちのつぎの手は？」僕は訊ねた。

「これ以上この件に〝僕たち〟はない」ルパートが叱った。「きみは部外者だ。ダグラス・ロックウッドをさがして、そこらを嗅《か》ぎまわったりされては困るよ。わかったね？　われわれは目下、捜査を行っている。あとは時間の問題だ」

「でも、その時間が難問で――」

「きみはその男に殺されかけたんだぞ」ルパートは言った。「アイヴァソンが死ぬ前に、けりをつけたい気持ちはわかる。わたしも同じ気持ちだよ。だが、きみはそろそろレーダーの下に消えなければいけない」

「あいつだってもう僕を襲ってきたりはしませんよ。あなたたち警察が出てきたわけですからね」僕は言った。

「それはロックウッドが正常ならば、だよ。単なる仕返し目的できみを殺すようなやつでなければの話だ」ルパートは言った。「きみは彼に会ったんだろう？　彼を正常だと思うか？」

「そうだなあ」僕は皮肉交じりに言った。「ダグラス・ロックウッドは、僕とともに過ごしたほんのひとときのあいだに、吠えまくり、イカレた聖句をまくしたて、ウィスキー・ボトルで僕を殴り、僕の首を絞め、トランクに僕を押し込み、僕を撃とうとしたわけですからね。正常ってのは除外できるんじゃないかな」

「そうだろう？」ルパートは言った。「背中に気をつけないとな。まだこの近辺にいるとしたら、ロックウッドがきみを襲おうとする可能性はある。彼はきみを自分の面倒の根源と見るだろうから。きみの住所氏名を彼は知っているはずだ。財布には身分証が入っていたんだろう？」

「くそっ」

「どこかしばらく泊まれるところはないかな？　彼に見つからない場所――たとえば、ご両親の家とか？」

「ライラのところなら泊めてもらえます」僕は急いで言った。「この前、一緒にいた子ですけど」ライラのうちが僕のうちの数フィート先だってことには触れなかった。オースティンに帰る気はまったくなかったから。

ルパートは僕たちのあいだのコンソールに手をやって、名刺を一枚、取り出した。「ロックウッドが現れたときのために。そこにわたしの私用の携帯の番号が書いてある――必要が生じたら、二十四時間、いつでも電話してくれ」

身を引けというルパートの指示は、僕の口のなかにいやなあと味を残した。これは僕のプロジェクトだ。僕が泥のなかから掘り出したものなのだ。僕はそれをルパートのもとに持ち込み、彼はそれをほしがらなかった。なのに、あと少しとなったいま、ロックウッドにもう指先が届くといういま、彼は僕を退《しりぞ》けたがっている。彼は言った――「われわれは目下、捜査を行っている」でも、僕にはこう聞こえた――「われわれはこの一件を捜査中の事件の山に加える。もしロックウッドが現れたら、われわれは彼を逮捕する」目を閉じると、ある映像が頭のなかに侵入してきた。僕には、祖父のライフジャケットを腕にからみつかせ、川のなかでのたうち、水中に引き込まれていくカールの姿が見えた。その幻のなかで、僕は錨《いかり》のロープをつかんだままでいる――それを手放そうとせず、彼の命を救おうとせずに。二度とごめんだ。僕は自分に言い聞かせた。この件では負けない。なんとか、かかわりつづける手を考えよう。捜査をスピーディーに進ませるために必要なことはなんでもやって、カールが死ぬ前にロックウッドを監獄に送り込もう。

第三十九章

僕はライラに電話して、市庁舎に車で迎えに来てほしいとたのんだ。僕自身の車は、指紋を採取するか何かで警察が証拠としてかかえこんでいた。その電話で、僕はここまでの経緯《けいい》の一部をライラに話して聞かせた。話の残りは、彼女の運転でアパートメントまで行くあいだに語った。彼女はまずジャック・ダニエルのボトルでざっくり切れた僕の側頭部に触れ、つぎにロックウッドのベルトが喉を締めつけたときにできた首の擦《す》り傷へと手をすべらせた。日記を読んだあとロックウッドが言った言葉をそっくり聞かせてほしいと彼女は言った。僕は懸命に思い出そうとした。

「確か、クリスタルをバビロンの淫婦って呼んでいたな」僕は言った。「彼女に対する自分の愛はおまえには理解できないとかなんとか御託を並べてたよ……あれは聖書的だったとか、彼女は……なんだっけな……子供は神からの褒美だとか。それから、自分はいつも何よりも嫌っていることをしてしまうって言って、ボトルで僕を殴ったんだ」

「そいつ、頭がおかしいみたいね」ライラは言った。

「まちがいない」

うちに着くまで、僕は警戒を怠《おこた》らず、過ぎていく人々の顔ひとつひとつに目を配っていた。アパートメントの前で車を駐めたときは、そのエリアを見回して、周辺の車のフロントガラスに目を凝《こ》らし、運転席に人が潜んでいないか、ダッシュボード越しにこちらを見ている顔がないかチェックした。区画の端のちかちかする街灯が暗がりに動きを生み出し、一瞬、ゴミ容器のうしろに隠れているダグラス・ロックウッドの丸まった肩が見えたような気がしたけれど、結局、それは古タイヤとわかった。新たに身についたこの妄想症の理由を僕はライラに話さなかったが、彼女は理解していたと思う。

自宅への狭い階段をのぼるときまで、僕は過酷な体験が自分の体に与えたダメージをちゃんと認識していなかった。体はどこもかしこも痛みで燃えるようだった。ふくらはぎ、肩、背中は、痙攣《けいれん》のあいだぎゅっと固まっていたせいで、ひとつの巨大な凝りと化していた。胸や腕や腿《もも》は、野豚と格闘でもしたみたいに、いたるところ切り傷や擦り傷だらけだった。僕は階段の曲がり角で足を止め、どこがどう痛むのかを残らず頭に入れてから、改めててっぺんへと向かった。

その夜、泊めてほしいとライラにたのむ必要はなかった。彼女のほうからそうするよう言ってくれたから。さらに、チキン・ヌードル・スープを作ると言ってくれたあと、彼女は僕をバスルームに連れていき、シャワーの栓を開いてから出ていった。そのお湯は肌にすごく心地よかった。それは、筋肉の凝りをほぐし、髪から乾いた血を洗い流し、傷口の泥をきれいに落とした。僕は普段より長いことシャワーを浴びていた。自分のためにライラがスープを作っているのを知らなかったら、もっと長いことそうしていただろう。体を拭くときは、切り傷や擦り傷がまた開かないよう用心し、軽くぱたぱたとたたいた。シャワー室から出ていくと、トイレの蓋《ふた》に僕自身のきれいな衣類がきちんとたたんで載せてあった。ライラが僕のズボンのポケットから鍵をさがし出して、隣の僕の部屋に行き、きれいなボクサーショーツとTシャツとバスローブを持ってきてくれたのだ。それに彼女は、剃刀《かみそり》と歯ブラシも持ってきてくれていて、おかげで僕は三日ぶりに髭を剃《そ》り、歯を磨くことができた。

バスルームを出ると、ライラがソースパンからボウルにスープを注いでいるところだった。

彼女は愛用の大きすぎるツインズのジャージにピンクのパジャマのズボンという格好で、ズボンとおそろいのスリッパをはいていた。僕は彼女のツインズのジャージが好きだった。

「痛そうな顔してるね」ライラが言った。

「うん、ちょっとひりひりするんだ」僕は言った。

「横になってよ」彼女は寝室のほうを指さした。「スープは持っていってあげる」

「カウチで眠らせてもらったほうが気が楽なんだけどな」僕は言った。

「言うとおりにして」彼女はそう言って、寝室のドアを指さした。「あなたはひどい目に遭ったんだからね。あのベッドで寝てもらう。話は終わりよ」

それ以上は僕も反論しなかった。枕とシーツと暖かな掛け布団のあるベッドで眠れる時を心待ちにしていたから。僕はヘッドボードに枕を立てかけると、ベッドにもぐりこみ、数秒間、痛む体に優しい彼女のベッドのやわらかさを楽しんだ。ライラがクラッカーとミルクのグラスと一緒にスープを持ってきた。彼女はベッドの縁《ふち》にすわり、僕たちはまた少し僕の悲惨な体験について語り合った。僕は小屋で火を起こしたことや、生還するために自分が着た特製の衣装、ギンガムのコートや何かのことをすっかり彼女に話して聞かせた。僕がスープを飲み終えると、ライラはボウルと皿とグラスを引き取った。彼女が食器をシンクに置いているとき、僕はチリンチリンというその音に耳を傾《かたむ》けていた。それからしばらくはなんの物音もしなかった。そしてやがてライラが寝室にもどってきた。

彼女が入ってきたとき——その姿を目にしたとき——僕の呼吸は止まった。ライラはおへそのあたりまでジャージのボタンをはずして、服地のあいだに胸の曲線をのぞかせていた。そして、ジャージの裾《すそ》はむきだしの脚の絹みたいな肌に触れていた。

心臓があまりに激しく打っているので、これは絶対、彼女にも聞こえると思った。何か言いたかったけれど、言葉はひとつも見つからなかった。僕はただ彼女を眺め、その美しさを味わっていた。

ゆっくりと、優雅に、彼女は手を胸にやり、右肩からするりとジャージを下ろした。それは肘まで落ちて、右の胸があらわになった。つづいて彼女は左肩からジャージを下ろした。服は床に落ち、彼女が身にまとっているのは、レースの黒いパンティーだけとなった。

掛け布団をめくり、彼女は隣にもぐりこんできて、僕の胸の擦り傷や腕の切り傷にキスした。そして、首にも。それから、下へ下へと移動しながら、あちこちの傷にキスし、固まった筋肉を愛撫し、僕が経験したことのない優しさでそっと僕に触れた。彼女が僕の唇に唇を寄せ、僕たちはそうっとキスを交わした。僕の指は彼女の髪のなかに入り込み、彼女の体は僕の体に密着していた。空いているほうの手で彼女の背中や腰のカーブをなぞり、僕はそのフォルムのすばらしさを手先で読み取っていった。

その夜、僕たちは愛し合った。それは、汗にまみれ、ぎこちなく、壁にドンドンぶつかりながら交わすような、アルコールとホルモンから生まれるタイプの愛ではなく、日曜の朝のゆっくりとろけていくようなタイプの愛だった。彼女は僕の上でそよ風みたいに動いた。腕のなかのその筋肉質のしなやかな体には、重さなどないようだった。僕たちは寄り添い、触れ合い、揺れ動き、やがて彼女が僕にまたがって、ゆっくりと身をくねらせはじめた。月光が細くひとすじ、カーテンの隙間から流れ込み、その体を照らし出した。彼女は背中を反り返らせ、僕の膝に両手をつき、目を閉じて天を振り仰いでいた。僕は畏《おそ》れに目を瞠《みは》り、彼女を取り込み、記憶が永久保存される頭の一区画にその光景をしまいこんだ。

第四十章

翌朝は日の出前に目が覚めた。ライラはまだ腕のなかにいて、僕の胸にぴったりと背中をくっつけ、僕のお腹と膝に腰と腿をそわせていた。うなじにキスすると、ちょっと身じろぎしたけれど、目を覚ましはしなかった。僕はそうっと彼女のにおいを吸い込み、目を閉じて、昨夜の出来事を頭のなかでリプレイした。快い酔いのような記憶にあやされ、僕はふたたび眠りに落ちた。つぎに目が覚めたのは、八時半ごろ、携帯電話が鳴ったときだ。ライラのバスルームでズボンを見つけ、そのポケットから携帯を取り出すまでには、ちょっと時間がかかった。

「もしもし」ベッドへと引き返しながら、僕は言った。

「ジョー・タルバート？」

「はい、ジョーですが」目をこすりつつ答える。

「〈冤罪証明機関《イノセンス・プロジェクト》〉のボーディ・サンデンだよ。起こしてしまったかな？」

「いえ」僕は嘘をついた。「何かありました?」

「実は、信じられないような幸運に恵まれてね」

「え?」

「ラムジー郡犯罪科学研究所のニュースを聞いてないかい?」

「さあ、何も知りませんが」

「セントポールには、BCAとは別に、独自の犯罪科学研究所があるんだ。それがラムジー郡犯罪科学研究所なんだがね。二カ月前、そこに所属する科学者三名が、その研究所の検査手順の多くについて文書化された規程がないと法廷で証言したんだよ。すると、それを知った郡の弁護士たちがギャアギャア大騒ぎしだした。そこで郡は、問題が解決するまでこの研究所での検査を中止することにしたわけだ」

「それがどうして僕たちにとって幸運になるんですか?」僕は訊ねた。

「うん、ふと気づいたんだが、郡は当面そこではDNA鑑定を行わないだろう。適切に文書化された手順がないなら、どんな冴えない弁護士でも証拠を無効にできるからね。しかし、きみの事件の場合、鑑定を求めているのは弁護側だ。検察が鑑定結果の信頼性を問うことは絶対にない。なぜなら、そんなことをすれば、彼らが長年使ってきた証拠に信頼性がないと認めさせられてしまうからね」

「すみません、話が見えないんですが」

「つまり、目下、研究所丸一軒分の科学者が、管理上の問題により、なんの検査もやらずにぶらぶら過ごしているわけだよ。あそこには、わたしの友人もいる。わたしはその友人にわれわれの爪を大至急、調べてくれるようたのんだ。最初、彼女はノーと言った。だが、死の床にいるというミスター・アイヴァソンの現状を説明したところ、同意してくれたんだ」

「DNA鑑定がもうすんだってことですか？」

「そう、DNA鑑定がもうすんだってことだ。いまここにその結果がある」

僕は息ができなかった。サンデンはこのとき、期待感を高めたいがために、結果を告げるまでの時間を引き延ばしていたと思う。とうとう僕は言った。「それで？」

「爪には皮膚の細胞と血液が付着していた——男性と女性、両方のDNAが採取されたよ。女性のDNAはクリスタルのものと見ていい」

「男性のDNAは？」僕は訊ねた。

「男性のDNAは、カール・アイヴァソンのものじゃない。皮膚は彼の皮膚じゃないし、血液は彼の血じゃなかった」

「やっぱりね」僕は言った。「わかってましたよ。カールのDNAのわけはない」勝利のエネルギーを爆発させ、僕は拳を突きあげた。

「あとは、ロックウッドのDNAサンプルを入手するだけだな」サンデンが言った。

たちまち、僕の元気の風船は割れた。「マックス・ルパートとはまだ話してないんですね？」

「ルパート？　話してないが。どうして？」

「ロックウッドは逃走中なんです」僕は言った。「自宅を焼き払って逃げたんですよ。ルパートによると、彼のDNAはすべて、あとかたもなく消えたそうです」なぜロックウッドが逃げているのかについては、サンデン教授に話さなかった。それに、ロックウッドの家を訪ねたことも、あの誘拐のことも。よかれと思ってしたこととはいえ、自分の取った行動のせいでロックウッドが逃げてしまったことはまちがいない。僕は吐き気を覚えた。

「しかしね」サンデンは言った。「われわれには、あの日記と写真がある。それに、ロックウッドは自宅を焼き払って法の手から逃げているわけだし。再審に持っていくのには、それで充分かもしれないぞ」

「カールの無実を証明するのに充分な証拠がそろったってことですか？」僕は訊ねた。

「どうだろうな」サンデン教授は、頭のなかでプラスとマイナスを比較しているのか、ひとりごとのように言った。「仮にそのDNAがロックウッドのものと判明したとしよう。彼はただ、その朝、クリスタルと言い争ったんだ、彼女にひっかかれたんだと言うだろうな。結局のところ、彼らは同じ屋根の下で暮らしていたんだから。彼女を殺さなくたってDNAがそこに残る可能性はあるわけだ」

ライラが声をあげた。「ロックウッドは、自分が帰宅したのは彼女が殺されたあとだって言ってた。ちょっと待って」ライラは大急ぎでベッドを出ると、ツインズのジャージをひっかぶりながら、部屋から駆け出ていった。

「いまのは誰だい？」サンデンが訊ねた。

「僕の彼女、ライラです」僕は言った。そう言えるのは気分がよかった。彼女が裸足《はだし》でぱたぱたと僕の部屋に向かうのが聞こえた。数秒後、もどってきた彼女は、裁判の記録の一冊を片手に持ち、開いたページに目を走らせていた。「ダニエルが……クリスタルのママが証言してるのよ……」そう言ってページを繰《く》り、指で文章をなぞっていく。「ああ、あった。クリスタルのママが、クリスタルはずっと元気がなかった、だから、その朝は遅くまで寝かせておいたって証言してるの。彼女がクリスタルを起こしたのは、ダグラスとダンが出かけてからなのよ……」ライラはしばらく黙読してから、その部分を読みあげた。「わたしはクリスタルを起こして、シャワーを浴びるように言いました。あの子は学校に行く支度をするのにいつも時間がかかるので」

「彼女はダグラスが家を出たあとでシャワーを浴びたわけだね」僕は言った。

「そういうこと」ライラは記録を閉じた。「学校のあとクリスタルに会ったのでないかぎり、ダグラス・ロックウッドのＤＮＡがあの爪に付着することはありえないの」

「それがロックウッドのＤＮＡならば、だがね」サンデンが言った。

「賭けるとしたら、どっちに賭けます？」僕は訊ねた。

サンデンはちょっと考えてから言った。「まあ、爪にあったのはダグラス・ロックウッドのＤＮＡだというほうに賭けるだろうな」

「それじゃ最初の問題にもどりましょう」僕は言った。「ＤＮＡなしでも、カール・アイヴァソンの無実を証明できるだけの証拠はあるんでしょうか」

サンデンは電話口でため息をついた。「たぶん」彼は言った。「審理に持ち込むだけの証拠はあるだろう。しかし、ＤＮＡをロックウッドのものと特定できないとなあ……クリスタルが学校で彼氏かそれ以外の男子の誰かをひっかいたということも考えられるわけだからね。一致が証明されないと、解釈の余地がありすぎるんだ」

「要するにダグラスのＤＮＡが必要で、それがないとだめってことですね」

「審理の日までに彼が見つかる可能性もあるよ」サンデンが言った。

僕はふたたびうなだれた。「確かに」僕は言った。「ありえますね」

第四十一章

その日、ライラと僕はカールを訪ねた。僕はＤＮＡのことやロックウッドが逃走していることをカールに話さずにはいられなかったのだ。ただし、ロックウッドに誘拐され、殺されかけたくだりは省いたけれど。それに、ロックウッドがおそらくいまも僕を殺したがっていることや、何かの影がよぎるたびに自分が飛びあがりそうになることも。僕たちはヒルビュー邸に入っていき、ジャネットとミセス・ローングレンに会釈して奥へと進み、カールの部屋に向かった。

「待って、ジョー」ミセス・ローングレンが呼びかけた。「彼はもうあの部屋にはいないのよ」

心臓が胃袋に沈み込んだ。「え？　何かあったんですか？」

「別に何もないわ」ミセス・ローングレンは言った。「わたしたち、彼を別室に移したの」

僕は胸にぴしゃりと手を当てた。「心臓が止まるとこでしたよ」

「ごめんなさい」ミセス・ローングレンは言った。「脅かすつもりはなかったのよ」彼女は先に立って、角に位置するよい部屋まで廊下を進んでいった。カールはそこで、大きな窓に面したベッドに横たわっていた。窓の外には、雪の重みでたわんだ松の木が見える。室内にはクリスマスの飾りつけがしてあった。松のガーランドが壁の高いところでループを描き、クリスマスのオーナメントがブラインドから吊るされたり、壁に貼られたりしている。僕はカードに目をやった。ひとつはジャネットから、もうひとつはミセス・ローングレンからだった。クリスマスは二週間以上先だけれど、部屋に入っていきながら、僕は大きな声で「メリー・クリスマス、カール」と言った。

「ジョー」短い吐息でそうささやいて、カールはほほえんだ。彼は酸素を供給するチューブを鼻に挿入されていた。彼の肺に空気を取り込む力はほとんどなく、苦しげな呼吸とともに、その胸がふくらんではしぼんでいる。「この人がライラかい？　うれしいねえ」彼はベッドの縁《ふち》から震える手を差し出し、ライラはその手を愛情深く両手で包みこんだ。

「やっとお会いできましたね」ライラは言った。

カールはこっちを見て、僕の顔を顎で示した。「その顔はどうしたんだ？」彼は訊ねた。

「ああ、これね」僕はウィスキー・ボトルの残した切り傷に手を触れた。「このあいだの晩、モリーの店から強いやつをひとり追い出さなきゃならなくて」

カールは嘘を見通せるかのように、目を細めて僕を見つめた。僕は話題を変えた。「鑑定結果が出ましたよ」僕は言った。「クリスタルの付け爪に残っていたＤＮＡは、あなたのじゃありませんでした」

「わかってたさ……最初から」カールはウィンクして言った。「そうだろ？」

「〈冤罪証明機関〉《イノセンス・プロジェクト》のサンデン教授によると、あなたの事件はそれで充分、再審理に持ち込めるそうです」

カールはしばらく考えていた。急にそう言われても、三十年かけて自分が建てた壁をすぐ突破することはできないんだろう。それから彼はほほえんで、目を閉じ、枕に頭を沈み込ませた。

「有罪判決を……無効にしてもらえるわけだね」

その言葉を聞いて、僕は悟った。ストイックな言葉とは裏腹に、実は彼は無実の罪を晴らしたいと切に願っているのだ。人には気づかれまいとしているけれど、彼にとって潔白の証明は、たぶん自分で思っている以上に、大事なことなのだ。重圧がのしかかり、背中が重みでたわみだすのを、僕は感じた。「彼らはその方向で動こうとしています」僕はライラに目をやった。「再審理を行わせようとしているんです。もう時間の問題ですよ」その言葉は、自分が何を言ったのか気づくより早く、口からすべり出ていた。カールは弱々しく笑って、僕を見た。「それこそ……わたしには……ないものなんだがね」それから彼は窓に視線をもどした。「きみは見たかい？……あの雪？」

「ええ、見ました」僕は笑みを浮かべた。雪はカールにとって、安らぎを与える、とても美しいものだ。でもそれは、もう少しで僕を殺すところだったのだ。「すごい嵐でしたね」僕は言った。

「すばらしかったな」彼は言った。

　僕たちは一時間近くそこにいて、雪や鳥やたわんだ松の木の話をした。カールがエイダ湖にある彼のお祖父さんのキャビンの話をするのに耳を傾《かたむ》け、この世のありとあらゆることについて彼と語り合った。それはまるで、太陽のことに触れずに太陽系の話をしているようだった。室内の誰もが、カールの無実が宣言されるのは、彼の死よりずっとあとになることを知っていた。不意に僕は、十一歳の子供にもどって川のなかでもがく祖父を見ているような気持ちになった。

　カールの元気が衰《おとろ》えてくると、僕たちはさよならを言った。彼が死ぬ前にもう一度会えるのかどうかは、わからなかった。懸命に悲しみを隠し、僕はカールと握手した。彼はほほえみ返した。それは、僕には理解できない心からの笑みだった。その瞬間の彼は自らの寿命を受け入れ、確信しているように見え、気がつくと僕は、僕自身も自分の寿命に対しそうなれるよう願っていた。

　僕たちはミセス・ローングレンのオフィスに寄り、カールをいい部屋に移してくれたことにお礼を言った。彼女はデスクに置いてある箱からステッキ形のペパーミント・キャンディを一本ずつ僕たちにくれ、手振りで椅子をすすめた。「つい聞いてしまったんだけど、何かＤＮＡのことを話してたわね」ミセス・ローングレンは言った。

「死んだ女の子の付け爪のひとつが犯人ともみあったとき落ちていたんです」僕は言った。「そこにＤＮＡが残っていたんですよ。そのＤＮＡを調べた結果、それはカールのじゃなかったんです」

「まあ、よかったじゃないの」ミセス・ローングレンは言った。「それが誰のかはわかっているの？」

「わかっています……つまり、女の子の継父のものであるはずなんですよ。でも確かにそうとは言えなくて。いまのところ、わかっているのは、カール・アイヴァソン以外のどの男のものであってもおかしくないということだけです」

「その人はもう死んでいるの？」ミセス・ローングレンは訊ねた。

「誰が？」

「その継父」

僕は肩をすくめた。「死んでるも同然です」僕は言った。「行方不明なんで。だから彼のＤＮＡのサンプルは手に入りません」

「彼に息子はいない？」ミセス・ローングレンは訊ねた。

「いますけど。どうしてです？」

「あなた、Ｙ染色体のことを知らないかしら？」ミセス・ローングレンは言った。

「そういうものがあることは知ってます。でも、話についていけるかなあ」

ミセス・ローングレンはデスクに身を乗り出して、不運な学生にレクチャーを施す校長先生みたいに両手の指先を合わせた。「Y染色体は男性だけが持っているの」彼女は言った。「父親は自分の遺伝コードをY染色体によって息子に受け渡すわけ。それらの遺伝子はほぼ同一なのよ。父親のDNAと息子のDNAのあいだには、ほんの少ししかちがいがないということね。もし息子のDNAサンプルが手に入れば、それでその息子の男性直系血族でない男性をすべて除外できるわ」

僕はあんぐり口を開け、まじまじと彼女を見つめた。「あなたはDNAのエキスパートか何かなんですか?」

「確かに看護学の学位は持っています」ミセス・ローングレンは言った。「それに、生物学を理解していないと、こういうことはわからないわ。でもね……」彼女はきまり悪そうな笑みを見せた。「Y染色体のことは、テレビで『科学捜査ファイル』を見て知ったの。ああいう番組は、驚くほど勉強になるのよ」

僕は言った。「それじゃ、僕たちはただ、男の血縁者のDNAを入手すりゃいいわけですか?」

「そう簡単にはいきませんよ」ミセス・ローングレンは言った。「あなたは三十年前に生きていた男の血縁者全員のDNAを入手しなきゃならないの。息子、兄弟、叔父、祖父ね。そうしたところで、ただ、継父が犯人だという可能性を高めているにすぎないわけだし」

「なんていいアイデアなんだ」僕は言った。「消去法で、僕たちはそれがダグラスのDNAだって証明できるんですね」

ライラが言った。「確かマックス・ルパートに、もう事件にはかかわるなって言われたんじゃなかったっけ」

「厳密に言えば、ダグラス・ロックウッドにはかかわるなって言われただけだよ」僕はライラにほほえみかけた。「僕はダグラス・ロックウッドをさがそうとはしていない。彼以外のみんなをさがそうとしているんだ」

ミセス・ローングレンのオフィスを出るときの僕は、新しいスニーカーを手に入れ、その靴で出かけたくてうずうずしている子供みたいな気分だった。帰り道、ライラと一緒に車を走らせていくあいだも、いろんな考えが頭のなかを飛び回るのを抑えることができなかった。ライラの部屋に着くと、僕たちはそれぞれのパソコンを引っ張り出した。ライラはミセス・ローングレンに教わったY染色体の話の裏付けを取り、僕はロックウッド一族について何か情報がないかウェブを検索した。ライラはDNAに関するすばらしいサイトをいくつか見つけ、ミセス・ローングレンの話にまちがいがないことを確認した。彼女はまた、ウォルマートで綿棒と滅菌パック入りの父子DNA鑑定キットを売っていることも発見した。それを使えば、僕たちは頬の内側から粘膜の細胞を採取することができる。

それに引きかえ、僕のほうは、ロックウッドの親族に関してほとんど何もつかめなかった。見つかったのは、ダン・ロックウッドという男がひとり。生年月日は合っていて、住まいはアイオワ州メイソン・シティー。仕事はショッピング・モールの警備員だ。僕は彼のフェイスブックのページをのぞき見し、その他思いつくかぎりのソーシャルメディアを見て回ったけれど、彼に男の親族がいることをにおわす情報はひとつも――父親がらみのものさえ――見当たらなかった。僕は別に驚きもしなかった。仮に僕がダンだったら、あの聖書狂いのイカレ野郎の存在はなんとか隠そうとしただろうから。僕は楽観的な気分で作業を終えた。どうやら、ダグラス糾弾《きゅうだん》のために見つけ出すべきロックウッドの男たちはさほど多くなさそうだ。

「さて、どうやってダンにDNAを提供させたもんかね」僕はライラに訊ねた。

「〝ください〟ってたのんでみたら?」彼女は言った。

「ただ、たのむわけ?」僕は言った。「すみません、ロックウッドさん、頬の粘膜の細胞を少し掻き取らせてもらえませんか、継娘《ままむすめ》を殺した罪であなたのお父さんを有罪にするのに使いたいんですって?」

「拒否されたって、いまより状況が悪くなるわけじゃないでしょ」ライラは言った。「もしそれがだめだったら……」頭のなかでプランを練っているんだろう、彼女の言葉が途切れた。

「どうすればいい?」僕は訊ねた。

「わたしたちに必要なのは、唾液が少し。それだけなのよ」ライラは言った。「コーヒーカップやタバコの吸い殻についてるようなのでいいの。カリフォルニアのギャレゴって男の話を見つけたんだけどね、警察は彼が吸い殻を捨てるまでずっと尾行しつづけ、それを拾ってDNAを手に入れたんだって。彼はその後、刑務所に送られている。他の方法がどれもうまくいかなかったら、わたしたち、ダンが吸い殻かコーヒーカップを捨てるまで彼を尾行するしかないわね」

「わたしたち？　さっきからきみの言ってる〝わたしたち〟って誰のこと？」僕は訊ねた。

「あなたには足がないでしょ」ライラは言った。「車はいまも証拠品のなかだもんね」彼女はテーブルに身を乗り出して、僕にキスした。「それに、この仕事はわたし抜きじゃさせられない。あなたがまたウィスキー・ボトルで殴られないように、誰かが注意しててあげないとね」

第四十二章

ダン・ロックウッドの住まいは、アイオワ州メイソン・シティーの古いほうの地区、労働者のエリアだった。鉄道の線路の一ブロック北で、その家は同じ通りの他の家々によく溶け込んでいた。僕たちは二度、家の前を通って、家番号がインターネットで見つけたものと一致しているのを確認した。二度目に通過したあとは、穴ぼこを乗り越えたり雪溜《だ》まりをよけたりしながら、裏手の路地を通り抜け、生活のしるしをさがした。僕たちは白いゴミ袋で満杯のゴミ缶が家の裏口の横で歩哨に立っているのを認めた。それに、誰かが雪かきをしたらしく、膝《ひざ》の深さの雪には家から路地まで一本、道ができていた。そのことを頭に入れると、そのまま数ブロック進んで車を駐め、最後にもう一度、ふたりでプランをおさらいした。

車を走らせてくる途中、僕たちはウォルマートに寄って、ＤＮＡ鑑定キットをひとつ買っていた。綿棒三本とサンプル用封筒と頬の内側から粘膜細胞を掻き取る方法の説明書が付いているやつだ。ライラはそのキットをバッグに入れていた。僕たちは単刀直入にいくことにした。ダンの家に行き、一九八〇年代に生きていた男の血縁者について訊ね、そのうえで頬の粘膜を採取させてくれないかとたのむ。これがうまくいかなかったら、プランBに移る。すなわち、ダンがガムを吐き出すか何かするまで彼をつけまわすのだ。

「準備はいい？」僕は訊ねた。

「いざダン・ロックウッドのもとへ」ライラはそう言って、ギアをドライブに入れた。

僕たちは家の正面に車を駐めて、敷地内の小道を歩いていき、呼び鈴を鳴らした。中年の女性がドアに出てきた。その顔は年よりも老けていた。これは喫煙のせいで、タバコのにおいは平手打ちさながらに僕たちの顔をぴしゃりと打ち据《す》えた。彼女は青緑色のトラックスーツを着て、青いスリッパをはいていた。髪の毛は焼け焦げた銅線の束みたいだった。

「ダン・ロックウッドさんとお話ししたいんですが」僕は言った。

「あの人は出かけています」女性は言った。咳払いしたほうがよさそうな、かすれた小さな声だ。「わたしはロックウッドの妻です。よかったらご用件をうかがいますけど」

「いや」僕は言った。「どうしてもミスター・ロックウッドご本人と話さなきゃならないんです。お留守ならまた来ますから――」

「彼の父親の件かしら？」ミセス・ロックウッドは言った。僕たちはすでに向きを変えかけていたけれど、途中で静止した。

「それはダグラス・ロックウッドのことですか？」オフィシャルな口調を心がけつつ、僕は言った。

「そう、彼の父親、行方不明の」彼女は言った。

「実を言うと」ライラが言った。「わたしたちはその件で来たんです。そのことでミスター・ロックウッドからお話をうかがいたくて。彼はいつおもどりになりますか？」

「じきに帰ってくるはずですよ」ミセス・ロックウッドは言った。「いま、ミネソタからもどってくる途中だから。なんだったら、なかに入って待ちますか？」彼女は向きを変え、家の奥へと引き返して、ビニール製の茶色いカウチを指さした。「どうぞすわって」

コーヒーテーブルの上の灰皿は、吸い殻で一杯だった。何本かマルボロもあったものの、ほとんどはバージニア・スリムだ。「あなたはマルボロ好きなんですね？」僕は言った。

「あれはダンのです」ミセス・ロックウッドは言った。「わたしはスリムを吸うのよ」ライラと僕は目を見交わした。彼女がこの場を離れたら、それがたった一秒でも、ＤＮＡサンプルは簡単に手に入る。

「ミスター・ロックウッドの行き先はミネソタってことでしたね」僕は言った。

「あなたたち、警官にしちゃすごく若く見えるわね」ミセス・ロックウッドは言った。

「うーん……わたしたちは警官じゃないんです」ライラが言った。「別の機関の者なんですよ」

「つまり、社会福祉局か何かってことかしら」ミセス・ロックウッドが言った。

「ダンがミネソタに行ったのは、お父さんをさがすためですか？」僕は訊ねた。

「そう」彼女は言った。「父親が行方不明だって聞いて、あっちに向かったの。あの大嵐の日に発ったのよ」

僕は混乱して、ライラに目を向けた。「ダンがミネソタに行ったのは、嵐の前ですか、あとですか？」僕は訊ねた。

「金曜日、嵐になる直前。あの人は向こうで雪で動けなくなったの。何時間か前、電話を寄越して、いまもどってくる途中だって言っていた」

僕は頭のなかで計算をした。ダグラス・ロックウッドが僕を誘拐したのは金曜だ。嵐はその夜、僕が狩猟小屋に隠れているあいだに激しくなった。僕は土曜一杯、嵐をしのぎ、日曜にあの農家まで歩いていった。ミネソタの警察が知るかぎり、ダグラス・ロックウッドは日曜まで行方不明じゃなかったはずだ。

「ちょっと確認させてください」僕は言った。「出かける前、彼はあなたに、お父さんが行方不明だと言ったんですね？」

「そうじゃない」ミセス・ロックウッドは言った。「金曜に電話がかかってきたのよ……えーと、何時ごろだっけ？　午後遅く——正確には覚えてないけど。もう大パニックで、父親のうちに行かなきゃって言ってた。あの人が言ったのはそれだけ。そのまんま飛び出してったの」

「それじゃあなたは、ダグラス・ロックウッドが行方不明なのをどうやって知ったんでしょう？」ライラが訊ねた。

「日曜日に警官から電話をもらったのよ。その警官はダンと話したがっていた。出かけてるって言ったら、わたしが誰なのか、ダンの父親と最近会ったか、訊かれたわ。わたしは会ってないって言った」

「その警官、ルパートって名前じゃありませんでした?」僕は訊ねた。

「さあ、どうかしら」ミセス・ロックウッドは言った。「そうだったかも。それから、あのいやな女、ダンの継母が電話をかけてきたのよ」彼女は唇を引き結んだ。

「継母? ダニエル・ハーゲンですか?」僕は訊ねた。

「そう。あの女はもう何年もダンとは口をきいてない。仮に彼が喉が渇いて死にかけてても、唾を吐きかけもしないでしょうよ。なのに彼女、日曜にダンにいやがらせの電話を寄越したのよ」

「彼女はなんて言ったんです?」僕は訊ねた。

「直接、話してはいない」ミセス・ロックウッドは言った。「またあの警官だろうと思ったから。留守番電話に応答させたの」

「メッセージはどんな内容でした?」ライラが訊ねた。

「えーと、ちょっと待ってよ……確かこんなことを言ってた……DJ、ダニエル・ハーゲンだけど。ひとこと言いたくて電話したの。きょう、あんたのくそ親父をさがしに警官が何人かうちに来たわよ。わたし、あいつが死んでりゃいいと思うって、連中に言っといたから——」

「ちょっと待って」僕は彼女をさえぎった。「それって逆じゃないですか。彼女は、DJが行方不明だって電話してきたんですよね?」

「DJは行方不明じゃない。彼の父親が行方不明なの。ダグラスがいなくなったのよ」

「でも……でも」僕は口ごもった。

ライラがあとを引き取った。「でも、DJってダグラスのことでしょう?」彼女は言った。

「ダグラス・ジョセフ。イニシャルはDJです」

「いいえ、ダンがDJなの」ミセス・ロックウッドは、昼を夜だと思い込むよう説得されているみたいに、僕たちを見つめた。

「ダンのミドルネームはウィリアムですよね」僕は言った。

「そうだけどね、彼の父親が、ダンがまだ小さいころ、くそババアのダニエルと結婚したから。あの女はダニーと呼ばれたがってたの。お転婆っぽい感じがいいと思ったのね。でも、ダンの愛称もダニーだし、一家にダニーがふたりってわけにはいかない。それであの女は、自分をダニーと呼ばせ、彼をダニー・ジュニアと呼ばせたのよ。しばらくすると、みんな、彼をただDJと呼ぶようになったわけ」

頭がくらくらしはじめた。僕はずっとまちがっていたのだ。ライラが青ざめた顔をして僕を見た。その目は、僕もすでに気づいていることを告げていた——僕たちはクリスタル・ハーゲンを殺した男のリビングにいるのだ。

「ほら、ダンが着いたわ」ミセス・ロックウッドがそう言って、私道に入ってきたピックアップ・トラックを指さした。

第四十三章

考えようとしたが、なんのプランも浮かばなかった。聞こえてくるのは、自分が頭のなかでつく悪態ばっかりだった。トラックは窓の前を通り過ぎ、速度を落として家の横手で停まった。運転席のドアが開いた。沈む夕日があたりを明るく照らしていたため、僕には男の姿が見えた。服装も体格も樵《きこり》みたいな、軍人風の髪形のやつ。僕はライラの顔を見て、何か脱出法を考え出して、と目で懇願した。

お尻の下のクッションに電流が走ったかのように、ライラがいきなり立ちあがった。「用紙」彼女は言った。「用紙を持ってくるのを忘れてた」

「ああ、用紙ね」僕も言った。

「用紙を車に置いてきてしまったんです」ライラは玄関のほうを目で示した。

ライラの横で、僕も立ちあがった。「ほんとだよ」僕は言い、ライラと僕はドアのほうにそろって引き返しはじめた。「ちょっと失礼していいですか？　えー……車から用紙を取ってこないといけないんで」

男が家の角を回って、玄関ポーチにつづく小道に向かってくる。ライラはドアを出て、ポーチの三段の階段を下りていき、危うくダン・ロックウッドに衝突しかけた。ロックウッドはいちばん下の段で足を止め、驚きに顔を凍りつかせたまま、なぜ自分の家から僕たちが出てきたのか、誰かが説明するのを待った。ライラは何も言わなかった。挨拶も説明もなし。彼女は目も合わせずに彼の前を通り過ぎた。同じ手でいこうとあとを追ったものの、僕はどうしても彼を見ずにはいられなかった。彼は父親と同じ顔をしていた。長く青白くいかつい顔だ。その細い目が僕を観察し、さらに細くなって、まず側頭部の包帯を、つぎに首の擦《す》り傷を見つめた。

僕たちは足を速め、ライラの車に向かって小道を進んでいった。

「おい！」ロックウッドがうしろから呼びかけた。

僕たちは歩きつづけた。

「おい、おまえら！」彼がまた叫んだ。

ライラが運転席に乗り込み、僕は助手席に飛び込んだ。そのとき初めて、僕は振り返ってロックウッドを見た。彼は、自分が何を見たのか確信が持てないまま、ポーチのいちばん下に立っていた。ダグラスはウィスキー・ボトルのことを息子に話しただろうか？ ベルトのことは？ 彼があんなに注意深く僕を見たのはそのせいなんだろうか？ ライラが車を発進した。一方、僕はうしろを見て、ロックウッドが追ってこないことを確認した。

「ダンは自分の妹を殺したのね」ライラが言った。「ダグラスとダンの両方が、ダグラスの中古車販売店にいたって嘘をついたのを、わたしはダンが父親をかばっているんだと思ってた。でも実は、ダグラスのほうが息子をかばって嘘をついてたわけね。そしてあの日記は――」

「ダンはあの秋には十八になっていた」僕は言った。「アンドルー・フィッシャーがそう言ってたよね。ダンは法的に見ればもう大人だったんだ」

「彼は十八歳で、クリスタルは十四歳だった。クリスタルが書いていたのは、そのレイプのことなのね」

「くそっ、ダグラスが言ってたのはそのことだったんだな」僕はてのひらで額《ひたい》をたたいた。

「あの夜、僕を殺そうとしたとき――支離滅裂なことを言って、聖句を吐き散らしてたとき――僕はただ、イカレ野郎がクリスタルにしたことを告白してるんだと思ってた。でも実はあいつは、息子を護ることについて語ってたんだ。ダンがクリスタルを殺したことを、あいつは知っていたわけだ。知らなかったら、アリバイのことで嘘をつくわけないもんな。解読した日記を持った僕が家に現れたとき、あいつはダンを護るために僕を殺そうとしたんだよ」

「あの電話」ライラが言った。「金曜日、ダンが受けたやつって――」

「あれは、ダグラスがダンにかけたんだな。僕のことを息子に知らせるために」僕は言った。

「ダグラスは僕を殺したと思って、息子に電話したにちがいない。僕をどうするか、死体をどうするか相談したかったんだよ」

「裏にはずっとダンがいたのね」ライラは身を震わせた。「わたし、あんなに殺人犯に接近したのは生まれて初めて」ハッと気づいて、その目が輝いた。「ああ、そうか。ダグラスの家を焼き払ったのはきっと彼よ。ダグラスのＤＮＡを残らず消し去ろうとしたわけ」

「え？　でも――」

「考えてみて」ライラは言った。「ダグラスこそ犯人だ、クリスタルの爪に残っているＤＮＡ

はダグラスのものだと思い込み、あなたはダグラスの家に行った。あなたが逃げたあと、ダンはダグラスが警察に追われるだろうと気づいた。警察は、家にあるあのウィスキー・ボトルや何かからダグラスのDNAを入手するにちがいない。でもダグラスのDNAは一致しない。ただし、それはよく似ている。それはダグラスの男性血族のものなのよ」

「あの野郎」僕は言った。「ダグラスの家を焼き払うことで、ダンは父親のDNAをすっかり消し去ったわけか」僕はしばらく、パズルのピースがそれぞれの場所に収まるのを待っていた。それから、つぎのステップへと進み、その恐ろしさに打たれた。「でも、それだけじゃダグラスのDNAをすっかり消し去ることはできない——」

「ダグラスを始末しないかぎりは」ライラが僕の言葉を締めくくった。

「自分の父親を殺すかなあ？　そんなのまともじゃないよ」僕は言った。

「それほど必死ってことも考えられる」ライラが言った。「刑務所で死ぬのを避けるためなら、人は何をするかわからない」

「くそっ」僕は指で膝をトントンたたいた。「帰る前に吸い殻を一本、くすねてくるべきだったよ。すぐそこにあったのにな。手を伸ばせば、取れたはずなんだよ」

「わたしもパニクってた」ライラが言った。「あのトラックが入ってくるのを見たときは、すっかりビビっちゃった」

「きみがビビったって？」僕は言った。「何、言ってるんだ？　脱出できたのは、きみのおかげじゃないか。きみはすばらしかったよ」僕は携帯電話を取り出して、あちこちのポケットを調べはじめた。

「何してるの？」ライラが訊ねた。

「マックス・ルパートに私用の携帯電話の番号をもらったんだけど」ルパートの名刺が切手サイズに縮むわけはない。それでも僕は各ポケットの奥の奥まで手を突っ込んでみた。「ああ、しまった！」

「どうしたの？」

「あの名刺、うちのコーヒーテーブルに置いてきちゃったよ」

ライラはブレーキを踏んで、脇道に入った。「引き返さなきゃ」彼女は言った。

「頭、大丈夫？」

ライラはギアをパーキングに入れ、こっちに顔を向けた。「もしわたしたちが考えてるとおりなら、ダンは父親の家を焼き払ったことになる。自分の父親を殺した可能性さえあるのよ。つぎは、自宅を焼き払って、姿をくらますんじゃない？　きっとメキシコかベネズエラかどこかに高飛びして、見つかるまでには何年もかかるわよ。仮に見つかるとして、だけどね。わたしたちが彼のＤＮＡサンプルを手に入れれば、それは必ず例の爪から出たＤＮＡと一致する。そのことに疑問の余地はないよね。警察は最終的にダンをつかまえるかもしれない。でも、わたしたちはそれを待たずにカールの有罪判決を覆せるのよ。ただし、そのためにはいま行動しなくちゃ。わたしたちで彼のＤＮＡを手に入れなきゃいけない」

「僕はもう二度とあのうちに入る気はないからね。もちろん、きみだって絶対に行かせないよ」

「うちに入るなんて誰が言ったの？」ライラは笑みを浮かべ、ギアをドライブにもどした。

「わたしたちはただ、ゴミを拾ってくるだけよ」

第四十四章

太陽は西に落ち、メイソン・シティーの大通りや路地は、街灯とクリスマス・イルミネーションの混ざり合う光に照らされていた。僕たちのプランはシンプルだった。ライトを消した車で、ロックウッド宅の裏の路地を一度走って、窓やドアをチェックする。家のなかに少しでも動きがあったらそのまま走り去り、ミネソタに引き返して、自分たちのつかんだことをマックス・ルパートに報告する。でももし夜の静けさを破るものがなく、ダンの気配がうかがえなかったら、ライラは隣家の車庫の裏手に車を駐める。そのあと、僕がそうっと車を降りて、精一杯のニンジャの術で音を立てずに小道を進み、いちばん上のゴミ袋を盗み出すというわけだ。

車が路地に入ると、僕は自分側のドアのロックを解除した。ライラの小さな車は雪と氷の凸《でこ》凹《ぼこ》と格闘していた。僕たちは、ダンの隣家の車庫の裏手を通り過ぎ、ロックウッド宅の裏庭を観察した。その暗闇を切り開くのは、キッチンの窓からこぼれるひとすじの淡い光のみ。隣家のクリスマス・イルミネーションの淡い輝きが生む陰のなかで、僕は何か動きはないかと目を凝《こ》らした。

車は家の前を通過した。僕たちの愚行を邪魔するものは何ひとつ見当たらず、ライラはつぎの車庫の裏手に車を停めて、車内灯を手で覆った。僕はカチリとドアを開け、そうっと車を降りて、忍び足で路地を引き返した。ミセス・ロックウッドが雪かきして作った裏庭の小道まで行くと、最後にもう一度、足を止め、耳をすませたが、かすかな風の唸《うな》り以外、何も聞こえなかった。

ロックウッドの地所へと僕は足を踏み出した。うっすら積もった新しい雪が靴の下でさくさくと音を立てる。まるで綱渡りでもしているみたいに、ゆっくりと慎重に、僕は進んでいった。あと三十フィート……二十フィート……十フィート。もう少しで手が届く。突如、一ブロックほど先でクラクションが鳴り響き、十二月の冷気を切り裂いた。一拍か二拍、心臓が止まった。僕は動かなかった。いや、動けなかったのだ。そのままじっと立ち尽くし、窓に顔が現れるのを待った。殺人犯との追いかけっこを想像しながら、僕はいつでも車に駆けもどれるよう心の準備をした。でも、誰も出てこない。誰も外をのぞかなかった。

心を鎮《しず》めて、最後の一歩を踏み出した。ゴミ缶の蓋《ふた》は、いちばん上のゴミ袋の上に斜めに載っていた。その蓋を慎重にどけて、積雪の上に置く。頭上の窓から充分に光がこぼれ出ているので、ゴミ袋の縛った部分はちゃんと見えた。僕はゆっくりと、モーション・センサーの光線をよける宝石泥棒みたいにそれを持ちあげた。神経は研ぎ澄まされ、バランスは完璧、視力は……そう、ちょっと足りなかった。

袋のてっぺんに立てかけてあったビール瓶が、僕には見えなかった。やっと気づいたのは、それがゴミ缶から転がり落ち、ほのかな明かりのなかできらりと光ったときだ。瓶はくるくる回転し、木造のポーチのいちばん下の段でワンバウンドし、さらに何度か回転してから裏庭の小道に落下した。それは粉々に砕け散り、僕がそこにいることを明確に周囲に知らしめた。

僕は向きを変え、路地へと走った。右手にはゴミ袋をしっかりとつかんでいた。袋のなかで瓶や缶が廃品置き場のウィンドチャイムよろしくガチャガチャ音を立てている。小道と路地の合流点に至ると同時に、ポーチの明かりがパッと点いた。氷を踏みつけたとき、僕は最高速度に達していた。両足が体を残して勢いよく前に飛び出す。腰と肘《ひじ》で痛みが炸裂し、僕は四肢を広げた状態で路地へとすべり出た。それでもすぐに立ちあがり、ゴミ袋をしっかりつかんで、車まで全力疾走した。

座席に尻が触れたとたん、ドアが閉まるのも待たず、ライラがアクセルを踏み込んだ。タイヤが氷の上で空回りし、車の尾部が左右に振れて、すぐそばの車庫にぶつかりそうになる。ロックウッド宅の裏口の照明を背にぼんやりと人影が浮かびあがり、僕たちのほうへと走ってきた。タイヤが細長い砂利の露出部をとらえ、空回りが止まった。ダン・ロックウッドの影を残して、車は路地を進んでいき、大きな道に入った。

市外に出るまでは、ふたりとも口をきかなかった。ダンのトラックのヘッドライトが迫ってくるにちがいない。そう思って、僕は絶えずうしろを確認していた。結局、それは現れなかった。州間高速道に至り、北に向かうころには、僕もようやく緊張が解け、初めてあのゴミ袋をのぞきこむ余裕ができた。するとそこ、まさにそのてっぺんに、それがあった。古いケチャップの瓶や脂の染みたピザの箱と並んで、マルボロの吸い殻が少なくとも二十本。

「やつをつかまえたぞ」僕は言った。

第四十五章

僕たちは、ロックウッドのタバコの吸い殻、彼のDNA、くるくる変化するパズルの最後のピースを手に入れた。吸い殻から採取されるDNAはクリスタル・ハーゲンの爪のDNAと一致するだろう。つぎつぎと材料が集まり、遠い昔、クリスタル・ハーゲンを殺したのは、ダン・ロックウッド、すなわち、ダニー・ジュニア、DJであることを証明しようとしている。すべてがぴたりと整合していた。

アイオワとミネソタの州境をめざし、州間高速35号線を北に向かうあいだも、僕たちは警戒を怠《おこた》らなかった。つけられていないことを確認するために、二度、高速道を離れさえした。その際はしばらく待って、怪しいヘッドライトが通り過ぎるのを見送ってから、再度、高速道の車の流れに合流した。ほどなく僕たちはミネソタ州に入り、アルバートリーで車を停めて、ガソリンと食料を調達した。ライラが休めるように、僕は運転を替わった。そうしてふたたび高速に乗ったときだ。僕の携帯電話が「パイレーツ・オブ・カリビアン」のテーマ曲を奏でた。

それは、僕がジェレミーの番号に振り当てた着メロだ。ジェレミーが僕に電話をしてきたのは、このときが初めてだった。震えが背中を走った。

「よう、相棒、どうした?」僕は電話に向かって言った。

答えはない。電話口の彼の息遣いが聞こえる。そこで僕はもう一度、声をかけた。

「ジェレミー、大丈夫か?」

「僕にしろって言ったこと、兄さんは覚えてるかも」ジェレミーはいつも以上にためらいがちに言った。

「覚えてるさ」僕は言った。声が深い峡谷へと落ちていく。「誰かがおまえに手を出そうとしたら電話しろって言ったんだよな」電話を握る自分の手に力が入るのがわかった。「ジェレミー、何があったんだ?」

彼は答えなかった。

「誰かに殴られたのか?」僕は訊ねた。

やはり答えはない。

「母さんか?」

沈黙。

「ラリーに殴られたのか?」僕は訊ねた。

「たぶん……ラリーに殴られたかも」

「ちくしょう!」僕は電話を口もとから離し、歯を食いしばって毒づいた。「あの野郎、殺してやる」それから、ひとつ深く息を吸って、ふたたび電話を耳に当てた。「いいか、よく聞くんだよ、ジェレミー。いますぐ自分の部屋に行って、ドアに鍵をかけてほしいんだ。やってもらえるかな?」

「やれるかも」彼は言った。

「ドアに鍵をかけたら、そう言って」

「ドアの鍵、かけたかも」彼は言った。

「ようし。それじゃ今度は枕からピローケースをはずして、服を詰め込むんだ。やってもらえるかな?」

「やれるかも」彼は言った。

「いまそっちに向かってるからな。僕が着くまで部屋で待ってるんだよ。いいね?」

「兄さんは大学から来るのかも?」彼が訊ねた。

「いや」僕は言った。「もう近くにいるんだ。すぐに着くよ」

「わかった」彼は言った。

「服を詰めるんだよ」

「わかった」

「じゃあ、あとで」

電話を切ったのは、ちょうど35号線から90号線へのインターチェンジに差しかかったときだった。あと二十分でオースティンだ。

第四十六章

母の家の前で、僕はタイヤをすべらせて急停止し、ギアをパーキングに入れるなり、車から飛び出した。道からポーチまでの二十フィートを五歩で駆け抜け、玄関から突入すると、室内ではラリーと母がのんびりとカウチにすわって、ビール片手にテレビを見ていた。

「弟に何をした？」僕はどなった。

ラリーはさっと立ちあがり、僕の顔にビールの缶を投げつけた。僕は一瞬も足を止めずに缶を払いのけた。ラリーが拳を引くのと同時に、両のてのひらでその胸を突くと、彼は吹っ飛んで、カウチの背もたれの上にのけぞるように倒れた。母さんは金切り声で僕をなじりだしたけれど、僕はその前を素通りしてジェレミーの部屋に行き、ただおやすみを言いに寄ったみたいにそっとドアをノックした。

「ジェレミー、僕だよ。ジョーだ」僕は言った。鍵がカチリと開いた。ジェレミーはベッドの横に立っていた。左目が赤、青、黒のスペクトルと化し、腫れてほぼふさがっている。彼は服を詰めたピローケースをベッドの上に置いていた。ラリーは幸運な男だ。その瞬間、僕の手の届くところにいなかったわけだから。

「よう、ジェレミー」僕は、その重みを感じつつ、ピローケースを持ちあげた。「ライラのこと、覚えてるよね？」

　ジェレミーはうなずいた。

「彼女が家の前に駐まってる車のそばにいるから」僕はジェレミーの背中に手を当てて、寝室から彼を連れ出した。「これをそこに持っていきな。おまえはうちに来て僕と一緒に暮らすんだ」

「冗談じゃない」母さんが金切り声で叫んだ。

「さあ、ジェレミー」僕は言った。「大丈夫だから」

　ジェレミーは母には目も向けずにその前を通り過ぎ、大急ぎでリビングを通り抜けて、ドアから出ていった。

「いったいどういうつもりなの？」母がお得意の叱責口調で言った。

「ジェレミーのあの目はどうしたんだよ？」僕は言った。

「あれは……あれはなんでもないの」母は言った。

「あんたのくそったれ彼氏がジェレミーをぶちのめしたんだろ。なんでもなくなんかない。あれは暴行だよ」

「ラリーはちょっと頭に来ただけ。あの人――」

「だったら母さんはラリーをたたき出すべきなんじゃないか？」僕は言った。

「ジェレミーがラリーの神経を逆なでしたのよ」

「ジェレミーは自閉症なんだぞ」僕はどなった。「あいつは人の神経を逆なでしたりしない。

逆なでのしかたなんて知らないんだからな」

「で、あたしにどうしろって言うの？」母は言った。

「あんたはジェレミーを護るべきなんだ。母親の務めを果たすべきなんだよ」

「それじゃあたしには自分の人生がないわけ？　あんたが言いたいのは、そういうことなの？」

「母さんは何を取るか選んだ」僕は言った。「母さんはラリーを取ったんだ。だからジェレミーには僕のうちで僕と一緒に暮らしてもらうよ」

「あの子の社会保障手当は手に入らないからね」母が低く鋭く言った。

怒りに体が震えた。両の拳をぎゅっと握り締め、少し気持ちが鎮《しず》まるのを待ってから、僕はふたたび口を開いた。「金なんかいらないよ。ジェレミーは食券じゃない。あんたの息子なんだぞ」

「あんたのご大切な大学はどうする気？」そう言ったとき、母の声は皮肉っぽかった。

一瞬、将来の計画が実を結ばぬまま萎《しお》れていくのが見えた。僕は深く息を吸い込み、ため息をついた。「まあ、僕も何を取るか選んだってことだろうな」

玄関へと向かったとたん、ラリーが行く手に立ちふさがった。彼は両の手を拳にし、体の前で構えていた。「相手の不意を突いてないとき、どんだけおまえが強いか見てやろうじゃないか」彼は言った。

ラリーはぎこちないボクサーの構えで斜《はす》に立っていた。両足を平行にして踏ん張り、左の拳を正面に突き出し、右の拳は胸に引き寄せている。本人がそう望んだとしてもそれ以上いい的にはなれなかったろう。左足を斜めに据《す》え、彼は左膝《ひざ》の側面を敵の前にさらしていた。膝に関して大事なことは、それがうしろに折れ曲がるようにできているという点だ。うしろ側を蹴りつければ、膝はガクンと曲がる。前面を蹴りつければ、びくともしない。ところが、側面となるとまったく話は別だ。側面からの攻撃に対しては、膝ってやつは乾いた小枝並みにもろいのだ。

「オーケー、ラリー」僕は笑みを浮かべて言った。「試してみよう」

そして彼に向かっていった。相手が食らわすつもりの右のフックに顔から突っ込んでいくと見せかけ、いきなり止まってターンすると、足をうしろに蹴りあげ、彼の膝の側面に力一杯、踵《かかと》をたたきつけた。骨の折れる音がし、ラリーは悲鳴とともにくずれ落ちて、床の上の小山となった。

振り返って、最後にもう一度、母に目をやると、僕はドアから出ていった。

第四十七章

ライラの車の助手席で、僕はサイドウィンドウに額をもたせかけ、ガソリンスタンドや町の明かりが流れていくなか、じっと遠くを見つめた。車のスピードと窓を打つ雨の滴《しずく》とで、また、湧きあがる涙のせいで、視界はぼやけていた。僕には自分の未来が崩壊し、溶け去っていくのが見えた。もう二度とミネソタ州オースティンにもどるつもりはない。いまから僕はジェレミーに対する全責任を背負うのだ。いったい何をしてしまったんだろう? 母の家を出て以来、頭のドアをガンガンたたきつづけていた言葉を、僕は小声で口にした。「来学期はもう学校には行けない。ジェレミーの世話をしながら、学校に行くなんて無理だよ」僕は目を拭いてから、ライラのほうに顔をもどした。「ちゃんとした仕事に就かなきゃいけないな」

ライラはこっちに手を伸ばして、まだ握り締めたままだった僕の手の甲をさすった。やがて僕の拳が緩むと、彼女はその手を握った。「なんとかなるんじゃない?」ライラは言った。「ジェレミーのお世話ならわたしが手伝えるし」

「きみにそんな責任はないよ。これは僕の決めたことなんだから」

「責任はない」ライラは言った。「でも、ジェレミーは友達だもの」彼女は振り返ってジェレミーを眺めた。彼は後部座席で丸くなり、携帯電話を両手でつかんだまま眠り込んでいた。「彼を見てよ」ライラはジェレミーを目で示した。「ぐっすり眠ってる。まるで何日も寝てなかったみたい。もう安全なんだって、彼にはわかってるのね。そのことを喜ばなきゃ。あなたはいいお兄ちゃんよ」

僕はライラにほほえみかけて、彼女の手の甲にキスした。それから、流れていく道を見つめて考えにふけるために、窓に顔を向けた。かつて祖父が僕に言ったあることを思い出したのは、そのときだ。あの最期の日、川で一緒にサンドウィッチを食べていたとき、祖父が言ったこと

――何年ものあいだ、僕が記憶から閉め出していたこと。「おまえはジェレミーの兄ちゃんだからな」祖父はそう言った。「あの子の面倒を見るのはおまえの仕事だよ。いつかわたしもいなくなり、助けてやれなくなる時が来る。ジェレミーには兄ちゃんが必要になるはずだ。あの子の面倒を見てやるって約束しておくれ」当時、僕は十一歳だった。祖父が何を言っているのか、僕にはわからなかった。でも、祖父にはこの日が来ることがわかっていたのだ。そう思うと、安らぎの愛撫により、肩の凝《こ》りがほぐれていった。

アパートメントが近づき、州間高速道から市街の道に車が入ると、タイヤの音楽のトーンが変わってジェレミーを目覚めさせた。彼は起きあがったが、最初、自分がどこにいるのかわからず、見慣れない周囲の建物を見回して眉《まゆ》を寄せ、激しく瞬《まばた》きをしていた。

「もうすぐうちだからな、相棒」僕は言った。ジェレミーは視線を落として考え込んだ。「これから僕のうちに行くんだ。覚えてるだろ?」

「ああ、そうか」ジェレミーは言いながら、薄い笑みを顔に貼りつけた。

「二分後にはベッドに入れてやるよ。そうすりゃまた眠れるからな」

ジェレミーはまたもや眉を寄せた。「うーん……歯ブラシが要るかも」

「自分の歯ブラシ、持ってこなかったのか?」僕は言った。

「考えてみると」ライラが言った。「あなたは、引っ越すんだとは言わなかったものね。ただ、服を詰めろって言っただけでしょ」僕は、かすかな頭痛が芽生えつつあるこめかみをさすった。

ライラがアパートメントの正面の歩道に車を寄せた。

「ひと晩だけ、歯磨きをすっ飛ばせないかな？」僕は訊ねた。

ジェレミーが親指で関節をさすりだした。同時に歯も食いしばりだし、おかげで顎の横の筋肉がカエルの喉みたいにぷくりと飛び出した。「歯ブラシが要るかも」彼はまた言った。

「落ち着け、相棒」僕は言った。「なんとか手を考えよう」

ふたたびライラが静かに穏やかな声で言った。「ジェレミー、わたしがあなたをジョーの部屋に連れてってなかに案内するっていうのはどう？　そうすればジョーが新しい歯ブラシを買ってこられるじゃない？　それでいい？」

ジェレミーは関節をさするのをやめ、緊迫感は和《やわ》らいだ。「いいよ」彼は言った。

「それでいいかな、ジョー？」ライラが僕にほほえみかける。僕は笑みを返した。

そこから八ブロックほど行けば、小さな雑貨屋が一軒ある。回り道ばかりの長い一日の最後に、もう一度だけ回り道だ。僕はジェレミーと話すときのライラの話しかたが好きだった。あの穏やかな態度も、彼に対する心からの愛情も。それに僕は、同じ気持ちで――少なくとも彼なりのその種の気持ちで応える、ジェレミーのリアクションも好きだった。彼はライラに恋しているようにさえ見えた。それがジェレミーの理解を超える感情なのは、わかっていたけれど。

おかげで、自分の陥《おちい》った状況に対し、僕もいくらか前向きになれた。僕はもう大学生ジョー・タルバートでも用心棒ジョー・タルバートでもなく、逃亡者のジョーですらない。この日以降、僕はジェレミーの兄、ジョー・タルバートとなるのだ。そして僕の人生は、歯ブラシを忘れたというような弟の世界の小さな緊急事態によって左右されるだろう。

ライラはジェレミーの寝る支度を手伝うため、彼を二階に連れていき、僕はもう一度、車に飛び乗って、歯ブラシを買いに行った。最初に入ったコンビニ店で、僕はよさそうなのを見つけた。その歯ブラシは緑色、ジェレミーの古い歯ブラシと同じ色だった。ジェレミーがこれまでに所有した歯ブラシはどれもその色だ。もしそこに緑の歯ブラシがなかったら、僕は別の店に行かなきゃならなかったろう。ついでに何点か日用品を買い、支払いをすませると、僕はうちへと引き返した。

部屋にもどってみると、なかは暗くひっそりしていた。点いている明かりは、キッチンの流しの上の小さな電球だけだった。寝室でジェレミーが眠っているのが聞こえた。そのくぐもったいびきは、疲労が歯ブラシをなくしたことへの不安を凌駕《りょうが》したことを示していた。僕はベッドサイド・テーブルに歯ブラシを置くと、彼を起こさずにあとじさりで寝室を出た。こっそりお隣に行って、ライラにおやすみのキスをしてこよう。そう思った僕は、彼女の部屋へと向かい、ドアを軽くノックした。一度だけ小さくコツンと。しばらく待ったが、応答なし。もう一度、ノックしようとして手を持ちあげ、ちょっとためらってから、手を下ろした。きょうは長い一日だった。彼女にはゆっくり休む資格がある。

僕はうちにもどって、カウチにすわった。ふと見ると、目の前のコーヒーテーブルにマックス・ルパートの名刺があった。そこには彼の私用の携帯電話の番号が載っている。名刺を手に取って、僕は考えた。電話しようか。時計はまもなく真夜中を告げる。でも、ライラと僕が集めた証拠――DJの正体に関する爆弾情報――は、まちがいなく深夜の電話に値する。その気になって、番号ボタンのひとつめを押したところで、僕は考え直した。まずライラの意見を聞こう。それに、これは隣の部屋に行って、彼女を起こすいい口実になる。ルパートの名刺と携帯電話を持って、僕は隣の部屋に向かった。ノックしようとした瞬間、突然、携帯が鳴り、僕は思わず飛びあがった。番号を見ると、局番は五一五。アイオワ州だ。電話を耳に当てて僕は言った。「もしもし」

「俺のものをおまえは持っている」かすれた声が低くささやいた。

ああ、まさかそんな。「そっちは誰だ?」僕は言った。

「俺をなめるなよ、ジョー」声の主が荒っぽく言う。彼は怒っていた。「誰かはわかってるだろう」

「DJ」僕は言った。それから、ノックの音を彼に聞かれないよう、頬に電話を押し当てて、ライラの部屋のドアをたたいた。

「ダンと呼ばれるほうが好きだがな」彼は言った。

そのとき、ハッと気づいた。「どうやって僕の名前を知ったんだ?」僕は訊ねた。

「おまえの名前を俺が知ってるのは、ここにいるおまえの可愛い彼女が教えてくれたからさ」

熱く冷たいパニックの波が胸のなかで荒れ狂う。僕はドアノブを回した。部屋の鍵はかかっていなかった。ドアを開けると、キッチンテーブルが横倒しになり、本が散乱し、リノリウムの床一面に宿題のレポートが散らばっているのが目に映った。僕は必死で目にしたものの意味を理解しようとした。

「さっき言ったように、ジョー、俺のものをおまえは持っている……」唇を舐《な》めているのか、ダンはここで間を取った。「そしておまえのものを俺は持ってるわけだ」

第四十八章

「段取りはこうだ、ジョー」ダンが言った。「おまえは車に乗り込んで、州間高速35号線を北に向かう。俺から盗んだゴミ袋を持ってくるのを忘れるなよ」

僕は向きを変え、携帯電話をぎゅっと耳に押しつけたまま、足が許すかぎりの速さで階段を駆けおりた。「いいか、ライラに手を出したら――」

「手を出したら、どうするのかな、ジョー?」彼は言った。「教えてくれ。本当に知りたいんだ。おまえは俺をどうする気なんだ? でもそっちがそれを言う前に、ひとつ聞かせたいものがあるんだよ」

くぐもった声、女の声が聞こえた。何を言っているのかはわからない。それはむしろうめき声に近かった。それから、そのうめき声が言葉に変わった。「ジョー! ジョー、ごめん――」彼女はさらに何か言おうとしたけれど、彼が口に猿轡《さるぐつわ》を押し込んだのか、その声は壁の向こうへと落ちていった。

「さあ、教えてくれ、ジョー。おまえはどう――」

「彼女に手を出したら、必ずおまえを殺してやる」僕はそう言いながら、ライラの車の運転席に飛び込んだ。

「おやおや、ジョー」少し間があったあと、くぐもった悲鳴が聞こえた。「聞こえたか、ジョー？」彼は言った。「いま、おまえの可愛い彼女の顔を殴ってやったんだ。それも、思い切り強くな。おまえは俺の話をさえぎった。俺に彼女を殴らせたのはおまえだ。もしもおまえがまた俺の話をさえぎったら――俺の指示とほんの少しでもちがうことをしたら――どんな方法にしろ警察の注意を引こうとしたら、その報《むく》いはおまえのライラちゃんが受けるんだ。わかったかな？」

「ああ、よくわかった」こみあげる吐き気をこらえつつ、僕はライラの車のエンジンをかけた。

「よかった」彼は言った。「俺はもうこれ以上、彼女を痛めつけたくないんだ。実はな、ジョー、彼女はおまえの名前や携帯番号を俺に教えたがらなかったんだ。だから俺は、しゃべるのが身のためなんだとわからせなきゃならなかった。まったくタフな小娘だよ」

彼がライラに何をしているかと思うと、膝ががくがくし、胃がむかついた。自分の無力さが身に染みた。「どうやって僕たちを見つけたんだ？」なぜそんなことを訊いたのか、自分でもわからない。やつがどうやって僕たちを見つけたかなんて、どうでもいいことなのに。たぶん僕は会話をすることで、やつの注意を引きつけておきたかったんだろう。僕の相手に忙しければ、やつもライラには手を出さないだろうから。

「そっちが俺を見つけたんだ、ジョー。そうだろう？」ダンは言った。「だったらたぶん、俺がモールで警備員をしてるのも、知っているよな。俺には何人も警官の知り合いがいる。おまえらがうちの裏の路地を通り抜けたとき、俺は彼女の車のナンバーを知った。それが俺をここにいる可愛いライラ嬢のもとへと導き、彼女が俺をおまえのもとへと導いたわけだ。それとも、彼女がおまえを俺のもとへ導こうとしていると言うべきかな」

「いま向かってるよ」相手の注意を自分に引きもどそうとして、僕は言った。「これから、指示どおり35号線に入る」

「おまえが警察に通報するってような馬鹿なまねをしないように、おまえが運転しているあいだ、おまえと俺はずっと話をつづけるとしよう。肝に銘じておけよ、ジョー、もしもおまえが電話を切ったら――その車が電波の届かないところに入ったら――おまえのバッテリーがなくなったら――何かこの通話が切れるような事態が生じたら……そうだな、おまえは新しい彼女をさがすはめになるとだけ言っておこう」

片手でハンドルを握り、反対の手で電話を耳に当てて、僕は流入ランプを疾走していった。ギアがつぎつぎ切り替わっていき、車が悲鳴をあげている。トラクター・トレイラーが車線を占領していたので、僕はアクセルを踏み込んだ。すると、そのトラックが加速したように思えた。テストステロンにあおられて、自分のほうが上だぞと見当ちがいな主張をする気なんだろうか。僕は指が痛くなるほど強くハンドルを握り締めた。高架道の側壁が急速に迫ってくるのとともに、僕の走る合流車線がぐんぐん狭くなっていく。トラックのタイヤがすぐ横、窓から数インチのところで甲高《かんだか》く唸《うな》っている。車線が路肩へと変わる寸前、僕の車はトラックのフロントバンパーの横をぎりぎりすり抜けた。僕は急ハンドルを切って高速道に入った。バックバンパーがトラックのフロントバンパーをかすめていく。運転手がクラクションをブーッと鳴らして不快感を表明した。

「安全運転を心がけてくれよ、ジョー」ダンが言った。「パトカーに止められたらまずいだろう。そりゃあ悲劇ってもんだよ」

彼の言うとおりだ。いま停止命令を受けるわけにはいかない。いったい何を考えてるんだ？　僕は減速して他のドライバーたちのスピードに合わせ、ごくふつうの一対のヘッドライトとして車の流れにまぎれこんだ。

「行き先は？」いくらか動悸が鎮まったところで、僕は言った。

「俺の親父の家がどこにあるか、覚えているかな？」

そのことを思うと、体が震えた。「ああ、覚えてる」

「そこへ行くんだ」ダンは言った。

「あの家は焼け落ちたんじゃないのか」僕は言った。

「すると、火事のことは聞いてるわけだな。恐ろしい話だよ」ダンは言った。まるで朝の読書の邪魔をするうるさい子供を相手にしているみたいな、淡々とした無関心な口調だ。

僕は車内を見回しはじめた。どこかに武器はないだろうか？　道具でも、何かの切れ端でもいい。やつに傷を負わせるのに……あるいは、やつを殺すのに使えるものは？　手の届く範囲には、プラスチック製のフロントガラス用スクレーパーしかなかった。車内灯を点け、もう一度、周囲を見回す。ファーストフードの紙くず、予備の冬の手袋、ライラの授業のレポート、ダンのゴミ袋。でも武器はない。僕がロックウッドの家から逃げてくるとき、ゴミ袋のなかでは瓶がチリンチリンと音を立てていた。他に何もないなら、あの瓶のひとつを使えばいい。と

そのとき、後部座席で光がキラリと反射するのが見えた。何か銀色のものが、背もたれと座面の合わせ目に半分はさまっている。

「いやに静かだな、ジョー」ダンが言った。「俺に退屈してるんでなきゃいいが」

「いや、退屈はしていない。ただ考えてるだけだ」

「おまえは頭脳派なんだよな、ジョー」

僕はスピーカーホンのボタンを押し、運転席と助手席のあいだのコンソールに携帯電話を置いて、ボリュームを上げた。「癖《くせ》にはなってないけど、ときには頭を使うこともあるね」そう言いながら、静かにレバーを引いて、座席の背もたれを倒せる限界まで倒した。

「教えてくれ、ジョー、いま何を考えている?」

「あんたの親父さんを訪ねたときのことを思い出してただけさ。別れたとき、あの人はちょっと元気がなかったよ」僕は体をうしろにずらし、ハンドルを指先で支えて、ハイウェイの直線区間を待った。「親父さんはどうしてる?」この質問をしたのは、ひとつには彼の反応を見るため、もうひとつにはハイウェイの直線区間に入ったとき、やつをしゃべらせておくためだ。

「まあ、いまいちってとこだな」ダンは言った。声が冷たくなりだしている。

僕はハンドルから手を離すと、座席の上に体を寝かせて、バックシートの上できらめいてい

る金属の物体をつかもうとした。指を一本その側面にひっかけ、反対側を別の指の関節で押さえて引き寄せたが、そいつはすっぽ抜けた。はさみ直して、再度挑戦。すると、ジェレミーの携帯電話がクッションのあいだから飛び出し、回転しながらすべってきて、座席の縁《ふち》で止まった。

「もちろん」ダンはつづけた。「よく言うように、酔いどれに大事な仕事は任せられないもんだ」

体を起こすと、車は道をそれはじめ、路肩へと向かっていた。僕はハンドルをつかみ、かすかにタイヤをきしらせながら、コースを修正した。近くに警官がいたら、停止命令が出ていたところだ。僕はバックミラーに目をやった。どこかに赤色灯が見えないだろうか。じっと目を据《す》えて、待った――何もなし。僕はほっと息をついた。

「でも親父はよかれと思ってああしたんだ」ダンはそう締めくくった。

「よかれと思って……僕を殺そうとしたってのか？」彼をしゃべらせておくために、僕は言った。それからシートレバーを引き、背もたれを勢いよく起こした。

「おやおや、ジョー」ダンが言った。「まさか俺の前で何も知らないふりをする気じゃないよなあ」

僕はうしろに手をやって、ジェレミーの携帯電話をつかみとり、電源を入れた。「僕を殺すっていうのは、親父さんの考えだったのか？」僕は訊ねた。「それとも、あんたの思いつきかな？」そう言いながら、背中をそらし、ポケットに手を入れて、マックス・ルパートの名刺を取り出す。

「おまえの頭に瓶をたたきつけるってやつはな。あれは親父の考えさ」ダンは言った。

僕はルパートの携帯番号の最初の数字に指を乗せ、発信音を抑えるために電話の裏側を膝に押しつけてから、ボタンを押した。

「想像してみてくれ」ダンはつづけた。「親父から電話が来て、おまえがクリスタルの日記から何を見つけたか聞かされたとき、俺がどんなに驚いたか」

僕は番号を押しつづけた。

「こんなに何年も経ってから、謎を解くとはな」ダンは言った。「おまえは究極の頭脳派なんじゃないか、ジョー?」

最後にもう一度、番号を確認し、僕は送信ボタンを押した。それから電話を耳に当て、ルパートが出るのを待った。

「もしもし?」ルパートの声が聞こえてきた。ダン・ロックウッドにはルパートの声が聞こえず、なおかつ、ルパートには僕とダンのやりとりが聞こえるよう、僕は電話のスピーカーを親指でぴたりとふさいだ。

「あんたが思ってるほど、利口じゃないさ」そう言いながら、ジェレミーの電話を自分の電話に近づけた。「なにしろ、DJはダグラス・ジョセフ・ロックウッドの略だとずっと思ってたんだからな。きょう、あんたの奥さんからあんたがDJなんだと聞いて、僕がどれほど驚いたか、想像がつくだろ。ほんとにショックだったよ。だって、あんたの名前はダニエル・ウィリアム・ロックウッドだもんな。あんたをDJと呼ぶ人間がいるなんて、ふつうは思わないだろ？」

ダンに企みを悟られることなく、ルパートに自分の窮状が伝わるよう、僕は適度に明快な言葉を使おうとした。こうなったら、ルパートがちゃんと聴いていて、この状況を理解すること、真夜中のこの電話がただのまちがい電話じゃないと気づくことに賭けるしかない。とにかく僕には、ダン・ロックウッドを話に引き入れ、秘密をしゃべらせる必要があった。

第四十九章

ダン・ロックウッドとの対決のため北をめざして運転しているその数分間、僕の頭のなかの暗がりにはぼうっとしたある考えが潜んでいた。恐怖の背後に隠れた、ちらちらする不鮮明な考え。僕はその存在を感じつつも、それを無視して、ライラを救う手立てを慌ただしく考えていた。でも、ルパートに電話がつながり、彼がダン・ロックウッドと僕の会話を聴いているであろういま、いくらか気持ちも鎮まり、僕はそのぼうっとした考えに声を与えた。するとそれは次第に大きく鮮明になっていき、やがて叫びはじめた――ダン・ロックウッドには僕たちを殺す以外、選択肢はないんだぞ。

なんだっていままでパニクっていたんだろう？　何が待っているかはわかっているのに。やつは僕をおびき寄せ、そのうえで僕たちふたりをまとめて殺す気なのだ。何を知られたかを思えば、やつに僕たちを生かしておくことはできない。僕は奇妙な安堵が押し寄せてくるのを感じた。こっちはやつの企みを見抜いている。そのことを、本人にわからせてやらなくては。

「ダン、あんたはテキサス・ホールデム（ポーカーの一種。各自の手持ちのカード二枚と共通カード五枚から五枚の組み合わせを作り、勝敗を決める）をやったことがあるかな?」

「なんの話かね」ダンは言った。「そう、一度か二度、トーナメントに参加したことがあるよ」

「そっちが二枚カードをもらい、こっちも二枚カードをもらい、ディーラーが中央に三枚、カードを出すんだよな」

「ああ……それで?」

「こっちは全部賭ける。そして自分のカードを置き、あんたも自分のカードを置く。あんたが何を持ってるかこっちは知ってるし、あんたもこっちが何を持ってるか知っている。あとはディーラーがゲームを終わらせるのを――誰が勝ったか確認するのを待つだけだ。もうなんの秘密もない」

「つづけてくれ」

「僕は全部賭けるつもりだ」僕は言った。

「よく意味がわからないが」ダンは言った。

「僕が親父さんの家まで行ったら、そのあとはどうなるんだ?」僕は言った。「あんたはすべて考えてるんだよな」

「ひとつふたつ案はあるがね」ダンは言った。「もっと大事なことを訊こう――おまえのほうはすべて考えているのか？」

「あんたは僕をそこにおびき寄せ、殺そうとしている。僕が必ず行くようにライラを囮《おとり》にしてるんだろ。僕を殺したあと、あんたはライラを殺す気だ」僕は息を吸い込んだ。「この推理、どうかな？」

「それでも、おまえはこっちに向かってる。なぜなんだ？」

「僕はこう見ている」僕は言った。「こっちには選択肢がふたつある。ひとつは、警察に駆け込んでDNAを引き渡し、あんたが自分の妹を殺したことを話すってやつ――」

「継母の娘をだ！」僕は繰り返した。

「その場合」やつは言った。「かわいそうなライラちゃんは、今夜、死ぬことになるな」声がふたたび冷たくなった。

「で、おまえの第二の選択肢は？」

僕はもう一度、大きく息を吸い込んだ。「そこに行って、あんたを殺すってやつだ」

電話の向こうが静かになった。

「いいか」僕は言った。「僕がいまもそっちに向かってるのは、ライラを人質に取られているからだ。僕がそこに着いたとき、もし彼女が生きてなかったら、僕に車を停める理由はない。そうだろう？　あんたは殺しを一件やり残し、こっちはあんたをつかまえる。警察は地の果てまであんたを追っかけるぞ。ライラはかたきを討ってもらえるわけだ。あんたは刑務所で死に、僕はあんたの墓に小便をかけてやる」

「で、おまえは俺を殺すって言うんだな」ダンは言った。

「それが、ライラと僕にあんたがしようとしてることなんじゃないか?」

ダンは黙っていた。

「そのあとはどうするんだ?」僕は訊ねた。「遺体は川に捨てるのか? それとも、物置小屋で焼くのかな?」

「納屋でだ」やつは言った。

「ああ、そうそう。あんたは放火魔だもんな。親父さんのうちにも火を点けたんだろ?」

ダンはふたたび沈黙した。

「それにあんたは、自分が助かるために親父さんを殺したんじゃないか?」

「おまえを殺すときは大いに楽しむとしよう」ダンは言った。「じわじわとやってやるよ」

「親父さんは僕を襲うことであんたの尻ぬぐいをしたが、その過程で自分自身を完璧な生贄《いけにえ》にしちまった。親父さんはDNAのこと、日記のこと、僕をあんたでなく親父さんのもとに導いた証拠のことをあんたに話した。完璧だよな。そこであんたは親父さんを殺したうえ、遺体を誰にも見つからないところに隠し、警察がDNA鑑定をできないように親父さんの家を焼き払ったわけだ。これだけは認めるよ、ダン、あれは利口な手だったな――恐ろしく歪んでいるが、利口にはちがいない」

「いやいや、それだけじゃないぞ」ダンが言った。「警察は親父のうちの納屋でおまえの遺体を発見する——」

「そして、親父さんを犯人とみなす」僕はそう締めくくった。「それは、こっちが先にあんたを殺さなかった場合だがな」

「あと十分ほどで会えそうだよ」ダンが言った。

「十分？」

「到着までにかかる時間はわかってる。もし十分後におまえが現れなかったら、俺はおまえがとんでもないまちがいを犯し、われわれのささやかな集いに警官を同伴しようとしているものとみなすからな」

「心配するな」僕は言った。「ちゃんと行くさ。そして車が接近したとき、ライラが生きて自分の足で立っているのが見えなかったら、僕はあんたがとんでもないまちがいを犯したものとみなす。そのままそこを通り過ぎて、あんたを地獄に突き落としてやるからな」

「これでわれわれはお互い理解しあえたわけだ」ダンは言った。

第五十章

制限時間は十分で目的地まであと五分と、時間には余裕があった。他に何か準備しておけることはないかと僕は頭を絞《しぼ》った。

ここまで僕は、ルパートの声をロックウッドに聞かれないよう、ジェレミーの携帯のスピーカーを親指でふさいで運転してきた。田舎道が凍った湿地帯に入り、くねくねと蛇行しだすと、ルパートに一秒でも多く追いつく時間を与えるため、僕はスピードを落とした。ルパートは充分なヒントを得られただろうか？　ダンと僕は、ダンの父親の家、やつが焼き払ったあの家のことや、そのそばの納屋のことを話題にした。ルパートはあの家がどこにあるかを知っている。火事のことを僕に話したのは彼なのだ。それに彼は警官、刑事だ。きっと答えを導き出すだろう。

僕はジェレミーの電話を慎重に持ちあげた。親指をどけ、スピーカーをぎゅっと耳に押しつけ、耳をすます。声はしない。息遣いも聞こえない。バックに流れる車のエンジンの雑音も。何もなしだ。僕は電話を見つめた。画面はルパートの番号を明るく浮かびあがらせている。もう一度、耳をすませた。無音。僕は送話口を手で囲って、そこにそっとささやきかけた。「ルパート」彼がこっちの意図を理解し、返事をしてくれるよう、子音は明確に鋭く発音した。

答えはない。

僕は呼吸を止めた。手が震えている。僕はずっと留守録に声を吹き込んでいたんだろうか？「ルパート」もう一度、ささやいた。やはり答えはない。僕はジェレミーの携帯を助手席のうしろの床に落とした。急に口がからからになった。もうなんの策もない——ライラを救うすべはないのだ。

ロックウッドのゴミがにおっている。座席のうしろで腐りかけている、やつのDNA、やつの犯罪の証拠が。ダンと僕の会話がルパートの留守録に録音されていたなら、ルパートはいずれその意味に気づき、ダン・ロックウッドが僕たちを殺したことを知るはずだ。僕はゴミ袋を側溝に捨てることにした。まずいことになった場合は、ルパートがそれを見つけて、ロックウッド逮捕のために役立ててくれるだろう。ショボい代替案だけれど、僕にはもうそれしかなかった。

　座席のうしろに手をやって、ゴミ袋をそっと持ちあげ、膝に載せた。缶や瓶がガサゴソと音を立て、それぞれの場所に沈み込んでいく。ビール瓶のひとつのネックが袋の側面を突っ張らせているのが感触でわかった。僕は袋の側面に爪で穴をあけ、その瓶を取り出して自分のすぐ横に置いた。

「あと五分だぞ、ジョー」僕の携帯のスピーカーからダンの声がした。

「ライラの声を聞かせてくれ」

「俺を信じてないのか?」

「別にかまわないだろ」僕は言った。少なからぬいらだち、あるいは、あきらめらしきものを声ににじませて。「最後の願いだと思えよ」

　ライラがもごもごと何か言っている。ダンが猿轡をはずしているらしい。彼は電話を耳もとから離しているだろう。いまこそ袋を捨てるチャンスだ。僕は思い切り減速して風の音を抑え、窓を下ろした。膝でハンドルを操作しながら、ゴミ袋を窓へとすべらせ、ひょいと外に放《ほう》り出すと、袋は雪に覆われた側溝に落ちた。

「ジョー?」ライラがささやいた。

「ライラ、大丈夫?」

「おしゃべりはそこまでだ」ダンが言った。「あと二分だぞ。結局、間に合わないんじゃないかな」

僕は窓を閉めてふたたび加速し、最後の上り坂のてっぺんまで行った。その先の砂利道に入れば、もうダグラス・ロックウッドのかつての住まいだ。「あんたが親父さんの地所にいるなら、こっちのヘッドライトが見えるはずだ」僕は数回ハイビームを点滅させた。

「ああ、ようやくヒーローのご到着か」ダンが言った。「親父の家の少し先に、トラクター用の小道があるんだ。俺はそこで待っている」

「僕に見えるところに、ライラを立たせておけよ」僕は言った。

「もちろん」彼は気分よさげに言った。「おまえに会うのを楽しみにしているよ」

僕は砂利道に入って、何か動きがないか暗闇を目でさぐった。ダグラス・ロックウッドの家の煙突は、灰の堆積《たいせき》からぽつんと突き出た尖塔となっていた。その縁からは、消火ホースが残していった氷の棘《とげ》が凍てついた羽毛さながら垂れさがっている。

僕は家を通り過ぎ、トラクター用の小道の前で車を停めた。それから、ダン・ロックウッドの四輪駆動のピックアップ・トラックが雪に残したタイヤの跡をたどっていった。小道は、壁板が腐って老馬の透き歯みたいになっている荒れ果てた灰色の納屋まで八十フィートつづいていた。納屋に到達しないうちに車が雪に埋まってしまうことが僕にはわかった。

ハイビームをカチッと点け、エンジンを吹かすと、僕はライラの小型車で雪へと突っ込んでいった。白い壁が爆発して宙高く噴きあがり、透明な雪片がヘッドライトの光のなかできらきらと舞った。どうにか十フィート進んだところで、車はギギーッと停まった。タイヤが空回りし、エンジンが虚《むな》しく回転している。僕はアクセルから足を離し、雪の粉の最後の霞《かすみ》が風とともに流れ去るのを見守った。頭のなかは、ただひとつの切迫した重苦しい考えで一杯だった――つぎはどうする?

第五十一章

ヘッドライトは雪野原に光を投じて、彼方の納屋を照らしていた。そのぼろぼろの扉の前に、ロープで縛られた両手を頭上に掲げて、ライラが立っている。ロープは上へと伸びて、屋根裏の干し草置場の梁《はり》に結ばれていた。弱っているようではあるけれど、彼女は自力で立っていた。その横には、片手で彼女の頭に銃を突きつけ、片手で携帯電話を持って、ダン・ロックウッドが立っている。

僕と納屋のあいだには、七十フィートの雪野原があった。僕の左手の、五十フィートほど向こうの木立と、僕の右手の小川とが、その原っぱの境目となっている。木立と小川はどちらも、納屋のうしろの道路まで延びていた。どちらも身を隠すのに使えそうだ。でも小川のほうを行けば、ロックウッドから三十フィート以内にまで接近できるかもしれない。

僕は車の窓を下ろして、携帯電話とビール瓶をつかみとり、そっと窓から抜け出した。こっちの企みを明かすドアのきしみは無用。画面の光が漏れないよう電話を頰に押し当てて、車のうしろをぐるりと回り、僕は小川へと向かった。

「ゴミ袋を持ってきてもらおうか」ダンが言った。

時間を稼がなきゃならない。「それはむずかしそうだな」そう言いながら、横に一歩進んで、小川に入った。「雪が深すぎるんだ」

「ここでうだついてるのはもううんざりだ」ダンはどなった。

納屋へと向かう僕の足もとでパリパリと氷が割れる。ちょっと足を止め、小川の土手の向こうに目をやると、ダンの注意はまだ車に注がれていた。うっすらと雪を覆う氷が一歩進むごとに軽くパキッと音を立て、僕の到着を静かな夜に鋭く告げる。ダンがしゃべりだすと、僕は足を速めた。うまくすれば、やつ自身の頭のなかで響くその声で、こっちの接近をごまかせるかもしれない。

「そのボロ車を降りて、とっとと歩いてきやがれ」ダンは電話に向かってどなった。

「そっちから取りに来るしかなさそうだよ」僕は言った。

「てめえに決定権があると思ってるのか、このクソガキ?」ダンはライラの頭に銃を押しつけた。「こっちには切り札がある。命令するのはこっちだ」ダンがどなっているあいだに、僕はペースを切り換え、走りだした——頭を低くし、電話をぎゅっと耳に押しつけたままで。「とっとと出てこい。さもないといますぐ女を殺すぞ」

もうすぐそばまで来ているので、ダンには電話じゃなく小川からの僕の声が聞こえるかもしれない。僕は声を落とし、低いささやきにした。するとそのトーンの変化が、僕のせりふに予想外の恐ろしげな響きをもたらした。「彼女を殺したら、こっちは消える。銃声のこだまがやむ前に騎兵隊が追っかけてくるぞ」

「ようし」ダンは言った。「女は殺さない」やつは銃口をライラの膝《ひざ》に向けた。「三秒以内に姿を見せなかったら、彼女の可愛いお膝を撃ち抜く。一度に片方ずつな。膝の皿を撃たれるのがどんなに痛いもんか、知ってるか?」

僕は小川のなかを進める限界まで進んできていた。

「そのあとは」ダンは言った。「体の他の部分に取りかかるとするよ」

もし飛び出していったら、ヘッドライトの光のなかに入ったとたん僕は死ぬ。一方、もしそのまま小川にいたら、やつがライラを銃で解体する。この距離なら、彼女の苦痛の叫びは猿轡《ぐつわ》を通してでも僕の耳に届くだろう。

「一!」

僕はあたりを見回した。どこかにビール瓶よりいい武器はないだろうか。石か棒。なんでもいい。

「二!」

向こう岸から倒木が一本、突き出ていて、枯れたその枝々が手の届くところまで伸びていた。

僕はビール瓶を放り捨て、階段の手すりほどの太さの枝をつかむと、全体重をかけ、渾身の力をこめて、ぐいとひねった。バキッという大音響とともに、枝は折れ、僕はうしろによろめいた。

ダンの銃から二発、銃弾が放《はな》たれた。一発は僕の頭上のハコヤナギの木に当たり、もう一発は闇の奥へと消えた。

僕は撃たれたふりをしてうめき声をあげ、それと同時に、小川の向こう岸の凍りついた積雪めがけ、フリスビーよろしく携帯電話を投げた。その画面が放つひとすじの光は、納屋からも見えるはずだった。

僕は近いほうの岸に這いあがり、枯れ枝の棍棒を手にハコヤナギの陰に隠れた。そうして、ダンの注意が向こう岸の携帯の光に集中していることを願い、やつの接近を待った。

「ほんとに頑固な野郎だな」ダンが呼びかけた。「それだけは認めてやるよ」

僕は棍棒を構え、相手の声をたよりに距離を測りつつ、近づいてくる足音に耳をすませた。もう少しで打ちかかれるというところで、ダンは足を止めた。たぶん、ヘッドライトが届かない暗がりに目を慣らそうとしているんだろう。あと二歩だ。僕は胸の内で思った。あと二歩。

「あきらめろ、ジョー」ダンがさらに一歩、小川のほうに足を進めた。銃はまだ僕の携帯に向けられている。やつの声は低く、ほとんどささやくようだった。「こっちには切り札がある。覚えてるよな?」

ダンはふたたび足を止めた。

僕は木の陰から飛び出し、やつの頭めがけて棍棒を振りおろした。ダンは銃をぐるりと回して、僕に向けながら、身を沈めて棍棒をかわした。

僕の狙いははずれた。棍棒はやつの頭蓋骨じゃなく右肩に当たったのだ。でも、向こうの狙いもまたはずれ、銃弾は僕の胸じゃなく膝に撃ち込まれた。熱い鉛の玉が皮膚と筋肉を引き裂き、骨に穴をうがち、僕の脚をただのお荷物へと変えた。

膝の深さの雪のなかに、僕は顔から倒れた。

第五十二章

ここで攻撃をやめたら、僕は死ぬ——ライラも死ぬんだ。

僕は両手をついて体を押しあげた。とたんに、ダン・ロックウッドの全体重が背中にかかり、もとどおり雪のなかへと突き落とされた。反応する間もなく、右腕がうしろにねじあげられ、冷たい金属の手錠が手首にカチャリとかかった。こいつはなぜ僕の頭を撃たないんだ？　なぜ僕を生かしておくんだ？　もう一方の腕をつかまれまいと僕は抵抗した。でも、肩甲骨と首にかかるやつの重みが僕の奮闘に終止符を打った。

ダンは立ちあがって、僕の襟首《えりくび》をつかみ、雪のなかを引きずっていって、納屋の端の柵《さく》の支柱に寄りかからせた。やつのベルトがズズッと音を立て、ズボンから引き抜かれた。やつは僕の首にそれを巻きつけ、支柱にくくりつけて留めた。それからふたたび立ちあがって、自分の作品をほれぼれと眺め、雪まみれのブーツで僕の顔を蹴りつけた。

「おまえのせいで俺の親父は死んだんだ」ダンは言った。「聞こえたか？　余計なことに首を突っ込みやがって」

「くそったれ」僕は血を吐き出した。「おまえはイカレてる。だから自分の父親を殺したんだ。おまえはイカレてる。だから自分の妹をレイプして殺したんだよ。要するに、そういうことさ」

　やつは反対の足で僕の顔を蹴った。

「なんですぐに撃ち殺さないのか、不思議に思ってるんだろう？」やつは言った。

「ちらっと考えはした」僕はつぶやいた。歯が一個、口のなかで転がっている。僕はもう一度、唾を吐いた。

「おまえはこれから俺のやることを見るんだ」ダンは笑いを浮かべた。「俺はおまえの可愛い彼女を犯しまくる。おまえはそれを見るんだよ。他の女どもと同じように、彼女が泣き叫んで許しを乞うのを聞くんだ」

　僕は頭を起こした。目は霞《かす》み、蹴られたせいで耳はまだわんわんと鳴っていた。

「そうとも、ジョー」ダンは言った。「他にもいたわけだよ」やつはライラのほうに歩いていき、彼女の顎を両手で持ちあげた。僕には、彼女の両の頰に広がる赤や紫の痣《あざ》が見えた。彼女は弱っているようだった。ダンはその首すじをなでおろし、彼女のスウェットシャツのジッパーを指でつまんで下ろしていった。

僕は首に巻かれたベルトと格闘した。その分厚い革を突っ張らせ、それを引き伸ばすか引きちぎるか、支柱を地面から引っこ抜くかしようとしたが、どうにもならなかった。

「動けやしないさ、ジョー。自分を痛めつけるのはよしな」ダンはライラの胸に手をかけた。すると、トランス状態から覚めたかのように、彼女が生き返った。ロープのせいで抵抗ができず、彼女は身をよじってやつの手から逃れようとした。さらに、膝でダンを蹴ろうとしたが、ひどく弱っているため、ダメージを与えることはできなかった。彼女の努力に報い、ダンはその腹を強く殴りつけた。肺の空気が一気に吐き出され、ライラは息をしようとしてゼイゼイとあえいだ。

「数分後にはすべてが終わる。おまえらは栄光の炎のなかで燃え尽きるんだ」ダンは唇を舌で湿らせ、ライラの体に体を寄せると、一方の手を下にやって、彼女のズボンの留め金をはずしにかかった。同時に彼は、ライラの体の線を銃口でなぞりながら、銃を上へとすべらせていき、胸のところでちょっと止めた。それから、喉へ、頬へと銃口を移動させ、最後にこめかみに押しつけた。

ライラの顔を舐《な》める気なのか、それとも嚙みつく気なのか、ダンは彼女に顔を近づけた。ところがここで、片手でベルトをはずすという難題にてこずり、その動きが止まった。バックルをよく見ようとして、彼は一歩うしろにさがった。するとほんの一瞬、銃口が上を向き、ライラの頭からそれた。

突如、木立から銃弾が三発、すばやく連射された。一発目はダン・ロックウッドの左耳から入り、右側頭部から抜けて、血と骨と脳みその飛沫《しぶき》を撒《ま》き散らした。二発目はやつの喉を貫通し、同様の結果をもたらした。三発目が側頭骨に撃ち込まれる前に、ロックウッドは死んでいた。彼は肉と組織の塊《かたまり》となって地面に倒れた。

木立の暗がりからマックス・ルパートが出てきた。その銃はまだ、かつてダン・ロックウッドであった廃物の山に向けられていた。こちらに歩いてくると、彼は遺体を蹴ってあおむけにひっくり返した。ロックウッドの目はぼんやりと空を見あげていた。暗闇からさらにふたつ、人影が現れた。保安官代理。どちらも茶色い冬のコートを着て、左の襟にバッジを付けている。ひとりが肩に留めてある無線のマイクに向かって何か言うと、地平線に赤と青の光が射した。まるで保安官代理が彼個人の北極光を呼び出したみたいだった。まもなく、夜を貫くサイレンの音とともに、それらパトカーの光が坂の頂《いただき》に達した。

第五十三章

納屋でのその撃ち合いはニュースとなり、雪の玉が転がりはじめた。なぜアイオワ州の男が頭に三発、銃弾を食らったのか、また、なぜ地元の大学生ふたりが現場にいたのか、マスコミは知りたがった。発砲を正当化し、マックス・ルパートに違法行為がなかったことを証明するために、市当局はライラと僕が見つけた骨格だけの事実に大あわてで肉付けをした。当局は二十四時間以内にクリスタル・ハーゲン殺人事件の捜査を再開したばかりか、列のいちばん前にその件を割り込ませた。警察は、翌朝、最初のプレスリリースが出る前に、ライラの暗号の解釈と、一九八〇年当時ダン・ロックウッドがクリスタルや他の家族からDJと呼ばれていた事実に関し、裏付けを取っていた。

撃ち合いの翌々日、ミネソタ州犯罪《B》者逮捕《C》局《A》は、クリスタル・ハーゲンの付け爪から見つかったDNAがダン・ロックウッドのものであることを立証した。それだけじゃない。BCAがロックウッドのDNAプロファイルを全米DNAデータベース、CODISにかけたところ、一件ヒットがあった。ロックウッドのDNAは、ダヴェンポート（アイオワ州東部の市）のある事件で出たDNAと一致したのだ。その事件では、若い女の子がレイプされたうえ殺され、遺体が焼け落ちた納屋の瓦礫《がれき》のなかで見つかっている。市は記者会見を開き、ダン・ロックウッドは一九八〇年にクリスタル・ハーゲンを殺したものと見られること、また、ルパートに撃ち殺されたとき、大学生の一方または両方を殺す寸前だったことを明らかにした。市とマスコミは口をそろえてマックス・ルパートをほめ讃え、ロックウッドを殺して身元不詳の（おそらく彼のつぎの犠牲者となったであろう）ミネソタの大学生二名の命を救ったヒーローとして持ちあげた。

記者のなかには、僕の名前と、ルパートがロックウッドを撃った現場に僕がいたという事実をつかんだ人もいた。その女性は病院の僕の部屋に電話をかけてきて、いくつか質問させてほしいと言い、僕をヒーローと呼んで、あれこれお世辞を並べた。でも僕はヒーローだなんて気はしなかった。僕のせいでライラは殺されかけたのだ。僕はその記者に、何も話したくない、二度と電話はしないでほしいと言った。

大学の教授たちはみんな、僕の学年末試験と期末レポートの期限の延期を認めてくれた。僕はそれらの申し出を受け入れた。ただし、伝記の授業だけは別だ。ライラが病院に僕のノートパソコンを持ってきてくれたので、僕はベッドのなかでヘッドボードに寄りかかり、何時間もキーボードを打ちつづけた。ライラはまた、ジェレミーを毎日連れてきてくれた。あの夜、彼女は緊急治療室で二、三時間過ごし、医者たちのチェックを受けてから解放された。顔と上半身は痣《あざ》だらけ、ロープの食い込んだ手首には擦《す》り傷ができている状態だった。その後、彼女は僕のうちに行ってカウチで眠った。ジェレミーは隣の部屋で眠っていた。

医者たちは四日間、僕を病院に留め置き、クリスマスの二週間前に、痛み止めの瓶と松葉杖とともに解放した。退院までに、僕の書いたカール・アイヴァソンの伝記は求められている枚数の二倍に達していた。執筆はほぼ完了し、残るは最終章——カールの正式な無罪判決の部分のみだった。

退院の日の朝、僕は病院のロビーでサンデン教授に迎えられた。フロアの向こうから挨拶しに来るとき、彼は息をはずませているように見え、たったいま番号くじで勝った人みたいに満面に笑みをたたえていた。「メリー・クリスマス」彼は言った。それから僕に文書を一枚、手渡した。裁判所命令。いちばん下に陽刻の印が押されている。鼓動が速くなった。僕は標題の堅苦しい文言を読んだ——原告、ミネソタ州、対、被告、カール・アイヴァソン。そのまま順を追って読みつづけたけれど、サンデン教授が途中でそれをさえぎって、最後までページを繰《く》っていき、段落のひとつを指さした。

これによって、一九八一年一月十五日、陪審の評決により決定され、同日、判決として記録されたカール・アルバート・アイヴァソンの第一級謀殺による有罪判決は、完全に無効となり、当該被告人の市民権は本命令書の署名を以て直ちに回復されるものとする。

命令書には、地方裁判所の判事の署名とまさにその日の日付が入っていた。

「信じられません」僕は言った。「いったいどうやって――」

「すごいだろう？　政治的な意思がそこにあると、なんだってできるものなんだな」サンデン教授は言った。「例の銃撃の話が全国ニュースになったおかげで、郡検事もいそいそと事を進めてくれたんだ」

「じゃあ、これはつまり……」

「カール・アイヴァソンは完全に無罪となったわけだよ」サンデンは顔を輝かせて言った。

僕はヴァージル・グレイに電話をかけ、その日、僕たちがカールを訪ねるとき一緒に来るよう彼を誘った。ジャネットとミセス・ローングレンも僕たちと一緒にカールの部屋に来た。僕は命令書を額に入れようかとも思ったが、結局やめることにした。そういうのはカールの趣味じゃないような気がしたから。その代わり、僕はただ文書を彼に手渡し、それが何を意味するかを説明した。クリスタル・ハーゲンを殺したのは彼じゃない――そのことが全世界の前で正式に認められたのだ、と。カールは一ページ目のいちばん下に押された陽刻の印を指でなで、目を閉じて、ものうげな笑みを浮かべた。涙がひとすじその頬を伝い、それを見て、ジャネットとミセス・ローングレンがもらい泣きしはじめ、それを見て、ライラとヴァージルと僕も涙ぐんでしまった。ジェレミーの目だけは乾いたままだったけれど。でも、それがジェレミーなのだ。

カールは懸命に僕のほうに手を差し伸べ、僕はその手を取って握り締めた。「ありがとう」彼はささやいた。「ありがとう……いろいろ」

カールがその弱った目を開けていられなくなるまで、僕たちはそこにいた。それから、楽しいクリスマスを、と彼に言い、また明日来るから、と約束したけれど、結局この約束は果たされなかった。カールはその夜、亡くなったのだ。ミセス・ローングレンによれば、それはまるで彼がただ、生きるのをやめる時が来たと判断したかのようだったという。あれ以上、安らかな死は見たことがない――彼女はそう言っていた。

第五十四章

カール・アイヴァソンの葬儀には、牧師をのぞいて十三名が参列した。ヴァージル・グレイ、ライラ、ジェレミー、僕、サンデン教授、マックス・ルパート、ジャネット、ミセス・ローングレン、このふたり以外のヒルビュー邸の職員二名、そして、カールをなつかしむスティルウォーター刑務所の刑務官三名だ。彼はフォート・スネリング国立墓地に埋葬され、何百人もの他のヴェトナム帰還兵とともに眠ることとなった。牧師は埋葬式を簡単にすませた。これはひとつには、この牧師がカール・アイヴァソンに会ったことがなく、お決まりの文句以外、彼について言うべきことがなかったから、もうひとつには、十二月の冷たい風が吹きさらしのだだっ広い墓地に吹き寄せていたからだ。

式が終わると、マックス・ルパートはボーディ・サンデンとともに立ち去った。でもその前に彼は、あとでぜひ近くのレストランで落ち合い、一緒にコーヒーを飲もうとライラと僕を誘った。どうやら彼らには何か話があるようだった。それも、若干のプライバシーが求められる話だ。

僕はヴァージルにさよならを言いに行った。葬儀のあいだじゅう、彼は何かの紙袋を胸に抱きかかえていた。ふたりきりになると、彼はその袋を開けて、ディスプレイ・ケースをひとつ取り出した。辞書ほどの大きさのオーク材の箱。上面がガラスになっている。なかには、赤いフェルトの内張りに留められて、カールの勲章が入っていた。名誉負傷章ふたつと銀星章ひとつ。勲章の下には、カールが除隊する前、伍長に昇進したことを表す袖章《そでしょう》もあった。

「あんたにこれをやってくれって彼に言われてな」ヴァージルは言った。

僕は口がきけなかった。少なくとも一分は、ただそれらの勲章を見つめるばかりだった。ぴかぴかに磨かれたその縁《ふち》がきらめくさま、真紅を背に紫と銀が浮き出しているさまを。「どこでこれを見つけたんです?」ようやく僕は訊ねた。

「カールが逮捕されたあと、あいつの家に忍び込んで取ってきたのさ」僕がその盗みを咎《とが》めるとでも思ったのか、ヴァージルは肩をすくめた。「カールってやつは、物をあんまり持ってなかった。それで思ったんだ。いつかあいつはこれがほしくなるんじゃないかってな。これは……」ヴァージルは唇を引き結んで、嗚咽《おえつ》をこらえた。「……あいつが持ってた唯一の物だから」ヴァージルが手を差し出し、僕は彼と握手を交わした。それから彼は、僕を引き寄せてハグした。「よくやってくれたな」彼は言った。「ありがとう」

ヴァージルにお礼を言うと、僕はジェレミーとライラの待つ車へと向かった。ヴァージルは、まだ友を置いて去る気になれないらしく、墓のそばに残った。

マックスとボーディがレストランに着いたとき、ライラと僕は席にすわってコーヒーのマグカップで手を温めていた。ジェレミーは、マシュマロの層の下からずるずる液を吸いあげながら、ホットチョコレートを飲んでいた。僕はマックスとボーディをジェレミーに紹介した。ジェレミーは、教えられているとおり、礼儀正しく〝こんにちは〟を言うと、ホットチョコレートに注意をもどした。自分がラリーの膝をへし折った部分は省略し、僕はジェレミーと一緒に暮らすことになった経緯《けいい》を簡単に説明した。

「そうすると、学校に行くのがまた少しむずかしくなるね」ボーディが言った。

僕はテーブルに視線を落とした。「もう学校には行きません」

このときまでは、自分自身にさえ、口に出してそう言ったことはなかった。すでに春の学期の授業は全部、放棄していたけれど、それを言葉にしたことで、そのすべてが余計、現実味を帯びた。顔を上げたとき、僕はボーディとマックスが視線を交わし、(なんと!)ほほえみあうのを目にした。

「きみに見せたいものがあるんだ」マックスがそう言って、上着のポケットから折りたたまれた紙を取り出し、僕に手渡した。開いてみると、それはアイオワ州スコット郡の保安官からマックスに送られてきたEメールだった。

メリッサ・バーンズ殺人事件の解決に関する懸賞について調べました。この懸賞は一九九二年にかけられたもので、現在も有効です。ロックウッドが彼女を殺害したことはまちがいないようです。彼はここダヴェンポートで、ショッピング・モールの警備長として働いており、メリッサがモールを去ろうとした際に彼女を誘拐したものと見られます。メリッサはこの地方の銀行オーナーの孫娘で、オーナーは事件解決のために十万ドルの懸賞金をかけていました。ミスター・タルバートとミズ・ナッシュの銀行口座を教えていただければ、事件が正式に終結した後、銀行に送金の手続きをさせます。

僕は黙読を中断した。いまにも頭が爆発しそうだった。「十万ドル?」意図していたより声が大きくなってしまった。「冗談でしょう?」

ボーディがほほえんで言った。「つづきを読みなさい」

ミスター・ロックウッドは他二件の誘拐殺人でも調べられています。一件はアイオワ州コーラルヴィル、もう一件はデモイン近郊で起きた事件です。手口は一致しており、どちらもロックウッドの犯行と思われます。それらの事件についてはそれぞれ一万ドルの懸賞金がかけられているとのことです。事件が解決されれば、その賞金を受け取る資格が得られることを、そちらのみなさんにお伝えください。

僕はEメールをライラに渡した。お金に関するくだりを読み、自分の名前を見たとき、彼女がハッと息をのむのが聞こえた。読み終えると、彼女は顔を上げて言った。「これ、本当なの？」

「本当だとも」マックスが言った。「懸賞金はきみたちふたりのものだ」

何か言おうとしたけれど、空気の塊《かたまり》をのみこむくらいのことしかできなかった。ようやくしゃべれるようになると、僕は言った。「それってすごい金額ですよね」

「確かに通常の懸賞金よりは高額だ。その点は認めよう」マックスは言った。「しかし莫大な額というわけじゃない――特に、銀行オーナーの孫娘が死んだとなればね。ロックウッドが三件の事件すべての犯人なら、きみたちには十二万ドルが入ってくるわけだよ」

ライラが僕に目を向けた。「懸賞金はあなたが受け取ってよ」彼女は言った。「全額。ジェレミーの面倒を見るのにはお金が必要だもの」

「そうはいかないよ！」僕は言った。「きみはもう少しで死ぬとこだったんだからね」

「あなたとちがって、わたしにはそのお金は必要ないから」ライラは言った。「あなたが受け取って」

「半分ずつもらおうよ」僕は言った。「それがだめなら、僕は一セントも受け取らないぞ。話は終わりだ」

ライラは反論しようとして口を開き、ちょっと考え、そして言った。「三等分しましょう」彼女はジェレミーを目顔で示した。「彼がいなかったら、あの暗号は絶対、解読できなかった。三分の一は彼のものよ」

ことわろうとしたけれど、彼女は片手でそれを制し、女性が意思を固めたときのあの真剣さで僕の目を見つめて言った。「話は終わりよ」

僕はジェレミーに目を向けた。マシュマロの口髭《くちひげ》をつけ、彼が笑いかけてくる。僕たちのやりとりを彼は聞いていなかったのだ。僕は彼にほほえみ返した。それから、身を乗り出してライラにキスした。

表で雪が激しく降りだした。僕たちが店を出るころには、ライラの車にも一インチ、雪が積もっていた。ライラとジェレミーは車に乗り込み、僕は窓ガラスの雪を落とすため外に残った。顔が笑ってしまうのを止めることができなかった。あのお金があれば、学校にも行けるし、ジェレミーの面倒も見られる。フロントガラスの雪を払い落としながら、僕は浮き立つような感覚に満たされていた。若いカップルがレストランに入っていき、焼き立てのパンのにおいがする暖かな空気の波を解き放った。その香りがそよ風に乗って流れてきて、僕の頭のまわりで渦《うず》を巻く。僕は思わず手を止めて、カールが僕に語ったあることを思い出した——天国はこの世にも存在しうる。

僕は裸の手に雪をすくいとり、それがてのひらで解けていくのを見つめた。温かな肌にその冷たさを感じ、透明な薄片が水滴に変わって手首を伝うのを、やがて蒸発して別のものになるのを観察した。それから目を閉じて、風の歌に耳を傾《かたむ》けた。それは軽い唸《うな》りとともに近くの松の木立を吹き抜けていった。松葉のなかに隠れたアメリカコガラたちのおしゃべりがその調べにアクセントをつけている。僕は十二月の寒気を吸い込んでじっと立ち、自分を取り巻く世界の感触、音、においを味わった。もしカール・アイヴァソンに出会わなかったら、見過ごしていたであろうすべてを。

謝　辞

本書に命を与えるために職務を超えて働いてくださったエージェントのエイミー・クラフリーに、心からの感謝を捧げます。編集者のダン・メイヤーとセヴンス・ストリート・ブックスのみなさんにも、そのご指導とご尽力にお礼を申し上げます。

また、本書を原稿の段階で読み、お力添えくださった以下のみなさんに謝意を表します。ナンシー・ロジン、スージー・ルート、ビル・パットン、ケリー・ラングレン、キャリー・レオン、クリス・ケイン、そして、〈ツインシティーズ・シスターズ・イン・クライム〉の大勢の友人たち。

〈ミネソタ・イノセンス・プロジェクト〉のエリカ・アップルボウムには、そのご助言に特別な感謝を捧げます。

読者のみなさんへ

『償《つぐな》いの雪が降る』をお楽しみいただけたでしょうか。作家にとって、自分の作品を楽しんでもらえたと知ることほど、大きな歓びはありません。本書をおもしろいと思ったかたは、どうか他の人たちにそのことを伝え、ネット上に読者レビューを載せることをご検討ください。新人作家にとって、みなさんの口コミによる推薦は最大の応援となります。

わたしのホームページ、フェイスブック、ツイッターもぜひごらんください。

ホームページ：http://www.alleneskens.com

フェイスブック：Allen Eskens

ツイッター：@aeskens

訳者あとがき

本作の主人公であり語り手であるジョー・タルバートは、二十一歳。ミネソタ大学の学生だ。ついーカ月前、苦労して貯めた学費で念願の進学を果たし、酒に溺《おぼ》れがちな母親と自閉症の弟のいる実家を飛び出して、大学近くのアパートメントでひとり暮らしを始めた。家を出たのも、大学に入ったのも、八方ふさがりの状況から脱出し、自分の人生を切り開くためだった。

ところが！　晴れて大学生となったとたん、彼は思わぬ壁にぶつかる。まだ定員に達していないという理由で取った伝記執筆の授業で、身近な年輩者にインタビューをし、その人物の人生の物語を書くという課題を与えられたのだ。

残念なことに、ジョーには〝身近な年輩者〟がいない。育ったうちは貧しい母子家庭、父親には会ったこともなく、祖父母もその他の親戚もなく、母親の人生を物語る気は毛頭ない。そこで彼は、近くの町の老人ホームを訪ね、適当な老人を見繕《みつくろ》うことにする。

こうしてジョーが出会ったのが、元受刑者、カール・アイヴァソン——三十数年前、十四歳の少女をレイプして殺害したうえ、その遺体を物置小屋で焼却した冷酷非情な殺人犯だ。終身刑に処せられた彼はいま、がんで余命数カ月。そのため仮釈放を認められ、老人ホームで最後の時を過ごしているのだった。そして、この出会いがジョーの運命を大きく変えることになる。

アレン・エスケンスのデビュー作である本作『償《つぐな》いの雪が降る』（原題 *The Life We Bury*）は、二〇一五年に、バリー賞ペーパーバック部門最優秀賞、レフトコースト・クライム・ローズバッド賞デビュー作部門最優秀賞、シルバー・フォルシオン賞デビュー作部門最優秀賞と三冠に輝き、同年、エドガー賞、アンソニー賞、国際スリラー作家協会賞の各デビュー作部門で最終候補作となっている。その他にも、さまざまな雑誌、新聞でトップテンに入ったり、ベストに選ばれたり。「力強いデビュー作」「すばらしいストーリー」「心を奪うスリラー」「人と人との信頼関係を深く見つめている」「よく練られたキャラクター」「感動的な救いの物語」等々、賞賛や推薦の辞も多数ある。

そんな高評価の長い長いリストを見ていて、私がよしよしと共感し、とりわけうれしく思ったのは、本作が amazon の「二〇一四年・私たちの大好きな本（*Books We Loved 2014*）」の一作に選ばれていたことだ。原作を読むあいだ、登場人物たちと喜怒哀楽をともにした感のある私は、英語のこのLOVEという一語に大きくうなずいた。私もこの作品が大好きだから。

本作の愛される理由はいくらでも思い浮かぶ。けれども、私がまず第一に挙げたいのは、ジョー・タルバートというピュアな若い主人公の魅力だ。私にとっては、まさに応援したい主人公ナンバー1。スーパーヒーローではない。近所のおにいちゃんというイメージ。パブで用心棒のアルバイトをするくらいだから、ある程度は強くて、格闘技の心得もある。とはいえ、多勢に無勢と見れば迷わず逃げる。あんまりものを知らないところや、結構よく泣くところが可愛い。そして、恵まれない育ちに培《つちか》われた知恵なのか、足りないものは自分で調達する創意工夫の才もある。そもそも授業の課題でインタビューする年輩者が必要だからって、老人ホームに老人を物色しに行くなんて……

さて、そんな独自の手法で見つけたインタビューの対象、カール・アイヴァソンは、最初、ジョーにとって作文のためのよいネタにすぎなかった。しかし、インタビューが進み、カールのヴェトナム時代の戦友と話をし、カールという人物に触れるにつれて、ジョーにはこの男が冷酷な殺人犯とは思えなくなってくる。彼は、アパートメントの隣室の美人女子大学生ライラとともに、事件について調べ、埋もれていた真実を掘り起こしはじめる。

でも、そればかりやっているわけじゃない。学生であるからには、授業に出席し、宿題をやり、試験勉強もせねばならない。学費を稼ぐためには、パブの用心棒のバイトは欠かせない。息子としては、あれこれ問題を起こす母親の尻ぬぐいもせねばならないし、ときには、兄貴として、実家で悲惨な状況に陥《おちい》っている弟のジェレミーを助けに走らねばならない。さらには、若い男の子らしく、思いを寄せるライラを口説かねばならず……このリアリティ、この生活感がとてもいい。

とにかく、なすべきことすべてを同時進行でこなすジョーのたくましさには、目を瞠《みは》るばかり。メインの事件以外に、つぎつぎ発生する大小さまざまな問題。これらに対する彼の対応からは、信頼に値するその人間性が自然とにじみ出ている。自閉症の弟、ジェレミーにはどこまでも辛抱強く優しく接し、弟をいじめるやつは容赦なくやっつけ、傷つき、怯《おび》えている美女にはためらいがちになぐさめの手を差し伸べる。なんてたのもしいんだ！

その一方、メインの事件の真相究明に関しては、彼の無鉄砲な行動に瞠った目を離せなくなる。手がかりが得られそう、有力な証拠がつかめそう、となれば、「じゃあ、取りに行けばいいよね」とばかりに、どこにでも出かけてしまう。危険も顧《かえり》みず、大した作戦もなしに……。でも、その素人《しろうと》らしさ、単純で素朴な判断がまた、なんとも初々しくて爽快なのだ。そして、こうした彼の素直な発想と行動力が物語をぐんぐん走らせ、つぎからつぎへ新たな展開を呼び込んでいく。このあわただしさ、疾走感も本作の特徴、ページターナーたる所以《ゆえん》だろう。

「えーっ、それはまずいんじゃないの？」と、見ているほうはかなりはらはらさせられる。

すがすがしい疾走感をそなえながら、この『償いの雪が降る』には心に染みる場面もたくさんある。それは、本作が三十年前の事件の真相を掘り起こす物語であるのと同時に、登場人物たちの過去のつらい記憶、誰にも言えない秘密、心を苛《さいな》む罪の意識を掘り起こしていく物語でもあるからだ。カールにも、ジョーにも、それぞれ罪の記憶がある。互いの前にそれらの秘密をさらし、互いの告白を受け止めることで、彼らのあいだには絆が生まれ、信頼関係が築かれる。そしていつしか、ジョーにとって単なる授業の課題だったものが、自らの罪を償う道、カールを救い、自らを救う重要な行為へと変わっていく。

本作には、もちろんタイムリミットものという一面もある。ただタイムリミットと言っても、本作の場合、死刑執行が迫るなか、冤罪《えんざい》被害者の無実を証明し、命を救わなければならない、といったスリルで読ませるものではない。カールは死刑執行に直面しているわけではないし、すでに刑務所から釈放されているのだ。そのため、ジョーが協力を求める刑事ルパートなどは、無実の証明に切迫性を感じない。けれどもジョーは、じっとしてはいられない。カールのために行動することをやめず、あらゆる手を尽くそうとする。カールにとって死ぬ前に真実が明かされること、名誉が回復されることがいかに大切であるか。ジョーにはそれを理解する心がある。いい主人公、いい物語だ。小説はやっぱりこうでなくては。この作品にこめられた健全な人情と正義感が、日本でも多くの読者に愛されますように。


最後に、作者アレン・エスケンスとその執筆活動について。

アレン・エスケンスは、ミズーリ州中部の丘陵地帯出身。ミネソタ大学でジャーナリズムの学位を、ハムライン大学で法学の学位を取り、その後、ミネソタ州立大学マンケート校とロフト・リテラリー・センターとアイオワ・サマー・ライターズ・フェスティバルで、創作(creative writing)を学んだ。二十五年間、刑事専門の弁護士として働いてきたが、しばらく前に引退しており、現在、ミネソタ州の都市部七郡外の地域、グレーター・ミネソタで暮らしている。

前述のとおり、本作はエスケンスのデビュー作だ。そして、二〇一四年のこの快作で成功を収めたあとも、エスケンスの執筆活動は順調につづいており、毎年、新作が発表されている。

第二作、*The Guise of Another*（2015）は、本作にも登場した刑事マックス・ルパートの不肖の弟（こちらも刑事）を主役とするノワール。第三作、*The Heavens May Fall*（2016）は、作者の弁護士としての経験と知識が存分に活かされたリーガル・サスペンス。これは、マックス・ルパートとやはり本作に登場したサンデン教授が親友同士、検察側と弁護側に分かれて対立するという注目作だ。つづく第四作、*The Deep Dark Descending*（2017）は、第三作のエンディングの直後から始まる四日間の物語。マックス・ルパートが妻の事故死の真相を追う復讐劇となっている。

こうして見ると、さまざまなジャンルに挑戦したいというエスケンスの意欲がよくわかる。もっとも、エスケンスの持ち味であるセンチメンタリズムはどの作品にも共通しているのだけれど。

そしてうれしいことに、今年十一月には、ファン待望のジョー・タルバート主役作第二弾、*The Shadows We Hide* が刊行予定だ。ジョーは無事、大学を卒業し、現在はAP通信に勤めているという（大丈夫なのだろうか……）。新たなこの作品で、新米記者の彼は、自分の父親かもしれない男が被害者となった殺人事件に遭遇する。早く読みたいし、翻訳もしてみたい。これを書いているいまはまだ十月。来月が待ち遠しい。

訳者紹介　英米文学翻訳家。訳書にオコンネル『クリスマスに少女は還る』『愛おしい骨』『氷の天使』『天使の帰郷』『ルート66』『生贄の木』、デュ・モーリア『鳥』『レイチェル』『いま見てはいけない』、スワンソン『そしてミランダを殺す』などがある。

検印
廃止

償《つぐな》いの雪が降る

2018年12月21日　初版
2024年3月15日　4版

著者　アレン・エスケンス

訳者　務《む》台《たい》夏《なつ》子《こ》

発行所　(株)東京創元社
代表者　渋谷健太郎

162-0814/東京都新宿区新小川町1-5
電話　03·3268·8231-営業部
03·3268·8204-編集部
URL　http://www.tsogen.co.jp
晩印刷・本間製本

ISBN978-4-488-13608-6　C0197

ヒッチコック映画化の代表作収録

KISS ME AGAIN ATRANGER◆Daphne du Maurier

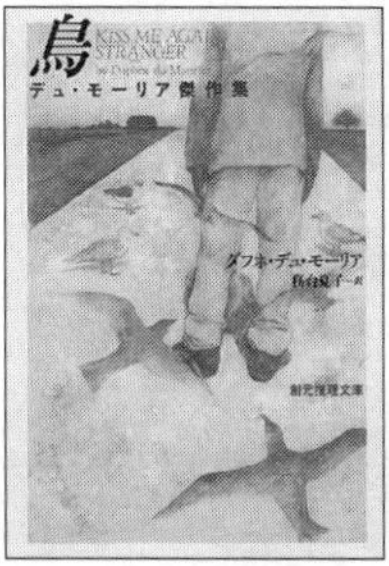

鳥

デュ・モーリア傑作集

ダフネ・デュ・モーリア

務台夏子 訳 創元推理文庫

◆

六羽、七羽、いや十二羽……鳥たちが、つぎつぎ襲いかかってくる。

バタバタと恐ろしいはばたきの音だけを響かせて。

両手が、首が血に濡れていく……。

ある日突然、人間を攻撃しはじめた鳥の群れ。

彼らに何が起こったのか？

ヒッチコックの映画で有名な表題作をはじめ、恐ろしくも哀切なラヴ・ストーリー「恋人」、妻を亡くした男をたてつづけに見舞う不幸な運命を描く奇譚「林檎の木」、まもなく母親になるはずの女性が自殺し、探偵がその理由をさがし求める「動機」など、物語の醍醐味溢れる傑作八編を収録。

デュ・モーリアの代表作として『レベッカ』と並び称される短編集。

創元推理文庫

この夏、ある男の死が、僕を本当の大人に変えた。

THE SHADOWS WE HIDE◆Allen Eskens

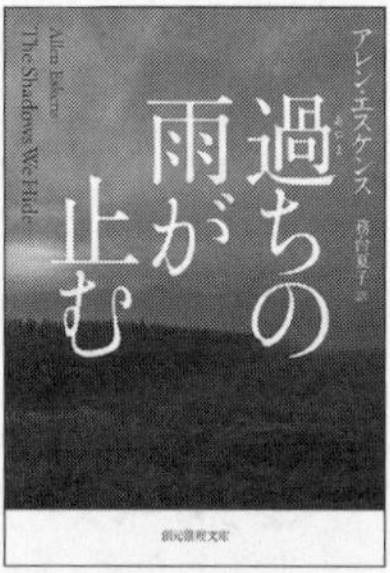

過《あやま》ちの雨が止む

アレン・エスケンス 務台夏子 訳

◆

大学を卒業し、AP 通信社の記者となったジョーは、ある日、自分と同じ名前の男の不審死を知らされる。死んだ男は、ジョーが生まれてすぐに姿を消した、顔も知らない実父かもしれない。ジョーは凶行の疑いがあるという事件に興味を抱いて現場の町へ向かい、多数の人々から恨まれていたその男の死の謎に挑むが。家族の秘密に直面する青年を情感豊かに描く『償《つぐな》いの雪が降る』続編。

アメリカ探偵作家クラブ賞YA小説賞受賞作

CODE NAME VERITY◆Elizabeth Wein

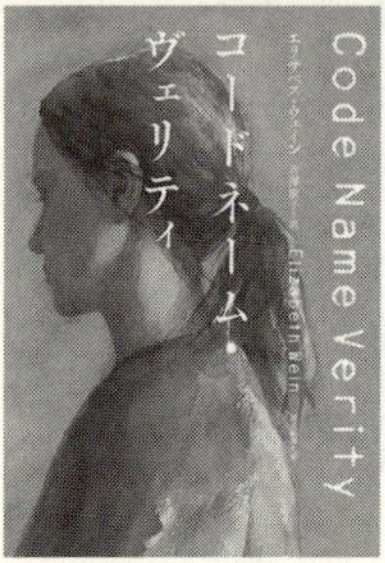

コードネーム・ヴェリティ

エリザベス・ウェイン

吉澤康子 訳　創元推理文庫

◆

第二次世界大戦中、ナチ占領下のフランスで
イギリス特殊作戦執行部員の若い女性が
スパイとして捕虜になった。
彼女は親衛隊大尉に、尋問を止める見返りに、
手記でイギリスの情報を告白するよう強制され、
紙とインク、そして二週間を与えられる。
だがその手記には、親友である補助航空部隊の
女性飛行士マディの戦場の日々が、
まるで小説のように綴られていた。
彼女はなぜ物語風の手記を書いたのか？
さまざまな謎がちりばめられた第一部の手記。
驚愕の真実が判明する第二部の手記。
そして慟哭の結末。読者を翻弄する圧倒的な物語！